天龍八部

金庸

THE SEMI-GODS AND THE SEMI-DEVILS

3

千里茫茫

趙子謙「如今是雲散雪消花殘月闕」
趙子謙，浙江紹興人，清朝咸豐年間的大藝術家，
詩書畫篆刻皆有超凡功力。

右頁圖／吐蕃佛像：西藏在唐宋時代為吐蕃國，崇信佛教，同時受中國及印度文化的影響。圖中佛像為阿彌陀佛，是印度畫風，背景山水則是中國畫風。原圖藏三藩市亞洲藝術博物館。

上圖／李贊華「射騎圖」：李贊華，本遼太祖長子，名突欲。後唐長興二年投奔中國。明宗賜姓李，名贊華。圖中所繪為契丹武士及鞍馬。

胡瓌「出獵圖」：圖中之契丹人不攜弓箭而帶匕首，馬鞍下墊獸皮。胡瓌是公元九三〇年前後的契丹人，畫風細致，可見其時契丹人在文化上已受漢人重大影響。

胡瓌「卓歇圖」：描繪契丹人行旅在途中暫歇之狀。畫風與右圖不同，有人以為非胡瓌之作。

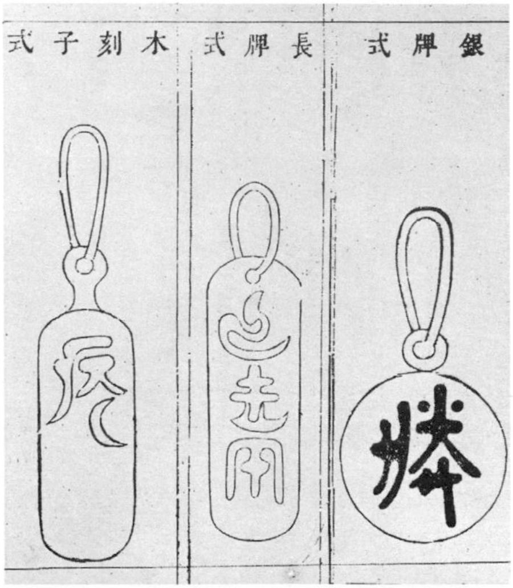

右圖／契丹文字：錄自宋・王易「燕北錄」。據元・陶宗儀「書史會要」考據，這三塊牌子上的字是「朕」、「走馬」、「急」，當是朝廷傳旨或軍政長官傳令的信符。契丹文字繁複，有大字、小字兩體，由漢字篆書、楷書、行書、草書演變而成。

下圖／篆體契丹文字（道宗皇帝哀冊碑蓋）：遼道宗皇帝即耶律洪基，在位四十七年，遼壽昌七年（公元一一〇一年）正月死。「哀冊」是耶律洪基死後遼國朝廷哀悼並歌功頌德的紀念文字。這塊石碑於一九二二年在熱河省「遼慶陵」發現。

左頁圖／楷書契丹文字（道宗皇帝哀冊碑身）：第一行十字為「仁聖大孝文皇帝哀冊文」，耶律洪基死後的諡法是「仁聖大孝文皇帝」，廟號「道宗」。碑身上共刻一、一三五字，對後世研究契丹文字提供了極豐富的資料。

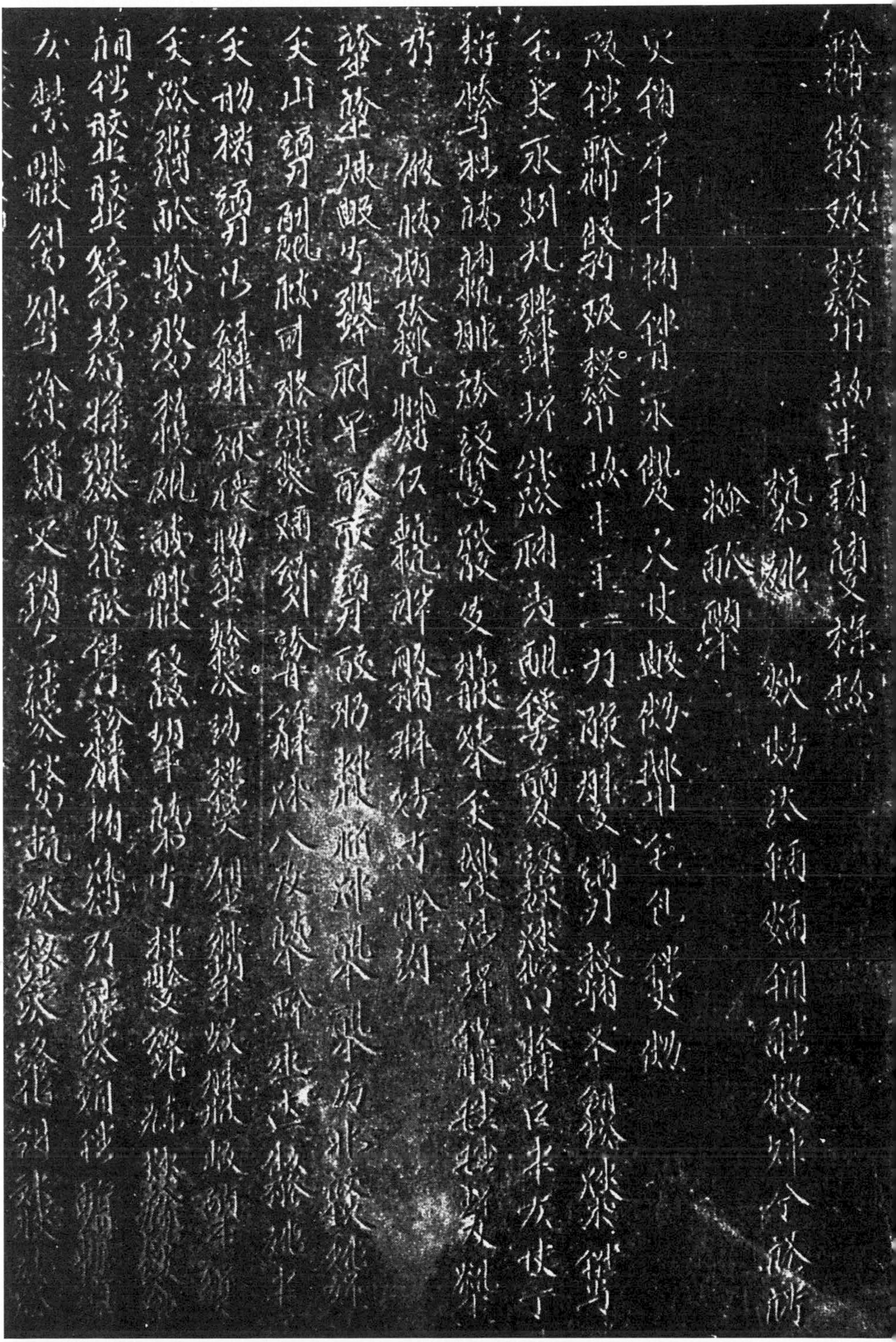

下圖／女真文字（女真進士題名碑）：女真文字模仿契丹文字而製成，是表音文字，字體較簡單。圖中石碑在河南開封發現，刻於金正大元年（公元一二二四年）。

左圖／宋人「柳塘牧馬圖」：舊題陳居中作。圖中所繪為宋時女真人牧馬情狀。女真人有辮子，戴瓜皮小帽或尖頂帽，後世滿洲人與此相同。

陳居中「平皋拊馬圖」：陳居中，南宋著名畫家，圖中人物是女真人，神情動作顯得對馬匹備極愛惜。

宋人「番騎歸獵圖」：舊題趙伯驌作。圖中契丹人各種裝飾用物，描繪細致異常。契丹騎士閉左目檢視羽箭曲直，神態生動。

上圖／東北虎：長白山一帶之虎體態雄偉，蕭峯和完顏阿骨打所殺之虎即為此類。

左頁圖／星宿海：星宿老怪丁春秋的舊居。

遼代三彩羅漢坐像：現藏倫敦大英博物館。

遼人的銀面具：遼國貴人逝世後，依其真實面形以銀子製成。現藏美國費城大學博物館。性質和游坦之的鐵面具不同，但契丹人向有以金屬製面具的習俗。

後唐莊宗立像：後唐莊宗李存勗，李克用的兒子，沙陀人，滅梁而建後唐皇朝。李存勗酷愛戲劇，寵信優伶，後為伶人郭從謙所弒。

天龍八部

3

千里茫茫

金庸

著

目錄

（右回目調寄「破陣子」。）

二十一 千里茫茫若夢

——

一路上風光駘蕩，盡是醉人之意。
這數千里的行程，
迷迷惘惘，直如一場大夢，
若不是這嬌俏可喜的小阿朱便在身畔，
真要懷疑此刻兀自身在夢中。

當下兩人折而向南，從山嶺間繞過雁門關，來到一個小鎮上，找了一家客店。阿朱不等喬峯開口，便命店小二打二十斤酒來。那店小二見他二人夫妻不像夫妻，兄妹不似兄妹，本就覺得希奇，聽說打「二十斤」酒，更是詫異，呆呆的瞧著他們二人，既不去打酒，也不答應。喬峯瞪了他一眼，不怒自威。那店小二吃了一驚，這才轉身，喃喃的道：「二十斤酒？用酒來洗澡嗎？」

阿朱笑道：「喬大爺，咱們去找徐長老，看來再走得兩日，便會給人發覺。一路打將過去，殺將過去，雖是好玩，就怕徐長老望風逃走，那便找他不著了。」

喬峯哈哈一笑，道：「你也不用恭維我，一路打將過去，敵人愈來愈多，咱倆終究免不了送命……」阿朱道：「要說有甚麼凶險，倒不見得。只不過他們一個個的都望風而遁，可就難辦了。」喬峯道：「依你說有甚麼法子？咱們白天歇店、黑夜趕道如何？」

阿朱微笑道：「要他們認不出，那就容易不過。只是名滿天下的喬大俠，不知肯不肯易容改裝？」說到頭來，還是「易容改裝」四字。

喬峯笑道：「我不是漢人，這漢人的衣衫，本就不想穿了。但如穿上契丹人衣衫，在中原卻是寸步難行。阿朱，你說我扮作甚麼人的好？」

阿朱道：「你身材魁梧，一站出去就引得人人注目，最好改裝成一個形貌尋常、身上沒絲毫特異之處的江湖豪士。這一種人在道上一天能撞見幾百個，那就誰也不會來向你多瞧一眼。」

喬峯拍腿道：「妙極！妙極！喝完了酒，咱們便來改扮罷。」

他二十斤酒一喝完，阿朱當即動手，麵粉、漿糊、墨膠，各種各樣物事一湊合，喬峯臉容上許多與眾不同之處一一隱沒。阿朱再在他上唇加了淡淡一撇鬍子。喬峯一照鏡子，連自己也不認得了。阿朱跟著自己改裝，扮成個中年漢子。

阿朱笑道：「你外貌是全然變了，但一說話，一喝酒，人家便知道是你。」喬峯點頭道：「嗯，話要少說，酒須少喝。」

這一路南行，他果然極少開口說話，每餐飲酒，也不過兩三斤，稍具意思而已。

這一日來到晉南三甲鎮，兩人正在一家小麵店中吃麵，忽聽得門外兩個乞丐交談。一個道：「徐長老可死得真慘，前胸後背，肋骨盡斷，一定又是喬峯那惡賊下的毒手。」喬峯一驚，心道：「徐長老死了？」和阿朱對望了一眼。

只聽得另一名乞丐道：「後天在河南衛輝開弔，幫中長老、弟兄們都去祭奠，總得商量個擒拿喬峯的法子才是。」頭一個乞丐說了幾句幫中的暗語，喬峯自是明白其意，他說喬峯來勢厲害，不可隨便說話，莫要被他的手下人聽去了。

喬峯和阿朱吃完麵後離了三甲鎮，到得郊外。喬峯道：「咱們該去衛輝瞧瞧，說不定能見到甚麼端倪。」阿朱道：「是啊，衛輝是定要去的。喬大爺，去弔祭徐長老的人，大都是你的舊部，你的言語舉止之中，可別露出馬腳來。」喬峯點頭道：「我理會得。」當下折而東行，往衛輝而去。

第三天來到衛輝，進得城來，只見滿街滿巷都是丐幫子弟。有的在酒樓中據案大嚼，有的在小巷中宰豬屠狗，更有的隨街乞討，強索硬要。喬峯心中難受，眼見號稱江湖上第一大幫的丐幫幫規廢弛，無復當年自己主掌幫務時的森嚴興旺氣象，如此過不多時，勢將為世人所輕。雖說丐幫與他已經是敵非友，然自己多年心血廢於一旦，總覺可惜。

只聽幾名丐幫弟子說了幾句幫中切口，便知徐長老的靈位設於城西一座廢園之中。喬峯和阿朱買了些香燭紙錢、豬頭三牲，隨著旁人來到廢園，在徐長老靈位前磕頭。

但見徐長老的靈牌上塗滿了鮮血，那是丐幫的規矩，意思說死者是為人所害，本幫幫眾須得為他報仇雪恨。靈堂中人人痛罵喬峯，卻不知他便在身旁。喬峯見身周盡是幫中首腦人物，生怕給人瞧出破綻，不願多躭，當即辭出，和阿朱並肩而行，尋思：「徐長老既死，這世上知道帶頭大哥之人可就少了一個。」

忽然間小巷盡頭處人影一閃，是個身形高大的女子，喬峯眼快，認出正是譚婆，心道：「妙極，她定是為祭奠徐長老而來，我正要找她。」只見跟著又是一人閃了過去，也是輕功極佳，卻是趙錢孫。

喬峯一怔：「這兩人鬼鬼祟祟的，有甚麼古怪？」他知這兩人本是師兄妹，情冤牽纏，至今未解，心道：「二人都已六七十歲年紀，難道還在幹甚麼幽會偷情之事？」他本來不喜多管閒事，但想趙錢孫知道「帶頭大哥」是誰，譚公、譚婆夫婦也多半知曉，若能抓到他們一些把柄，便可乘機逼迫他們吐露真相，當下在阿朱耳邊道：「你在客店中等我。」阿朱點了點頭，喬峯立即向趙錢孫的去路追去。

趙錢孫儘揀隱僻處而行，東邊牆角下一躲，西首屋簷下一縮，舉止詭秘，出了東門。喬峯遠遠跟隨，始終沒給他發見，遙見他奔到濬河之旁，彎身鑽入了一艘大木船中。喬峯提氣疾行，幾個起落，趕到船旁，輕輕躍上船篷，將耳朵貼在篷上傾聽。

船艙之中，譚婆長長嘆了口氣，說道：「師哥，你我都這大把年紀了，小時候的事情，悔之已晚，再提舊事，更有何用？」趙錢孫道：「我這一生是毀了。後悔也已來不及啦。我約你出來非為別事，小娟，只求你再唱一唱從前那幾首歌兒。」譚婆道：「唉，你這人總是痴得可笑。我當家的來到衛輝又見到你，已十分不快。他為人多疑，你還是少惹我的好。」趙錢孫道：「怕甚麼？咱師兄妹光明磊落，說說舊事，有何不可？」譚婆嘆了口氣，輕輕的道：「從前那些歌兒，從前那些歌兒……」

趙錢孫聽她意動，加意央求，說道：「小娟，今日咱倆相會，不知此後何日再得重逢，只怕我命不久長，你便再要唱歌給我聽，我也是無福來聽的了。」譚婆道：「師哥，你別這麼說。你一定要聽，我便輕聲唱一首。」趙錢孫喜道：「好，多謝你，小娟，多謝你。」

譚婆曼聲唱道：「當年郎從橋上過，妹在橋畔洗衣衫……」

只唱得兩句，喀喇一聲，艙門推開，闖進一條大漢。喬峯易容之後，趙錢孫和譚婆都已認他不出。他二人本來大吃一驚，眼見不是譚公，當即放心，喝問：「是誰？」

喬峯冷冷的瞧著他二人，說道：「一個輕蕩無行，勾引有夫之婦，一個淫蕩無恥，背夫私會情郎……」

他話未說完，譚婆和趙錢孫已同時出手，分從左右攻上。喬峯身形微側，反手便拿譚婆手腕，跟著手肘撞出，後發先至，攻向趙錢孫的左脅。趙錢孫和譚婆都是武林高手，滿擬一招之間便將敵人拾奪下來，萬萬料想不到這個貌不驚人的漢子武功竟是高得出奇，只一招之間便即反守為攻。船艙中地方狹窄，施展不開手腳，喬峯卻是大有大鬥，小有小打，擒拿手和短打近攻的功夫，在不到一丈見方的船艙中使得靈動之極。鬥到第七回合，趙錢孫腰間中指，譚婆一驚，出手稍慢，背心立即中掌，委頓在地。

喬峯冷冷的道：「你二位且在這裏歇歇，衛輝城內廢園之中，有不少英雄好漢，正在徐長老靈前拜祭，我去請他們來評一評這個道理。」

趙錢孫和譚婆大驚，強自運氣，但穴道封閉，連小指頭兒也動彈不了。二人年紀已老，早無情慾之念，在此約會，不過是說說往事，敘敘舊情，原無甚麼越禮之事。但其時是北宋年間，禮法之防人人看得極重，而江湖上的英雄好漢如犯了色戒，更為眾所不齒。一男一女悄悄在這船中相會，卻有誰肯信只不過是唱首曲子？說幾句胡塗廢話？眾人趕來觀看，以後如何做人？連譚公臉上，也是大無光采了。

譚婆忙道：「這位英雄，我們並無得罪閣下之處，若能手下容情，我……我必有補報。」喬峯道：「補報是不用了。我只問你一句話，請你回答三個字。只須你照實說了，在下立即解開你二人穴道，拍手走路，今日之事，永不向旁人提起。」譚婆道：「只須老身知曉，自當奉告。」

喬峯道：「有人曾寫信給丐幫汪幫主，說到喬峯之事，這寫信之人，許多人叫他『帶頭大哥』，此人是誰？」

譚婆躊躇不答，趙錢孫大聲叫道：「小娟，說不得，千萬說不得。」喬峯瞪視著他，問道：「你寧可身敗名裂，也不說的了？」趙錢孫道：「老子一死而已。這位帶頭大哥於我有恩，老子決不能說他名字出來。」喬峯道：「害得小娟身敗名裂，你也是不管的了？」趙錢孫道：「譚公要是知道了今日之事，我立即在他面前自刎，以死相謝，也就是了。」

喬峯向譚婆道：「那人於你未必有恩，你說了出來，大家平安無事，保全了譚公與你的臉面，更保全了你師哥的性命。」

譚婆聽他以趙錢孫的性命相脅，不禁打了個寒戰，道：「好，我跟你說，那人是……」趙錢孫急叫：「小娟，你千萬不能說。我求求你，求求你，這人多半是喬峯的手下，你一說出來，那位帶頭大哥的性命就危險了。」

喬峯道：「我便是喬峯，你們倘若不說，後患無窮。」

趙錢孫吃了一驚，道：「怪不得這般好功夫。小娟，我這一生從來沒求過你甚麼，這是我唯一向你懇求之事，你說甚麼也得答允。」

譚婆心想他數十年來對自己眷戀愛護，情義深重，自己負他良多，他心中所求，從來不向自己明言，這次為了掩護恩人，不惜一死，自己決不能敗壞他的義舉，便道：「喬幫主，今日之事，行善在你，行惡也在你。我師兄妹倆問心無愧，天日可表。你想要知道之事，恕我不能奉告。」她這幾句話雖說得客氣，但言辭決絕，無論如何是不肯吐露的了。

趙錢孫喜道：「小娟，多謝你，多謝你。」

喬峯知道再逼已然無用，哼了一聲，從譚婆頭上拔下一根玉釵，躍出船艙，逕回衛輝城中，打聽譚公落腳的所在。他易容改裝，無人識得。譚公、譚婆夫婦住在衛輝城內的「如歸客店」，也不是隱秘之事，一問便知。

走進客店，只見譚公雙手背負身後，在房中踱來踱去，神色極是焦躁，喬峯伸出手掌，掌心中正是譚婆的那根玉釵。

譚公自見趙錢孫如影隨形的跟到衛輝，一直便鬱悶不安，這會兒半日不見妻子，正自記掛，不知她到了何處，忽然見到妻子的玉釵，又驚又喜，問道：「閣下是誰？是拙荊請你來的麼？不知有何事見教？」說著伸手便去取那玉釵。喬峯由他將玉釵取去，說道：「尊夫人已為人所擒，危在頃刻。」譚公大吃一驚，道：「拙荊武功了得，怎能輕易為人所擒？」喬峯道：「是喬峯。」

譚公只聽到「是喬峯」三字，便無半分疑惑，卻更加焦慮記掛，忙問：「喬峯，唉！是他，那就麻煩了，我……我內人，她在那裏？」喬峯道：「你要尊夫人生，很是容易，要她死，那也容易。」譚公性子沉穩，心中雖急，臉上卻不動聲色，問道：「倒要請教。」

喬峯道：「喬峯有一事請問譚公，你照實說了，即刻放歸尊夫人，不敢損她一根毫髮。閣下倘若不說，只好將她處死，將她的屍體，和趙錢孫的屍首同穴合葬。」

譚公聽到最後一句，那裏還能忍耐，一聲怒喝，發掌向喬峯臉上劈去。喬峯斜身略退，這一掌便落了空。譚公吃了一驚，心想我這一掌勢如奔雷，非同小可，他居然行若無事的便避過了，當下右掌斜引，左掌橫擊而出。喬峯見房中地位狹窄，無可閃避，當即豎起右臂硬接。拍的一聲，這一掌打上手臂，喬峯身形不晃，右臂翻過，壓將下來，擱在譚公肩頭。

霎時之間，譚公肩頭猶如堆上了數千斤重的大石，立即運勁反挺，但肩頭重壓，如山如丘，只壓得他脊骨喀喀喀響聲不絕，幾欲折斷，除了曲膝跪下，更無別法。他出力強挺，說甚麼也不肯屈服，但一口氣沒能吸進，雙膝一軟，噗的跪下。那實是身不由主，膝頭關節既是軟的，這般沉重的力道壓將下來，不屈膝也是不成。

喬峯有意挫折他的傲氣，壓得他屈膝跪倒，臂上勁力仍是不減，更壓得他曲背如弓，額頭便要著地。譚公滿臉通紅，苦苦撐持，使出吃奶的力氣與之抗拒，用力向上頂去。突然之間，喬峯手臂放開。譚公肩頭重壓遽去，這一下出其不意，收勢不及，登時跳了起來，一縱丈餘，砰的一聲，頭頂重重撞上了橫樑，險些兒將橫樑也撞斷了。

譚公從半空中落將下來，喬峯不等他雙足著地，伸出右手，一把抓住他胸口。喬峯手臂極長，譚公卻身材矮小，不論拳打腳踢，都碰不到對方身子。何況他雙足凌空，再有多高的武功也使不出來。譚公一急之下，登時省悟，喝道：「你便是喬峯！」

喬峯道：「自然是我！」

譚公怒道：「你……你……他媽的，為甚麼要牽扯上趙錢孫這小子？」他最氣惱的是，喬峯居然說將譚婆殺了之後，要將她屍首和趙錢孫合葬。

喬峯道：「你老婆要牽扯上他，跟我有甚麼相干？你想不想知道譚婆此刻身在何處？想不想知道她和誰在一起說情話，唱情歌？」譚公一聽，自即料到妻子是和趙錢孫在一起了，忍不住急欲去看個究竟，便道：「她在那裏？請你帶我去。」喬峯冷笑道：「你給我甚麼好處？我為甚麼要帶你去？」

譚公記起他先前的說話，問道：「你說有事問我，要問甚麼？」

喬峯道：「那日在無錫城外杏子林中，徐長老攜來一信，乃是寫給丐幫前任幫主汪劍通的。這信是何人所寫？」

譚公手足微微一抖，這時他兀自被喬峯提著，身子凌空，喬峯只須掌心內力一吐，立時便送了他的性命。但他竟是凜然不懼，說道：「此人是你的殺父大仇，我決計不能洩露他的姓名，否則你去找他報仇，豈不是我害了他性命。」喬峯道：「你若不說，你自己性命先就送了。」譚公哈哈一笑，道：「你當譚某是何等樣人？我豈能貪生怕死，出賣朋友？」

喬峯聽他顧全義氣，心下倒也頗為佩服，倘若換作別事，早就不再向他逼問，但父母之仇，豈同尋常，便道：「你不愛惜自己性命，連妻子的性命也不愛惜？譚公譚婆聲名掃地，貽羞天下，難道你也不怕？」

武林中人最愛惜的便是聲名，重名賤軀，乃是江湖上好漢的常情。譚公聽了這兩句話，說道：「譚某坐得穩，立得正，生平不做半件對不起朋友之事，怎說得上『聲名掃地，貽羞天下』八個字？」

喬峯森然道：「譚婆可未必坐得穩，立得正，趙錢孫可未必不做對不起朋友之事。」霎時之間，譚公滿臉脹得通紅，隨即又轉為鐵青，橫眉怒目，狠狠瞪視。

喬峯手一鬆，將他放下地來，轉身走了出去。譚公一言不發的跟隨其後。兩人一前一後的出了衛輝城。路上不少江湖好漢識得譚公，恭恭敬敬的讓路行禮。譚公只哼的一聲，便走了過去。不多時，兩人已到了那艘大木船旁。

喬峯身形一晃，上了船頭，向艙內一指，道：「你自己來看罷！」

譚公跟著上了船頭，向船艙內看去時，只見妻子和趙錢孫相偎相倚，擠在船艙一角。譚公怒不可遏，發掌猛力向趙錢孫腦袋擊去。蓬的一聲，趙錢孫身子一動，既不還手，亦不閃避。譚公的手掌和他頭頂相觸，便已察覺不對，伸手忙去摸妻子的臉頰，著手冰冷，原來譚婆已死去多時。譚公全身發顫，不肯死心，再伸手去探她的鼻息，卻那裏還有呼吸？他呆了一呆，一摸趙錢孫的額頭，也是著手冰冷。譚公悲憤無已，回過身來，狠狠瞪視喬峯，眼光中如要噴出火來。

喬峯見譚婆和趙錢孫忽然間一齊死於非命，也是詫異之極。他離船進城之時，只不過點了二人的穴道，怎麼兩個高手竟爾會突然身死？他提起趙錢孫的屍身，粗粗一看，身上並無兵刃之傷，也無血漬；拉著他胸口衣衫，嗤的一聲，扯了下來，只見他胸口一大塊瘀黑，顯然是中了重手掌力，更奇的是，這下重手竟極像是出於自己之手。

譚公抱著譚婆，背轉身子，解開她衣衫看她胸口傷痕，便和趙錢孫所受之傷一模一樣。譚公欲哭無淚，低聲向喬峯道：「你人面獸心，這般狠毒！」

喬峯心下驚愕，一時說不出話來，只想：「是誰使重手打死了譚婆和趙錢孫？這下手之人功力深厚，大非尋常，難道又是我的老對頭到了？可是他怎知這二人在此船中？」

譚公傷心愛妻慘死，勁運雙臂，奮力向喬峯擊去。喬峯向旁一讓，只聽得喀喇喇一聲大響，譚公的掌力將船篷打塌了半邊。喬峯右手穿出，搭上他肩頭，說道：「譚公，你夫人決不是我殺的，你信不信？」譚公道：「不是你還有誰？」喬峯道：「你此刻命懸我手，喬某若要殺你，易如反掌，我騙你有何用處？」譚公道：「你只不過想查知殺父之仇是誰。譚某武功雖不如你，焉能受你之愚？」喬峯道：「好，你將我殺父之仇的姓名說了出來，我一力承擔，替你報這殺妻大仇。」

譚公慘然狂笑，連運三次勁，要想掙脫對方掌握，但喬峯一隻手掌輕輕搭在他的肩頭，隨勁變化，譚公掙扎的力道大，對方手掌上的力道相應而大，始終無法掙扎得脫。譚公將心一橫，將舌頭伸到雙齒之間，用力一咬，咬斷舌頭，滿口鮮血向喬峯狂噴過來。喬峯急忙側身閃避。譚公奔將過去，猛力一腳，將趙錢孫的屍身踢開，雙手抱住了譚婆的屍身，頭頸一軟，氣絕而死。

喬峯見到這等慘狀，心下也自惻然，頗為抱憾，譚氏夫婦和趙錢孫雖非他親手所殺，但終究是為他而死。若要毀屍滅跡，只須伸足一頓，在船板上踩出一洞，那船自會沉入江底。但想：「我掩藏了三具屍體，反顯得做賊心虛。」當下出得船艙，回上岸去，想在岸邊尋找甚麼足跡線索，卻全無蹤跡可尋。

他匆匆回到客店。阿朱一直在門口張望，見他無恙歸來，極是歡喜，但見他神色不定，情知追蹤趙錢孫和譚婆無甚結果，低聲問道：「怎麼樣？」喬峯道：「都死了！」阿朱微微一驚，道：「譚婆和趙錢孫？」喬峯道：「還有譚公，一共三個。」

阿朱只道是他殺的，心中雖覺不安，卻也不便出責備之言，說道：「趙錢孫是害死你父親的幫兇，殺了也……也沒甚麼。」

喬峯搖搖頭，道：「不是我殺的。」阿朱吁了一口氣，道：「不是你殺的就好。我本來想，譚公、譚婆並沒怎麼得罪你，可以饒了。卻不知是誰殺的？」

喬峯搖了搖頭，說道：「不知道！」他屈指數了數，說道：「知道那元兇巨惡姓名的，世上就只賸下三人了。咱們做事可得趕快，別給敵人老是搶在頭裏，咱們始終落了下風。」

阿朱道：「不錯。那馬夫人恨你入骨，無論如何是不肯講的。何況逼問一個寡婦，也非男子漢大丈夫的行徑。智光和尚的廟遠在江南。咱們便趕去山東泰安單家罷！」

喬峯目光中流露出一絲憐惜之色，道：「阿朱，這幾天累得你苦了。」阿朱大聲叫道：「店家，店家，快結帳。」喬峯奇道：「明早結帳不遲。」阿朱道：「不，今晚連夜趕路，別讓敵人步步爭先。」喬峯心中感激，點了點頭。

暮色蒼茫中出得衛輝城來，道上已聽人傳得沸沸揚揚，契丹惡魔喬峯如何忽下毒手，害死了譚公夫婦和趙錢孫。這些人說話之時，東張西望，唯恐喬峯隨時會在身旁出現，殊不知喬峯當真便在身旁，若要出手傷人，這些人也真是無可躲避。

兩人一路上更換坐騎，日夜不停的疾向東行。趕得兩日路，阿朱雖絕口不說一個「累」字，但睡眼惺忪的騎在馬上，幾次險些摔下馬背來，喬峯見她實在支持不住了，於是棄馬換車。兩人在大車中睡上三四個時辰，一等睡足，又棄車乘馬，絕塵奔馳。如此日夜不停的趕路，阿朱歡歡喜喜的道：「這一次無論如何得趕在那大惡人的先頭。」她和喬峯均不知對頭是誰，提起那人時，總是以「大惡人」相稱。

喬峯心中卻隱隱擔憂，總覺這「大惡人」每一步都始終佔了先著，此人武功當不在自己之下，機智謀略更是遠勝，何況自己直至此刻，瞧出來眼前始終迷霧一團，但自己一切所作所為，對方卻顯然清清楚楚。一生之中，從未遇到過這般厲害的對手。只是敵人愈強，他氣概愈豪，卻也絲毫無懼怕之意。

鐵面判官單正世居山東泰安大東門外，泰安境內，人人皆知。喬峯和阿朱來到泰安時已是傍晚，問明單家所在，當即穿城而過。出得大東門來，行不到一里，只見濃煙衝天，甚麼地方失了火，跟著鑼聲噹噹響起，遠遠聽得人叫道：「走了水啦！走了水啦！快救火。」

喬峯也不以為意，縱馬奔馳，越奔越近失火之處。只聽得有人大聲叫道：「快救火啊，快救火啊，是鐵面單家！」

喬峯和阿朱吃了一驚，一齊勒馬，兩人對望了一眼，均想：「難道又給大惡人搶到了先著？」阿朱安慰道：「單正武藝高強，屋子燒了，決不會連人也燒在內。」

喬峯搖了搖頭。他自從殺了單氏二虎之後，和單家結仇極深，這番來到泰安，雖無殺人之意，但想單正和他的子姪門人決計放自己不過，原是預擬來大戰一場。不料未到莊前，對方已遭災殃，心中不由得惻然生憫。

漸漸馳近單家莊，只覺熱氣炙人，紅燄亂舞，好一場大火。

這時四下裏的鄉民已羣來救火，提水的提水，潑沙的潑沙。幸好單家莊四周掘有深壕，附近又無人居住，火災不致蔓延。

喬峯和阿朱馳到災場之旁，下馬觀看。只聽一名漢子嘆道：「單老爺這樣的好人，在地方上濟貧救災，幾十年來積下了多少功德，怎麼屋子燒了不說，全家三十餘口，竟一個也沒能逃出來？」另一人道：「那定是仇家放的火，堵住了門不讓人逃走。否則的話，單家連五歲小孩子也會武功，豈有逃不出來之理？」先一人道：「聽說單大爺、單二爺、單五爺在河南給一個叫甚麼喬峯的惡人害了，這次來放火的，莫非又是這個大惡人？」

阿朱和喬峯說話中提到那對頭時，稱之為「大惡人」，這時聽那兩個鄉人也口稱「大惡人」，不禁互瞧了一眼。

那年紀較輕的人道：「那自然是喬峯了。」他說到這裏，放低了聲音，說道：「他定是率領了大批手下闖進莊去，將單家殺得鷄犬不留。唉，老天爺真沒眼睛。」那年紀大的人道：「這喬峯作惡多端，將來定比單家幾位爺們死得慘過百倍。」

阿朱聽他詛咒喬峯，心中著惱，伸手在馬頸旁一拍，那馬吃驚，左足彈出，正好踢在那人臀上。那人「啊」的一聲，身子矮了下去。阿朱道：「你嘴裏不乾不淨的說些甚麼？」那人給馬蹄踢了一腳，想起「大惡人」喬峯屬下人手眾多，嚇得一聲也不敢吭，急急走了。

喬峯微微一笑，但笑容之中，帶著三分淒苦的神色，和阿朱走到火場的另一邊去。聽得眾人紛紛談論，說話一般無異，都說單家男女老幼三十餘口，竟沒一個能逃出來。喬峯聞到一陣陣焚燒屍體的臭氣，從火場中不斷衝出來，知道各人所言非虛，單正全家男女老幼，確是盡數葬身在火窟之中了。

阿朱低聲道：「這大惡人當真辣手，將單正父子害死，也就罷了，何以要殺他全家？更何必連屋子也燒去了？」喬峯哼了一聲，說道：「這叫做斬草除根。倘若換作了我，也得燒屋。」阿朱一驚，問道：「為甚麼？」喬峯道：「那一晚在杏子林中，單正曾說過幾句話，你想必也聽到了。他說：『我家中藏得有這位帶頭大哥的幾封信，拿了這封信去一對筆跡，果是真跡。』」阿朱嘆道：「是了，他就算殺了單正，怕你來到單家莊中，找到了那幾封書信，還是能知道這人的姓名。一把火將單家莊燒成了白地，那就甚麼書信也沒有了。」

這時救火的人愈聚愈多，但火勢正烈，一桶桶水潑到火上，霎時之間化作了白氣，卻那裏遏得住火頭？一陣陣火燄和熱氣噴將出來，只衝得各人不住後退。眾人一面嘆息，一面大罵喬峯。鄉下人口中的汚言穢語，自是難聽之極了。

阿朱生怕喬峯聽了這些無理辱罵，大怒之下竟爾大開殺戒，這些鄉下人可就慘了，偷眼向他瞧去，只見他臉上神色奇怪，似是傷心，又似懊悔，但更多的還是憐憫，好似覺得這些鄉下人愚蠢之至，不值一殺。只聽他嘆了口長氣，黯然道：「去天台山罷！」

他提到天台山，那確是無可奈何之事。智光大師當年雖曾參與殺害他父母這一役，但後來智光大發願心，遠赴異域，採集樹皮，醫治浙閩兩廣一帶百姓的瘴氣瘧病，活人無數，自己卻也因此而身染重病，痊愈後武功全失。這等濟世救人的行徑，江湖上無人不敬，提起智光大師來，誰都稱之為「萬家生佛」，喬峯若非萬不得已，決計不肯去和他為難。

兩人離了泰安，取道南行。這一次喬峯卻不拚命趕路了，心想自己好整以暇，說不定還可保得智光大師的性命，若是和先前一般的兼程而行，到得天台山，多半又是見到智光大師的屍體，說不定連他所居的禪寺也給燒成了白地。何況智光行腳無定，雲遊四方，未必定是在天台山的寺院之中。

天台山在浙東。兩人自泰安一路向南，這一次緩緩行來，恰似遊山玩水一般，喬峯和阿朱談論江湖上的奇事軼聞，若非心事重重，實足遊目暢懷。

這一日來到鎮江，兩人上得金山寺去，縱覽江景，喬峯瞧著浩浩江水，不盡向東，猛地裏想起一事，說道：「那個『帶頭大哥』和『大惡人』，說不定便是一人。」阿朱擊掌道：「是啊，怎地咱們一直沒想到此事？」喬峯道：「當然也或者是兩個人，但這兩人定然關係異常密切，否則那大惡人決不至於千方百計，要掩飾那帶頭大哥的身分。但那『帶頭大哥』既連汪幫主這等人也甘願追隨其後，自是非同小可的人物。那『大惡人』卻又如此了得。世上豈難道有這麼兩個高人，我竟連一個也不知道？以此推想，這兩人多半便是一人。只要殺了那『大惡人』，便是報了我殺父殺母的大仇。」

阿朱點頭稱是，又道：「喬大爺，那晚在杏子林中，那些人述說當年舊事，只怕……只怕……」說到這裏，聲音不禁有些發顫。

喬峯接口道：「只怕那大惡人便是在杏子林中？」阿朱顫然道：「是啊。那鐵面判官單正說道，他家中藏有帶頭大哥的書信，這番話是在杏子林中說的。他全家被燒成了白地……唉，我想起那件事來，心中很怕。」她身子微微發抖，震在喬峯的身側。

喬峯道：「此人心狠手辣，世所罕有。趙錢孫寧可身敗名裂，不肯吐露他的真相，單正又和他交好，這人居然能對他二人下此毒手。那晚杏子林中，又有甚麼如此厲害的人物？」沉吟半晌，又道：「還有一件事我也覺得奇怪。」阿朱道：「甚麼事？」

喬峯望著江中的帆船，說道：「這大惡人聰明機謀，處處在我之上，說到武功，似乎也不弱於我。他要取我性命，只怕也不如何為難。他又何必這般怕我得知我仇人是誰？」

阿朱道：「喬大爺，你這可太謙了。那大惡人縱然了得，其實心中怕得你要命。我猜他這些日子中心驚膽戰，生怕你得知他的真相，去找他報仇。否則的話，他也不必害死喬家二老，害死玄苦大師，又害死趙錢孫、譚婆和鐵面判官一家了。」

喬峯點了點頭，道：「那也說得是。」向她微微一笑，說道：「他既不敢來害我，自也不敢走近你身邊。你不用害怕。」過了半晌，嘆道：「這人當真工於心計。喬某枉稱英雄，卻給人玩弄於股掌之上，竟無還手之力。」

過長江後，不一日又過錢塘江，來到天台縣城。喬峯和阿朱在客店中歇了一宿。次日一早起來，正要向店伴打聽入天台山的路程，店中掌櫃匆匆進來，說道：「喬大爺，天台山止觀禪寺有一位師父前來拜見。」

喬峯吃了一驚，他住宿客店之時，曾隨口說姓關，便問：「你幹麼叫我喬大爺？」那掌櫃道：「止觀寺的師父說了喬大爺的形貌，一點不錯。」喬峯和阿朱對瞧一眼，均頗驚異，他二人早已易容改裝，而且與在山東泰安時又頗不同，居然一到天台，便給人認了出來。喬峯道：「好，請他進來相見。」

掌櫃的轉身出去，不久帶了一個三十來歲的矮胖僧人進來。那僧人合什向喬峯為禮，說道：「家師上智下光，命小僧樸者邀請喬大爺、阮姑娘赴敝寺隨喜。」喬峯聽他連阿朱姓阮也知道，更是詫異，問道：「不知師父何以得悉在下姓氏？」

樸者和尚道：「家師吩咐，說道天台縣城『傾蓋客店』之中，住得有一位喬英雄，一位阮姑娘，命小僧前來迎接上山。這位是喬大爺了，不知阮姑娘在那裏？」阿朱扮作個中年男子，樸者和尚看不出來，還道阮姑娘不在此處。

喬峯又問：「我們昨晚方到此間，尊師何以便知？難道他真有前知的本領麼？」

樸者還未回答，那掌櫃的搶著道：「止觀禪寺的老神僧神通廣大，屈指一算，便知喬大爺要來。別說明後天的事瞧得清清楚楚，便是五百年之後的事情，他老人家也算得出個十之六七呢。」

喬峯知道智光大師名氣極響，一般愚民更是對他奉若神明，當下也不多言，說道：「阮姑娘隨後便來，你領我們二人先去拜見尊師罷。」樸者和尚道：「是。」喬峯要算房飯錢，那掌櫃的忙道：「大爺是止觀禪寺老神僧的客人，住在小店，我們沾了好大的光，這幾錢銀子的房飯錢，那無論如何是不敢收的。」

喬峯道：「如此叨擾了。」暗想：「智光禪師有德於民，他害死我爹娘的怨仇，就算一筆勾銷。只盼他肯吐露那『帶頭大哥』和大惡人是誰，我便心滿意足。」當下隨著樸者和尚出得縣城，逕向天台山而來。

天台山風景清幽，但山徑頗為險峻，崎嶇難行。相傳漢時劉晨、阮肇誤入天台山遇到仙女，可見山水固極秀麗，山道卻盤旋曲折，甚難辨認。喬峯跟在樸者和尚身後，見他腳力甚健，可是顯然不會武功，但他並不因此而放鬆了戒備之意，尋思：「對方既知是我，豈有不嚴加防範之理？智光禪師雖是有德高僧，旁人卻未必都和他一般心思。」

豈知一路平安，太平無事的便來到了止觀寺外。天台山諸寺院中，國清寺名聞天下，隋時高僧智者大師曾駐錫於此，大興「天台宗」，數百年來為佛門重地。但在武林之中，卻以止觀禪寺的名頭響得多。喬峯一見之下，原來只是十分尋常的一座小廟，廟外灰泥油漆已大半剝落，若不是樸者和尚引來，如由喬峯和阿朱自行尋到，還真不信這便是大名鼎鼎的止觀禪寺了。

樸者和尚推開廟門，大聲說道：「師父，喬大爺到了。」只聽得智光的聲音說道：「貴客遠來，老衲失迎。」說著走到門口，合什為禮。

喬峯在見到智光之前，一直擔心莫要給大惡人又趕在頭裏，將他殺了，直到親見他面，這才放心，當下和阿朱都抹去了臉上化裝，以本來面目相見。喬峯深深一揖，說道：「打擾大師清修，深為不安。」

智光道：「善哉，善哉！喬施主，你本是姓蕭，自己可知道麼？」

喬峯身子一顫，他雖然已知自己是契丹人，但父親姓甚麼卻一直未知，這時才聽智光說他姓「蕭」，不由得背上出了一陣冷汗，知道自己的身世真相正在逐步顯露，當即躬身道：「小可不孝，正是來求大師指點。」

智光點了點頭，說道：「兩位請坐。」

三人在椅上坐定，樸者送上茶來，見兩人相貌改變，阿朱更變作了女人，大是驚詫，只是師父在座，不敢多問。

智光續道：「令尊在雁門關外石壁之上，留下字跡，自稱姓蕭，名叫遠山。他在遺文中稱你為『峯兒』。我們保留了你原來的名字，只因託給喬三槐養育，須得跟他之姓。」

喬峯淚如雨下，站起身來，說道：「在下直至今日，始知父親姓名，盡出大師恩德，受在下一拜。」說著便拜了下去。阿朱也離座站起。

智光合什還禮，道：「恩德二字，如何克當？」

遼國的國姓是耶律，皇后歷代均是姓蕭。蕭家世代后族，將相滿朝，在遼國極有權勢。有時遼主年幼，蕭太后執政，蕭家威勢更重。喬峯忽然獲知自己乃是契丹大姓，一時之間，百感交集，出神半晌，轉頭對阿朱喟然道：「從今而後，我是蕭峯，不是喬峯了。」阿朱道：「是，蕭大爺。」

智光道：「蕭大俠，雁門關外石壁上所留的字跡，你想必已經見到了？」蕭峯搖頭道：「沒有。我到得關外，石壁上的字跡已給人鏟得乾乾淨淨，甚麼痕跡也沒留下。」

智光輕嘆一聲，道：「事情已經做下，石壁上的字能鏟去，這幾十條性命，又如何能夠救活？」從袖中取出一塊極大的舊布，說道：「蕭施主，這便是石壁遺文的拓片。」

蕭峯心中一凜，接過舊布，展了開來，只見那塊大布是許多衣袍碎布縫綴在一起的，布上一個個都是空心白字，筆劃奇特，模樣與漢字也甚相似，卻一字不識，知是契丹文字，但見字跡筆劃雄健，有如刀斫斧劈，聽智光那日說，這是自己父親臨死前以短刀所刻，不由得眼前模糊，淚水潸潸而下，一點點都滴在布上，說道：「還求大師譯解。」

智光大師道：「當年我們拓了下來，求雁門關內識得契丹文字之人解說，連問數人，意思都是一般，想必是不錯的了。蕭施主，這一行字說道：『峯兒周歲，偕妻往外婆家赴宴，途中突遇南朝大盜……』」蕭峯聽到這裏，心中更是一酸，聽智光繼續說道：「『……事出倉卒，妻兒為盜所害，余亦不欲再活人世。余受業恩師乃南朝漢人，余在師前曾立誓不殺漢人，豈知今日一殺十餘，既愧且痛，死後亦無面目以見恩師矣。蕭遠山絕筆。』」

蕭峯聽智光說完，恭恭敬敬的將大布拓片收起，說道：「這是蕭某先人遺澤，求大師見賜。」智光道：「原該奉贈。」

蕭峯腦海中一片混亂，體會到父親當時的傷痛之情，才知他投崖自盡，不但是由於心傷妻兒慘亡，亦因自毀誓言，殺了許多漢人，以致愧對師門。

智光緩緩嘆了口氣，說道：「我們初時只道令尊率領契丹武士，前赴少林劫奪經書，待得讀了這石壁遺文，方知道事出誤會，大大的錯了。令尊既已決意自盡，決無於臨死之前再寫假話來騙人之理。他若是前赴少林寺奪經，又怎會攜帶一個不會絲毫武功的夫人、懷抱一個甫滿週歲的嬰兒？事後我們查究少林奪經這消息的來源，原來是出於一個妄人之口，此人存心戲弄那位帶頭大哥，要他千里奔波，好取笑他一番。」

蕭峯道：「嗯，原來是想開玩笑，這個妄人怎樣了？」

智光道：「帶頭大哥查明真相，自是惱怒之極，那妄人卻逃了個不知去向，從此無影無蹤。如今事隔三十年，想來也必不在人世了。」

蕭峯道：「多謝大師告知這件事的前因後果，使蕭峯得能重新為人。蕭某只想再問一件事。」智光道：「蕭施主要問何事？」蕭峯道：「那位帶頭大哥，究是何人？」

智光道：「老衲聽說蕭施主為了查究此事，已將丐幫徐長老、譚公、譚婆、趙錢孫四位打死，又殺了鐵面判官單正滿門，將單家莊燒成了白地，料得施主遲早要來此間。施土請稍候片刻，老衲請施主看一樣物事。」說著站起身來。

蕭峯待要辯明徐長老等人非自己所殺，智光已頭也不回的走入了後堂。

過了一會，樸者和尚走到客堂，說道：「師父請兩位到禪房說話。」蕭峯和阿朱跟著他穿過一條竹蔭森森的小徑，來到一座小屋之前。樸者和尚推開板門，道：「請！」蕭峯和阿朱走了進去。

只見智光盤膝坐在一個蒲團之上，向蕭峯一笑，伸出手指，在地下寫起字來。小屋地下久未打掃，積塵甚厚，只見他在灰塵中寫道：

「萬物一般，眾生平等。聖賢畜生，一視同仁。漢人契丹，亦幻亦真。恩怨榮辱，俱在灰塵。」

寫畢微微一笑，便閉上了眼睛。

蕭峯瞧著地下這八句話，怔怔出神，心想：「在佛家看來，不但仁者惡人都是一般，連畜生餓鬼，和帝皇將相亦無差別，我到底是漢人還是契丹人，實在殊不足道。但我不是佛門子弟，怎能如他這般瀟脫？」說道：「大師，到底那個帶頭大哥是誰，還請見示。」連問幾句，智光只是微笑不答。

蕭峯定睛看時，不由得大吃一驚，見他臉上雖有笑容，卻似是僵硬不動。

蕭峯連叫兩聲「智光大師」，見他仍無半點動靜，伸手一探他的鼻端，原來呼吸早停，已然圓寂。蕭峯淒然無語，跪下拜了幾拜，向阿朱招招手，說道：「走罷！」

兩人悄悄走出止觀寺，垂頭喪氣的回向天台縣城。

走出十餘里，蕭峯說道：「阿朱，我全無加害智光大師之意，他……他……他又何苦如此？」阿朱道：「這位高僧看破紅塵，大徹大悟，原已無生死之別。」蕭峯道：「你猜他怎能料到咱們要到止觀寺來？」阿朱道：「我想……我想，還是那個大惡人所幹的好事。」蕭峯道：「我也是這麼推測，這大惡人先去告知智光大師，說我要找他尋仇。智光大師自忖難逃我的毒手，跟我說了那番話後，便即服毒自盡。」

兩人你看看我，我看看你，半晌不語。

阿朱忽道：「蕭大爺，我有幾句不知進退的話，說了你可別見怪。」蕭峯道：「怎地這等客氣起來？我當然不會見怪。」阿朱道：「我想智光大師寫在地下的那幾句話，倒也很有道理。甚麼『漢人契丹，亦幻亦真。恩怨榮辱，俱化灰塵』。其實你是漢人也好，是契丹人也好，又有甚麼分別？江湖上刀頭上的生涯，想來你也過得厭了，不如便到雁門關外去打獵放牧，中原武林的恩怨榮辱，從此再也別理會了。」

蕭峯嘆了口氣，說道：「這些刀頭上掙命的勾當，我的確過得厭了。在塞外草原中馳馬放鷹，縱犬逐兔，從此無牽無掛，當真開心得多。阿朱，我在塞外，你來瞧我不瞧？」

阿朱臉上一紅，低聲道：「我不是說『放牧』麼？你馳馬打獵，我便放牛放羊。」說到這裏，將頭低了下去。

蕭峯雖是個粗豪漢子，但她這幾句話中的含意，卻也聽得明明白白，她是說要和自己終身在塞外廝守，再也不回中原了。蕭峯初時救她，只不過一時意氣，待得她追到雁門關外，偕赴衛輝、泰安、天台，千里奔波，日夕相親，才處處感到了她的溫柔親切，此刻更聽到她直言吐露心事，不由得心意激盪，伸出粗大的手掌，握住了她小手，說道：「阿朱，你對我這麼好，不以我是契丹賤種而厭棄我麼？」

阿朱道：「漢人是人，契丹人也是人，又有甚麼貴賤之分？我……我喜歡做契丹人，這是真心誠意，半點也不勉強。」說到後來，聲音有如蚊鳴，細不可聞。

蕭峯大喜，突然伸掌抓住她腰，將她身子拋上半空，待她跌了下來，然後輕輕接住，放在地下，笑咪咪的向她瞧了一眼，大聲道：「阿朱，你以後跟著我騎馬打獵、牧牛放羊，是永不後悔的了？」

阿朱正色道：「便跟著你殺人放火，打家刼舍，也永不後悔。跟著你吃盡千般苦楚，萬種熬煎，也是歡歡喜喜。」

蕭峯大聲道：「蕭某得有今日，別說要我重當丐幫幫主，就是叫我做大宋皇帝，我也不幹。阿朱，這就到信陽找馬夫人去，她肯說也罷，不肯說也罷，這是咱們最後要找的一個人了。一句話問過，咱們便到塞外打獵放羊去也！」

阿朱道：「蕭大爺……」蕭峯道：「從今而後，你別再叫我甚麼大爺、二爺了，你叫我大哥！」阿朱滿臉通紅，低聲道：「我怎麼配？」蕭峯道：「你肯不肯叫？」阿朱微笑道：「千肯萬肯，就是不敢。」蕭峯笑道：「你姑且叫一聲試試。」阿朱細聲道：「大……大哥！」

蕭峯哈哈大笑，說道：「是了！從今而後，蕭某不再是孤孤單單、給人輕蔑鄙視的胡虜賤種，這世上至少有一個人……有一個人……」一時不知如何說才是。

阿朱接口道：「有一個人敬重你、欽佩你、感激你，願意永永遠遠、生生世世陪在你身邊，和你一同抵受患難屈辱、艱險困苦。」說得誠摯無比。

蕭峯縱聲長笑，四周山谷鳴響，他想到阿朱說「一同抵受患難屈辱、艱險困苦」，她明知前途滿是荊棘，卻也甘受無悔，心中感激，雖滿臉笑容，腮邊卻滾下了兩行淚水。

前任丐幫副幫主馬大元的家住在河南信陽鄉下。蕭峯偕阿朱從江南天台山前赴信陽，千里迢迢，在途非止一日。

兩人自從在天台山上互通心曲，兩情繾綣，一路上按轡徐行，看出來風光駘蕩，盡是醉人之意。阿朱本來不善飲酒，為了助蕭峯之興，也總勉強陪他喝上幾杯，嬌臉生暈，更增溫馨。蕭峯本來滿懷憤激，但經阿朱言笑晏晏，說不盡的妙語解頤，悲憤之意也就減了大半。這一番從江南北上中州，比之當日從雁門關外疾趨山東，心情是大不相同了。蕭峯有時回想，這數千里的行程，迷迷惘惘，直如一場大夢，初時噩夢不斷，終於轉成了美夢，若不是這嬌俏可喜的小阿朱便在身畔，真要懷疑此刻兀自身在夢中。

這一日來到光州，到信陽已不過兩日之程。阿朱說道：「大哥，你想咱們怎樣去盤問馬夫人才好？」

那日在杏子林中、聚賢莊內，馬夫人言語神態對蕭峯充滿敵意，蕭峯雖甚不快，但事後想來，她喪了丈夫，認定丈夫是他所害，恨極自己原是情理之常，如若不恨，反而於理不合了。又想她是個身無武功的寡婦，若是對她恫嚇威脅，不免大失自己豪俠身分，更不用說以力逼問，聽阿朱這麼問，不禁躊躇難答，怔了一怔，才道：「我想咱們只好善言相求，盼她能明白事理，不再冤枉我殺她丈夫。阿朱，不如你去跟她說，好不好？你口齒伶俐，大家又都是女子。只怕她一見我之面，滿腔怨恨，立時便弄僵了。」

阿朱微笑道：「我倒有個計較在此，就怕你覺得不好。」蕭峯忙問：「甚麼計策？」阿朱道：「你是大英雄大丈夫，不能向她逼供，卻由我來哄騙於她，如何？」

蕭峯喜道：「如能哄她吐露真相，那是再好也沒有了。阿朱，你知道我日思夜想，只盼能手刃這個殺父的大仇。我是契丹人，他揭穿我本來面目，那是應該的，令我得知自己的祖宗是甚麼人，我原該多謝他才是。可是他為何殺我養父養母？殺我恩師？迫我傷害朋友、背負惡名、與天下英雄為仇？我若不將他砍成肉醬，又怎能定得下心來，一輩子和你在塞上騎馬打獵、牧牛放羊？」說到後來，聲音越來越高亢。近日來他神態雖已不如往時之鬱鬱，但對這大惡人的仇恨之心，決不因此而減了半分。

阿朱道：「這大惡人如此陰毒的害你，我只盼能先砍他幾刀，幫你出一口惡氣。咱們捉到他之後，也要設一個英雄大宴，招請普天下的英雄豪傑，當眾說明你的冤屈，回復你的清白名聲。」

蕭峯嘆道：「那也不必了。我在聚賢莊上殺了這許多人，和天下英雄結怨已深，已不求旁人諒我。蕭峯只盼了斷此事，自己心中得能平安，然後和你並騎在塞外馳騁，咱二人終生和虎狼牛羊為伍，再也不要見中原這些英雄好漢了。」

阿朱喜道：「那真是謝天謝地、求之不得。」微微一笑，說道：「大哥，我想假扮一個人，去哄得馬夫人說出那個大惡人的姓名來。」

蕭峯一拍大腿，叫道：「是啊，是啊！我怎地沒想到這一節，你的易容神技用在這件事上，真再好也沒有了。你想扮甚麼人？」

阿朱道：「那就要請問你了。馬副幫主在世之日，在丐幫中跟誰最為交好？我假扮了此人，馬夫人想到是丈夫的知交好友，料來便不會隱瞞。」

蕭峯道：「嗯，丐幫中和馬大元兄弟最交好的，一個是王舵主，一個是全冠清，一個是陳長老，還有，執法長老白世鏡跟他交誼也很深。」阿朱嗯了一聲，側頭想像這幾人的形貌神態。蕭峯又道：「馬兄弟為人沉靜拘謹，不像我這樣好酒貪杯、大吵大鬧。因此平時他和我甚少在一起喝酒談笑。全冠清、白世鏡這些人和他性子相近，常在一起鑽研武功。」

阿朱道：「王舵主是誰，我不識得。那個陳長老麻袋中裝滿毒蛇、蠍子，我一見身上就起雞皮疙瘩，這門功夫可扮他不像。全冠清身材太高，要扮他半天是扮得像的，但如在馬夫人家中躭得時候久了，慢慢套問她的口風，只怕露出馬腳。我還是學白長老的好。他在聚賢莊中跟我說過幾次話，學他最是容易。」

蕭峯微笑道：「白長老待你甚好，力求薛神醫給你治傷。你扮了他的樣子去騙人，不有點對他不起麼？」

阿朱笑道：「我扮了白長老後，只做好事，不做壞事，不累及他的名聲，也就是了。」

當下在小客店中便裝扮起來。阿朱將蕭峯扮作了一名丐幫的五袋弟子，算是白長老的隨從，叫他越少說話越好，以防馬夫人精細，瞧出了破綻。蕭峯見阿朱裝成白長老後，臉如寒霜，不怒自威，果然便是那個丐幫南北數萬弟子既敬且畏的執法長老，不但形貌逼肖，而說話舉止更活脫便是一個白世鏡。蕭峯和白長老相交將近十年，竟然看不出阿朱的喬裝之中有何不妥。

兩人將到信陽，蕭峯沿途見到丐幫人眾，便以幫中暗語與之交談，查問丐幫中首腦人物的動向，再宣示白長老來到信陽，令馬夫人先行得到訊息。只要她心中先入為主，阿朱的裝扮中便露出了破綻，她也不易知覺。

馬大元家住信陽西郊，離城三十餘里。蕭峯向當地丐幫弟子打聽了路途，和阿朱前赴馬家。兩人故意慢慢行走，挨著時刻，傍晚時分才到，白天視物分明，喬裝容易敗露，到晚間，看出來甚麼都朦朦朧朧，便易混過了。

來到馬家門外，只見一條小河繞著三間小小瓦屋，屋旁兩株垂楊，門前一塊平地，似是農家的晒穀場子，但四角各有一個深坑。蕭峯深悉馬大元的武功家數，知道這四個坑是他平時練功之用，如今幽明異路，不由得心中一陣酸楚。正要上前打門，突然間啊的一聲，板門開了，走出一個全身縞素的婦人出來，正是馬夫人。

馬夫人向蕭峯瞥了一眼，躬身向阿朱行禮，說道：「白長老光臨寒舍，真正料想不到，請進奉茶。」

阿朱道：「在下有一件要事須與弟妹商量，是以作了不速之客，還請恕罪。」

馬夫人臉上似笑非笑，嘴角邊帶著一絲幽怨，滿身縞素衣裳。這時夕陽正將下山，淡淡黃光照在她臉上，蕭峯這次和她相見，不似過去兩次那麼心神激盪，但見她眉梢眼角間隱露皺紋，約莫有三十五六歲年紀，臉上不施脂粉，膚色白嫩，竟似不遜於阿朱。

當下兩人隨著馬夫人走進屋去，見廳堂頗為窄小，中間放了張桌子，兩旁四張椅子，便甚少餘地了。一個老婢送上茶來。馬夫人問起蕭峯的姓名，阿朱信口胡謅了一個。

馬夫人問道：「白長老大駕光降，不知有何見教？」阿朱道：「徐長老在衛輝逝世，弟妹想已知聞。」馬夫人突然一抬頭，目光中露出訝異的神色，道：「我自然知道。」阿朱道：「我們都疑心是喬峯下的毒手，後來譚公、譚婆、趙錢孫三位前輩，又在衛輝城外被人害死，跟著山東泰安鐵面判官單家被人燒成了白地。不久之前，我到江南查辦一名七袋弟子違犯幫規之事，途中得到訊息，天台山止觀寺的智光老和尚突然圓寂了。」馬夫人身子一顫，臉上變色，道：「這……這又是喬峯幹的好事？」

阿朱道：「我親到止觀寺中查勘，沒得到甚麼結果，但想十之八九，定是喬峯這廝幹的好事，料來這廝下一步多半要來跟弟妹為難，因此急忙趕來，勸弟妹到別的地方去暫住一年半載，免受喬峯這廝加害。」

馬夫人泫然欲涕，說道：「自從馬大爺不幸遭難，我活在人世本來也已多餘，這姓喬的要害我，我正求之不得，又何必覓地避禍？」

阿朱道：「弟妹說那裏話來？馬兄弟大仇未報，正兇尚未擒獲，你身上可還挑著一副重擔。啊，馬兄弟靈位設在何處，我當去靈前一拜。」

馬夫人道：「不敢當。」還是領著兩人，來到後堂。阿朱先拜過了，蕭峯恭恭敬敬的在靈前磕下頭去，心中暗暗禱祝：「馬大哥，你死而有靈，今日須當感應你夫人，說出真兇姓名，好讓我替你報仇伸冤。」

馬夫人跪在靈位之旁還禮，面頰旁淚珠滾滾而下。蕭峯磕過了頭，站起身來，見靈堂中掛著好幾副輓聯，徐長老、白長老各人的均在其內，自己所送的輓聯卻未懸掛。靈堂中白布幔上微積灰塵，更增蕭索氣象，蕭峯尋思：「馬夫人無兒無女，數日唯與一個老婢為伍，這孤苦寂寞的日子，也真難為她打發。」

只聽得阿朱出言勸慰，說甚麼「弟妹保重身體，馬兄弟的冤仇是大家的冤仇。你若有甚麼為難之事，儘管跟我說，我自會給你作主。」一副老氣橫秋的模樣。蕭峯心下暗讚：「這小妞子學得挺到家。丐幫幫主被逐，副幫主逝世，徐長老被人害死，傳功長老給我打死，賸下來便以白長老地位最為尊崇了。她以代幫主的口吻說話，身分確甚相配。」馬夫人謝了一聲，口氣極為冷淡。蕭峯暗自擔心，見她百無聊賴，神情落寞，心想她自丈夫逝世，已無人生樂趣，只怕要自盡殉夫，這女子性格剛強，甚麼事都做得出來。

馬夫人又讓二人回到客堂，不久老婢開上晚飯，木桌上擺了四色菜肴，青菜、蘿蔔、豆腐、胡瓜，全是素菜，熱騰騰的三碗白米飯，更無酒漿。阿朱向蕭峯望了一眼，心道：「今晚你可沒酒喝了。」蕭峯不動聲色，捧起飯碗便吃。

馬夫人道：「先夫去世之後，未亡人一直吃素，山居沒備葷酒，可待慢兩位了。」阿朱嘆道：「馬兄弟人死不能復生，弟妹也不必太過自苦了。」蕭峯見馬夫人對亡夫如此重義，心下也是好生相敬。

晚飯過後，馬夫人道：「白長老遠來，小女子原該留客，只是孀居不便，不知長老還有甚麼吩咐麼？」言下便有逐客之意。阿朱道：「我這番來到信陽，是勸弟妹離家避禍，不知弟妹有甚麼打算？」馬夫人嘆了口氣，說道：「那喬峯已害死了馬大爺，他再來害我，不過是叫我從馬大爺於地下。我雖是個弱質女子，不瞞白長老說，我既不怕死，那便甚麼都不怕了。」阿朱道：「如此說來，弟妹是不願出外避難的了？」馬夫人道：「多謝白長老的厚意。小女子實不願離開馬大爺的故居。」

阿朱道：「我本當在這附近住上幾日，保護弟妹。雖說白某決計不是喬峯那廝的對手，但緩急之際，總能相助一臂之力，只是我在途中又聽到一個重大的機密訊息。」

馬夫人道：「嗯，想必事關重大。」本來一般女子總是好奇心極盛，聽到有甚麼重大機密，雖然事不關己，也必知之而後快，就算口中不問，臉上總不免露出急欲一知的神情。豈知馬夫人仍是容色漠然，似乎你說也好，不說也好，我丈夫既死，世上已無任何令我動心之事。蕭峯心道：「人家形容孀婦之心如槁木死灰，用在馬夫人身上，最是貼切不過。」

阿朱向蕭峯擺了擺手，道：「你到外邊去等我，我有句機密話跟馬夫人說。」

蕭峯點了點頭，走出屋去，暗讚阿朱聰明，心知若盼別人吐露機密，往往須得先說些機密與他，令他先有信任之心，明白阿朱遣開自己，意在取信於馬夫人，表示連親信心腹也不能聽聞，則此事之機密可知。

他走出大門，黑暗中門外靜悄悄地，但聽廚下隱隱傳出叮噹微聲，正是那老婢在洗滌碗筷，當即繞過牆角，蹲在客堂窗外，屏息傾聽。馬夫人縱然不說那人姓名，只要透露若干蛛絲馬跡，也有了追查的線索，不致如眼前這般茫無頭緒。何況這假白長老千里告警，示惠於前，臨去時再說一件機密大事，他又是本幫的首腦，馬夫人多半不會對他隱瞞。

過了良久，才聽得馬夫人輕輕嘆了口氣，幽幽的道：「你……你又來做甚麼？」蕭峯生怕壞了大事，不敢貿然探頭到窗縫中去窺看客堂中情景，心中卻感奇怪：「她這句話是甚麼用意？」

只聽阿朱道：「我確是聽到訊息，喬峯那廝對你有加害之意，因此趕來報訊。」馬夫人道：「嗯，多謝白長老的好意。」阿朱壓低了聲音，說道：「弟妹，自從馬兄弟不幸逝世，本幫好幾位長老紀念他的功績，想請你出山，在本幫擔任長老。」

蕭峯聽她說得極是鄭重，不禁暗暗好笑，但也心讚此計甚高，馬夫人倘若答允，「白長老」立時便成了她的上司，有何詢問，她自不能拒答，就算不允去當丐幫長老，她得知丐幫對她重視，至少也可暫時討得她的歡喜。

只聽馬夫人道：「我何德何能，怎可擔任本幫長老？我連丐幫的弟子也不是，『長老』的位分極高，跟我是相距十萬八千里了。」阿朱道：「我和吳長老他們都極力推薦，大夥兒都說，有馬夫人幫同出些主意，要擒殺喬峯那廝，便易辦得多。我又得到一個重大之極的訊息，與馬兄弟被害一事極有關連。」馬夫人道：「是嗎？」聲音仍是頗為冷淡。

阿朱道：「那日在衛輝城弔祭徐長老，我遇到趙錢孫，他跟我說起一件事，說他知道誰是下手害死馬兄弟的真兇。」

突然間嗆啷啷一聲響，打碎了一隻茶碗。馬夫人驚呼了一聲，接著說道：「你……你開甚麼玩笑？」聲音極是憤怒，卻又帶著幾分驚惶之意。

阿朱道：「這是正經大事，我怎會跟你說笑？那趙錢孫確是親口對我說，他知道誰是害死馬大元兄弟的真兇。他說決計不是喬峯，也不是姑蘇慕容氏，他千真萬確的知道，實是另有其人。」

馬夫人顫聲道：「他怎會知道？他怎會知道！你胡說八道，不是活見鬼麼？」

阿朱道：「真的啊，你不用心急，我慢慢跟你說。那趙錢孫道：『去年八月間……』」她話未說完，馬夫人「啊」的一聲驚呼，暈了過去。阿朱忙叫：「弟妹，弟妹！」用力揑她鼻下唇上的人中。馬夫人悠悠醒轉，怨道：「你……你何必嚇我？」

阿朱道：「我不是嚇你。那趙錢孫確是這麼說的，只可惜他已經死了，否則我可以叫他前來對證。他說去年八月中秋，譚公、譚婆，還有那個下手害死馬兄弟的兇手，一起在那位『帶頭大哥』的家裏過節。」

馬夫人噓了一口氣，道：「他真是這麼說？」

阿朱道：「是啊。我便問那真兇是誰，他卻說這人的名字不便從他口中說出來。我便去問譚公。譚公氣虎虎的，瞪了我一眼不說。譚婆卻道：一點也不錯，便是她跟趙錢孫說的。我想怪不得譚公要生氣，定是惱他夫人甚麼事都去跟趙錢孫說了；而趙錢孫不肯說那兇手的名字，原來是為了怕連累到他的老情人譚婆。」馬夫人道：「嗯，那又怎樣？」

阿朱道：「趙錢孫說道，大家疑心喬峯和慕容復害死了馬兄弟，卻任由真兇不遭報應，逍遙自在，馬兄弟地下有知，也必含冤氣苦。」馬夫人道：「是啊，只可惜趙錢孫已死，譚公、譚婆也沒跟你說罷？」阿朱道：「沒有，事到如今，我只好問帶頭大哥去。」馬夫人道：「好啊，你原該去問問。」阿朱道：「說來卻也好笑，這帶頭大哥到底是誰，家住那裏，我卻不知。」

馬夫人道：「嗯，你遠兜圈子的，原來是想套問這帶頭大哥的姓名。」

阿朱道：「若是不便，弟妹也不用跟我說，不妨你自己去設法查明，咱們再找那正兇算帳。」蕭峯明知阿朱有意顯得漫不在乎，以免引起馬夫人疑心，心下仍不禁十分焦急。

只聽馬夫人淡淡的道：「這帶頭大哥的姓名，對別人當然要瞞，免得喬峯知道之後，去找他報殺父殺母之仇，白長老是自己人，我又何必瞞你？他便是……」說了「他便是」這三個字，底下卻寂然無聲了。

蕭峯幾乎連自己心跳之聲也聽見了，卻始終沒聽到馬夫人說那「帶頭大哥」的姓名，過了良久，卻聽得她輕輕嘆了口氣，說道：「天上月亮這樣圓，又這樣白。」蕭峯明知天上烏黑密布，並無月亮，還是抬頭一望，尋思：「今日是初二，就算有月亮，也決不會圓，她說這話是甚麼意思？」只聽阿朱道：「到得十五，月亮自然又圓又亮，哎，只可惜馬兄弟卻再也見不到了。」馬夫人道：「你愛吃鹹的月餅，還是甜的？」蕭峯更是奇怪，心道：「馬夫人死了丈夫，神智有些不清楚了。」阿朱道：「我們做叫化子的，吃月餅還能有甚麼挑剔？找不到真兇，不給馬兄弟報此大仇，別說月餅，就是山珍海味，入口也是沒半分滋味。」

馬夫人默然不語，過了半晌，冷冷的道：「白長老全心全意，只是想找到真兇，為你大元兄弟報仇雪恨，真令小女子感激不盡。」阿朱道：「這是我輩份所當為之事。丐幫數萬兄弟，那一個不想報此大仇？」馬夫人道：「這位帶頭大哥地位尊崇，聲勢浩大，隨口一句話便能調動數萬人眾。他最喜庇護朋友，你去問他真兇是誰，他是無論如何不肯說的。」

蕭峯心下一喜，尋思：「不管怎樣，咱們已不虛此行。馬夫人便不肯說那人的姓名，單憑『地位尊崇，聲勢浩大，隨口一句話便能調動數萬人眾』這句話，我總可推想得到。武林中具有這等身分的又有幾人？」

他正在琢磨這人是誰，只聽阿朱道：「武林之中，單是一句話便能調動數萬人眾的，以前有丐幫幫主。嗯，少林弟子遍天下，少林派掌門方丈一句話，那也能調動數萬人眾……」馬夫人道：「你也不用胡猜了，我再給你一點因頭，你只須往西南方猜去。」阿朱沉吟道：「西南方？西南方有甚麼大來頭的人物？好像沒有啊。」

馬夫人伸出手指，拍的一聲，戳破了窗紙，刺破處就在蕭峯的頭頂，只聽她跟著說道：「小女子不懂武功，白長老你總該知道，天下是誰最擅長這門功夫。」阿朱道：「嗯，這門點穴功夫麼？少林派的金剛指，河北滄州鄭家的奪魄指，那都是很厲害的了。」

蕭峯心中卻在大叫：「不對，不對！點穴功夫，天下以大理段氏的一陽指為第一，何況她說的是西南方。」

果然聽得馬夫人道：「白長老見多識廣，怎地這一件事卻想不起來？難道是旅途勞頓，腦筋失靈，居然連大名鼎鼎的一陽指也忘記了？」話中頗有譏嘲之意。

阿朱道：「段家一陽指我自然知道，但段氏在大理稱皇為帝，早和中土武林不相往來。

若說那位帶頭大哥和他家有甚麼干係牽連，定是傳聞之誤。」

馬夫人道：「段氏雖在大理稱皇，可是段家並非只有一人，不做皇帝之人便常到中原。這位帶頭大哥，乃大理國當今皇帝的親弟，姓段名正淳，封為鎮南王的便是。」

蕭峯聽到馬夫人說出「段正淳」三字，不由得全身一震，數月來千里奔波、苦苦尋訪的名字，終於到手了。

只聽阿朱道：「這位段王爺權位尊崇，怎麼會參與江湖上的鬥毆仇殺之事？」馬夫人道：「江湖上尋常的鬥毆仇殺，段王爺自然不屑牽連在內，但若是和大理國生死存亡、國運盛衰相關的大事，你想他會不會過問？」阿朱道：「那當然是要插手的。」馬夫人道：「我聽徐長老言道：大宋是大理國北面的屏障，契丹一旦滅了大宋，第二步便非併吞大理不可。因此大宋和大理唇齒相依，大理國決計不願大宋亡在遼國手裏。」阿朱道：「是啊，話是不錯的。」

馬夫人道：「徐長老說道，那一年這位段王爺在丐幫總舵作客，和汪幫主喝酒論劍，忽然聽到契丹武士要大舉到少林寺奪經的訊息，段王爺義不容辭，便率領眾人，趕往雁門關外攔截，他此舉名為大宋，其實是為了大理國。聽說這位段王爺那時年紀雖輕，但武功高強，為人又極仁義。他在大理國一人之下，萬人之上，使錢財有如糞土，不用別人開口，幾千幾百兩銀子隨手便送給朋友。你想中原武人不由他來帶頭，卻又有誰？他日後是要做大理國皇帝的，身分何等尊貴，旁人都是草莽漢子，又怎能向他發號施令？」

阿朱道：「原來帶頭大哥竟是大理國的鎮南王，大家死也不肯說出來，都是為了迴護於他。」馬夫人道：「白長老，這個機密，你千萬不可跟第二人說，段王爺和本幫交情不淺，倘若洩漏了出去，為禍非小。雖然大理段氏威鎮一方，厲害得緊，但若那喬峯蓄意報仇，暗中等上這麼十年八年，段正淳卻也不易對付。」

阿朱道：「弟妹說得是，我守口如瓶，決不洩漏。」馬夫人道：「白長老，你最好立一個誓，以免我放心不下。」阿朱道：「好，段正淳便是『帶頭大哥』這件事，白世鏡倘若說與人知，白世鏡身受千刀萬剮的慘禍，身敗名裂，為天下所笑。」她這個誓立得極重，實則很是滑頭，口口聲聲都推在「白世鏡」身上，身受千刀萬剮的是白世鏡，身敗名裂的是白世鏡，跟她阿朱可不相干。

馬夫人聽了卻似甚感滿意，說道：「這樣就好了。」

阿朱道：「那我便到大理去拜訪鎮南王，旁敲側擊，請問他去年中秋，在他府上作客的有那幾個人，便可查到害死馬兄弟的真兇了。不過此刻我總還認定是喬峯。趙錢孫、譚公、譚婆三人瘋瘋顛顛，說話不大靠得住。」

馬夫人道：「查明兇手真相一事，那便拜託白長老了。」阿朱道：「馬兄弟跟我便如親兄弟一般，我自當盡心竭力。」馬夫人泫然道：「白長老情義深重，亡夫地下有知，定然銘感。」阿朱道：「弟妹多多保重，在下告辭。」當即辭了出來。馬夫人道：「小女子孀居，夜晚不便遠送，白長老恕罪則個。」阿朱道：「好說，好說，弟妹不必客氣。」

阿朱到得門外，只見蕭峯已站在遠處等候，兩人對望一眼，一言不發的向來路而行。

一鉤新月，斜照信陽古道。兩人並肩而行，直走出十餘里，蕭峯才長吁一聲，道：「阿朱，多謝你啦。」

阿朱淡淡一笑，不說甚麼。她臉上雖是滿臉皺紋，化裝成了白世鏡的模樣，但從她眼色之中，蕭峯還是覺察到她心中深感擔心焦慮，便問：「今日大功告成，你為甚麼不高興？」

阿朱道：「我想大理段氏人多勢眾，你孤身前去報仇，實是萬分凶險。」

蕭峯道：「啊，你是在為我擔心。你放心好了，我在暗，他在明，三年五載報不了仇，正如馬夫人所說，那就等上十年八載。總有一日，我要將段正淳斬成十七八塊餵狗。」說到這裏，不由得咬牙切齒，滿腔怨毒都露了出來。

阿朱道：「大哥，你千萬得小心才好。」蕭峯道：「這個自然，我送了性命事小，爹娘的血仇不能得報，我死了也不瞑目。」慢慢伸出手去，拉著她手，說道：「我若死在段正淳手下，誰陪你在雁門關外牧牛放羊呢？」

阿朱道：「唉，我總是害怕得很，覺得這件事情之中有甚麼不對。那個馬夫人，那……馬夫人，這般冰清玉潔的模樣，我見了她，卻不自禁的覺得可怕厭憎。」

蕭峯笑道：「這女人很是精明能幹，你生恐她瞧破你的喬裝改扮，自不免害怕。」

兩人到得信陽城客店之中，蕭峯立即要了十斤酒，開懷暢飲，心中不住盤算如何報仇，想到大理段氏，自然而然記起了那個新結交的金蘭兄弟段譽，不由得心中一凜，呆呆的端著酒碗不飲，臉上神色大變。

阿朱還道他發覺了甚麼，四下一瞧，不見有異，低聲問道：「大哥，怎麼啦？」蕭峯一驚，道：「沒……沒甚麼。」端起酒來，一飲而盡，酒到喉頭，突然氣阻，竟然大咳起來，將胸口衣襟上噴得都是酒水。他酒量世所罕有，內功深湛，竟然飲酒嗆口，那是從所未有之事。阿朱暗暗擔心，卻也不便多問。

她那裏知道，蕭峯飲酒之際，突然想起那日在無錫和段譽賭酒，對方竟以「六脈神劍」的上乘氣功，將酒水都從手指中逼了出來。這等神功內力，蕭峯自知頗有不及。段譽明明不會武功，內功便已如此了得，那大對頭段正淳是大理段氏的首腦之一，比之段譽，想必更加厲害十倍，這父母大仇，如何能報？他不知段譽巧得神功、吸人內力的種種奇遇，單以內力而論，段譽比他父親已不知深厚了多少倍，而「六脈神劍」的功夫，當世除段譽一人而外，亦無第二人使得周全。蕭峯和阿朱雖均與段譽熟識，但大理國段氏乃是國姓，好比大宋姓趙的、西夏國姓李的、遼國姓耶律的都是成千成萬，段譽從來不提自己是大理國王子，蕭峯和阿朱決計想不到他是帝皇之裔。

阿朱雖不知蕭峯心中所想的詳情，但也料到他總是為報仇之事發愁，便道：「大哥，報仇大事，不爭一朝一夕。咱們謀定而後動，就算敵眾我寡，不能力勝，難道不能智取麼？」

蕭峯心頭一喜，想起阿朱機警狡猾，實是一個大大的臂助，當即倒了一滿碗酒，一飲而盡，說道：「父母之仇，不共戴天。報此大仇，已不用管江湖上的甚麼規矩道義，多惡毒的手段也使得上。對了，不能力勝，咱們就跟他智取。」

阿朱又道：「大哥，除了你親生父母的大仇，還有你養父養母喬家老先生、老太太的血仇，你師父玄苦大師的血仇。」

蕭峯伸手在桌上一拍，大聲道：「是啊，仇怨重重，豈止一端？」

阿朱道：「你從前跟玄苦大師學藝，想是年紀尚小，沒學全少林派的精湛內功，否則大理段氏的一陽指便再厲害，也未必在少林派達摩老祖的『易筋經』之上。我曾聽慕容老爺談起天下武功，說道大理段氏最厲害的功夫，還不是一陽指，而是叫作甚麼『六脈神劍』。」

蕭峯皺眉道：「是啊，慕容先生是武林中的奇人，所言果然極有見地。我適才發愁，倒不是為了一陽指，而是為了這六脈神劍。」

阿朱道：「那日慕容老爺和公子論談天下武功，我站在一旁斟茶，聽到了幾句。慕容老爺說道：『少林派七十二項絕技，自然各有精妙之處，但克敵制勝，只須一門絕技便已足夠，用不著七十二項。』」

蕭峯點頭道：「慕容前輩所論甚是。」

阿朱又道：「那時慕容公子道：『是啊，王家舅母和表妹就愛自誇多識天下武功，可是博而不精，有何用處。』慕容老爺道：『說到這個「精」字，卻又談何容易？其實少林派真正的絕學，乃是一部易筋經，只要將這部經書練通了，甚麼平庸之極的武功，到了手裏，都能化腐朽為神奇。』」

根基打好，內力雄強，則一切平庸招數使將出來都能發揮極大威力，這一節蕭峯自是深知，那日在聚賢莊上力鬥羣雄，他以一套眾所周知的「太祖長拳」會戰天下英雄好漢，任他一等一的高人，也均束手拜服。這時他聽阿朱重述慕容先生的言語，不禁連喝了兩大碗酒，道：「深得我心，深得我心。可惜慕容先生已然逝世，否則蕭峯定要到他莊上，見一見這位天下奇人。」

阿朱嫣然一笑，道：「慕容老爺在世之日，向來不見外客，但你當然又作別論。」蕭峯抬起頭來一笑，知他「又作別論」四字之中頗含深意，意思說：「你是我的知心愛侶，慕容先生自當另眼相看。」阿朱見到了他目光的神色，不禁低下頭去，暈生雙頰，芳心竊喜。

蕭峯喝了一碗酒，問道：「慕容老爺去世時年紀並不太老罷？」阿朱道：「五十來歲，也不算老。」蕭峯道：「嗯，他內功深湛，五十來歲正是武功登峯造極之時，不知如何忽然逝世？」阿朱搖頭道：「老爺生甚麼病而死，我們都不知道。他死得很快，忽然早上生病，到得晚間，公子便大聲號哭，出來告知眾人，老爺死了。」

蕭峯道：「嗯，不知是甚麼急症，可惜，可惜。可惜薛神醫不在左近，否則好歹也要請了他來，救活慕容先生一命。」他和慕容氏父子雖然素不相識，但聽旁人說起他父子的言行性情，不禁頗為欽慕，再加上阿朱的淵源，更多了一層親厚之意。

阿朱又道：「那日慕容老爺向公子談論這部易筋經。他說道：『達摩老祖的易筋經我雖未寓目，但以武學之道推測，少林派所以得享大名，當是由這部易筋經而來。那七十二門絕技，不能說不厲害，但要說憑此而領袖羣倫，為天下武學之首，卻還談不上。』老爺加意告誡公子，說決不可自恃祖傳武功，小覷了少林弟子，寺中既有此經，說不定便有天資穎悟的僧人能讀通了它。」

蕭峯點頭稱是，心想：「姑蘇慕容氏名滿天下，卻不狂妄自大，甚是難得。」

阿朱道：「老爺又說，他生平於天下武學無所不窺，只可惜沒見到大理段氏的六脈神劍劍譜，以及少林派的易筋經，不免是終身的大憾事。大哥，慕容老爺既將這兩套武功相提並論，由此推想，要對付大理段氏的六脈神劍，似乎須從少林易筋經著手。要是能將易筋經從少林寺菩提院中盜了出來，花上幾年功夫練它一練，那六脈神劍、七脈鬼刀甚麼的，我瞧也不用放在心上。」她說到這裏，臉上露出一副似笑非笑的神色。

蕭峯跳起身來，笑道：「小鬼頭……你……你原來……」

阿朱笑道：「大哥，我偷了這部經書出來，本想送給公子，請他看過之後，在老爺墓前焚化，償他老人家的一番心願。現今當然是轉送給你了。」說著從懷中取出一個油布小包，放在蕭峯手裏。

那晚蕭峯親眼見她扮作止清和尚，從菩提院的銅鏡之後盜取經書，沒想到便是少林派內功秘笈的易筋經。阿朱在聚賢莊上為羣豪所拘，眾人以她是女流之輩，並未在她身上搜查，而玄寂、玄難等少林高僧，更是做夢也想不到本寺所失的經書便在她身上。

蕭峯搖了搖頭，說道：「你干冒奇險，九死一生的從少林寺中盜出這部經書來，本意要給慕容公子的，我如何能夠據為己有？」

阿朱道：「大哥，這就是你的不是了。」蕭峯奇道：「怎麼又是我的不是？」阿朱道：「這經書是我自己起意去偷來的，又不是奉了慕容公子之命。我愛送給誰，便送給誰。何況你看過之後，咱們再送給公子，也還不遲。父母之仇不共戴天，只求報得大仇，甚麼陰險毒辣、卑鄙骯髒之事，那也都幹得了，怎地借部書來瞧瞧，也婆婆媽媽起來？」

這一番話只聽得蕭峯凜然心驚，向她深深一揖，說道：「賢妹責備得是，為大事者豈可拘泥小節？」

阿朱抿嘴一笑，說道：「你本來便是少林弟子，以少林派的武功，去為恩師玄苦大師報仇雪恨，正是順理成章之事，又有甚麼不對了？」

蕭峯連聲稱是，心中又是感激，又是歡喜，當下便將那油布小包打了開來，只見薄薄一本黃紙的小冊，封皮上寫著幾個彎彎曲曲的奇形文字。他暗叫：「不好！」翻開第一頁來，只見上面寫滿了字，但這些字歪歪斜斜，又是圓圈，又是鉤子，半個也不識得。

阿朱「啊喲」一聲，說道：「原來都是梵文，這就糟糕了。我本想這本書是要燒給老爺的，我做丫鬟的不該先看，因此經書到手之後，一直沒敢翻來瞧瞧。唉，無怪那些和尚給人盜去了武功秘笈，卻也並不如何在意，原來是本誰也看不懂的天書……」說著唉聲嘆氣，極是沮喪。

蕭峯勸道：「得失之際，那也不用太過介意。」將易筋經重行包好，交給阿朱。

阿朱道：「放在你身邊，不是一樣？難道咱們還分甚麼彼此？」

蕭峯一笑，將小包收入懷中。他又斟了一大碗酒，正待再喝，忽聽得門外腳步聲響，有人大聲吼叫。蕭峯微感詫異，搶到門外，只見大街上一個大漢渾身是血，手執兩柄板斧，直上直下的狂舞亂劈。

二十二 雙眸粲粲如星

——

喀喇一響，湖面碎裂，

那美婦雙手已托著紫衫少女，探頭出水。

那中年人大喜，忙划回小船去迎接。

那美婦喝道：「別碰她身子，

你這人太也好色，靠不住得很。」

這大漢滿腮虬髯，神態威猛，但目光散亂，行若顛狂，顯是個瘋子。蕭峯見他手中一對大斧係以純鋼打就，甚是沉重，使動時開闔攻守頗有法度，門戶精嚴，儼然是名家風範。蕭峯於中原武林人物相識甚多，這大漢卻是不識，心想：「這大漢的斧法甚是了得，怎地我沒聽見過有這一號人物？」

那漢子板斧越使越快，不住大吼：「快，快，快去稟告主公，對頭找上門來了。」他站在通衢大道之上，兩柄明晃晃的板斧橫砍豎劈，行人自是遠遠避開，有誰敢走近身去？蕭峯見他神情惶急，斧法一路路的使下來，漸漸力氣不加，但拚命支持，只叫：「傅兄弟，你快退開，不用管我，去稟報主公要緊。」

蕭峯心想：「此人忠義護主，倒是一條好漢，這般耗損精力，勢必要受極重內傷。」當下走到那大漢身前，說道：「老兄，我請你喝一杯酒如何？」

那大漢向他怒目瞪視，突然大聲叫道：「大惡人，休得傷我主人！」說著舉斧便向他當頭砍落。旁觀眾人見情勢凶險，都是「啊喲」一聲，叫了出來。

蕭峯聽到「大惡人」三字，也矍然而驚：「我和阿朱正要找大惡人報仇，這漢子的對頭原來便是大惡人。雖然他口中的大惡人，未必就是阿朱和我所說的大惡人，好歹先救他一救再說。」當下欺身直進，伸手去點他腰脅的穴道。

不料這漢子神智雖然昏迷，武功不失，右手斧頭柄倒翻上來，直撞蕭峯的小腹。這一招甚是精巧靈動，蕭峯若不是武功比他高出甚多，險些便給擊中，當即左手疾探而出，抓住斧柄一奪。那大漢本已筋疲力竭，如何禁受得起？全身一震，立時向蕭峯和身撲了過來。他竟然不顧性命，要和對頭拚個同歸於盡。

蕭峯右臂環將過來，抱住了那漢子，微一用勁，便令他動彈不得。街頭看熱鬧的閒漢見蕭峯制服了瘋子，盡皆喝彩。蕭峯將那大漢半抱半拖的拉入客店大堂，按著他在座頭坐下，說道：「老兄，先喝碗酒再說！」命酒保取過酒來。

那大漢雙眼目不轉睛的直瞪著他，瞧了良久，才問：「你……你是好人還是惡人？」

蕭峯一怔，不知如何回答。

阿朱笑道：「他自然是好人，我也是好人，你也是好人。咱們是朋友，咱們一同去打大惡人。」那大漢向她瞪視一會，又向蕭峯瞪視一會，似乎信了，又似不信，隔了片刻，說道：「那……那大惡人呢？」阿朱又道：「咱們是朋友，一同去打大惡人！」

那大漢猛地站起身來，大聲道：「不，不！大惡人厲害得緊，快，快去稟告主公，請他急速想法躲避。我來抵擋大惡人，你去報訊。」說著站起身來，搶過了板斧。

蕭峯伸手按住他肩頭，說道：「老兄，大惡人還沒到，你主公是誰？他在那裏？」

大漢大叫：「大惡人，來來來，老子跟你拚鬥三百回合，你休得傷了我家主公！」

蕭峯向阿朱對望了一眼，無計可施。阿朱忽然大聲道：「啊喲不好，咱們得快去向主公報訊。主公到了那裏？他上那裏去啦，別叫大惡人找到才好。」

那大漢道：「對，對，你快去報訊。公主到小鏡湖方竹林去了，你……你快去小鏡湖方竹林稟報主公，去啊，去啊！」說著連聲催促，極是焦急。

蕭峯和阿朱正拿不定主意，忽聽得那酒保說道：「到小鏡湖去嗎？路程可不近哪。」

蕭峯聽得「小鏡湖」確是有這麼一個地名，忙問：「在甚麼地方？離這兒有多遠？」那酒保道：「若問旁人，也還真未必知道。恰好問上了我，這就問得對啦。我便是小鏡湖左近之人。天下事情，當真有多巧便有多巧，這才叫做無巧不成話哪！」

蕭峯聽他囉裏囉唆的不涉正題，伸手在桌上一拍，大聲道：「快說，快說！」那酒保本想討幾文酒錢再說，給蕭峯這麼一嚇，不敢再賣關子，說道：「你這位爺台的性子可急得很哪，嘿嘿，要不是剛巧撞到了我，你性子再急，那也不管用，是不是？」他定要說上幾句閒話，眼見蕭峯臉色不善，便道：「小鏡湖在這裏的西北，你先一路向西，走了七里半路，便見到有十來株大柳樹，四株一排，共是四排，一四得四、二四得八、三四一十二、四四一十六，共是一十六株大柳樹，那你就趕緊向北。又走出九里半，只見有座青石板大橋，你可千萬別過橋，這一過橋便錯了，說不過橋哪，卻又得要過，便是不能過左首那座青石板大橋，須得過右首那座木板小橋。過了小橋，一忽兒向西，一忽兒向北，一忽兒又向西，總之跟著那條小路走，就錯不了。這麼走了二十一里半，就看到鏡子也似的一大片湖水，那便是小鏡湖了。從這裏去，大略說說是四十里，其實是三十八里半，四十里是不到的。」

蕭峯耐著性子聽他說完。阿朱道：「你這位大哥說得清清楚楚，明明白白。一里路一文酒錢，本來想給你四十文，這一給便給錯了數啦，說不給呢，卻又得要給。一八得八，二八一十六，三八二十四，四八三十二，五八得四十，四十里路除去一里半，該當是三十八文半。」數了三十九個銅錢出來，將最後這一枚在利斧口上磨了一條印痕，雙指一挾，拍的一聲輕響，將銅錢拗成兩半，給了那酒保三十八枚又半枚銅錢。

蕭峯忍不住好笑，心想：「這女孩兒遇上了機會，總是要胡鬧一下。」

那大漢雙目直視，仍是不住口的催促：「快去報訊啊，遲了便來不及啦，大惡人可厲害得緊。」蕭峯問道：「你主人是誰？」那大漢喃喃的道：「我主公……我主公……他……他去的地方，可不能讓別人知道。你還是別去的好。」蕭峯大聲道：「你姓甚麼？」那人漢隨口答道：「我姓古。啊喲，我不姓古。」

蕭峯心下起疑：「莫非此人有詐，故意引我上小鏡湖去？怎麼又姓古，又不姓古？」轉念又想：「倘若是對頭派了他來誆我前去，求之不得，我正要找他。小鏡湖便是龍潭虎穴，蕭某何懼？」向阿朱道：「咱們便上小鏡湖去瞧瞧，且看有甚麼動靜，這位兄台的主人若在那邊，想來總能找到。」

那酒保插口道：「小鏡湖四周一片荒野，沒甚麼看頭的。兩位若想遊覽風景，見識見識咱們這裏大戶人家花園中的亭台樓閣，包你大開眼界……」蕭峯揮手叫他不可囉唆，向那大漢道：「老兄累得很，在這裏稍息，我去代你稟報令主人，說道大惡人轉眼便到。」

那大漢道：「多謝，多謝！古某感激不盡。我去攔住大惡人，不許他過來。」說著站起身來，伸手想去提板斧，可是他力氣耗盡，雙臂酸麻，緊緊握住了斧柄，卻已無力舉起。

蕭峯道：「老兄還是歇歇。」付了店錢酒錢，和阿朱快步出門，便依那酒保所說，沿大路向西，走得七八里地，果見大道旁四株一排，一共四四一十六株大柳樹。阿朱笑道：「那酒保雖然囉唆，卻也有囉唆的好處，這就決計不會走錯，是不是？咦，那是甚麼？」

她伸手指著一株柳樹，樹下一個農夫倚樹而坐，一雙腳浸在樹旁水溝裏的泥水之中。本來這是鄉間尋常不過的景色，但那農夫半邊臉頰上都是鮮血，肩頭抗著一根亮光閃閃的熟銅棍，看來份量著實不輕。

蕭峯走到那農夫身前，只聽得他喘聲粗重，顯然是受了沉重內傷。蕭峯開門見山的便道：「這位大哥，咱們受了一個使板斧朋友的囑託，要到小鏡湖去送一個訊，請問去小鏡湖是這邊走嗎？」那農夫抬起頭來，問道：「使板斧的朋友是死是活？」蕭峯道：「他只損耗了些氣力，並無大礙。」那農夫吁了口氣，說道：「謝天謝地。兩位請向北行，送訊之德，決不敢忘。」蕭峯聽他出言吐談，絕非尋常的鄉間農夫，問道：「老兄尊姓？和那使板斧的是朋友麼？」那農夫道：「賤姓傅。閣下請快趕向小鏡湖去，那大惡人已搶過了頭去，說來慚愧，我竟然攔他不住。」

蕭峯心想：「這人身受重傷，並非虛假，倘若真是對頭設計誆我入彀，下的本錢倒也不小。」見他形貌誠樸，心生愛惜之意，說道：「傅大哥，你受的傷不輕，大惡人用甚麼兵刃傷你的？」那漢子道：「是根鐵棒。」

蕭峯見他胸口不絕的滲出鮮血，揭開他衣服一看，見當胸破了一孔，雖不過指頭大小，卻是極深。蕭峯伸指連點他傷口四周的數處大穴，助他止血減痛。阿朱撕下他衣襟，給他裹好了傷處。

那姓傅的漢子道：「兩位大恩，傅某不敢言謝，只盼兩位儘快去小鏡湖，給敝上報一個訊。」蕭峯問道：「尊上人姓甚名誰，相貌如何？」

那人道：「閣下到得小鏡湖畔，便可見到湖西有一叢竹林，竹桿都是方形，竹林中有幾間竹屋，閣下請到屋外高叫數聲：『天下第一大惡人來了，快快躲避！』那就行了，最好請不必進屋。敝上之名，日後傅某自當奉告。」

蕭峯心道：「甚麼天下第一大惡人？難道是號稱『四大惡人』中的段延慶嗎？聽這漢子的言語，顯是不願多說，那也不必多問了。」但這麼一來，卻登時消除了戒備之意，心想：「若是對頭有意誆我前去，自然每一句話都會編得入情入理，決計不會令我起疑。這人吞吞吐吐，不肯實說，那就絕非存有歹意。」便道：「好罷，謹遵閣下吩咐。」那大漢掙扎著爬起，跪下道謝。

蕭峯道：「你我一見如故，傅兄不必多禮。」他右手扶起了那人，左手便在自己臉上一抹，除去了化裝，以本來面目和他相見，說道：「在下契丹人蕭峯，後會有期。」也不等那漢子說話，攜了阿朱之手，快步而行。

阿朱道：「咱們不用改裝了麼？」蕭峯道：「不知如何，我好生喜歡這個粗豪大漢。既有心跟他結交，便不能以假面目相對。」

阿朱道：「好罷，我也回復了女裝。」走到小溪之旁，匆匆洗去臉上化裝，脫下帽子，露出一頭青絲，寬大的外袍一除下，裏面穿的本來便是女子衣衫。

兩人一口氣便走出九里半路，遠遠望見高高聳起的一座青石橋。走近橋邊，只見橋面伏著一個書生。這人在橋上鋪了一張大白紙，便以橋上的青石作硯，磨了一大灘墨汁。那書生手中提筆，正在白紙上寫字。蕭峯和阿朱都覺奇怪，那有人拿了紙墨筆硯，到荒野的橋上來寫字的？

走將近去，才看到原來他並非寫字，卻是繪畫。畫的便是四周景物，小橋流水，古木遠山，都入圖畫之中。他伏在橋上，並非面對蕭峯和阿朱，但奇怪的是，畫中景物卻明明是向著二人，只見他一筆一劃，都是倒畫，從相反的方向畫將過來。

蕭峯於書畫一道全然不懂。阿朱久在姑蘇慕容公子家中，書畫精品卻見得甚多，見那書生所繪的「倒畫」算不得是甚麼丹青妙筆，但如此倒畫，實是難能，正想上前問他幾句，蕭峯輕輕一拉她衣角，搖了搖頭，便向右首那座木橋走去。

那書生說道：「兩位見了我的倒畫，何以毫不理睬？難道在下這點微末功夫，便有污兩位法眼麼？」阿朱道：「孔夫子席不正不坐，肉不正不食。正人君子，不觀倒畫。」那人哈哈大笑，收起白紙，說道：「言之有理，請過橋罷。」

蕭峯早料到他的用意，他以白紙鋪橋，引人注目，一來是拖延時刻，二來是虛者實之，故意引人走上青石板橋，便道：「咱們要到小鏡湖去，一上青石橋，那便錯了。」那書生道：「從青石橋走，不過繞個圈子，多走五六十里路，仍能到達，兩位還是上青石橋的好。」蕭峯道：「好端端的，幹甚麼要多走五六十里？」那書生笑道：「欲速則不達，難道這句話的道理也不懂麼？」

阿朱也已瞧出這書生有意阻延，不再跟他多纏，當即踏上木橋，蕭峯跟著上去。兩人走到木橋當中，突覺腳底一軟，喀喇喇一聲響，橋板折斷，身子向河中墮去。蕭峯左手伸出，攔腰抱住阿朱身子，右足在橋板一點，便這麼一借勢，向前撲去，躍到了彼岸，跟著反手一掌，以防敵人自後偷襲。

那書生哈哈大笑，說道：「好功夫，好功夫！兩位急急趕往小鏡湖，為了何事？」

蕭峯聽得他笑聲中帶有驚惶之意，心想：「此人面目清雅，卻和大惡人是一黨。」也不理他，逕自和阿朱去了。

行不數丈，聽得背後腳步聲響，回頭一看，正是那書生隨後趕來。蕭峯轉過身來，鐵青著臉問道：「閣下有何見教？」那書生道：「在下也要往小鏡湖去，正好和兩位同行。」蕭峯道：「如此最好不過。」左手搭在阿朱腰間，提一口氣，帶著她飄出，當真是滑行無聲，輕塵不起。那書生發足急奔，卻和蕭峯二人越離越遠。蕭峯見他武功平平，當下也不在意，依舊提氣飄行，雖然帶著阿朱，仍比那書生迅捷得多，不到一頓飯時分，便已將他拋得無影無蹤。

自過小木橋後，道路甚是狹窄，有時長草及腰，甚難辨認，若不是那酒保說得明白，這路也還真的難找。又行了小半個時辰，望到一片明湖，蕭峯放慢腳步，走到湖前，但見碧水似玉，波平如鏡，不愧那「小鏡湖」三字。

他正要找那方竹林子，忽聽得湖左花叢中有人格格兩聲輕笑，一粒石子飛了出來。蕭峯順著石子的去勢瞧去，見湖畔一個漁人頭戴斗笠，正在垂釣。他釣桿上剛釣起一尾青魚，那顆石子飛來，不偏不倚，正好打在魚絲之上，嗤的一聲輕響，魚絲斷為兩截，青魚又落入了湖中。

蕭峯暗吃一驚：「這人的手勁古怪之極。魚絲柔軟，不能受力，若是以飛刀、袖箭之類將其割斷，那是絲毫不奇。明明是圓圓的一枚石子，居然將魚絲打斷，這人使暗器的陰柔手法，決非中土所有。投石之人武功看來不高，但邪氣逼人，純然是旁門左道的手法，心想：「多半是那大惡人的弟子部屬，聽笑聲卻似是個年輕女子。」

那漁人的釣絲被人打斷，也是吃了一驚，朗聲道：「是誰作弄褚某，便請現身。」

瑟瑟幾響，花樹分開，鑽了一個少女出來，全身紫衫，只十五六歲年紀，比阿朱尚小著兩歲，一雙大眼烏溜溜地，滿臉精乖之氣。她瞥眼見到阿朱，便不理漁人，跳跳蹦蹦的奔到阿朱身前，拉住了她手，笑道：「這位姊姊長得好俊，我很喜歡你呢！」說話頗有些捲舌之音，咬字不正，就像是外國人初學中土言語一般。

阿朱見少女活潑天真，笑道：「你才長得俊呢，我更加喜歡你。」阿朱久在姑蘇，這時說的是中州官話，語音柔媚，可也不甚準確。

那漁人本要發怒，見是這樣一個活潑可愛的少女，滿腔怒氣登時消了，說道：「這位姑娘頑皮得緊。這打斷魚絲的功夫，卻也了得。」

那少女道：「釣魚有甚麼好玩？氣悶死了。你想吃魚，用這釣桿來刺魚不更好些麼？」說著從漁人手中接過釣桿，隨手往水中一刺，釣桿尖端刺入一尾白魚的魚腹，提起來時，那魚兀自翻騰扭動，傷口中的鮮血一點點的落在碧水之上，紅綠相映，鮮艷好看，但彩麗之中卻著實也顯得殘忍。

蕭峯見她隨手這麼一刺，右手先向左略偏，劃了個小小弧形，再從右方向下刺出，手法頗為巧妙，姿式固然美觀，但用以臨敵攻防，畢竟是慢了一步，實猜不出是那一家那一派的武功。

那少女手起桿落，接連刺了六尾青魚白魚，在魚桿上串成一串，隨便又是一抖，將那些魚兒都抛入湖中。那漁人臉有不豫之色，說道：「年紀輕輕的小姑娘，行事恁地狠毒。你要捉魚，那也罷了，刺死了魚卻又不吃，無端殺生，是何道理？」

那少女拍手笑道：「我便是喜歡無端殺生，你待怎樣？」雙手用力一拗，想拗斷他的釣桿，不料這釣桿甚是牢固堅韌，那少女竟然拗不斷。那漁人冷笑道：「你想拗斷我的釣桿，卻也沒這麼容易。」那少女向漁人背後一指，道：「誰來了啊？」

那漁人回頭一看，不見有人，知道上當，急忙轉過頭來，已然遲了一步，只見他的釣桿已飛出數十丈外，嗤的一聲響，插入湖心，登時無影無蹤。那漁人大怒，喝道：「那裏來的野丫頭？」伸手便往她肩頭抓落。

那少女笑道：「救命！救命！」躲向蕭峯背後。那漁人閃身來捉，身法甚是矯捷。蕭峯一瞥眼間，見那少女手中多了件物事。似是一塊透明的布疋，若有若無，不知是甚麼東西。那漁人向她撲去，不知怎的，突然間腳下一滑，撲地倒了，跟著身子便變成了一團。蕭峯這才看清楚，那少女手中所持的，是一張以極細絲線結成的漁網。絲線細如頭髮，質地又是透明，但堅韌異常，又且遇物即縮，那漁人身入網中，越是掙扎，漁網纏得越緊，片刻之間，就成為一隻大粽子般，給纏得難以動彈。

那漁人厲聲大罵：「小丫頭，你弄甚麼鬼花樣，以這般妖法邪術來算計我。」

蕭峯暗暗駭異，知那少女並非行使妖法邪術，但這張漁網卻確是頗有妖氣。

這漁人不住口的大罵。那少女笑道：「你再罵一句，我就打你屁股了。」那漁人一怔，便即住口，滿臉脹得通紅。

便在此時，湖西有人遠遠說道：「褚兄弟，甚麼事啊？」湖畔小徑上一人快步走來。蕭峯望見這人一張國字臉，四十來歲、五十歲不到年紀，形貌威武，但輕袍緩帶，裝束卻頗瀟灑。

這人走近身來，見到那漁人被縛，很是詫異，問道：「怎麼了？」那漁人道：「這小姑娘使妖法……」那中年人轉頭向阿朱瞧去。那少女笑道：「不是她，是我！」那中年人哦的一聲，彎腰一抄，將那漁人龐大的身軀托在手中，伸手去拉漁網。豈知網線質地甚怪，他越用力拉扯，漁網越收得緊，說甚麼也解不開。

那少女笑道：「只要他連說三聲『我服了姑娘啦！』我就放了他。」那中年人道：「你得罪了我褚兄弟，沒甚麼好結果的。」那少女笑著道：「是麼？我就是不想要甚麼好結果。結果越壞，越是好玩。」

那中年人左手伸出，搭向她肩頭。那少女陡地向後一縮，閃身想避，不料她行動雖快，那中年人更快，手掌跟著一沉，便搭上了她肩頭。

那少女斜肩卸勁，但那中年人這隻左掌似乎已牢牢黏在她肩頭。那少女嬌斥：「快放開手！」左手揮拳欲打，但拳頭只打出一尺，臂上無力，便軟軟的垂了下來。她大駭之下，叫道：「你使甚麼妖法邪術？快放開我。」中年人微笑道：「你連說三聲『我服了先生啦』，再解開我兄弟身上的漁網，我就放你。」少女怒道：「你得罪了姑娘，沒甚麼好結果的。」

中年人微笑道：「結果越壞，越是好玩。」

那少女又使勁掙扎了一下，掙不脫身，反覺全身酸軟，連腳下也沒了力氣，笑道：「不要臉，只會學人家的話。好罷，我就說了。『我服了先生啦！我服了先生啦！我服了先生啦！』」她說「先生」的「先」字咬音不正，說成「此生」，倒像是說「我服了畜生啦」。那中年人並沒察覺，手掌一抬，離開了她肩頭，說道：「快解開漁網。」

那少女笑道：「這再容易不過了。」走到漁人身邊，俯身去解纏在他身上的漁網，左手在袖底輕輕一揚，一蓬碧綠的閃光，向那中年人激射過去。

阿朱「啊」的一聲驚叫，見她發射暗器的手法既極歹毒，中年人和她相距又近，看來非射中不可。蕭峯卻只微微一笑，他見這中年人一伸手便將那少女制得服服貼貼，顯然內力深厚，武功高強，這些小小暗器自也傷不到他。果然那中年人袍袖一拂，一股內勁發出，將一叢綠色細針都激得斜在一旁，紛紛插入湖邊泥裏。

他一見細針顏色，便知針上所餵毒藥甚是厲害，見血封喉，立時送人性命，自己和她初次見面，無怨無仇，怎地下此毒手？他心下惱怒，要教訓教訓這女娃娃，右袖跟著揮出，袖力中夾著掌力，呼的一聲響，將那少女身子帶了起來，撲通一聲，掉入了湖中。他隨即足尖一點，躍入柳樹下的一條小舟，扳槳划了幾划，便已到那少女落水之處，只待她冒將上來，便抓了她頭髮提起。

可是那少女落水時叫了聲「啊喲！」落入湖中之後，就此影蹤不見。本來一個人溺水之後，定會冒將起來，再又沉下，如此數次，喝飽了水，這才不再浮起。但那少女便如一塊大石一般，就此一沉不起。等了片刻，始終不見她浮上水面。

那中年人越等越焦急，他原無傷她之意，只是見她小小年紀，行事如此惡毒，這才要懲戒她一番，倘若淹死了她，卻於心不忍。那漁人水性極佳，原可入湖相救，偏生被漁網纏住了無法動彈。蕭峯和阿朱都不識水性，也是無法可施。只聽得那中年人大聲叫道：「阿星，阿星，快出來！」

遠遠竹叢中傳來一個女子的聲音叫道：「甚麼事啊？我不出來！」

蕭峯心想：「這女子聲音嬌媚，卻帶三分倔強，只怕又是個頑皮腳色，和阿朱及那個墮湖少女要鼎足而三了。」

那中年人叫道：「淹死人啦，快出來救人。」那女子叫道：「是不是你淹死了？」那中年人叫道：「別開玩笑，我淹死了怎能說話？快來救人哪！」那女子叫道：「你淹死了，我就來救，淹死了別人，我愛瞧熱鬧！」那中年人道：「你來是不來？」頻頻在船頭頓足，極是焦急。那女子道：「若是男子，我就救，倘是女子，便淹死了一百個，我也只拍手喝采，決計不救。」話聲越來越近，片刻間已走到湖邊。

蕭峯和阿朱向她瞧去，只見她穿了一身淡綠色的貼身水靠，更顯得纖腰一束，一雙烏溜溜的大眼晶光燦爛，閃爍如星，流波轉盼，靈活之極，似乎單是一雙眼睛便能說話一般，容顏秀麗，嘴角邊似笑非笑，約莫三十五六歲年紀。蕭峯聽了她的聲音語氣，只道她最多不過二十一二歲，那知已是個年紀並不很輕的少婦。她身上水靠結束整齊，想是她聽到那中年人大叫救人之際，便即更衣，一面逗他著急，卻快手快腳的將衣衫換好了。

那中年人見她到來，十分歡喜，叫道：「阿星，快快，是我將她失手摔下湖去，那知便不浮上來了。」那美婦人道：「我先得問清楚，是男人我就救，若是女人，你免開尊口。」

蕭峯和阿朱都好生奇怪，心想：「婦道人家不肯下水去救男人，以免水中摟抱糾纏，有失身分，那也是有的。怎地這婦人恰恰相反，只救男人，不救女人？」

那中年人跌足道：「唉，只是個十四五歲的小姑娘，你別多心。」那美婦人道：「哼，小姑娘怎麼了？你這人哪，十四五歲的小姑娘，七八十歲的老太婆都是來者不……」她本想說「都是來者不拒」，但一瞥眼見到了蕭峯和阿朱，臉上微微一紅，急忙伸手按住了自己的嘴，這個「拒」字就縮住不說了，眼光中卻滿是笑意。

那中年人在船頭深深一揖，道：「阿星，你快救她起來，你說甚麼我都依你。」那美婦道：「當真甚麼都依我？」中年人急道：「是啊。唉，這小姑娘還不浮起來，別真要送了她性命……」那美婦道：「我叫你永遠住在這兒，你也依我麼？」中年人臉現尷尬之色，道：「這個……這個……」那美婦道：「你就是說了不算數，只嘴頭上甜甜的騙騙我，叫我心裏歡喜片刻，也是好的。你就連這個也不肯。」說到了這裏，眼眶便紅了，聲音也有些哽咽。

蕭峯和阿朱對望一眼，均感奇怪，這一男一女年紀都已不小，但說話行事，卻如在熱戀中的少年情侶一般，模樣卻又不似夫妻，尤其那女子當著外人之面，說話仍是無所忌憚，在這旁人生死懸於一線的當口，她偏偏說這些不急之務。

那中年人嘆了口氣，將小船划了回來，道：「算啦，算啦，不用救了。這小姑娘用歹毒暗器暗算我，死了也是活該，咱們回去罷！」

那美婦側著頭道：「為甚麼不用救了？我偏偏要救。她用暗器射你嗎？那好極了，怎麼射你不死？可惜，可惜！」嘻嘻一笑，陡地縱起，一躍入湖。她水性當真了得，嗤的一聲輕響，水花不起，已然鑽入水底。跟著聽得喀喇一響，湖面碎裂，那美婦雙手已托著那紫衫少女，探頭出水。那中年人大喜，忙划回小船去迎接。

那中年人划近美婦，伸手去接那紫衫少女，見她雙目緊閉，似已氣絕，不禁臉有關注之色。那美婦喝道：「別碰她身子，你這人太也好色，靠不住得很。」那中年人佯怒道：「胡說八道，我一生一世，從來沒好色過。」

那美婦嗤的一聲笑，托著那少女躍入船中，笑道：「不錯，不錯，你從來不好色，就只喜歡無鹽嫫母醜八怪，啊喲……」她一摸那少女心口，竟然心跳已止。呼吸早已停閉，那是不用說了，可是肚腹並不鼓起，顯是沒喝多少水。

這美婦熟悉水性，本來料想這一會兒功夫淹不死人，那知這少女體質嬌弱，竟然死了，不禁臉上頗有歉意，抱著她一躍上岸，道：「快，快，咱們想法子救她！」抱著那少女，向竹林中飛奔而去。

那中年人俯身提起那漁人，向蕭峯道：「兄台尊姓大名，駕臨此間，不知有何貴幹？」

蕭峯見他氣度雍容，眼見那少女慘死，仍如此鎮定，心下也暗暗佩服，道：「在下契丹人蕭峯，受了兩位朋友的囑託，到此報一個訊。」

喬峯之名，本來江湖上無人不知，但他既知本姓，此刻便自稱蕭峯，再帶上「契丹人」三字，開門見山的自道來歷。這中年人對蕭峯之名自然甚為陌生，而聽了「契丹人」三字，也絲毫不以為異，問道：「奉託蕭兄的是那兩位朋友？不知報甚麼訊？」蕭峯道：「一位使一對板斧，一位使一根銅棍，自稱姓傅，兩人都受了傷……」

那中年人吃了一驚，問道：「兩人傷勢如何？這兩人現在何處？蕭兄，這兩人是兄弟知交好友，相煩指點，我……我……即刻要去相救。」那漁人道：「你帶我同去。」蕭峯見他二人重義，心下敬佩，道：「這兩人的傷勢雖重，尚無性命之憂，便在那邊鎮上……」那中年人深深一揖，道：「多謝，多謝！」更不打話，提著那漁人，發足往蕭峯的來路奔去。

便在此時，只聽得竹林中傳出那美婦的聲音叫道：「快來，快來，你來瞧……瞧這是甚麼？」聽她語音，直是惶急異常。

那中年人停住了腳步，正猶豫間，忽見來路上一人如飛趕來，叫道：「主公，有人來生事麼？」正是在青石橋上顛倒繪畫的那個書生。蕭峯心道：「我還道他是阻擋我前來報訊，卻原來和那使板斧的、使銅棍的是一路。他們所說的『主公』，便是這中年人了。」

這時那書生也已看到了蕭峯和阿朱，見他二人站在中年人身旁，不禁一怔，待得奔近身來，見到那漁人受制被縛，又驚又怒，問道：「怎……怎麼了？」

只聽得竹林中那美婦的聲音更是惶急：「你還不來，啊喲，我……我……」

那中年人道：「我去瞧瞧。」托著那漁人，便向竹林中快步行去。他這一移動身子，立見功力非凡，腳步輕跨，卻是迅速異常。蕭峯一隻手托在阿朱腰間，不疾不徐的和他並肩而行。那中年人向他瞧了一眼，臉露欽佩之色。

這竹林頃刻即至，果然每一根竹子的竹桿都是方的，在竹林中行了數丈，便見三間竹子蓋的小屋，構築甚是精緻。

那美婦聽得腳步聲，搶了出來，叫道：「你……你快來看，那是甚麼？」手裏拿著一塊黃金鎖片。

蕭峯見這金鎖片是女子尋常的飾物，並無特異之處，那日阿朱受傷，蕭峯到她懷中取傷藥，便曾見到她有一塊模樣差不多的金鎖片。豈知那中年人向這塊金鎖片看了幾眼，登時臉色大變，顫聲道：「那……那裏來的？」

那美婦道：「是從她頭頸中除下的，我曾在她們左肩上劃下記號，你自己……你自己瞧去……」說著已然泣不成聲。

那中年人快步搶進屋內。阿朱身子一閃，也搶了進去，比那美婦還早了一步。蕭峯跟在那女子身後，直進內堂，但見是間女子臥房，陳設精雅。蕭峯也無暇細看，但見那紫衫少女橫臥榻上，僵直不動，已然死了。

那中年人拉高少女衣袖，察看她的肩頭。他一看之後，立即將袖子拉下。蕭峯站在他背後，瞧不見那少女肩頭有甚麼記號，只見到那中年人背心不住抖動，顯是心神激盪之極。

那美婦扭住了那中年人衣衫，哭道：「是你自己的女兒，你竟親手害死了她，你不撫養女兒，還害死了她……你……你這狠心的爹爹……」

蕭峯大奇：「怎麼？這少女竟是他們的女兒。啊，是了，想必那少女生下不久，便寄養在別處，這金鎖片和左肩上的甚麼記號，都是她父母留下的記認。」突見阿朱淚流滿面，身子一晃，向臥榻斜斜的倒了下去。

蕭峯吃了一驚，忙伸手相扶，一彎腰間，只見榻上那少女眼珠微微一動。她眼睛已閉，但眼珠轉動，隔著眼皮仍然可見。蕭峯關心阿朱，只問：「怎麼啦？」阿朱站直身子，拭去眼淚，強笑道：「我見這位……這位姑娘不幸慘死，心裏難過。」

蕭峯伸手去搭那少女的脈搏。那美婦哭道：「心跳也停了，氣也絕了，救不活啦。」蕭峯微運內力，向那少女腕脈上衝去，跟著便即鬆勁，只覺那少女體內一股內力反激出來，顯然她是在運內力抗禦。

蕭峯哈哈大笑，說道：「這般頑皮的姑娘，當真天下罕見。」那美婦人怒道：「你是甚麼人，快快給我出去！我死了女兒，你在這裏胡說八道甚麼？」蕭峯笑道：「你死了女兒，我給你醫活來如何？」一伸手，便向那少女的腰間穴道上點去。

這一指正點在那少女腰間的「京門穴」上，這是人身最末一根肋骨的尾端，蕭峯以內力透入穴道，立時令她麻癢難當。那少女如何禁受得住，從床上一躍而起，格格嬌笑，伸出左手扶向蕭峯肩頭。

那少女死而復活，室中諸人無不驚喜交集。那中年人笑道：「原來你嚇我……」那美婦人破涕為笑，叫道：「我苦命的孩兒！」張開雙臂，便向她抱去。

不料蕭峯反手一掌，打得那少女直摔了出去。他跟著一伸手，抓住了她手腕，冷笑道：「小小年紀，這等歹毒！」

那美婦叫道：「你怎麼打我孩兒？」若不是瞧在他「救活」了女兒的份上，立時便要動手。

蕭峯拉著那少女的手腕，將她手掌翻了過來，說道：「請看。」

眾人只見那少女手指縫中挾著一枚發出綠油油光芒的細針，一望而知針上餵有劇毒。她假意伸手去扶蕭峯肩頭，卻是要將這細針插入他身體，幸好他眼明手快，才沒著了道兒，其間可實已凶險萬分。

那少女給這一掌只打得半邊臉頰高高腫起，蕭峯當然未使全力，否則便要打得她腦骨碎裂，也是輕而易舉。她給扣住了手腕，要想藏起毒針固已不及，左邊半身更是酸麻無力，她突然小嘴一扁，放聲大哭，邊哭邊叫：「你欺侮我！你欺侮我！」

那中年人道：「好，好！別哭啦！人家輕輕打你一下，有甚麼要緊？你動不動的便以劇毒暗器害人性命，原該教訓教訓。」

那少女哭道：「我這碧磷針，又不是最厲害的。我還有很多暗器沒使呢。」

蕭峯冷冷的道：「你怎麼不用無形粉、逍遙散、極樂刺、穿心釘？」

那少女止住了哭聲，臉色詫異之極，顫聲道：「你……你怎麼知道？」

蕭峯道：「我知道你師父是星宿老怪，便知道你這許多歹毒暗器。」

此言一出，眾人都是大吃一驚，「星宿老怪」丁春秋是武林中人人聞之皺眉的邪派高手，此人無惡不作，殺人如麻，「化功大法」專門消人內力，更為天下學武之人的大忌，偏生他武功極高，誰也奈何他不得，總算他極少來到中原，是以沒釀成甚麼大禍。

那中年人臉上神色又是憐惜，又是擔心，溫言問道：「阿紫，你怎地會去拜了星宿老人為師？」

那少女瞪著圓圓的大眼，骨溜溜地向那中年人打量，問道：「你怎麼又知道我名字？」那中年人嘆了口氣，說道：「咱們適才的話，難道你沒聽見嗎？」那少女搖搖頭，微笑道：「我一裝死，心停氣絕，耳目閉塞，甚麼也瞧不見、聽不見了。」

蕭峯放開了她手腕，道：「哼，星宿老怪的『龜息功』。」少女阿紫瞪著他道：「你好像甚麼都知道。呸！」向他伸伸舌頭，做個鬼臉。

那美婦拉著阿紫，細細打量，眉花眼笑，說不出的喜歡。那中年人微笑道：「你為甚麼裝死？真嚇得我們大吃一驚。」阿紫很是得意，說道：「誰叫你將我摔入湖中？你這傢伙不是好人。」那中年人向蕭峯瞧了一眼，臉有尷尬之色，苦笑道：「頑皮，頑皮。」

蕭峯知他父女初會，必有許多不足為外人道的言語要說，扯了扯阿朱的衣袖，退到屋外的竹林之中，只見阿朱兩眼紅紅的，身子不住發抖，問道：「阿朱，你不舒服麼？」伸手搭了搭她脈搏，但覺振跳甚速，顯是心神大為激盪。阿朱搖搖頭，道：「沒甚麼。」隨即道：「大哥，請你先出去，我……我要解手。」蕭峯點點頭，遠遠走了開去。

蕭峯走到湖邊，等了好一會，始終不見阿朱從竹林中出來，驀地裏聽得腳步聲響，有三人急步而來，心中一動：「莫非是大惡人到了？」遠遠只見三個人沿著湖畔小徑奔來，其中二人背上負得有人，一個身形矮小的人步履如飛，奔行時猶似足不點地一般。他奔出一程，便立定腳步，等候後面來的同伴。那兩人步履凝重，武功顯然也頗了得。三人行到近處，蕭峯見那兩個被負之人，正是途中所遇的使斧瘋子和那姓傅大漢。只聽那身形矮小之人叫道：

「主公，主公，大惡人趕來了，咱們快快走罷！」

那中年人一手攜著美婦，一手攜著阿紫，從竹林中走了出來。那中年人和那美婦臉上都有淚痕，阿紫卻笑嘻嘻地，洋洋然若無其事。接著阿朱也走出竹林，到了蕭峯身邊。

那中年人放開攜著的兩個女子，搶步走到兩個傷者身邊，按了按二人的脈搏，察知並無性命之憂，登時臉有喜色，說道：「三位辛苦，古傅兩位兄弟均無大礙，我就放心了。」三人躬身行禮，神態極是恭謹。

蕭峯暗暗納罕：「這三人武功氣度都著實不凡，若不是獨霸一方為尊，便當是一門一派的首領，但見了這中年漢子卻如此恭敬，這人又是甚麼來頭？」

那矮漢子說道：「啟稟主公，臣下在青石橋邊故布疑陣，將那大惡人阻得一阻。只怕他迅即便瞧破了機關，請主公即行起駕為是。」那中年人道：「我家不幸，出了這等惡逆，既然在此邂逅相遇，要避只怕也避不過，說不得，只好跟他周旋一番了。」一個濃眉大眼的漢子說道：「禦敵除惡之事，臣子們分所當為，主公務當以社稷為重，早回大理，以免皇上懸念。」另一個中等身材的漢子說道：「主公，今日之事，不能逞一時之剛勇。主公若有些微失閃，咱們有何面目回大理去見皇上？只有一齊自刎了。」

蕭峯聽到這裏，心中一凜：「又是臣子、又是皇上的，甚麼早回大理？難道這些人竟是大理段家的麼？」心中怦怦亂跳，尋思：「莫非天網恢恢，段正淳這賊子，今日正好撞在我的手裏？」

他正自起疑，忽聽得遠處一聲長吼，跟著有個金屬相互磨擦般的聲音叫道：「姓段的龜兒子，你逃不了啦，快乖乖的束手待縛。老子瞧在你兒子的面上，說不定便饒了你性命。」一個女子的聲音說道：「饒不饒他的性命，卻也還輪不到你岳老三作主，難道老大還不會發落麼？」又有一個陰聲陰氣的聲音道：「姓段的小子若是知道好歹，總比不知好歹的便宜。」這個人勉力遠送話聲，但顯是中氣不足，倒似是身上有傷未愈一般。

蕭峯聽得這些人口口聲聲說甚麼「姓段的」，疑心更盛，突然之間，一隻小手伸過來握住了他手。蕭峯斜眼向身旁的阿朱瞧了一眼，只見她臉色蒼白，又覺她手心中一片冰涼，都是冷汗，低聲問道：「你身子怎樣？」阿朱顫聲道：「我很害怕。」蕭峯微微一笑，說道：「在大哥身邊也害怕麼？」嘴巴向那中年人一努，輕輕在她耳邊說道：「這人似乎是大理段家的。」阿朱不置可否，嘴唇微微抖動。

那中年人便是大理國皇太弟段正淳。他年輕時遊歷中原，風流自賞，不免到處留情。其時富貴人家三妻四妾本屬常事，段正淳以皇子之尊，多蓄內寵原亦尋常。只是他段家出自中原武林世家，雖在大理稱帝，一切起居飲食，始終遵從祖訓，不敢忘本而過份豪奢。段正淳的元配夫人刀白鳳，是雲南擺夷大酋長的女兒，段家與之結親，原有攏絡擺夷、以固皇位之意。其時雲南漢人為數不多，倘若不得擺夷人擁戴，段氏這皇位就說甚麼也坐不穩。擺夷人自來一夫一妻，刀白鳳更自幼尊貴，便也不許段正淳娶二房，為了他不絕的拈花惹草，竟致憤而出家，做了道姑。段正淳和木婉清之母秦紅棉、鍾萬仇之妻甘寶寶、阿紫的母親阮星竹這些女子，當年各有一段情史。

這一次段正淳奉皇兄之命，前赴陸涼州身戒寺，查察少林寺玄悲大師遭人害死的情形，發覺疑點甚多，未必定是姑蘇慕容氏下的毒手，等了半月有餘，少林寺並無高僧到來，便帶同三公范驊、華赫艮、巴天石，以及四大護衛來到中原訪查真相，乘機便來探望隱居小鏡湖畔的阮星竹。這些日子雙宿雙飛，快活有如神仙。

段正淳在小鏡湖畔和舊情人重溫鴛夢，護駕而來的三公四衛散在四周衛護，殊不想大對頭竟然找上門來。

段延慶武功厲害，四大護衛中的古篤誠、傅思歸先後受傷。朱丹臣誤認蕭峯為敵，在青石橋阻攔不果。褚萬里復為阿紫的柔絲網所擒。司馬范驊、司徒華赫艮、司空巴天石三人救護古、傅二人後，趕到段正淳身旁護駕，共禦強敵。

朱丹臣一直在設法給褚萬里解開纏在身上的漁網，偏生這網線刀割不斷，手解不開，忙得滿頭大汗，無法可施。段正淳向阿紫道：「快放開褚叔叔，大敵當前，不可再頑皮了。」阿紫笑道：「爹爹，你獎賞我甚麼？」段正淳皺眉道：「你不聽話，我叫媽打你手心。你冒犯褚叔叔，還不快快陪罪？」阿紫道：「你將我拋在湖裏，害得我裝了半天死，你又不向我陪罪？我也叫媽打你手心！」

范驊、巴天石等見鎮南王忽然又多了一個女兒出來，而且驕縱頑皮，對父親也是沒半點規矩，都暗中戒懼，心想：「這位姑娘雖然並非嫡出，總是鎮南王的千金，倘若犯到自己身上來，又不能跟她當真，只有自認倒霉了。褚兄弟給她這般綁著，當真難堪之極。」

段正淳怒道：「你不聽爹的話，瞧我以後疼不疼你？」阿紫扁了扁小嘴，說道：「你本來就不疼我，否則怎地拋下我十幾年，從來不理我？」段正淳一時說不出話來，黯然嘆息。阮星竹道：「阿紫乖寶，媽有好東西給你，你快放了褚叔叔。」阿紫伸出手來，道：「你先給我，讓我瞧好是不好。」

蕭峯在一旁眼見這小姑娘刁蠻無禮，好生著惱，他心敬褚萬里是條好漢，心想：「你是他的家臣，不敢發作，我可不用賣這個帳。」一俯身，提起褚萬里身子，說道：「褚兄，看來這些柔絲遇水即鬆，我給你去浸一浸水。」

阿紫大怒，叫道：「又要你這壞蛋來多事！」只是被蕭峯打過一個耳光，對他頗為害怕，卻也不敢伸手阻攔。

蕭峯提起褚萬里，幾步奔到湖邊，將他在水中一浸。果然那柔絲網遇水便即鬆軟。蕭峯伸手將漁網解下。褚萬里低聲道：「多謝蕭兄援手。」蕭峯微笑道：「這頑皮女娃子甚是難纏，我已重重打了她一記耳光，替褚兄出了氣。」褚萬里搖了搖頭，甚是沮喪。

蕭峯將柔絲網收起，握成一團，只不過一個拳頭大小，的是奇物。阿紫走近身來，伸手道：「還我！」蕭峯手掌一揮，作勢欲打，阿紫嚇得退開幾步。蕭峯只是嚇她一嚇，順勢便將柔絲網收入了懷中。他料想眼前這中年人多半便是自己的大對頭，阿紫是他女兒，這柔絲網是一件利器，自不能還她。

阿紫過去扯住段正淳衣角，叫道：「爹爹，他搶了我的漁網！他搶了我的漁網！」段正淳見蕭峯行徑特異，但想他多半是要小小懲戒阿紫一番，他武功如此了得，自不會貪圖小孩子的物事。

忽聽得巴天石朗聲道：「雲兄別來無恙？別人的功夫總是越練越強，雲兄怎麼越練越差勁了？下來罷！」說著揮掌向樹上擊去，喀嚓一聲響，一根樹枝隨掌而落，同時掉下一個人來。這人既瘦且高，正是「窮兇極惡」雲中鶴。他在聚賢莊上被蕭峯一掌打得重傷，幾乎送了性命，好容易將養好了，功夫卻已大不如前。當日在大理和巴天石較量輕功，兩人相差不遠，但今日巴天石一聽他步履起落之聲，便知他輕功反而不如昔時了。

雲中鶴一瞥眼見到蕭峯，吃了一驚，反身便走，迎向從湖畔小徑走來的三人。那三人左邊一個蓬頭短服，是「兇神惡煞」南海鱷神；右邊一個女子懷抱小兒，是「無惡不作」葉二娘。居中一個身披青袍，撐著兩根細鐵杖，臉如殭屍，正是四惡之首，號稱「惡貫滿盈」的段延慶。

段延慶在中原罕有露面，是以蕭峯和這「天下第一大惡人」並不相識，但段正淳等在大理領教過他的手段，知道葉二娘、岳老三等人雖然厲害，也不難對付，這段延慶委實非同小可。他身兼正邪兩派所長，段家的一陽指等武功固然精通，還練就一身邪派功夫，正邪相濟，連黃眉僧這等高手都敵他不過，段正淳自知不是他的對手。

范驊大聲道：「主公，這段延慶不懷好意，主公當以社稷為重，請急速去請天龍寺的眾高僧到來。」天龍寺遠在大理，如何請得人來？眼下大理君臣面臨生死大險，這話是請段正淳即速逃歸大理，同時虛張聲勢，令段延慶以為天龍寺眾高僧便在附近，有所忌憚。段延慶是大理段氏嫡裔，自必深知天龍寺僧眾的厲害。

段正淳明知情勢極是凶險，但大理諸人之中，以他武功最高，倘若捨眾而退，更有何面目以對天下英雄？更何況情人和女兒俱在身畔，怎可如此丟臉？他微微一笑，說道：「我大理段氏自身之事，卻要到大宋境內來了斷，嘿嘿，可笑啊可笑。」

葉二娘笑道：「段正淳，每次見到你，你總是跟幾個風流俊俏的娘兒們在一起。你艷福不淺哪！」段正淳微笑道：「葉二娘，你也風流俊俏得很哪！」

南海鱷神怒道：「這龜兒子享福享夠了，生個兒子又不肯拜我為師，太也不會做老子。待老子剪他一下子！」從身畔抽出鱷嘴剪，便向段正淳衝來。

蕭峯聽葉二娘稱那中年人為段正淳，而他直認不諱，果然所料不錯，轉頭低聲向阿朱道：「當真是他！」阿朱顫聲道：「你要……從旁夾攻，乘人之危嗎？」蕭峯心情激動，又是憤怒，又是歡喜，冷冷的道：「父母之仇，恩師之仇，義父、義母之仇，我含冤受屈之仇，哼，如此血海深仇，哼，難道還講究仁義道德、江湖規矩不成？」他這幾句說得甚輕，卻是滿腔怨毒，猶如斬釘截鐵一般。

范驊見南海鱷神衝來，低聲道：「華大哥，朱賢弟，夾攻這莽夫！急攻猛打，越快了斷越好，先剪除羽翼，大夥兒再合力對付正主。」華赫艮和朱丹臣應聲而出。兩人雖覺以二敵一，有失身分，而且華赫艮的武功殊不在南海鱷神之下，也不必要人相助，但聽范驊這麼一說，都覺有理。段延慶實在太過厲害，單打獨鬥，誰也不是他的對手，只有眾人一擁而上，或者方能自保。當下華赫艮手持鋼鏟，朱丹臣揮動鐵筆，分從左右向南海鱷神攻去。

范驊又道：「巴兄弟去打發你的老朋友，我和褚兄弟對付那女的。」巴天石應聲而出，撲向雲中鶴。范驊和褚萬里也即雙雙躍前，褚萬里的稱手兵刃本是一根鐵釣桿，卻給阿紫投入了湖中，這時他提起傅思歸的銅棍，大呼搶出。

范驊直取葉二娘。葉二娘嫣然一笑，眼見范驊身法，知是勁敵，不敢怠慢，將抱著的孩兒往地下一拋，反臂出來時，手中已握了一柄又闊又薄的板刀，卻不知她先前藏於何處。

褚萬里狂呼大叫，卻向段延慶撲了過去。范驊大驚，叫道：「褚兄弟，褚兄弟，到這邊來！」褚萬里似乎並沒聽到，提起銅棍，猛向段延慶橫掃。

段延慶微微冷笑，竟不躲閃，左手鐵杖向他面門點去。這一杖輕描淡寫，然而時刻部位卻拿捏得不爽分毫，剛好比褚萬里的銅棍擊到時快了少許，後發先至，勢道凌厲。這一杖連消帶打，褚萬里非閃避不可，段延慶只一招間，便已反客為主。那知褚萬里對鐵杖點來竟如不見，手上加勁，銅棍向他腰間疾掃。段延慶吃了一驚，心道：「難道是個瘋子？」他可不肯和褚萬里鬥個兩敗俱傷，就算一杖將他當場戳死，自己腰間中棍，也勢必受傷，急忙右杖點地，縱躍避過。

褚萬里銅棍疾挺，向他小腹上撞去。傅思歸這根銅棍長大沉重，使這兵刃須從穩健之中見功夫。褚萬里的武功以輕靈見長，使這銅棍已不順手，偏生他又蠻打亂砸，每一招都直取段延慶要害，於自己生死全然置之度外。常言道：「一夫拚命，萬夫莫當」，段延慶武功雖強，遇上了這瘋子蠻打拚命，卻也被迫得連連倒退。

只見小鏡湖畔的青草地上，霎息之間濺滿了點點鮮血。原來段延慶在倒退時接連遞招，每一杖都戳在褚萬里身上，一杖到處，便是一洞。但褚萬里卻似不知疼痛一般，銅棍使得更加急了。

段正淳叫道：「褚兄弟退下，我來鬥這惡徒！」反手從阮星竹手中接過一柄長劍，搶上去要雙鬥段延慶。褚萬里叫道：「主公退開。」段正淳那裏肯聽，挺劍便向段延慶刺去。段延慶右杖支地，左杖先格褚萬里的銅棍，隨即乘隙指向段正淳眉心。段正淳斜斜退開一步。

褚萬里吼聲如受傷猛獸，突然間撲倒，雙手持住銅棍一端，急速揮動，幻成一圈黃光，便如一個極大的銅盤，著地向段延慶拄地的鐵杖轉過去，如此打法，已全非武術招數。

范驊、華赫艮、朱丹臣等都大聲叫嚷：「褚兄弟，褚大哥，快下來休息。」褚萬里荷荷大叫，猛地躍起，挺棍向段延慶亂戳。這時范驊諸人以及葉二娘、南海鱷神見他行徑古怪，各自罷鬥，凝目看著他。朱丹臣叫道：「褚大哥，你下來！」搶上前去拉他，卻被他反肘一撞，正中面門，登時鼻青口腫。

遇到如此的對手，卻也非段延慶之所願，這時他和褚萬里已拆了三十餘招，在他身上刺了十幾個深孔，但褚萬里兀自大呼酣鬥。段延慶和旁觀眾人都是心下駭然，均覺此事大異尋常。朱丹臣知道再鬥下去，褚萬里定然不免，眼淚滾滾而下，又要搶上前去相助，剛跨出一步，猛聽得呼的一聲響，褚萬里將銅棍向敵人力擲而出，去勢甚勁。段延慶鐵杖點出，正好點在銅棍腰間，只輕輕一挑，銅棍便向腦後飛出。銅棍尚未落地，褚萬里十指箕張，向段延慶撲了過去。

段延慶微微冷笑，平胸一杖刺出。段正淳、范驊、華赫艮、朱丹臣四人齊聲大叫，同時上前救助。但段延慶這一杖去得好快，噗的一聲，直插入褚萬里胸口，自前胸直透後背。他右杖刺過，左杖點地，身子已飄在數丈之外。

褚萬里前胸和後背傷口中鮮血同時狂湧，他還待向段延慶追去，但跨出一步，便再也無力舉步，回轉身來，向段正淳道：「主公，褚萬里寧死不辱，一生對得住大理段家。」段正淳右膝跪下，垂淚道：「褚兄弟，是我養女不教，得罪了兄弟，正淳慚愧無地。」

褚萬里向朱丹臣微笑道：「好兄弟，做哥哥的要先去了。你……你……」說了兩個「你」字，突然停語，便此氣絕而死，身子卻仍直立不倒。

眾人聽到他臨死時說「寧死不辱」四字，知他如此不顧性命的和段延慶蠻打，乃是受阿紫漁網縛體之辱，早萌死志。武林中人均知「強中還有強中手，一山還有一山高」的道理，武功上輸給旁人，決非奇恥大辱，苦練十年，將來未始沒有報復的日子。但褚萬里是段氏家臣，阿紫卻是段正淳的女兒，這場恥辱終身無法洗雪，是以甘願在戰陣之中將性命拚了。朱丹臣放聲大哭，傅思歸和古篤誠雖重傷未愈，都欲撐起身來，和段延慶死拚。

忽然間一個清脆的女子聲音說道：「這人武功很差，如此白白送了性命，那不是個大傻瓜麼？」說話的正是阿紫。

段正淳等正自悲傷，忽聽得她這句涼薄的譏嘲言語，心下都不禁大怒。范驊等向她怒目而視，礙於她是主公之女，不便發作。段正淳氣往上衝，反手一掌，重重向她臉上打去。

阮星竹舉手一格，嗔道：「十幾年來棄於他人，生死不知的親生女兒，今日重逢，你竟忍心打她？」

段正淳一直自覺對不起阮星竹，有愧於心，是以向來對她千依百順，更不願在下人之前爭執，這一掌將要碰到阮星竹的手臂，急忙縮回，對阿紫怒道：「褚叔叔是給你害死的，你知不知道？」

阿紫小嘴一扁，道：「人家叫你『主公』，那麼我便是他的小主人。殺死一兩個奴僕，又有甚麼了不起了？」神色間甚是輕蔑。

其時君臣分際甚嚴，所謂「君要臣死，不得不死」。褚萬里等在大理國朝中為臣，自對段氏一家極為敬重。但段家源出中土武林，一直遵守江湖上的規矩，華赫艮、褚萬里等雖是臣子，段正明、段正淳卻向來待他們猶如兄弟無異。段正淳自少年時起，即多在中原江湖上行走，褚萬里跟著他出死入生，經歷過不少風險，豈同尋常的奴僕？阿紫這幾句話，范驊等聽了心下更不痛快。只要不是在朝廷廟堂之中，便保定帝對待他們，稱呼上也常帶「兄弟」兩字，何況段正淳尚未登基為帝，而阿紫又不過是他一個名份不正的私生女兒。

段正淳既傷褚萬里之死，又覺有女如此，愧對諸人，一挺長劍，飄身而出，指著段延慶道：「你要殺我，儘管來取我性命便是。我段氏以『仁義』治國，多殺無辜，縱然得國，時候也不久長。」

蕭峯心底暗暗冷笑：「你嘴上倒說得好聽，在這當口，還裝偽君子。」

段延慶鐵杖一點，已到了段正淳身前，說道：「你要和我單打獨鬥，不涉旁人，是也不是？」段正淳道：「不錯！你不過想殺我一人，再到大理去弒我皇兄，是否能夠如願，要看你的運氣。我的部屬家人，均與你我之間的事無關。」他知段延慶武功實在太強，自己今日多半要畢命於斯，卻盼他不要再向阮星竹、阿紫、以及范驊諸人為難。段延慶道：「殺你家人，赦你部屬。當年父皇一念之仁，沒殺你兄弟二人，至有今日篡位叛逆之禍。」

段正淳心想：「我段正淳當堂堂而死，不落他人話柄。」向褚萬里的屍體一拱手，說道：「褚兄弟，段正淳今日和你並肩抗敵。」回頭向范驊道：「范司馬，我死之後，和褚兄弟的墳墓並列，更無主臣之分。」

段延慶道：「嘿嘿，假仁假義，還在收羅人心，想要旁人給你出死力麼？」

段正淳更不言語，左手捏個劍訣，右手長劍遞了出去，這一招「其利斷金」，乃是「段家劍」的起手招數。段延慶自是深知其中變化，當下平平正正的還了一杖。兩人一搭上手，使的都是段家祖傳武功。段延慶以杖當劍，存心要以「段家劍」劍法殺死段正淳。他和段正淳為敵，並非有何私怨，乃為爭奪大理的皇位，眼前大理三公俱在此間，要是他以邪派武功殺了段正淳，大理羣臣必定不服。但如用本門正宗「段家劍」克敵制勝，那便名正言順，誰也不能有何異言。段氏兄弟爭位，和羣臣無涉，日後登基為君，那就方便得多了。

段正淳見他鐵杖上所使的也是本門功夫，心下稍定，屏息凝神，劍招力求穩妥，腳步沉著，劍走輕靈，每一招攻守皆不失法度。段延慶以鐵杖使「段家劍」，劍法大開大闔，端凝自重，縱在極輕靈飄逸的劍招之中，也不失王者氣象。

蕭峯心想：「今日這良機當真難得，我常擔心段氏一陽指和『六脈神劍』了得，恰好段正淳這賊子有強敵找上門來，而對手恰又是他本家，段家這兩門絕技的威力到底如何，轉眼便可見分曉了。」

看到二十餘招後，段延慶手中的鐵杖似乎顯得漸漸沉重，使動時略比先前滯澀，段正淳的長劍每次和之相碰，震回去的幅度卻也越來越大。蕭峯暗暗點頭，心道：「真功夫使出來了，將這根輕飄飄的細鐵杖，使得猶如一根六七十斤的鑌鐵禪杖一般，造詣大是非凡。」武功高強之人往往能「舉重若輕」，使重兵刃猶似無物，但「舉輕若重」卻又是更進一步的功夫。雖然「若重」，卻非「真重」，須得有重兵器之威猛，卻具輕兵器之靈巧。眼見段延慶使細鐵棒如運鋼杖，而且越來越重，似無止境，蕭峯也暗讚他內力了得。

段正淳奮力接招，漸覺敵人鐵杖加重，壓得他內息運行不順。段家武功於內勁一道極是講究，內息不暢，便是輸招落敗的先兆。段正淳心下倒也並不驚慌，本沒盼望這場比拚能僥倖獲勝，自忖一生享福已多，今日便將性命送在小鏡湖畔，卻也不枉了，何況有阮星竹在旁含情脈脈的瞧著，便死也做個風流鬼。

他生平到處留情，對阮星竹的眷戀，其實也不是勝過對元配刀白鳳和其餘女子，只是他不論和那一個情人在一起，都是全心全意的相待，就為對方送了性命，也是在所不惜，至於分手後另有新歡，卻又另作別論了。

段延慶鐵棒上內力不斷加重，拆到六十餘招後，一路段家劍法堪堪拆完，見段正淳鼻上滲出幾粒汗珠，呼吸之聲卻仍曼長調勻，心想：「聽說此人好色，頗多內寵，居然內力如此悠長，倒也不可小覷於他了。」這時他棒上內力已發揮到了極致，鐵棒擊出時隨附著嗤嗤聲響。段正淳招架一劍，身子便是一晃，招架第二劍，又是一晃。

他二人所使的招數，都是在十三四歲時便已學得滾瓜爛熟，便范驊、巴天石等人，也是數十年來看得慣了，因此這場比劍，決非比試招數，純係內力的比拚。范驊等看到這裏，已知段正淳支持不住，各人使個眼色，手按兵器，便要一齊出手相助。

忽然一個少女的聲音格格笑道：「可笑啊可笑！大理段家號稱英雄豪傑，現今大夥兒卻想一擁而上、倚多為勝了，那不是變成了無恥小人麼？」

眾人都是一愕，見這幾句話明明出於阿紫之口，均感大惑不解。眼前遭逢厄難的是她父親，她又非不知，卻如何會出言譏嘲？

阮星竹怒道：「阿紫你知道甚麼？你爹爹是大理國鎮南王，和他動手的乃是段家叛逆。這些朋友都是大理國的臣子，除暴討逆，是人人應有之責。」她水性精熟，武功卻是平平，眼見情郎迭遇凶險，如何不急，跟著叫道：「大夥兒併肩上啊，對付兇徒叛逆，又講甚麼江湖規矩？」

阿紫笑道：「媽，你的話太也好笑，全是蠻不講理的強辯。我爹爹如是英雄好漢，我便認他。他倘是無恥之徒，打架要靠人幫手，我認這種爹爹作甚？」

這幾句清清脆脆的傳進了每個人耳裏。范驊和巴天石、華赫艮等面面相覷，都覺上前相助固是不妥，不出手卻也不成。

段正淳為人雖然風流，於「英雄好漢」這四個字的名聲卻甚是愛惜。他常自己解嘲，說道：「『英雄難過美人關』，就算過不了美人關，總還是個英雄。豈不見楚霸王有虞姬、漢高祖有戚夫人、李世民有武則天？」卑鄙懦怯之事，那是決不屑為的。他於劇鬥之際，聽得阿紫的說話，當即大聲說道：「生死勝敗，又有甚麼了不起？那一個上來相助，便是跟我段正淳過不去。」

他開口說話，內力難免不純，但段延慶並不乘機進迫，反而退開一步，雙杖拄地，等他說好了再鬥。范驊等心下暗驚，眼見段延慶固然風度閒雅，決不佔人便宜，但顯然也是有恃無恐，無須佔此便宜。

段正淳微微一笑，道：「進招罷！」左袖一拂，長劍借著袖風遞出。

阮星竹道：「阿紫，你瞧爹爹劍法何等凌厲，他真要收拾這個殭屍，實是綽綽有餘。只不過他是王爺身分，其實儘可交給部屬，用不著自己出手。」阿紫道：「爹爹能收拾他，那是再好也沒有了。我就怕媽媽嘴硬骨頭酥，嘴裏說得威風十足，心中卻怕得要命。」這幾句話正說中了她母親的心情。阮星竹怒目向女兒瞪了一眼，心道：「這小丫頭當真不識好歹，說話沒輕沒重。」

只見段正淳長劍連進三下快招，段延慶鐵棒上內力再盛，一一將敵劍逼回。段正淳第四劍「金馬騰空」橫飛而出，段延慶左手鐵棒一招「碧雞報曉」點了過去，棒劍相交，當即黏在一起。段延慶喉間咕咕作響，猛地裏右棒在地下一點，身子騰空而起，左手鐵棒的棒頭仍是黏在段正淳的劍尖之上。

頃刻之間，這一個雙足站地，如淵渟嶽峙，紋絲不動；那一個全身臨空，如柳枝隨風，飄盪無定。

旁觀眾人都是「哦」的一聲，知道兩人已至比拚內力的要緊關頭，段正淳站在地下，雙足能夠借力，原是佔了便宜，但段延慶居高臨下，全身重量都壓在對方長劍之上，卻也助長了內力。

過得片刻，只見長劍漸漸彎曲，慢慢成為弧形，那細細的鐵棒仍然其直如矢。

蕭峯見段正淳手中長劍越來越彎曲，再彎得一些，只怕便要斷為兩截，心想：「兩人始終都不使最高深的『六脈神劍』。莫非段正淳自知這門功夫難及對方，不如藏拙不露？但瞧他運使內力的神氣，似乎潛力垂盡，並不是尚有看家本領未使的模樣。」

段正淳眼見手中長劍隨時都會折斷，深深吸一口氣，左指點出，正是一陽指的手法。他指力造詣頗不及乃兄段正明，難以及到三尺之外。棒劍相交，兩件兵刃加起來長及八尺，這一指自是傷不到對手，是以指力並非對向段延慶，卻是射向他的鐵棒。

蕭峯眉頭一皺，心道：「此人竟似不會六脈神劍，比之我義弟猶有不如。這一指不過是極高明的點穴功夫而已，又有甚麼希奇了？」但見他手指到處，段延慶的鐵杖一晃，段正淳的長劍便伸直了幾分。他連點三指，手中長劍伸展了三次，漸有回復原狀之勢。

阿紫卻又說起話來：「媽，你瞧爹爹又使手指又使劍，也不過跟人家的一根細棒兒打個平手。倘若對方另外那根棒兒又攻了過來，難道爹爹有三隻手來對付嗎？要不然，便爬在地下起飛腳也好，雖然模樣兒難看，總勝於給人家一棒戳死了。」

阮星竹早瞧得憂心忡忡，偏生女兒在旁盡說些不中聽的言語，她還未回答，只見段延慶右手鐵棒一起，嗤的一聲，果然向段正淳的左手食指點了過來。

段延慶這一棒的手法和內勁都和一陽指無異，只不過以棒代指、棒長及遠而已。段正淳更不相避，指力和他棒力相交，登覺手臂上一陣酸麻，他縮回手指，準擬再運內勁，第二指跟著點出，那知眼前黑棒閃動，段延慶第二棒又點了過來。段正淳吃了一驚：「他調運內息如此快法，直似意到即至，這一陽指的造詣，可比我深得多了。」當即一指還出，只是他慢了瞬息，身子便晃了一晃。

段延慶見和他比拚已久，深恐夜長夢多，倘若他羣臣部屬一擁而上，終究多費手腳，當下運棒如風，頃刻間連出九棒。段正淳奮力抵擋，到第九棒上，真氣不繼，噗的一聲輕響，鐵棒棒頭插入了他左肩。他身子一晃，拍的一聲，右手中長劍跟著折斷。

段延慶喉間發出一下怪聲，右手鐵棒直點對方腦門。這一棒他決意立取段正淳的性命，手下使上了全力，鐵棒出去時響聲大作。

范驊、華赫艮、巴天石三人同時縱出，分攻段延慶兩側，大理三公眼見情勢凶險非常，要救段正淳已萬萬不及，均是逕攻段延慶要害，要逼他迴棒自救。段延慶早已料到此著，左手鐵棒下落，撐地支身，右手鐵棒上貫足了內勁，橫將過來，一震之下，將三股兵刃盡數盪開，跟著又直取段正淳的腦門。

阮星竹「啊」的一聲尖叫，疾衝過去，眼見情郎要死於非命，她也是不想活了。

段延慶鐵棒離段正淳腦門「百會穴」不到三寸，驀地裏段正淳的身子向旁飛了出去，這棒竟然點了個空，這時范驊、華赫艮、巴天石三人同時給段延慶的鐵棒逼回。巴天石出手快捷，反手抓住了阮星竹手腕，以免她枉自在段延慶手下送了性命。各人的目光齊向段正淳望去。

段延慶這一棒沒點中對方，但見一條大漢伸手抓住了段正淳後頸，在這千鈞一髮的瞬息之間，硬生生將他拉開。這手神功當真匪夷所思，段延慶武功雖強，自忖也難以辦到。他臉上肌肉僵硬，雖然驚詫非小，仍是不動聲色，只鼻孔中哼了一聲。

出手相救段正淳之人，自便是蕭峯了。當二段激鬥之際，他站在一旁目不轉睛的觀戰，陡見段正淳將為對方所殺，段延慶這一棒只要戳了下去，自己的血海深仇便再也無法得報。這些日子來，他不知已許下了多少願，立下了多少誓，無論如何非報此仇不可，眼見仇人便在身前，如何容得他死在旁人手裏？是以縱身上前，將段正淳拉開。

段延慶心思機敏，不等蕭峯放下段正淳，右手鐵棒便如狂風暴雨般遞出，一棒又一棒，盡是點向段正淳的要害。他決意除去這個擋在他皇位之前的障礙，至於如何對付蕭峯，那是下一步的事了。

蕭峯提著段正淳左一閃，右一躲，在棒影的夾縫中一一避過。段延慶連出二十七棒，始終沒帶到段正淳的一片衣角。他心下駭然，自知不是蕭峯的敵手，一聲怪嘯，陡然間飄開數丈，問道：「閣下是誰？何以前來攪局？」

蕭峯尚未回答，雲中鶴叫道：「老大，他便是丐幫的前任幫主喬峯，你的好徒弟追魂杖譚青，就是死在這惡徒的手下。」

此言一出，不但段延慶心頭一震，連大理羣豪也聳然動容。喬峯之名響遍天下，「北喬峯，南慕容」，武林中無人不知。只是他向傅思歸及段正淳通名時都自稱「契丹人蕭峯」，各人不知他便是大名鼎鼎的喬峯。此刻聽了雲中鶴這話，人人心中均道：「原來是他，俠義武勇，果然名不虛傳。」

段延慶早聽雲中鶴詳細說過，自己的得意徒兒譚青如何在聚賢莊上害人不成，反為喬峯所殺，這時聽說眼前這漢子便是殺徒之人，心下又是憤怒，又是疑懼，伸出鐵棒，在地下青石板上寫道：「閣下和我何仇？既殺吾徒，又來壞我大事。」

但聽得嗤嗤嗤響聲不絕，竟如是在沙中寫字一般，十六個字每一筆都深入石裏。他的腹語術和上乘內功相結合，能迷人心魄，亂人神智，乃是一項極厲害的邪術。只是這門功夫純以心力剋制對方，倘若敵人的內力修為勝過自己，那便反受其害。他既知譚青的死法，又見了蕭峯相救段正淳的身手，便不敢貿然以腹語術和他說話。

蕭峯見他寫完，一言不發，走上前去伸腳在地下擦了幾擦，登時將石板上這十六個字擦得乾乾淨淨。一個以鐵棒在石板上寫字已是極難，另一個卻伸足便即擦去字跡，這足底的功夫，比之棒頭內力聚於一點，更是艱難得多。兩人一個寫，一個擦，一片青石板鋪成的湖畔小徑，竟顯得便如沙灘一般。

段延慶見他擦去這些字跡，知他一來顯示身手，二來意思說和自己無怨無仇，過去無意釀成的過節，如能放過不究，那便兩家罷手。段延慶自忖不是對手，還是及早抽身，免吃眼前的虧為妙，當下右手鐵棒從上而下的劃了下來，跟著又是向上一挑，表示「一筆勾銷」之意，隨即鐵棒著地一點，反躍而出，轉過身來，飄然而去。

南海鱷神圓睜怪眼，向蕭峯上身瞧瞧，下身瞧瞧，滿心的不服氣，罵道：「他媽的，這狗雜種有甚麼了不起……」一言未畢，突然間身子騰空而起，飛向湖心，撲通一聲，水花四濺，落入了小鏡湖中。

蕭峯最惱恨旁人罵他「雜種」，左手仍然提著段正淳，搶過去右手便將南海鱷神摔入了湖中。這一下出手迅捷無比，不容南海鱷神有分毫抗拒餘地。

南海鱷神久居南海，自稱「鱷神」，水性自是極精，雙足在湖底一蹬，躍出湖面，叫道：「你怎麼攪的？」說了這句話，身子又落入湖底。他再在湖底一蹬，又是全身飛出水面，叫道：「你暗算老子！」這句話說完，又落了下去。第三次躍上時叫道：「老子不能和你甘休！」他性子暴躁之極，等不及爬上岸之後再罵蕭峯，跳起來罵一句，又落了下去。

阿紫笑道：「你們瞧，這人在水中鑽上鑽下，不是像隻大烏龜麼？」剛好南海鱷神在這時躍出水面，聽到了她說話，罵道：「你才是一隻小烏……」阿紫手一揚，嗤的一聲響，射了他一枚飛錐。飛錐到時，南海鱷神又已沉入了湖底。

南海鱷神游到岸邊，濕淋淋的爬了起來。他竟毫不畏懼，楞頭楞腦的走到蕭峯身前，側了頭向他瞪眼，說道：「你將我摔下湖去，用的是甚麼手法？老子這功夫倒是不會。」葉二娘遠遠站在七八丈外，叫道：「老三快走，別在這兒出醜啦。」南海鱷神怒道：「我給人家丟入湖中，連人家用甚麼手法都不知道，豈不是奇恥大辱？自然要問個明白。」

阿紫一本正經的道：「好罷，我跟你說了。他這功夫叫做『擲龜功』。」

南海鱷神道：「嗯，原來叫『擲龜功』，我知道了這功夫的名字，求人教得會了，下苦功練練，以後便不再吃這個虧。」說著快步而去。這時葉二娘和雲中鶴早走得遠了。

二十三 塞上牛羊空許約

蕭峯走上兩步，撕破了胸口衣服，露出肌膚。阿紫見他胸口所刺那個青鬱鬱的狼頭張牙露齒，形貌兇惡，更是害怕。

蕭峯輕輕將段正淳放在地下，退開幾步。

阮星竹深深萬福道謝，說道：「喬幫主，你先前救我女兒，這會兒又救了他……他……真不知如何謝你才好。」范驊、朱丹臣等也都過來相謝。

蕭峯森然道：「蕭峯救他，全出於一片自私之心，各位不用謝我。段王爺，我問你一句話，請你從實回答。當年你做過一件於心有愧的大錯事，是也不是？雖然此事未必出於你本心，可是你卻害得一個孩子一生孤苦，連自己爹娘是誰也不知道，是也不是？」雁門關外父母雙雙慘亡，此事想及便即心痛，可不願當著眾人明言。

段正淳滿臉通紅，隨即轉為慘白，低頭道：「不錯，段某生平為此事耿耿於心，每當念及，甚是不安。只是大錯已經鑄成，再也難以挽回。天可憐見，今日讓我重得見到一個當年沒了爹娘的孩子，只是……只是……唉，我總是對不起人。」

蕭峯厲聲道：「你既知鑄下大錯，害苦了人，卻何以直到此時，兀自接二連三的又不斷再幹惡事？」

段正淳搖了搖頭，低聲說道：「段某行止不端，德行有虧，平生荒唐之事，實在幹得太多，思之不勝汗顏。」

蕭峯自在信陽聽馬夫人說出段正淳的名字後，日夕所思，便在找到他而凌遲處死，決意教他吃足零碎苦頭之後，這才取他性命。但適才見他待友仁義，對敵豪邁，不像是個專做壞事的卑鄙奸徒，不由得心下起疑，尋思：「他在雁門關外殺我父母，乃是出於誤會，這等錯誤人人能犯。但他殺我義父喬三槐夫婦，害我恩師玄苦師父，那便是絕不可恕的惡行，難道這中間另有別情嗎？」他行事絕不莽撞，當下正面相詢，要他親口答覆，再定了斷。待見段正淳臉上深帶愧色，既說鑄成大錯，一生耿耿不安，又說今日重得見到一個當年沒了爹娘的孩子，至於殺喬三槐夫婦、殺玄苦大師等事，他自承是「行止不端，德行有虧」，這才知千真萬確，臉上登如罩了一層嚴霜，鼻中哼了一聲。

阮星竹忽道：「他……他向來是這樣的，我也沒怎……怎麼怪他。」蕭峯向她瞧去，只見她臉帶微笑，一雙星眼含情脈脈的瞧著段正淳，心下怒氣勃勃，哼了一聲，道：「好！原來他向來是這樣的。」轉過頭來，向段正淳道：「今晚三更，我在那座青石橋上相候，有事和閣下一談。」

段正淳道：「準時必到。大恩不敢言謝，只是遠來勞苦，何不請到那邊小舍之中喝上幾杯？」蕭峯道：「閣下傷勢如何？是否須得將養幾日？」他對飲酒的邀請，竟如聽而不聞。段正淳微覺奇怪，道：「多謝喬兄關懷，這點輕傷也無大礙。」

蕭峯點頭道：「這就好了。阿朱，咱們走罷。」他走出兩步，回頭又向段正淳道：「你手下那些好朋友，那也不用帶來了。」他見范驊、華赫艮等人都是赤膽忠心的好漢，若和段正淳同赴青石橋之會，勢必一一死在自己手下，不免可惜。

段正淳覺得這人說話行事頗為古怪，自己這種種風流罪過，連皇兄也只置之一笑，他卻當眾嚴詞斥責，未免過份，但他於己有救命之恩，便道：「一憑尊兄吩咐。」

蕭峯挽了阿朱之手，頭也不回的逕自去了。

蕭峯和阿朱尋到一家農家，買些米來煮了飯，又買了兩隻鷄熬了湯，飽餐了一頓，只是有飯無酒，不免有些掃興。他見阿朱似乎滿懷心事，一直不開口說話，問道：「我尋到了大仇人，你該當為我高興才是。」

阿朱微微一笑，說道：「是啊！我原該高興。」蕭峯見她笑得十分勉強，說道：「今晚殺了此人之後，咱們即行北上，到雁門關外馳馬打獵、牧牛放羊，再也不踏進關內一步了。唉，阿朱，我在見到段正淳之前，本曾立誓要殺得他一家鷄犬不留。但見此人倒有義氣，心想一人做事一人當，那也不用找他家人了。」阿朱道：「你這一念之仁，多積陰德，必有後福。」蕭峯縱聲長笑，說道：「我這雙手下不知已殺了多少人，還有甚麼陰德後福？」

他見阿朱秀眉雙蹙，又問：「阿朱，你為甚麼不高興？你不喜歡我再殺人麼？」阿朱道：「不是不高興，不知怎樣，我肚痛得緊。」蕭峯伸手搭了搭她脈搏，果覺跳動不穩，脈象浮躁，柔聲道：「路上辛苦，只怕受了風寒。我叫這老媽媽煎一碗薑湯給你喝。」

薑湯還沒煎好，阿朱身子不住發抖，顫聲道：「我冷，好冷。」蕭峯甚是憐惜，除下身上外袍，披在她身上。阿朱道：「大哥，你今晚得報大仇，了卻這個大心願，我本該陪你去的，只盼待會身子好些。」蕭峯道：「不！不！你在這兒歇歇，睡了一覺醒來，我已取了段正淳的首級來啦。」

阿朱嘆了口氣，道：「我好難過，大哥，我真是沒有法子。我不能陪你了。我很想陪著你，和你在一起，真不想跟你分開……你……你一個人這麼寂寞孤單，我對你不起。」

蕭峯聽她說來柔情深至，心下感動，握住她手，說道：「咱們只分開這一會兒，又有甚麼要緊？阿朱，你待我真好，你的恩情我不知怎樣報答才是。」

阿朱道：「不是分開一會兒，我覺得會很久很久。大哥，我離開了你，你會孤零零的，我也是孤零零的。最好你立刻帶我到雁門關外，咱們便這麼牧牛放羊去。段正淳的怨仇，再過一年來報不成麼？讓我先陪你一年。」

蕭峯輕輕撫著她頭上的柔髮，說道：「好容易撞見了他，今晚報了此仇，咱們再也不回中原了。段正淳的武功遠不及我，他也不會使『六脈神劍』，但若過得一年再來，那便要上大理去。大理段家好手甚多，遇上了精通『六脈神劍』的高手，你大哥就多半要輸。不是我不聽你的話，這中間實有許多難處。」

阿朱點了點頭，低聲道：「不錯，我不該請你過一年再去大理找他報仇。你孤身深入虎穴，萬萬不可。」

蕭峯哈哈一笑，舉起飯碗來空喝一口，他慣於大碗大碗的喝酒，此刻碗中空無所有，但這麼作個模樣，也是好的，說道：「若是我蕭峯一人，大理段家這龍潭虎穴那也闖了，生死危難，渾不放在心上。但現下有了小阿朱，我要照料陪伴你一輩子，蕭峯的性命，那就貴重得很啦。」

阿朱伏在他的懷裏，背心微微起伏。蕭峯輕輕撫摸她的頭髮，心中一片平靜溫暖，心道：「得妻如此，復有何憾？」霎時之間，不由得神馳塞上，心飛關外，想起一月之後，便已和阿朱在大草原中騎馬並馳，打獵牧羊，再也不必提防敵人侵害，從此無憂無慮，何等逍遙自在？只是那日在聚賢莊中救他性命的黑衣人大恩未報，不免耿耿，然這等大英雄自是施恩不望報，這一生只好欠了他這番恩情。

眼見天色漸漸黑了下來，阿朱伏在他懷中，已然沉沉睡熟。蕭峯拿出三錢銀子，給了那家農家，請他騰了一間空房出來，抱著阿朱，放在床上，給她蓋上了被，放下了帳子，坐在那農家堂上閉目養神，不久便沉沉睡去。

小睡了兩個多時辰，開門出來，只見新月已斜掛樹頂，西北角上卻烏雲漸漸聚集，看來這一晚多半會有大雷雨。

蕭峯披上長袍，向青石橋走去。行出五里許，到了河邊，只見月亮的影子倒映河中，西邊半天已聚滿了黑雲，偶爾黑雲中射出一兩下閃電，照得四野一片明亮。閃電過去，反而更顯得黑沉沉地。遠處墳地中燐火抖動，在草間滾來滾去。

蕭峯越走越快，不多時已到了青石橋頭，一瞧北斗方位，見時刻尚早，不過二更時分，心道：「為了要報大仇，我竟這般沉不住氣，居然早到了一個更次。」他一生中與人約會以性命相拚，也不知有過多少次，對方武功聲勢比之段正淳更強的也著實不少，今晚卻異乎尋常的心中不安，少了以往那一股一往無前、決一死戰的豪氣。

立在橋邊，眼看河水在橋下緩緩流過，心道：「是了，以往我獨來獨往，無牽無掛，今晚我心中卻多了一個阿朱。嘿，這真叫做兒女情長、英雄氣短了。」想到這裏，不由得心底平添了幾分柔情，嘴邊露出一絲微笑，又想：「若是阿朱陪著我站在這裏，那可有多好。」

他知段正淳的武功和自己差得太遠，今晚的拚鬥不須掛懷勝負，眼見約會的時刻未至，便坐在橋邊樹下凝神吐納，漸漸的靈台中一片空明，更無雜念。

驀地裏電光一閃，轟隆隆一聲大響，一個霹靂從雲堆裏打了下來。蕭峯睜開眼來，心道：「轉眼大雨便至，快三更了罷？」

便在此時，見通向小鏡湖的路上一人緩步走來，寬袍緩帶，正是段正淳。

他走到蕭峯面前，深深一揖，說道：「喬幫主見召，不知有何見教？」

蕭峯微微側頭，斜睨著他，一股怒火猛地在胸中燒將上來，說道：「段王爺，我約你來此的用意，難道你竟然不知麼？」

段正淳嘆了口氣，說道：「你是為了當年雁門關外之事，我誤聽奸人之言，受人播弄，傷了令堂的性命，累得令尊自盡身亡，實是大錯。」

蕭峯森然道：「你何以又去害我義父喬三槐夫婦，害死我恩師玄苦大師？」

段正淳緩緩搖頭，淒然道：「我只盼能遮掩此事，豈知越陷越深，終至難以自拔。」

蕭峯道：「嘿，你倒是條爽直漢子，你自己了斷，還是須得由我動手。」

段正淳道：「若非喬幫主出手相救，段某今日午間便已命喪小鏡湖畔，多活半日，全出閣下之賜。喬幫主要取在下性命，儘管出手便是。」

這時轟隆隆一聲雷響，黃豆大的雨點忽喇喇的灑將下來。

蕭峯聽他說得豪邁，不禁心中一動，他素喜結交英雄好漢，自從一見段正淳，見他英姿爽颯，便生惺惺相惜之意，倘若是尋常過節，便算是對他本人的重大侮辱，也早一笑了之，相偕去喝上幾十碗烈酒。但父母之仇不共戴天，豈能就此放過？他舉起一掌，說道：「為人子弟，父母師長的大仇不能不報。你殺我父親、母親、義父、義母、受業恩師，一共五人，我便擊你五掌。你受我五掌之後，是死是活，前仇一筆勾銷。」

段正淳苦笑道：「一條性命只換一掌，段某遭報未免太輕，深感盛情。」

蕭峯心道：「莫道你大理段氏武功卓絕，只怕蕭峯這掌力你一掌也經受不起。」說道：「如此看掌。」左手一圈，右掌呼的一聲擊了出去。

電光一閃，半空中又是轟隆隆一個霹靂打了下來，雷助掌勢，蕭峯這一掌擊出，真具天地風雷之威，砰的一聲，正擊在段正淳胸口。但見他立足不定，直摔了出去，拍的一聲撞在青石橋欄干上，軟軟的垂著，一動也不動了。

蕭峯一征：「怎地他不舉掌相迎？又如此不濟？」縱身上前，抓住他後領提了起來，心中一驚，耳中轟隆隆雷聲不絕，大雨潑在他臉上身上，竟無半點知覺，只想：「怎地他變得這麼輕了？」

這天午間他出手相救段正淳時，提著他身子為時頗久。武功高強之人，手中重量便有一斤半斤之差，也能立時察覺，但這時蕭峯只覺段正淳的身子斗然間輕了數十斤，心中驀地生出一陣莫名的害怕，全身出了一陣冷汗。

便在此時，閃電又是一亮。蕭峯伸手到段正淳臉上一抓，著手是一堆軟泥，一揉之下，應手而落，電光閃閃之中，他看得清楚，失聲大叫：「阿朱，阿朱，原來是你！」

只覺自己四肢百骸再無半點力氣，不由自主跪了下來，抱著阿朱的雙腿。他知適才這一掌使足了全力，武林中一等一的英雄好漢若不出掌相迎，也必禁受不起，何況是這個嬌怯怯的小阿朱？這一掌當然打得她肋骨盡斷，五臟震碎，便是薛神醫在旁即行施救，那也必難以搶回她的性命了。

阿朱斜倚在橋欄干上，身子慢慢滑了下來，跌在蕭峯身上，低聲說道：「大哥，我……我……好生對你不起，你惱我嗎？」

蕭峯大聲道：「我不惱你，我惱我自己，恨我自己。」說著舉起手來，猛擊自己腦袋。阿朱的左手動了一動，想阻止他不要自擊，但提不起手臂，說道：「大哥，你答允我，永遠永遠，不可損傷自己。」

蕭峯大叫：「你為甚麼？為甚麼？為甚麼？」

阿朱低聲道：「大哥，你解開我衣服，看一看我左肩。」蕭峯和她關山萬里，同行同宿，始終以禮自持，這時聽她叫自己解她衣衫，倒是一怔。阿朱道：「我早就是你的人了，我……我……全身都是你的。你看一看……看一看我左肩，就明白了。」

蕭峯眼中含淚，聽她說話時神智不亂，心中存了萬一的指望，當即左掌抵住她背心，急運真氣，源源輸入她體內，盼能挽救大錯，右手慢慢解開她衣衫，露出她的左肩。

天上長長的一道閃電掠過，蕭峯眼前一亮，只見她肩頭膚光勝雪，卻刺著一個殷紅如血的紅字：「段」。

蕭峯又是驚奇，又是傷心，不敢多看，忙將她衣衫拉好，遮住了肩頭，將她輕輕摟在懷裏，問道：「你肩上有個『段』字，那是甚麼意思？」

阿朱道：「我爹爹、媽媽將我送給旁人之時，在我肩上刺的，以便留待……留待他日相認。」蕭峯顫聲道：「這『段』字，這『段』字……」阿朱道：「今天日間，他們在那阿紫姑娘的肩頭發見了一個記認，就知道是他們的女兒。你……你……看到那記認嗎？」蕭峯道：「沒有，我不便看。」阿朱道：「她……她肩上刺著的，也是一個紅色的『段』字，跟我的一模一樣。」

蕭峯登時大悟，顫聲道：「你……你也是他們的女兒？」

阿朱道：「本來我不知道，看到阿紫肩頭刺的字才知。她還有一個金鎖片，跟我那個金鎖片，也是一樣的，上面也鑄著十二個字。她的字是：『湖邊竹，盈盈綠，報平安，多喜樂。』我鎖片上的字是：『天上星，亮晶晶，永燦爛，長安寧。』我……我從前不知道是甚麼意思，只道是好口采，卻原來嵌著我媽媽的名字。我媽媽便是那女子阮……阮星竹。這對鎖片，是我爹爹送給我媽媽的，她生了我姊妹倆，給我們一個人一個，帶在頸裏。」

蕭峯道：「我明白啦，我馬上得設法給你治傷，這些事，慢慢再說不遲。」

阿朱道：「不！不！我要跟你說個清楚，再遲得一會，就來不及了。大哥，你得聽我說完。」蕭峯不忍違逆她意思，只得道：「好，我聽你說完，可是你別太費神。」阿朱微微一笑，道：「大哥，你真好，甚麼事情都就著我，這麼寵我，如何得了？」蕭峯道：「以後我更要寵你一百倍，一千倍。」

阿朱微笑道：「夠了，夠了，我不喜歡你待我太好。我無法無天起來，那就沒人管了。大哥，我……我躲在竹屋後面，偷聽爹爹、媽媽和阿紫妹妹說話。原來我爹爹另外有妻子的，他和媽媽不是正式夫妻，先是生下了我，第二年又生了我妹妹。後來我爹爹要回大理，我媽媽不放他走，兩人大吵了一場，我媽媽還打了他，爹爹可沒還手。後來……後來……沒有法子，只好分手。我外公家教很嚴，要是知道了這件事，定會殺了我媽媽的。我媽媽不敢把我姊妹帶回家去，只好分送了給人家，但盼日後能夠相認，在我姊妹肩頭都刺了個『段』字。收養我的人只知道我媽媽姓阮，其實，其實，我是姓段……」

蕭峯心中更增憐惜，低聲道：「苦命的孩子。」

阿朱道：「媽媽將我送給人家的時候，我還只一歲多一點，我當然不認得爹爹，連見了媽的面也不認得。大哥，你也是這樣。那天晚上在杏子林裏，我聽人家說你的身世，我心裏很難過，因為咱們倆都是一樣的苦命孩子。」

電光不住閃動，霹靂一個接著一個，突然之間，河邊一株大樹給雷打中，喀喇喇的倒將下來。他二人於身外之物全沒注意，雖處天地巨變之際，也如渾然不覺。

阿朱又道：「害死你爹爹媽媽的人，竟是我爹爹，唉，老天爺的安排真待咱們太苦，而且，而且……從馬夫人口中，套問出我爹爹名字來的，便是我自己。我若不是喬裝了白世鏡去騙她，她也決不肯說我爹爹的名字。人家說，冥冥中自有天意，我從來不相信。可是……可是……你說，能不能信呢？」

蕭峯抬起頭來，滿天黑雲早將月亮遮得沒一絲光亮，一條長長的閃電過去，照得四野通明，宛似老天爺忽然開了眼一般。

他頹然低頭，心中一片茫然，問道：「你知道段正淳當真是你爹爹，再也不錯麼？」

阿朱道：「不會錯的。我聽到我爹爹、媽媽抱住了我妹子痛哭，述說遺棄我姊妹二人的經過。我爹娘都說，此生此世，說甚麼也要將我尋了回來。他們那裏猜得到，他們親生的女兒便伏在窗外。大哥，適才我假說生病，卻喬裝改扮了你的模樣，去對我爹爹說道，今晚青石橋之約作罷，有甚麼過節，一筆勾銷；再裝成我爹爹的模樣，來和你相會……好讓你……好讓你……」說到這裏，已是氣若遊絲。

蕭峯掌心加運內勁，使阿朱不致脫力，垂淚道：「你為甚麼不跟我說了？要是我知道他便是你的爹爹……」可是下面的話再也說不下去了，他自己也不知道，如果他事先得知，段正淳便是自己至愛之人的父親，那便該當如何。

阿朱道：「我翻來覆去，思量了很久很久，大哥，我多麼想能陪你一輩子，可是那怎麼能夠？我能求你不報這五位親人的大仇麼？就算我胡裏胡塗的求了你，你又答允了，那……那終究是不成的。」

她聲音越說越低，雷聲仍是轟轟不絕，但在蕭峯聽來，阿朱的每一句話，都比震天響雷更是驚心動魄。他揪著自己頭髮，說道：「你可以叫你爹爹逃走，不來赴這約會！或者你爹爹是英雄好漢，不肯失約，那你可以喬裝了我的模樣，和你爹爹另訂約會，在一個遙遠的地方，在一個遙遠的日子裏再行相會。你何必，何必這樣自苦？」

阿朱道：「我要叫你知道，一個人失手害死了別人，可以全非出於本心。你當然不想害我，可是你打了我一掌。我爹爹害死你的父母，也是無意中鑄成了大錯。」

蕭峯一直低頭凝望著她，電光幾下閃爍，只見她眼色中柔情無限。蕭峯心中一動，驀地裏體會到阿朱對自己的深情，實出於自己以前的想像之外，心中陡然明白：「段正淳雖是她生身之父，但於她並無養育之恩，至於要自己明白無心之錯可恕，更不必為此而枉自送了性命。」顫聲道：「阿朱，阿朱，你一定另有原因，不是為了救你父親，也不是要我知道那是無心鑄成的大錯，你是為了我！你是為了我！」抱著她身子站了起來。

阿朱臉上露出笑容，見蕭峯終於明白了自己的深意，不自禁的歡喜。她明知自己性命已到盡頭，雖不盼望情郎知道自己隱藏在心底的用意，但他終於知道了……

蕭峯道：「你完全是為了我，阿朱，你說是不是？」阿朱低聲道：「是的。」蕭峯大聲道：「為甚麼？為甚麼？」阿朱道：「大理段家有六脈神劍，你打死了他們鎮南王，他們豈肯干休？大哥，那易筋經上的字，咱們又不識得……」

蕭峯恍然大悟，不由得熱淚盈眶，淚水跟著便直灑了下來。

阿朱道：「我求你一件事，大哥，你肯答允麼？」蕭峯道：「別說一件，百件千件也答允你。」阿朱道：「我只有一個親妹子，咱倆自幼兒不得在一起，求你照看於她，我擔心她走入了歧途。」蕭峯強笑道：「等你身子大好了，咱們找了她來跟你團聚。」阿朱輕輕的道：「等我大好了……大哥，我就和你到雁門關外騎馬打獵、牧牛牧羊，你說，我妹子也肯去嗎？」蕭峯道：「她自然會去的，親姊姊、親姊夫邀她，還不去嗎？」

忽然間忽喇一聲響，青石橋橋洞底下的河水中鑽出一個人來，叫道：「羞也不羞？甚麼親姊姊、親姊夫了？我偏不去。」這人身形嬌小，穿了一身水靠，正是阿紫。

蕭峯失手打了阿朱一掌之後，全副精神都放在她的身上，以他的功夫，本來定可覺察到橋底水中伏得有人，但一來雷聲隆隆，暴雨大作，二來他心神大亂，直到阿紫自行現身，這才發覺，不由得微微一驚，叫道：「阿紫，阿紫，你快來瞧瞧你姊姊。」

阿紫小嘴一扁，道：「我躲在橋底下，本想瞧你和我爹爹打架，看個熱鬧，那知你打的竟是我姊姊。兩個人嘮嘮叨叨的，情話說個不完，我才不愛聽呢。你們談情說愛那也罷了，怎地拉扯到了我身上？」說著走近身來。

阿朱道：「好妹妹，以後，蕭大哥照看你，你……你也照看他……」

阿紫格格一笑，說道：「這個粗魯難看的蠻子，我才不理他呢。」

蕭峯驀地裏覺得懷中的阿朱身子一顫，腦袋垂了下來，一頭秀髮披在他肩上，一動也不動了。蕭峯大驚，大叫：「阿朱，阿朱。」一搭她脈搏，已然停止了跳動。他自己一顆心幾乎也停止了跳動，伸手探她鼻息，也已沒了呼吸。他大叫：「阿朱！阿朱！」但任憑他再叫千聲萬聲，阿朱再也不能答應他了，急以真力輸入她身體，阿朱始終全不動彈。

阿紫見阿朱氣絕而死，也大吃一驚，不再嬉皮笑臉，怒道：「你打死了我姊姊，你……你打死了我姊姊！」

蕭峯道：「不錯，是我打死了你姊姊，你該為你姊姊報仇。快，快殺了我罷！」他雙手下垂，放低阿朱的身子，挺出胸膛，叫道：「你快殺了我。」真盼阿紫抽出刀來，插入自己的胸膛，就此一了百了，解脫了自己無窮無盡的痛苦。

阿紫見他臉上肌肉痙攣，神情可怖，不由得十分害怕，倒退了兩步，叫道：「你……你別殺我。」

蕭峯跟著走上兩步，伸手至胸，嗤的一聲響，撕破胸口衣衫，露出肌膚，說道：「你有毒針、毒刺、毒錐……快快刺死我。」

阿紫在閃電一亮之際，見到他胸口所刺的那個青鬱鬱的狼頭，張牙露齒，形貌兇惡，更是害怕，突然大叫一聲，轉身飛奔而去。

蕭峯呆立橋上，傷心無比，悔恨無窮，提起手掌，砰的一聲，拍在石欄干上，只擊得石屑紛飛。他拍了一掌，又拍一掌，忽喇喇一聲大響，一片石欄干掉入了河裏，要想號哭，卻說甚麼也哭不出來。一條閃電過去，清清楚楚映出了阿朱的臉。那深情關切之意，仍然留在她的眉梢嘴角。

蕭峯大叫一聲：「阿朱！」抱著她身子，向荒野中直奔。

雷聲轟隆，大雨傾盆，他一會兒奔上山峯，一會兒又奔入了山谷，渾不知身在何處，腦海中一片混沌，竟似是成了一片空白。

雷聲漸止，大雨仍下個不停。東方現出黎明，天慢慢亮了。蕭峯已狂奔了兩個多時辰，但他絲毫不知疲倦，只是想儘量折磨自己，只是想立刻死了，永遠陪著阿朱。他嘶聲呼號，狂奔亂走，不知不覺間，忽然又回到了那青石橋上。

他喃喃說道：「我找段正淳去，找段正淳，叫他殺了我，給他女兒報仇。」當下邁開大步，向小鏡湖畔奔去。

不多時便到了湖邊，蕭峯大叫：「段正淳，我殺了你女兒，你來殺我啊，我決不還手，你快出來，來殺我。」他橫抱阿朱，站在方竹林前，等了片刻，林中寂然無聲，無人出來。

他踏步入林，走到竹屋之前，踢開板門，走進屋去，叫道：「段正淳，你快來殺我！」屋中空蕩蕩的，竟一個人也沒有。他在廂房、後院各處尋了一遍，不但沒見段正淳和他那些部屬，連竹屋主人阮星竹和阿紫也都不在。屋中用具陳設一如其舊，倒似是各人匆匆離去，倉卒間甚麼東西也不及攜帶。

他心道：「是了，阿紫帶來了訊息，只道我還要殺她父親報仇。段正淳就算不肯逃，那姓阮的女人和他部屬也必逼他遠走高飛。嘿嘿，我不是來殺你，是要你殺我，要你殺我。」又大叫了幾聲：「段正淳，段正淳！」聲音遠遠傳送出去，但聽得疾風動竹，簌簌聲響，卻無半點人聲。

小鏡湖畔、方竹林中，寂然無人，蕭峯似覺天地間也只剩下了他一人。自從阿朱斷氣之後，他從沒片刻放下她身子，不知有多少次以真氣內力輸入她體內，只盼天可憐見，又像上次她受了玄慈方丈一掌那樣，重傷不死。但上次是玄慈方丈以大金剛掌力擊在蕭峯手中銅鏡之上，阿朱不過波及受震，這次蕭峯這一掌卻是結結實實的打正在她胸口，如何還能活命？不論他輸了多少內力過去，阿朱總是一動也不動。

他抱著阿朱，呆呆的坐在堂前，從早晨坐到午間，從午間又坐到了傍晚。這時早已雨過天青，淡淡斜陽，照在他和阿朱的身上。

他在聚賢莊上受羣雄圍攻，雖然眾叛親離，情勢險惡之極，卻並未有絲毫氣沮，這時自己親手鑄成了難以挽回的大錯，越來越覺寂寞孤單，只覺再也不該活在世上了。「阿朱代她父親死了，我也不能再去找段正淳報仇。我還有甚麼事情可做？丐幫的大業，當年的雄心壯志，都已不值得關懷。我是契丹人，又能有甚麼大業雄心？」

走到後院，見牆角邊放著一柄花鋤，心想：「我便永遠在這裏陪著阿朱罷？」左手仍是抱著阿朱，說甚麼也捨不得放開她片刻，右手提起花鋤，走到方竹林中，掘了一個坑，又掘了一個坑，兩個土坑並列在一起。

心想：「她父母回來，多半要挖開墳來看個究竟。須得在墓前豎上塊牌子才是。」折了一段方竹，剖而為二，到廚房中取廚刀削平了，走到西首廂房。見桌上放著紙墨筆硯。他將阿朱橫放在膝頭，研了墨，提起筆來，在一塊竹片上寫道：「契丹莽夫蕭峯之墓」。拿起另一塊竹片，心下沉吟：「我寫甚麼？『蕭門段夫人之墓』麼？她雖和我有夫婦之約，卻未成婚，至死仍是個冰清玉潔的姑娘，稱她為『夫人』，不褻瀆她麼？」

心下一時難決，抬起頭來思量一會，目光所到之處，只見壁間懸著一張條幅，寫得有好幾行字，順著看下去：

「含羞倚醉不成歌，纖手掩香羅。偎花映燭，偷傳深意，酒思入橫波。

看朱成碧心迷亂，翻脈脈，斂雙蛾。相見時稀隔別多。又春盡，奈愁何？」

他讀書無多，所識的字頗為有限，但這闋詞中沒甚麼難字，看得出是一首風流艷詞，好似說喝醉了酒含羞唱歌，怎樣怎樣，又說相會時刻少，分別時候多，心裏發愁。他含含糊糊的看去，也沒心情去體會詞中說些甚麼，隨口茫茫然的讀完，見下面又寫著兩行字道：

「書少年遊付竹妹補壁。星眸竹腰相伴，不知天地歲月也。大理段二醉後狂塗。」

蕭峯喃喃的道：「他倒快活。星眸竹腰相伴，不知天地歲月也。大理段二醉後狂塗。大理段二，嗯，這是段正淳寫給他情人阮星竹的，也就是阿朱她爹爹媽媽的風流事。怎地堂而皇之的掛在這裏，也不怕醜？啊，是了，這間屋子，段正淳的部屬也不會進來。」

當下也不再理會這個條幅，只想：「我在阿朱的墓碑上怎樣寫？」自知文字上的功夫太也粗淺，多想也想不出甚麼，便寫了「阿朱之墓」四個字。放下了筆，站起身來，要將竹牌插在坑前，先埋好了阿朱，然後自殺。

他轉過身來，抱起阿朱身子，眼光又向壁上的條幅一瞥，驀地裏跳將起來，「啊喲」一聲叫，大聲道：「不對，不對，這件事不對！」

走近一步，再看條幅中的那幾行字，只見字跡圓潤，儒雅瀟脫。他心中似有一個聲音在大聲道：「那封信！帶頭大哥寫給汪幫主的信，信上的字不是這樣的，完全不同。」

他只粗通文字，原是不會辨認筆跡，但這條幅上的字秀麗圓熟，間格整齊，那封信上的字卻歪歪斜斜、瘦骨稜稜，一眼而知出於江湖武人之手。兩者的差別實在太大，任誰都看得出來。他雙眼睜得大大的，盯住了那條幅上的字，似乎要從這幾行字中，尋覓出這中間隱藏著的大秘密、大陰謀。

他腦海中盤旋的，盡是那晚在無錫城外杏子林中所見到的那封書信，那封帶頭大哥寫給汪幫主的信。智光大師將信尾的署名撕下來吞入了肚中，令他無法知道寫信之人是誰，但信上的字跡，卻已深深印入他腦海之中，清楚之極。寫信之人，和寫這張條幅的「大理段二」絕非一人，決無可疑。

但那信是不是「帶頭大哥」托旁人代寫？他略一思索，便知決無可能。段正淳能寫這樣一筆好字，當然是拿慣筆桿之人，要寫信給汪幫主，談論如此大事，豈有叫旁人代筆之理？而寫一首風流艷詞給自己情人，更無叫旁人代筆之理。

他越想疑竇越大，不住的想：「莫非那帶頭大哥不是段正淳？莫非這幅字不是段正淳寫的？不對，不對，除了段正淳，怎能有第二個『大理段二』，寫了這種風流詩詞掛在此處？難道馬夫人說的是假話？那也不會。她和段正淳素不相識，一個地北，一個天南，一個是草莽匹夫的孀婦，一個是王公貴人，能有甚麼仇怨，會故意捏造假話來騙我。」

他自從知道了「帶頭大哥」是段正淳後，心中的種種疑團本已一掃而空，所思慮的只是如何報仇而已，這時陡然間見到了這個條幅，各種各樣的疑團又湧上心頭：「那封書信若不是段正淳寫的，那麼帶頭大哥便不是他。如果不是他，卻又是誰？馬夫人為甚麼要說假話騙人，這中間有甚麼陰謀詭計？我打死阿朱，本是誤殺，阿朱為我而死卻是心甘情願。這麼一來，她的不白之冤之上，再加上一層不白之冤。我為甚麼不早些見到這個條幅？可是這條幅掛在廂房之中，我又怎能見到？倘若始終不見，我殉了阿朱而死，那也是一了百了，為甚麼偏偏早不見，遲不見，在我死前片刻又見到了？」

夕陽即將落山，最後的一片陽光正漸漸離開他腳背，忽聽得小鏡湖畔有兩人朝著竹林走來。這兩人相距尚遠，他凝神聽去，辨出來者是兩個女子，心道：「多半是阿紫和她媽媽來了。嗯，我要問明段夫人，這幅字是不是段正淳寫的。她當然恨極我殺了阿朱，她一定要殺我，我，我……我……」他本來是要「決不還手」，但立時轉念：「如果阿朱確是冤枉而死，殺我爹爹、媽媽的另有其人，那麼這大惡人身上又多負了一筆血債，又多了一條人命。阿朱難道不是他害死的麼？我若不報此仇，怎能輕易便死？」

只聽得那兩個女子漸行漸近，走進了竹林。又過片刻，兩人說話的聲音也聽見了。只聽得一人道：「小心了，這賤人武功雖然不高，卻是詭計多端。」另一個年輕的女子道：「她只孤身一人，我娘兒倆總收拾得了她。」那年紀較大的女子道：「別說話了，一上去便下殺手，不用遲疑。」那少女道：「要是爹爹知道了……」那年長女子道：「哼，你還顧著你爹爹？」接著便沒了話聲。但聽得兩人躡足而行，一個向著大門走來，另一個走到了屋後，顯是要前後夾攻。

蕭峯頗為奇怪，心想：「聽口音這兩人不是阮星竹和阿紫，但也是母女兩個，要來殺一個孤身女子，嗯，多半是要殺阮星竹，而那少女的父親卻不贊成此事。」這件事在他腦中一閃而過，再不理會，仍是怔怔的坐著出神。

過得半晌，呀的一聲，有人推開板門，走了進來。蕭峯並不抬頭，只見一雙穿著黑鞋的纖腳走到他身前，相距約莫四尺，停住了步。跟著旁邊的窗門推開，躍進一個人來，站在他身旁。他聽了那人縱躍之聲，知道武功也不高強。

他仍不抬頭，手中抱著阿朱，自管苦苦思索：「到底『帶頭大哥』是不是段正淳？智光大師的言語中有甚麼古怪？徐長老有甚麼詭計？馬夫人的話中有沒有破綻？」當真是思湧如潮，心亂如麻。

只聽得那年輕女子說道：「喂，你是誰？姓阮的那賤人呢？」她話聲冷冷的，語調更是十分的無禮。蕭峯不加理會，只想著種種疑竇。那年長女子道：「尊駕和阮星竹那賤人有甚麼瓜葛？這女子是誰？快快說來。」蕭峯仍是不理。那年輕女子大聲道：「你是聾子呢還是啞巴，怎地一聲不響？」語氣中已充滿了怒意。蕭峯仍是不理，便如石像般坐著不動。

那年輕女子一跺腳，手中長劍一顫，劍刃震動，嗡嗡作響，劍尖斜對蕭峯的太陽穴，相距不過數寸，喝道：「你再裝傻，便給點苦頭你吃吃。」

蕭峯於身外凶險，半分也沒放在心上，只是思量著種種解索不開的疑團。那少女手臂向前一送，長劍刺出，在他頭頸邊寸許之旁擦了過去。蕭峯聽明白劍勢來路，不閃不避，渾若不知。兩名女子相顧驚詫。那年輕女子道：「媽，這人莫非是個白痴？他抱著的這個姑娘好像死了。」那婦人道：「他多半是裝傻。在這賤人家中，還能有甚麼好東西。先劈他一刀，再來拷打查問。」話聲甫畢，左手刀便向蕭峯肩頭砍了下去。

蕭峯待得刀刃離他肩頭尚有半尺，右手翻出，疾伸而前，兩根手指抓住了刀背，那刀便如凝在半空，砍不下來。他手指向前一送，刀柄撞中那婦人肩下要穴，登時令她動彈不得，順手一抖，內力到處，拍的一聲響，一柄鋼刀斷為兩截。他隨手拋在地下，始終沒抬頭瞧那婦人。

那年輕女子見母親被他制住，大驚之下，向後反躍，嗤嗤之聲連響，七枝短箭連珠價向他射來。蕭峯拾起斷刀，一一拍落，跟著手一揮，那斷刀倒飛出去，拍的一聲，刀柄撞在她腰間。那年輕女子「啊」的一聲叫，穴道正被撞中，身子也登時給定住了。

那婦人驚道：「你受傷了嗎？」那少女道：「腰裏撞得好痛，倒沒受傷，媽，我給封住了『京門穴』。」那婦人道：「我給點中了『中府穴』。這……這人武功厲害得很哪。」那少女道：「媽，這人到底是誰？怎麼他也不站起身來，便制住了咱娘兒倆，我瞧他啊，多半是有邪術。」

那婦人不敢再兇，口氣放軟，向蕭峯道：「咱母女和尊駕無怨無仇，適才妄自出手，得罪了尊駕，是咱二人的不對了。還請寬宏大量，高抬貴手。」那少女忙道：「不，不，咱們輸了便輸了，何必討饒？你有種就將姑娘一刀殺了，我才不希罕呢。」

蕭峯隱隱約約聽到了她母女的說話，只知母親在求饒，女兒卻十分倔強，但到底說些甚麼話，卻一句也沒聽入心中。

這時屋中早已黑沉沉地，又過一會，天色全黑。蕭峯始終抱著阿朱坐在原處，一直沒有移動。他平時頭腦極靈，遇上了疑難之事，總是決斷極快，倘若一時之間無法明白，便即擱在一旁，暫不理會，決不會猶豫遲疑，但今日失手打死了阿朱，悲痛已極，痴痴呆呆，渾渾噩噩，倒似是失心瘋一般。

那婦人低聲道：「你運氣再衝衝環跳穴看，話不定牽動經脈，能衝開被封的穴道。」那少女道：「我早衝過了，一點用處也沒……」那婦人忽道：「噓！有人來了！」

只聲得腳步細碎，有人推門進來，也是一個女子。那女子擦擦幾聲，用火刀火石打火，點燃紙煤，再點亮了油燈，轉過身來，突然見到蕭峯、阿朱，以及那兩個女子，不禁「啊」的一聲驚呼。她絕未料到屋中有人，驀地裏見到四個人或坐或站，都是一動也不動，登時大吃一驚。她手一鬆，火刀、火石錚錚兩聲，掉在地下。

先前那婦人突然厲聲叫道：「阮星竹，是你！」

剛進屋來的那女子正是阮星竹。她回過頭來，見說話的是個中年女子，她身旁另有一個全身黑衣的少女，兩人相貌頗美，那少女尤其秀麗，都是從未見過。阮星竹道：「不錯，我姓阮，兩位是誰？」

那中年女子不答，只是不住的向她端相，滿臉都是怒容。

阮星竹轉頭向蕭峯道：「喬幫主，你已打死了我女兒，還在這裏幹甚麼？我……我……我苦命的孩兒哪！」說著放聲大哭，撲到了阿朱的屍身上。

蕭峯仍是呆呆的坐著，過了良久，才道：「段夫人，我罪孽深重，請你抽出刀來，將我殺了。」

阮星竹泣道：「便一刀將你殺了，也已救不活我那苦命的孩兒。喬幫主，你說我和阿朱的爹爹做了一件於心有愧的大錯事，害得孩子一生孤苦，連自己爹娘是誰也不知道。這話是不錯的，可是……你要打抱不平，該當殺段王爺，該當殺我，為甚麼卻殺了我的阿朱？」

這時蕭峯的腦筋頗為遲鈍，過了片刻，才心中一凜，問道：「甚麼一件於心有愧的大錯事？」阮星竹哭道：「你明明知道，定要問我，阿朱……阿朱和阿紫都是我的孩兒，我不敢帶回家去，送了給人。」

蕭峯顫聲道：「昨天我問段正淳，是否做了一件於心有愧的大錯事，他直認不諱。這件虧心事，便是將阿朱……和阿紫兩個送與旁人嗎？」阮星竹怒道：「我做了這件虧心事，難道還不夠？你當我是甚麼壞女人，專門做虧心事？」蕭峯道：「段正淳昨天又說：『天可憐見，今日讓我重得見到一個……一個當年沒了爹娘的孩子。』他說今日重見這個沒了爹娘的孩子，是說阿紫，不是說……不是說我？」阮星竹怒道：「他為甚麼要說你？你是他拋棄了送人的孩子嗎？你……你胡說八道甚麼？我又怎生得出你這畜生？」她恨極了蕭峯，但又忌憚他武功了得，不敢動手，只一味斥罵。

蕭峯道：「那麼我問他，為甚麼直到今日，兀自接二連三的再幹惡事，他卻自己承認行止不端，德行有虧？」阮星竹滿是淚水的面頰上浮上淡淡紅暈，說道：「他生性風流，向來就是這樣的。他要了一個女子，又要第二個，第三個，第四個，接二連三的荒唐，又……要你來多管甚麼閒事？」

蕭峯喃喃道：「錯了，錯了，全然錯了！」出神半晌，驀地裏伸出手來，拍拍拍拍，猛打自己耳光。阮星竹吃了一驚，一躍而起，倒退了兩步，只見蕭峯不住的出力毆打自己，每一掌都落手極重，片刻間雙頰便高高腫起。

只聽得「呀」的一聲輕響，又有人推門進來，叫道：「媽，你已拿了那幅字……」正是阿紫。她話未說完，見到屋中有人，又見蕭峯左手抱著阿朱，右手不住的擊打自己，不禁驚得呆了。

蕭峯的臉頰由腫而破，跟著滿臉滿手都是鮮血，跟著鮮血不斷的濺了開來，濺得牆上、桌上、椅上……都是點點鮮血，連阿朱身上，牆上所懸著的那張條幅上，也濺上了殷紅色的點點滴滴。

阮星竹不忍再看這殘酷的情景，雙手掩目，但耳中仍不住聽到拍拍之聲，她大聲叫道：「不要打了！不要打了！」

阿紫尖聲道：「喂，你別弄髒了我爹爹寫的字，我要你賠。」躍上桌子，伸手去摘牆上所懸的那張條幅。原來她母女倆去而復回，便是來取這張條幅。

蕭峯一怔，住手不打，問道：「這個『大理段二』，果真便是段正淳嗎？」阮星竹道：「除了是他，還能有誰？」說到段正淳時，臉上不自禁的露出了一往情深的驕傲。

這兩句話又給蕭峯心中解開了一個疑團：這條幅確是段正淳寫的，那封給汪幫主的信就不是他寫的，帶頭大哥便多半不是段正淳。

他心中立時便生出一個念頭：「馬夫人所以冤枉段正淳，中間必有極大隱情。我當先解開了這個結，總會有水落石出、真相大白之日。」這麼一想，當即消了自盡的念頭，適才這一頓自行毆擊，雖打得滿臉鮮血，但心中的悔恨悲傷，卻也得了個發洩之所，於是抱著阿朱的屍身，站了起來。

阿紫已見到桌上他所寫的那兩塊竹片，笑道：「嘿嘿，怪不得外邊掘了兩個坑，我正在奇怪，原來你是想和姊姊同死合葬，嘖嘖嘖，當真多情得很哪！」

蕭峯道：「我誤中奸人毒計，害死了阿朱，現下要去找這奸人，先為阿朱報仇，再追隨她於地下。」阿紫道：「奸人是誰？」蕭峯道：「此刻還無眉目，我這便去查。」說著抱了阿朱，大踏步出去。阿紫笑道：「你這麼抱了我姊姊，去找那奸人麼？」

蕭峯一呆，一時沒了主意，心想抱著阿朱的屍身千里迢迢而行，終究不妥，但要放開了她，卻實是難分難捨，怔怔瞧著阿朱的臉，眼淚從他血肉模糊的臉上直滾下來，淚水混和著鮮血，淡紅色的水點，滴在阿朱慘白的臉上，當真是血淚斑斑。

阮星竹見了他傷心的情狀，憎恨他的心意霎時之間便消解了，說道：「喬幫主，大錯已經鑄成，那已無可挽回，你……你……」她本想勸他節哀，但自己卻忍不住放聲大哭起來，哭道：「都是我不好，都是我不好……好好的女兒，為甚麼要去送給別人？」

那被蕭峯定住了身形的少女忽然插口道：「當然都是你不好啦！人家好好的夫妻，為甚麼你要去拆散他們？」

阮星竹抬起頭來，問那少女道：「姑娘為甚麼說這話？你是誰？」

那少女道：「你這狐狸精，害得我媽媽好苦，害得我……害得我……」

阿紫一伸手，便向她臉上摑去。那少女動彈不得，眼見這一掌難以躲開。

阮星竹忙伸手拉住阿紫手臂，道：「阿紫，不可動粗。」向那中年美婦又看了兩眼，再瞧瞧她右手中的一柄鋼刀，地下的一柄斷刀，恍然大悟，道：「是了，你使雙刀，你……你是修羅刀秦……秦紅棉……秦姊姊。」

這中年美婦正是段正淳的另一個情人修羅刀秦紅棉，那黑衣少女便是她的女兒木婉清。秦紅棉不怪段正淳拈花惹草，到處留情，卻恨旁的女子狐媚妖淫，奪了她的情郎，因此得到師妹甘寶寶傳來的訊息後，便和女兒木婉清同去行刺段正淳的妻子刀白鳳和他另一個情人，結果都沒成功。待得知悉段正淳又有一個相好叫阮星竹，隱居在小鏡湖畔的方竹林中，便又帶了女兒趕來殺人。

秦紅棉聽阮星竹認出了自己，喝道：「不錯，我是秦紅棉，誰要你這賤人叫我姊姊？」

阮星竹一時猜不到秦紅棉到此何事，又怕這個情敵和段正淳相見後舊情復燃，便笑道：「是啊，我說錯了，你年紀比我輕得多，容貌又這等美麗，難怪段郎對你這麼著迷。你是我妹子，不是姊姊。秦家妹子，段郎每天都想念你，牽肚掛腸的，我真羨慕你的好福份呢。」

秦紅棉一聽阮星竹稱讚自己年輕貌美，心中的怒氣已自消了三成，待聽她說段正淳每天思念自己，怒氣又消了三成，說道：「誰像你這麼甜嘴蜜舌的，慣會討人歡喜。」

阮星竹道：「這位姑娘，便是令愛千金麼？嘖嘖嘖，生得這麼俊，難為你秦家妹子生得出來……」

蕭峯聽她兩個女人嘰哩咕嚕的儘說些風月之事，不耐煩多聽，他是個拿得起、放得下的漢子，一度腸為之斷、心為之碎的悲傷過去之後，便思索如何處理日後的大事。

他抱起阿朱的屍身，走到土坑旁將她放了下去，兩隻大手抓起泥土，慢慢撒在她身上，但在她臉上卻始終不撒泥土。他雙眼一瞬不瞬的瞧著阿朱，只要幾把泥土一撒下去，那便是從此不能再見到她了。耳中隱隱約約的似乎聽到她的話聲，約定到雁門關外騎馬打獵、牧牛放羊，要陪他一輩子。不到一天之前，她還在說著這些有時深情、有時俏皮、有時正經、有時胡鬧的話，從今而後再也聽不到了。在塞上牧牛放羊的誓約，從此成空了。

蕭峯跪在坑邊，良久良久，仍是不肯將泥土撒到阿朱臉上。

突然之間，他站起身來，一聲長嘯，再也不看阿朱，雙手齊推，將坑旁的泥土都堆在她身上臉上。回轉身來，走入廂房。

只見阮星竹和秦紅棉仍在絮絮談論。阮星竹雖在傷心之際，仍是巧舌如簧，哄得秦紅棉十分歡喜，兩個女人早就去了敵意。阮星竹道：「喬幫主，這位妹妹得罪了你，事出無心，請你解開了她二人的穴道罷。」

阮星竹是阿朱之母，她說的話，蕭峯自當遵從幾分，何況他本就想放了二人，當下走近身去，伸手在秦紅棉和木婉清的肩頭各拍一下。二人只覺一股熱氣從肩頭衝向被封穴道，四肢登時便恢復了自由。母女對望一眼，對蕭峯功力之深，心下好生佩服。

蕭峯向阿紫道：「阿紫妹子，你爹爹的條幅，請你借給我看一看。」

阿紫道：「我不要你叫我妹子長、妹子短的。」話是這麼說，卻也不敢違拗，還是將捲起的條幅交了給他。

蕭峯展了開來，再將段正淳所寫的字仔細看了兩遍。阮星竹滿臉通紅，忸怩道：「這些東西，有甚麼好看？」蕭峯道：「段王爺現下到了何處？」阮星竹臉色大變，退了兩步，顫聲道：「不……不……你別再去找他了。」蕭峯道：「我不是去跟他為難，只是想問他幾件事。」阮星竹那裏肯信，說道：「你既已失手打死了阿朱，不能再去找他。」

蕭峯料知她決不肯說，便不再問，將條幅捲起，還給阿紫，說道：「阿朱曾有遺言，命我照料她的妹子。段夫人，日後阿紫要是遇上了為難之事，只要蕭峯能有效力之處，儘管吩咐，決不推辭。」

阮星竹大喜，心想：「阿紫有了這樣一個大本領的靠山，這一生必能逢凶化吉、遇難成祥了。」說道：「如此多謝了。阿紫，快謝謝喬大哥。」她將「喬幫主」的稱呼改成了「喬大哥」，好令阿紫跟他的干係親密些。

阿紫卻扁了扁嘴，神色不屑，說道：「我有甚麼為難之事要他幫手？我有天下無敵的師父，這許多師哥，還怕誰來欺侮我？他泥菩薩過江，自身難保，自己的事還辦不了，儘出亂子，還想幫我忙？哼，那不是越幫越忙嗎？」她咭咭咯咯的說來，清脆爽朗。阮星竹數次使眼色制止，阿紫只假裝不見。

阮星竹頓足道：「唉，這孩子，沒大沒小的亂說，喬幫主，你瞧在阿朱的臉上，千萬不要介意。」蕭峯道：「在下姓蕭，不是姓喬。」阿紫說道：「媽，這個人連自己姓甚麼也弄不清楚，是個大大的渾人……」阮星竹喝道：「阿紫！」

蕭峯拱手一揖，說道：「就此別過。」轉頭向木婉清道：「段姑娘，你這種歹毒暗器，多用無益，遇上了本領高強過你的對手，你不免反受其害。」

木婉清還未答話，阿紫道：「姊姊，別聽他胡說八道，這些暗器最多打不中對方，還能有甚麼害處？」

蕭峯再不理會，轉身出門，左足跨出門口時，右手袍袖一拂，呼的一陣勁風，先前木婉清向他發射而被擊落的七枚短箭同時飛起，猛向阿紫射出，去勢猶似閃電。阿紫只叫得一聲「哎唷」，那裏還來得及閃避？七枚小箭從她頭頂、頸邊、身旁掠過，拍的一聲響，同時釘在她身後牆上，直沒至羽。

阮星竹急忙搶上，摟住阿紫，驚叫：「秦家妹子，快取解藥來。」秦紅棉道：「傷在那裏？傷在那裏？」木婉清忙從懷中取出解藥，去察看阿紫的傷勢。

過得片刻，阿紫驚魂稍定，才道：「沒……沒射中我。」四個女子一齊瞧著牆上的七枚短箭，無不駭然，相顧失色。

原來蕭峯記著阿朱的遺言，要他照顧阿紫，卻聽得阿紫說「我有天下無敵的師父，這許多師哥，還怕誰來欺侮我？」因此用袖風拂箭，嚇她一嚇，免得她小小年紀不知天高地厚，有恃無恐，小覷了天下英雄好漢，將來不免大吃苦頭。

他走出竹林，來到小鏡湖畔，在路旁尋到一株枝葉濃密的大樹，縱身上樹。他要找到段正淳問個明白，何以馬夫人故意陷害於他，但阮星竹決不肯說他的所在，只有暗中跟隨。過不多時，只見四人走了出來，秦紅棉母女在前，阮星竹母女在後，瞧模樣是阮星竹送客。

四人走到湖邊，秦紅棉道：「阮姊姊，你我一見如故，前嫌盡釋，消去了我心頭一樁恨事，現下我要去找那姓康的賤婢。你可知道她的所在？」阮星竹一怔，問道：「妹子，你去找她幹甚麼？」秦紅棉恨恨的道：「我和段郎本來好端端地過快活日子，都是這賤婢使狐狸精勾當……」阮星竹沉吟道：「那康……康敏這賤人，嗯，可不知在那裏。妹子找到了她，你幫我在她身上多刺幾刀。」秦紅棉道：「那還用說？就只怕不容易尋著。好啦，再見了！嗯，你若見到段郎……」阮星竹一凜，道：「怎麼啦？」秦紅棉道：「你給我狠狠的打他兩個刮子，一個耳光算在我的帳上，一個算在咱姑娘帳上。」

阮星竹輕聲一笑，道：「我怎麼還會見到這沒良心的死人？妹子你幾時見到他，也給我打他兩個耳光，一個是代我打的，一個是代阿紫打的。不，打耳光不夠，再給我踢上兩腳。生了女兒不照看，任由我們娘兒倆孤苦伶仃的……」說著便落下淚來。秦紅棉安慰道：「姊姊你別傷心。待我們殺了那姓康的賤人，回來跟你作伴兒。」

蕭峯躲在樹上，對兩個女人的話聽得清清楚楚，心想段正淳武功不弱，待朋友也算頗為仁義，偏偏喜愛女色，不算英雄。只見秦紅棉拉著木婉清，向阮星竹母女行了一禮，便即去了，阮星竹攜著阿紫的手，又回入竹林。

蕭峯尋思：「阮星竹必會去找段正淳，只是不肯和秦紅棉同去而已，先前她說來取這條幅，段正淳定在前面不遠之處相候。我且在這裏守著。」

只聽得樹叢中發出微聲，兩個黑影悄悄走來，卻是秦紅棉母女去而復回。聽得秦紅棉低聲道：「婉兒，你怎地如此粗心大意，輕易上人家的當？阮家姊姊臥室中的榻下，有雙男人鞋子，鞋頭上用黃線繡著兩個字，左腳鞋上繡個『山』字，右腳鞋上繡個『河』字，那自然是你爹爹的鞋子。鞋子很新，鞋底濕泥還沒乾，可想而知，你爹爹便在左近。」木婉清道：「啊！原來這姓阮的女人騙了咱們。」秦紅棉道：「是啊，她又怎肯讓這負心漢子跟咱們見面？」木婉清道：「爹爹沒良心，媽，你也不用見他了。」

秦紅棉半晌不語，隔了一會，才道：「我想瞧瞧他，只是不想他見到我。隔了這許多日子，他老了，你媽也老了。」這幾句話說得很是平淡，但話中自蘊深情。

木婉清道：「好罷！」聲音十分淒苦。她與段譽分手以來，思念之情與日俱增，但明知是必無了局的相思，在母親面前卻還不敢流露半點心事。

秦紅棉道：「咱們只須守在這裏，料你爹爹不久就會到來。」說著便撥開長草，隱身其中。木婉清跟著躲在一株樹後。

淡淡星光之下，蕭峯見到秦紅棉蒼白的臉上泛著微紅，顯是甚為激動，心道：「情之累人，一至於斯。」但隨即便又想到了阿朱，胸口不由得一陣酸楚。

過不多時，來路上傳來奔行迅捷的腳步聲，蕭峯心道：「這人不是段正淳，多半是他的部屬。」果然那人奔到近處，認出是那個在橋上畫倒畫的朱丹臣。

阮星竹聽到了腳步聲，卻分辨不出，一心只道是段正淳，叫道：「段郎，段郎！」快步迎出。阿紫跟了出來。

朱丹臣一躬到地，說道：「主公命屬下前來稟報，他身有急事，今日不能回來了。」

阮星竹一怔，問道：「甚麼急事？甚麼時候回來？」朱丹臣道：「這事與姑蘇慕容家有關，好像是發見了慕容公子的行蹤。主公萬里北來，為的便是找尋此人。主公言道：只待他大事一了，便來小鏡湖畔相聚，請夫人不用掛懷。」阮星竹淚凝於眶，哽咽道：「他總是說即刻便回，每一次都是三年、五年也不見人面。好容易盼得他來了，又……」

朱丹臣於阿紫氣死褚萬里一事，極是悲憤，段正淳的話既已傳到，便不願多所逗留，微一躬身，掉頭便行，自始至終沒向阿紫瞧上一眼。

阮星竹待他走遠，低聲向阿紫道：「你輕功比我好得多，快悄悄跟著他，在道上給我留下記認，我隨後便來。」阿紫抿嘴笑道：「你叫我追爹爹，有甚麼獎賞？」阮星竹道：「媽有甚麼東西，全都是你的，還要甚麼獎賞？」阿紫道：「好罷，我在牆角上寫個『段』字，再畫個箭頭，你便知道了。」阮星竹摟著她肩頭，喜道：「乖孩子！」阿紫笑道：「痴心媽媽！」拔起身子，追趕朱丹臣而去。

阮星竹在小鏡湖畔悄立半晌，這才沿著小徑走去。她一走遠，秦紅棉母女便分別現身，兩人打了個手勢，躡足跟隨在後。

蕭峯心道：「阿紫既在沿途做下記認，要找段正淳可容易不過了。」走了幾步，驀地在月光下見到自己映在湖中的倒影，淒淒冷冷，甚是孤單，心中一酸，便欲回向竹林，到阿朱墓前再去坐上一會，但只一沉吟間，豪氣陡生，手出一掌，勁風到處，擊得湖水四散飛濺，湖中影子也散成了一團碎片。一聲長嘯，大踏步便走了。

此後這幾日中曉行夜宿，多喝酒而少吃飯，每到一處市鎮，總在牆腳邊見到阿紫留下的「段」字記號，箭頭指著方向。有時是阮星竹看過後擦去了，但痕跡宛然可尋。

一路向北行來，天氣漸漸寒了，這一日出門不久，天上便飄飄揚揚的下起大雪來。蕭峯行到午間，在一間小酒店中喝了十二三碗烈酒，酒癮未殺，店中卻沒酒了。他好生掃興，邁開大步疾走了一陣，來到一座大城，走到近處，心頭微微一震，原來已到了信陽。

一路上他追尋阿紫留下的記號，想著自己的心事，於周遭人物景色，全沒在意，竟然重回信陽。他真要追上段正淳，原是輕而易舉，加快腳步疾奔得一天半日，自非趕上不可。但自阿朱死後，心頭老是空盪盪地，不知如何打發日子才好，心裏總是想：「追上了段正淳，卻又如何？找到了正兇，報了大仇，卻又如何？我一個人回到雁門關外，在風沙大漠之中打獵牧羊，卻又如何？」是以一直並未急追。

進了信陽城，見城牆腳下用炭筆寫著個「段」字，字旁的箭頭指而向西。他心頭又是一陣酸楚，想起那日和阿朱並肩而行，到信陽城西馬夫人家去套問訊息，今日回想，當時每走一步，便是將阿朱向陰世推了一步。

只行出五六里，北風勁急，雪更下得大了。

循著阿紫留下的記號，逕向西行，那些記號都是新留下不久，有些是削去了樹皮而畫在樹上的，樹幹刀削之處樹脂兀自未凝，記號所向，正是馬大元之家。蕭峯暗暗奇怪，尋思：「莫非段正淳知道馬夫人陷害於他，因而找她算帳去了？是了，阿朱臨死時在青石橋上跟我說話，曾提到馬夫人，都給阿紫聽了去，定是轉告她爹爹了。可是我們只說馬夫人，他怎知就是這個馬夫人？」

他一路上心情鬱鬱，頗有點神不守舍，這時逢到特異之事，登時精神一振，回復了昔日與勁敵交鋒時的警覺。見道旁有座破廟，當即進去，掩上山門，放頭睡了三個時辰，到二更時分，這才出廟，向馬大元家中行去。

將到臨近時，隱身樹後，察看周遭形勢，只看了一會，嘴角邊便微露笑容，但見馬家屋子東北側伏有二人，瞧身形是阮星竹和阿紫。接著又見秦紅棉母女伏在屋子的東南角上。這時大雪未停，四個女子身上都堆了一層白雪。東廂房窗中透出淡淡黃光，寂無聲息。蕭峯折了一根樹枝，投向東方，拍的一聲輕響，落在地下。阮星竹等四人都向出聲處望去，蕭峯輕輕一躍，已到了東廂房窗下。

天寒地凍，馬家窗子外都上了木板，蕭峯等了片刻，聽得一陣朔風自北方呼嘯而來，待那陣風將要撲到窗上，他輕輕一掌推出，掌力和那陣風同時擊向窗外的木板，喀喇一聲響，木板裂開，連裏面的窗紙也破了一條縫。秦紅棉和阮星竹等雖在近處，只因掌風和北風配得絲絲入扣，並未察覺，房中若是有人自也不會知覺。蕭峯湊眼到破縫之上，向裏張去，一看之下，登時呆了，幾乎不信自己的眼睛。

只見段正淳短衣小帽，盤膝坐在炕邊，手持酒杯，笑嘻嘻的瞅著炕桌邊打横而坐的一個婦人。

那婦人身穿縞素衣裳，臉上薄施脂粉，眉梢眼角，皆是春意，一雙水汪汪的眼睛便如要滴出水來，似笑非笑、似嗔非嗔的斜睨著段正淳，正是馬大元的遺孀馬夫人。

二十四

燭畔鬢雲有舊盟

——

馬夫人頸中的扣子鬆開了，露出雪白的項頸和一條紅緞子的抹胸邊緣，站起身來，慢慢打開了綁著頭髮的白頭繩，長髮直垂到腰間，柔絲如漆，嬌媚無限的膩聲道：「段郎，你來抱我！」

此刻室中的情景，蕭峯若不是親眼所見，不論是誰說與他知，他必斥之為荒謬妄言。他自在無錫城外杏子林中首次見到馬夫人後，此後兩度相見，總是見她冷若冰霜，凜然有不可犯之色，連她的笑容也是從未一見，怎料得到竟會變成這般模樣。更奇的是，她以言語陷害段正淳，自必和他有深仇大恨，但瞧小室中的神情，酒酣香濃，情致纏綿，兩人四目交投，惟見輕憐密愛，那裏有半分仇怨？

桌上一個大花瓶中插滿了紅梅。炕中想是炭火燒得正旺，馬夫人頸中扣子鬆開了，露出雪白的項頸，還露出了一條紅緞子的抹胸邊緣。炕邊點著的兩枝蠟燭卻是白色的，紅紅的燭火照在她紅撲撲的臉頰上。屋外朔風大雪，斗室內卻是融融春暖。

只聽段正淳道：「來來來，再陪我喝一杯，喝夠一個成雙成對。」

馬夫人哼了一聲，膩聲道：「甚麼成雙成對？我獨個兒在這裏孤另另、冷清清的，日思夜想，朝盼晚望，總是記著你這個冤家，你……你……卻早將人抛在腦後，那裏想到來探望我一下？」說到這裏，眼圈兒便紅了。

蕭峯心想：「聽她說話，倒與秦紅棉、阮星竹差不多，莫非……莫非……她也是段正淳的舊情人麼？」

段正淳低聲細氣的道：「我在大理，那一天不是牽肚掛腸的想著我的小康？恨不得插翅飛來，將你摟在懷裏，好好的憐你惜你。那日聽到你和馬副幫主成婚的訊息，我接連三日三夜沒吃一口飯。你既有了歸宿，我若再來探你，不免累了你。馬副幫主是丐幫中大有身分的英雄好漢，我再來跟你這個那個，可太也對他不起，這……這不是成了卑鄙小人麼？」

馬夫人道：「誰希罕你來向我獻殷勤了？我只是記掛你，身上安好麼？心上快活麼？大事小事都順遂麼？只要你好，我就開心了，做人也有了滋味。你遠在大理，我要打聽你的訊息，不知可有多難。我身在信陽，這一顆心，又有那一時、那一刻不在你的身邊？」

她越說越低，蕭峯只覺她的說話膩中帶澀，軟洋洋地，說不盡的纏綿宛轉，聽在耳中當真是盪氣迴腸，令人神為之奪，魂為之消。然而她的說話又似純係出於自然，並非有意的狐媚。他平生見過的人著實不少，真想不到世上竟會有如此艷媚入骨的女子。蕭峯雖感詫異，臉上卻也不由自主的紅了。他曾見過段正淳另外兩個情婦，秦紅棉明朗爽快，阮星竹俏美愛嬌，這位馬夫人卻是柔到了極處，膩到了極處，又是另一種風流。

段正淳眉花眼笑，伸手將她拉了過來，摟在懷裏。馬夫人「唔」的一聲，半推半就，伸手略略撐拒。

蕭峯眉頭一皺，不想看他二人的醜態，忽聽得身側有人腳下使勁踏著積雪，發出擦的一聲響。他暗叫：「不好，這兩位打翻醋罎子，可要壞了我的大事。」身形如風，飄到秦紅棉等四人身後，一一點了她四人背心上的穴道。

這四人也不知是誰做的手腳，便已動彈不得，這一次蕭峯點的是啞穴，令她們話也說不出來。秦紅棉和阮星竹耳聽得情郎和旁的女子如此情話連篇，自是怒火如焚，妒念似潮，倒在雪地之中，雙雙受苦煎熬。

蕭峯再向窗縫中看去，只見馬夫人已坐在段正淳身旁，腦袋靠在他肩頭，全身便似沒了半根骨頭，自己難以支撐，一片漆黑的長髮披將下來，遮住了段正淳半邊臉。她雙眼微開微閉，只露出一條縫，說道：「我當家的為人所害，你總該聽到傳聞，也不趕來瞧瞧我？我當家的已死，你不用再避甚麼嫌疑了罷？」語音又似埋怨，又似撒嬌。

段正淳笑道：「我這可不是來了麼？我一得訊息，立即連夜動身，一路上披星戴月、馬不停蹄的從大理趕來，生怕遲到了一步。」馬夫人道：「怕甚麼遲到了一步？」段正淳笑道：「怕你熬不住寂寞孤單，又去嫁了人。我大理段二豈不是落得一場白白的奔波？教我十年相思，又付東流。」馬夫人啐了一口，道：「呸，也不說好話，編排人家熬不住寂寞孤單，又去嫁人？你幾時想過我了，說甚麼十年相思，不怕爛了舌根子。」

段正淳雙臂一收，將她抱得更加緊了，笑道：「我要是不想你，又怎會巴巴的從大理趕來？」馬夫人微笑道：「好罷，就算你也想我。段郎，以後你怎生安置我？」說到這裏，伸出雙臂，環抱在段正淳頸中，將臉頰挨在他面上，不住輕輕的揉擦，一頭秀髮如水波般不住顫動。

段正淳道：「今朝有酒今朝醉，往後的事兒，提他幹麼？來，讓我抱抱你，別了十年，你是輕了些呢，還是重了些？」說著將馬夫人抱了起來。

馬夫人道：「那你終究不肯帶我去大理了？」段正淳眉頭微皺，說道：「大理有甚麼好玩？又熱又濕，又多瘴氣，你去了水土不服，會生病的。」馬夫人輕輕嘆了口氣，低聲道：「嗯，你不過是又來哄我空歡喜一場。」段正淳笑道：「怎麼是空歡喜？我立時便要叫你真正的歡喜。」

馬夫人微微一掙，落下地來，斟了杯酒，道：「段郎，再喝一杯。」段正淳道：「我不喝了，酒夠啦！」馬夫人左手伸過去撫摸他臉，說道：「不，我不依，我要你喝得迷迷糊糊的。」段正淳笑道：「迷迷糊糊的，有甚麼好？」說著接過了酒杯，一飲而盡。

蕭峯聽著二人盡說些風情言語，好生不耐，眼見段正淳喝酒，忍不住酒癮發作，輕輕吞了口饞涎。

只見段正淳打了個呵欠，頗露倦意。馬夫人媚笑道：「段郎，我說個故事給你聽，好不好？」蕭峯精神一振，心想：「她要說故事，說不定有甚麼端倪可尋。」

段正淳卻道：「且不忙說，來，我給你脫衣衫，你在枕頭邊輕輕的說給我聽。」

馬夫人白了他一眼，道：「你想呢！段郎，我小時候家裏很窮，想穿新衣服，爹爹卻做不起，我成天就是想，幾時能像隔壁江家姊姊那樣，過年有花衣花鞋穿，那就開心了。」段正淳道：「你小時候一定長得挺俊，這麼可愛的一個小姑娘，就是穿一身破爛衣衫，那也美得很啊。」馬夫人道：「不，我就是愛穿花衣服。」段正淳道：「你穿了這身孝服，雪白粉嫩，嗯，又多了三分俏，花衣服有甚麼好看？」

馬夫人抿著嘴一笑，又輕又柔的說道：「我小時候啊，日思夜想，生的便是花衣服的相思病。」段正淳道：「到得十七歲上呢？」馬夫人目露光采，悄聲道：「段郎，我就為你害相思病了。這病根子老是不斷，一直害到今日，還是沒害完，也不知今生今世，想著我段郎的這相思病兒，能不能好。」

段正淳聽得心搖神馳，伸手又想去摟她，只是酒喝得多了，手足酸軟，抬了抬手臂，又放了下來，笑道：「你勸我喝了這許多酒，待會要是……要是……哈哈，小康，後來你到幾歲上，才穿上了花衣花鞋？」

馬夫人道：「你從小大富大貴，自不知道窮人家孩子的苦處。那時候啊，我便是有一雙新鞋穿，那也開心得不得了。我七歲那一年上，我爹爹說，到臘月裏，把我家養的三頭羊、十四隻鷄拿到市集上去賣了過年，再剪塊花布，回家來給我縫套新衣。我打從八月裏爹爹說了這句話那時候起，就開始盼望了，我好好的餵鷄、放羊……」

蕭峯聽到「放羊」這兩個字，忍不住熱淚盈眶。

馬夫人繼續說道：「好容易盼到了臘月，我天天催爹爹去賣羊、賣鷄。爹爹總說：『別這麼心急，到年近歲晚，鷄羊賣得起價錢。』過得幾天，下起大雪來，接連下了幾日幾晚。那一天傍晚，突然垮喇喇幾聲響，羊欄屋給大雪壓垮啦。幸好羊兒沒壓死。爹將羊兒牽在一旁，說道這可得早些去將羊兒賣了。不料就是這天半夜裏，忽然羊叫狼嗥，吵了起來。爹爹說：『不好，有狼！』提了標槍出去趕狼。可是三頭羊都給餓狼拖去啦，十幾隻鷄也給狼吃了大半。爹爹大叫大嚷，出去趕狼，想把羊兒奪回來。

「眼見他追入了山裏，我著急得很，不知道爹爹能不能奪回羊兒。等了好久好久，才見爹爹一跛一拐的回來。他說在山崖上雪裏滑了一交，摔傷了腿，標槍也摔到了崖底下，羊兒自然奪不回了。

「我好生失望，坐在雪地裏放聲大哭。我天天好好放羊，就是想穿花衣衫，到頭來卻是一場空。我又哭又叫，只嚷：『爹，你去把羊兒奪回來，我要穿新衣，我要穿新衣！』」

蕭峯聽到這裏，一顆心沉了下去：「這女人如此天性涼薄！她爹爹摔傷了，她不關心爹爹的傷勢，儘記著自己的花衣，何況雪夜追趕餓狼，那是何等危險的事？當時她雖年幼不懂事，卻也不該。」

只聽她又說下去：「我爹爹說道：『小妹，咱們趕明兒再養幾頭羊，到明年賣了，一定給你買花衣服。』我只是大哭不依。可是不依又有甚麼法子呢？不到半個月便過年了，隔壁江家姊姊穿了一件黃底紅花的新棉襖，一條葱綠色黃花的褲子。我瞧得真是發了痴啦，氣得不肯吃飯。爹爹不斷哄我，我只不睬他。」

段正淳笑道：「那時候要是我知道了，一定送十套、二十套新衣服給你。」說著伸了個懶腰，燭火搖晃，映得他臉上儘是醺醺酒意，濃濃情欲。

馬夫人道：「有十套、二十套，那就不希罕啦。那天是年三十，到了晚上，我在牀上翻來覆去的睡不著，就悄悄起來，摸到隔壁江伯伯家裏。大人在守歲，還沒睡，蠟燭點得明晃晃地，我見江家姊姊在炕上睡著了，她的新衣新褲蓋在身上，紅艷艷的燭火照著，更加顯得好看。我呆呆的瞧著，瞧了很久很久，我悄悄走進房去，將那套新衣新褲拿了起來。」

段正淳笑道：「偷新衣麼？哎唷，我只道咱們小康只會偷漢子，原來還會偷衣服呢。」

馬夫人星眼流波，嫣然一笑，說道：「我才不是偷新衣新褲呢！我拿起桌上針線籃裏的剪刀，將那件新衣裳剪得粉碎，又把那條褲子剪成了一條條的，永遠縫補不起來。我剪爛了這套新衣新褲之後，心中說不出的歡喜，比我自己有新衣服穿還要痛快。」

段正淳一直臉蘊笑意，聽到這裏，臉上漸漸變色，頗為不快，說道：「小康，別說這些舊事啦，咱們睡罷！」

馬夫人道：「不，難得跟你有幾天相聚，從今而後，只怕咱倆再也不得見面了，我要跟你說多些話。段郎，你可知道我為甚麼要跟你說這故事？我要叫你明白我的脾氣，從小就是這樣，要是有一件物事我日思夜想，得不到手，偏偏旁人運氣好得到了，那麼我說甚麼也得毀了這件物事。小時候使的是笨法子，年紀慢慢大起來，人也聰明了些，就使些巧妙點的法子啦。」

段正淳搖了搖頭，道：「別說啦。這些煞風景的話，你讓我聽了，叫我沒了興致，待會可別怪我。」

馬夫人微微一笑，站起身來，慢慢打開了綁著頭髮的白頭繩，長髮直垂到腰間，柔絲如漆。她拿起一隻黃楊木的梳子，慢慢梳著長髮，忽然回頭一笑，臉色嬌媚無限，說道：「段郎，你來抱我！」聲音柔膩之極。

蕭峯雖對這婦人心下厭憎，燭光下見到她的眼波，聽到她「你來抱我」這四個字，也不自禁的怦然心動。

段正淳哈哈一笑，撐著炕邊，要站起來去抱她，卻是酒喝得多了，竟然站不起身，笑道：「也只喝了這六七杯酒兒，竟會醉得這麼厲害。小康，你的花容月貌，令人一見心醉，真抵得上三斤烈酒，嘿嘿。」

蕭峯一聽，吃了一驚：「只喝了六七杯酒，如何會醉？段正淳內力非同泛泛，就算沒半點酒量，也決沒這個道理，這中間大有蹊蹺。」

只聽馬夫人格格嬌笑，膩聲道：「段郎，你過來喲，我沒半點力氣，你……你……你快來抱我。」

秦紅棉和阮星竹臥在窗外，馬夫人這等撒嬌使媚，一句句傳入耳來，均是妒火攻心，幾欲炸裂了胸膛，偏又提不起手來塞住耳朵。

段正淳左手撐在炕邊，用力想站起身來，但身子剛挺直，雙膝痠軟，又即坐倒，笑道：「我也是沒半點力氣，真是奇怪了。我一見到你，便如耗子見了貓，全身都痠軟啦。」

馬夫人輕笑道：「我不依你，只喝了這一點兒，便裝醉哄人。你運運氣，使動內力，不就得了？」

段正淳調運內息，想提一口真氣，豈知丹田中空蕩蕩地，便如無邊無際，甚麼都捉摸不著，他連提三口真氣，不料修培了數十年的深厚內力陡然間沒影沒蹤，不知已於何時離身而去。這一來可就慌了，知道事情不妙。但他久歷江湖風險，臉上絲毫不動聲色，笑道：「只賸下一陽指和六脈神劍的內勁，這可醉得我只會殺人，不會抱人了。」

蕭峯心道：「這人雖然貪花好色，卻也不是個胡塗腳色。他已知身陷危境，說甚麼『只會殺人，不會抱人』。其實他一陽指是會的，六脈神劍可就不會，顯是在虛聲恫嚇。他若沒了內力，一陽指也使不出來。」

馬夫人軟洋洋的道：「啊喲，我頭暈得緊，段郎，莫非……莫非這酒中，給你作了手腳麼？」段正淳本來疑心她在酒中下藥，聽她這麼說，對她的疑心登時消了，招了招手，說道：「小康，你過來，我有話跟你說。」馬夫人似要舉步走到他身邊，但卻站不起來，伏在桌上，臉泛桃花，只是喘氣，媚聲道：「段郎，我一步也動不了啦，你怕我不肯跟你好，在酒裏下了春藥，是不是？你這小不正經的。」

段正淳搖了搖頭，打個手勢，用手指蘸了些酒，在桌上寫道：「已中敵人毒計，力圖鎮靜。」說道：「現下我內力提上來啦，這幾杯毒酒，卻也迷不住我。」馬夫人在桌上寫道：「是真是假。」段正淳寫道：「不可示弱。」大聲道：「小康，你有甚麼對頭，卻使這毒計來害我？」

蕭峯在窗外見到他寫「不可示弱」四字，暗叫不妙，心道：「饒你段正淳精明厲害，到頭來還是栽在女人手裏。這毒藥明明是馬夫人下的，她聽你說『只會殺人，不會抱人』，忌憚你武功了得，這才假裝自己也中了毒，探問你的虛實，如何這麼容易上了當？」

馬夫人臉現憂色，又在桌上寫道：「內力全失是真是假？」口中卻道：「段郎，若有甚麼下三濫的奸賊想來打咱們主意，那是再好也沒有了。閒著無聊，正好拿他來消遣。你只管坐著別理會，瞧他可有膽子動手。」

段正淳寫道：「只盼藥性早過，敵人緩來。」說道：「是啊，有人肯來給咱們作耍，正是求之不得。小康，你要不要瞧瞧我凌空點穴的手段？」

馬夫人笑道：「我可從來沒見過，你既內力未失，便使一陽指在紙窗上戳個窟窿，好不好？」段正淳眉頭微蹙，連使眼色，意思說：「我內力全無，那裏還能凌空點穴？我是在恐嚇敵人，你怎地不會意？」馬夫人卻連聲催促，道：「快動手啊，你只須在紙窗上戳個小窟窿，便能嚇退敵人，否則那可糟了，別讓敵人瞧出了破綻。」

段正淳又是一凜：「她向來聰明機伶，何以此刻故意裝傻？」正沉吟間，只聽馬夫人柔聲道：「段郎，你中了『十香迷魂散』的烈性毒藥，任你武功登天，那也必內力全失。你如果還能淩空點穴，能在紙窗上用內力真氣刺一個小孔，那可就奇妙得緊了。」段正淳失驚道：「我……我是中了『十香迷魂散』的歹毒迷藥？你怎麼……怎麼知道？」

馬夫人嬌聲笑道：「我給你斟酒之時，嘻嘻，好像一個不小心，將一包毒藥掉入酒壺中了。唉，我一見到你，就神魂顛倒，手足無措，段郎，你可別怪我。」

段正淳強笑道：「嗯，原來如此，那也沒甚麼。」這時他已心中雪亮，知道已被馬夫人制住，若是狂怒喝罵，決計無補於事，臉上只好裝作沒事人一般，竭力鎮定心神，設法應付危局，尋思：「她對我一往情深，決不致害我性命，想來不過是要我答允永不回家，和她一輩子廝守，又或是要我帶她同回大理，名正言順的跟我做長久夫妻。那是她出於愛我的一片痴心，手段雖然過份，總也不是歹意。」言念及此，便即寬心。

果然聽得馬夫人問道：「段郎，你肯不肯和我做長久夫妻？」

段正淳笑道：「你這人忒是厲害，好啦，我投降啦。明兒你跟我一起回大理去，我娶你為鎮南王的側妃。」

秦紅棉和阮星竹聽了，又是一陣妒火攻心，均想：「這賤人有甚麼好？你不答允我，卻答允了她。」

馬夫人嘆了一口氣，道：「段郎，早一陣我曾問你，日後拿我怎麼樣，你說大理地方濕熱多瘴，我去了會生病，你現下是被迫答允，並非出於本心。」

段正淳嘆了口氣，道：「小康，我跟你說，我是大理國的皇太弟。我哥哥沒有兒子，他千秋萬歲之後，便要將皇位傳給我。我在中原不過是一介武夫，可是回到大理，便不能胡作非為，你說是不是呢？」馬夫人道：「是啊，那又怎地？」段正淳道：「這中間本來頗有為難之處，但你對我這等情切，竟不惜出到下毒的手段，我自然回心轉意了。天天有你這樣一個好人兒陪在身邊，我又不是不想。我既答允了帶你去大理，自是決無反悔。」

馬夫人輕輕「哦」了一聲，道：「話是說得有理。日後你做了皇上，能封我為皇后娘娘麼？」段正淳躊躇道：「我已有元配妻室，皇后是不成的……」馬夫人道：「是啊，我是個不祥的寡婦，怎能做皇后娘娘？那不是笑歪了通大理國千千萬萬人的嘴巴麼？」她又拿起木梳，慢慢梳頭，笑道：「段郎，剛才我說那個故事給你聽，你明白了我的意思罷？」

段正淳額頭冷汗涔涔而下，勉力鎮攝心神，可是數十年來勤修苦練而成的內功，全不知到了何處，便如一個溺水之人，雙手拚命亂抓，卻連一根稻草也抓不到。

馬夫人問道：「段郎，你身上很熱，是不是，我給你抹抹汗。」從懷中抽出一塊素帕，走到他身前，輕輕給他抹去了額頭的冷汗，柔聲道：「段郎，你得保重身子才好，酒後容易受涼，要是有甚麼不適，那不是教我又多擔心麼？」

窗內段正淳和窗外蕭峯聽了，都是感到一陣難以形容的懼意。

段正淳強作微笑，說道：「那天晚上你香汗淋漓，我也曾給你抹了汗來，這塊手帕，我十幾年來一直帶在身邊。」

馬夫人神色靦腆，輕聲道：「也不怕醜，十多年前的舊事，虧你還好意思說？你取出來給我瞧瞧。」

段正淳說十幾年來身邊一直帶著那塊舊手帕，那倒不見得，不過此刻卻倒真便在懷裏。他容易討得女子歡心，這套本事也是重要原因，令得每個和他有過風流孽緣的女子，都信他真正愛的便是自己，只因種種難以抗拒的命運變故，才無法結成美滿姻緣。他想將這塊手巾從懷中掏出來，好令她顧念舊情，那知他只手指微微一動，手掌以上已全然麻木，這「十香迷魂散」的毒性好不厲害，竟然無力去取手巾。

馬夫人道：「你拿給我瞧啊！哼，你又騙人。」段正淳苦笑道：「哈哈，醉得手也不能動了，你給我取了出來罷。」馬夫人道：「我才不上當呢。你想騙我過來，用一陽指制我死命。」段正淳微笑道：「似你這般俏麗無比的絕世美人，就算我是十惡不赦的兇徒，也捨不得在你臉上輕輕劃半道指甲痕。」

馬夫人笑道：「當真？段郎，我可總有點兒不放心，我得用繩子綁住你雙手，然後……然後，再用一縷柔絲，牢牢綁住你的心。」段正淳道：「你早綁住我的心了，否則我怎麼會乖乖的送上門來？」馬夫人嗤的一笑，道：「你原是個好人兒，也難怪我對你害上了這身永遠治不好的相思病。」說著拉開炕床旁的抽屜，取出一根纏著牛筋的絲繩來。

段正淳心下更驚：「原來她早就一切預備妥當，我卻一直猶似蒙在鼓裏，段正淳啊段正淳，今日你命送此處，可又怨得誰來？」馬夫人道：「我先將你的手綁一綁，段郎，我可真是說不出的喜歡你。你生不生我的氣？」

段正淳深知馬夫人的性子，她雖是女子，卻比尋常男子更為堅毅，惡毒辱罵不能令她氣惱，苦苦哀懇不能令她回心，眼下只好拖延時刻，且看有甚麼機會能轉危為安，脫此困境，便笑道：「我一見到你水汪汪的眼睛，天大的怒氣也化為烏有了。小康，你過來，給我聞聞你頭上那朵茉莉花香不香？」

十多年前，段正淳便由這一句話，和馬夫人種下了一段孽緣，此刻舊事重提，馬夫人身子一斜，軟答答的倒在他的懷中，風情無限，嬌羞不勝。她伸手輕輕撫摸段正淳的臉蛋，膩聲道：「段郎，段郎，那天晚上我將身子交了給你，我跟你說，他日你若三心兩意，那便如何？」段正淳只覺眼前金星亂冒，額上黃豆大的汗珠一粒粒的滲了出來。馬夫人道：「沒良心的好郎君，親親郎君，你賭過的咒，轉眼便忘了嗎？」

段正淳苦笑道：「我說讓你把我身上的肉，一口口的咬了下來。」本來這句誓語盟約純係戲謔，是男女歡好之際的調情言語，但段正淳這時說來，卻不由得全身肉為之顫。

馬夫人媚笑道：「你跟我說過的話，隔了這許多年，居然沒忘記，我的段郎真有良心。段郎，我想綁綁你的手，跟你玩個新鮮花樣兒，你肯不肯？你肯，我就綁；你不肯，我就不綁。我向來對你千依百順，只盼能討你歡心。」

段正淳知道就算自己說不讓她綁，她定會另行想出古怪法子來，苦笑道：「你要綁，那就綁罷。我是牡丹花下死，做鬼也風流，死在你的手裏，那是再快活也沒有了。」

蕭峯在窗外聽著，也不禁佩服他定力驚人，在這如此危急的當口，居然還說得出調笑的話來。只見馬夫人將他雙手拉到背後，用牛筋絲繩牢牢的縛住，接連打了七八個死結，別說段正淳這時武功全失，就是內力無損，也非片刻間所能掙脫。

馬夫人又嬌笑道：「我最恨你這雙腿啦，邁步一去，那就無影無蹤了。」說著在他大腿上輕輕扭了一把。段正淳笑道：「那年我和你相會，卻也是這雙腿帶著我來的。這雙腿兒罪過雖大，功勞可也不小。」馬夫人道：「好罷！我也把它綁了起來。」說著拿起另一條牛筋絲繩，將他雙腳也綁住了。

她取過一把剪刀，慢慢剪破了他右肩幾層衣衫，露出雪白的肌膚來。段正淳年紀已然不輕，但養尊處優，一生過的是榮華富貴日子，又兼內功深厚，肩頭肌膚仍是光滑結實。

馬夫人伸手在他肩上輕輕撫摸，湊過櫻桃小口，吻他的臉頰，漸漸從頭頸而吻到肩上，口中唔唔唔的膩聲輕哼，說不盡的輕憐密愛。

突然之間，段正淳「啊」的一聲大叫，聲音刺破了寂靜的黑夜。馬夫人抬起頭來，滿嘴都是鮮血，竟已將他肩頭一塊肉咬了下來。

馬夫人將咬下來的那小塊肉吐在地下，媚聲道：「打是情，罵是愛，我愛得你要命，這才咬你。段郎，是你自己說的，你若變心，就讓我把你身上的肉兒，一口口的咬下來。」

段正淳哈哈一笑，說道：「是啊，小康，我說過的話，怎能不作數？我有時候想，我將來怎樣死才好呢？在床上生病而死，未免太平庸了。在戰場上衛國戰死，當然很好，只不過雖英勇而不風流，有點兒美中不足，不似段正淳平素為人。小康，今兒你想出來的法子可了不起，段正淳命喪當代第一美人的櫻桃小口之中，珍珠貝齒之下，這可償了我的心願啦。你想，若不是我段正淳跟你有過這麼一段刻骨相思之情，換作了第二個男人，就算給你滿床珠寶，你也決計不肯在他身上咬上一口。小康，你說是不是呢？」

秦紅棉和阮星竹早已嚇得六神無主，知道段郎已是命在頃刻，但見蕭峯仍蹲在窗下觀看動靜，並不出手相救，心中千百遍的罵他。

蕭峯卻還捉摸不定馬夫人的真意，不知她當真是要害死段正淳，還不過是嚇他一嚇，教他多受些風流罪過，然後再饒了他，好讓他此後永作裙邊不貳之臣。倘若她這些作為只是情人間鬧一些別扭，自己卻莽莽撞撞闖進屋去救人，那可失卻了探聽真相的良機，是以仍然沉住了氣，靜以觀變。

馬夫人笑道：「是啊，就算大宋天子，契丹皇帝，他要殺我容易，卻也休想叫我咬他一口。段郎，我本想慢慢的咬死你，要咬你千口萬口，但怕你部屬趕來相救。這樣罷，我將這把小刀插在你心口，只刺進半寸，要不了你的性命，倘若有人來救，我在刀柄上一撞，你就不用吃那零碎苦頭了。」說著取出一柄明晃晃匕首，割開了段正淳胸前衣衫，將刀尖對準他心口，纖纖素手輕輕一送，將匕首插進了他胸膛，果真只刺進少許。

這一次段正淳卻一哼也不哼，眼見胸口鮮血流出，說道：「小康，你的十根手指，比你十七歲時更加雪白粉嫩了。」

蕭峯當馬夫人用匕首刺進段正淳身子之時，眼睛一瞬也不瞬的瞧著她手，若見她用力過大，有危及段正淳性命之虞，便立即一掌拍了進去，將她身子震開，待見她果只輕輕一插，當下仍是不加理會。

馬夫人道：「我十七歲那時候，要洗衣燒飯，手指手掌自然粗些。這些年來不用做粗重生活，皮肉倒真的嬌貴些了。段郎，我第二口咬在你那裏好？你說咬那裏，我便咬那裏，我一向聽你的話。」

段正淳笑道：「小康，你咬死我後，我也不離開你身邊。」馬夫人道：「幹甚麼？」段正淳道：「凡是妻子謀害了丈夫，死了的丈夫總是陰魂不散，纏在她身邊，以防第二個男人來跟她相好。」

段正淳這句話，原不過嚇她一嚇，想叫她不可太過惡毒，不料馬夫人聽了之後，臉色大變，不自禁的向背後瞧了一眼。段正淳乘機道：「咦！你背後那人是誰？」

馬夫人吃了一驚，道：「我背後有甚麼人？胡說八道。」段正淳道：「嗯，是個男人，裂開了嘴向你笑呢，他摸著自己的喉嚨，好像喉頭很痛，那是誰啊，衣服破破爛爛的，眼中不住的流淚……」

馬夫人急速轉身，那見有人，顫聲道：「你騙人，你……你騙人！」

段正淳初時隨口瞎說，待見她驚恐異常，登時心下起疑，一轉念間，隱隱約約覺得馬大元之死這事中間，只怕有甚麼蹊蹺。他知馬大元是死於「鎖喉擒拿手」之下，當下故意說那人似乎喉頭很痛，眼中有淚，衣服破爛，果然馬夫人大是驚恐。段正淳更猜到了三分，說道：「啊，奇怪，怎麼這男子一晃眼又不見了，他是誰？」

馬夫人臉色驚惶已極，但片刻間便即寧定如常，說道：「段郎，今日到了這步田地，你嚇我又有甚麼用？你也知道不應咒是不成的了，咱倆相好一場，我給你來個爽爽快快的了斷罷。」說著走前一步，伸手便要往匕首柄上推去。

段正淳眼見再也延挨不得，雙目向她背後直瞪，大聲呼叫：「馬大元，馬大元，快捏死你老婆！」

馬夫人見他臉上突然現出可怖異常的神色，又大叫「馬大元」，不由得全身一顫，回頭瞧了一眼。段正淳奮力將腦袋一挺，撞中她的下頦，馬夫人登時摔倒，暈了過去。

段正淳這一撞並非出自內力，馬夫人雖昏暈了一陣，片刻間便醒，款款的站了起來，撫著自己的下顎，笑道：「段郎，你便是愛這麼蠻來，撞得人家這裏好生疼痛。你編這些話嚇我，我才不上你的當呢。」

段正淳這一撞已用竭了他聚集半天的力氣，暗暗嘆了口氣，心道：「命該如此，夫復何言！」一轉念間，說道：「小康，你這就殺我麼？那麼丐幫中人來問你謀殺親夫的罪名時，誰來幫你？」

馬夫人嘻嘻一笑，說道：「誰說我謀殺親夫了？你又不是我的親夫。倘若你當真是我的丈夫，我憐你愛你還來不及，又怎捨得害你？我殺了你之後，遠走高飛，也不會再躭在這裏啦。你大理國的臣子們尋來，我對付得了麼？」她幽幽的嘆了口氣，說道：「段郎，我實在非常非常的想你、愛你，只盼時時刻刻將你抱在懷裏親你、疼你，只因為我要不了你，只好毀了你，這是我天生的脾氣，那也沒有法子。」

段正淳道：「嗯，是了，那天你故意騙那個小姑娘，要假手喬峯殺我，就是為此。」

馬夫人道：「是啊，喬峯這廝也真沒用，居然殺你不了，給你逃了出來。」

蕭峯心中不住的想：「阿朱喬裝白世鏡，其技如神，連我也分辨不出，馬夫人和白世鏡又不相稔，如何會識破其中的機關？」

只聽馬夫人道：「段郎，我要再咬你一口。」段正淳微笑道：「你來咬罷，我再喜歡也沒有了。」蕭峯見不能再行延擱，伸出拳頭，抵在段正淳身後的土牆之上，暗運勁力，土牆本不十分堅牢，他拳頭慢慢陷了進去，終於無聲無息的穿破一洞，手掌抵住段正淳背心。

便在此時，馬夫人又在段正淳肩頭咬下一塊肉來。段正淳縱聲大叫，身子顫動，忽覺雙手已得自由，原來縛住他手腕的牛筋絲繩已給蕭峯用手指扯斷，同時一股渾厚之極的內力湧入了他各處經脈。

段正淳一怔之間，已知外面來了強援，氣隨意轉，這股內力便從背心傳到手臂，又傳到手指，嗤的一聲輕響，一陽指神功發出。馬夫人脅下中指，「哎喲」一聲尖叫，倒在炕上。

蕭峯見段正淳已將馬夫人制住，當即縮手。

段正淳正想開口相謝，忽見門帘掀開，走進一個人來。只聽那人說道：「小康，你對他舊情未斷，是不是？怎地費了這大功夫，還沒料理乾淨？」

蕭峯隔窗見到那人，心中一呆，又驚又怒，片刻之間，腦海中存著的許許多多疑團，一齊都解開了。馬夫人那日在無錫杏子林中，取出自己常用的摺扇，誣稱是他赴馬家偷盜書信而失落，這柄摺扇她從何處得來？如是有人盜去，勢必是和自己極為親近之人，然則是誰？自己是契丹人這件大秘密，隱瞞了這麼多年，何以突然又翻了出來？阿朱喬裝白世鏡，本是天衣無縫，馬夫人如何能夠識破機關？

原來，走進房來的，竟是丐幫的執法長老白世鏡。

馬夫人驚道：「他……他……武功未失，點……點了我的穴道。」

白世鏡一躍而前，抓住了段正淳雙手，喀喇、喀喇兩響，扭斷了他腕骨。段正淳全無抗拒之力，蕭峯輸入他體內的真氣內力只能支持得片刻，蕭峯一縮手，他又成了廢人。

蕭峯見到白世鏡後，一霎時思湧如潮，沒想到要再出手相助段正淳，同時也沒想到白世鏡竟會立時便下毒手，待得驚覺，段正淳雙腕已斷。他想：「此人風流好色，今日讓他多吃些苦頭，也是好的，瞧在阿朱的面上，最後我總是救他性命便了。」

白世鏡道：「姓段的，瞧你不出倒好本事，吃了十香迷魂散，功夫還剩下三成。」

段正淳雖不知牆外伸掌相助之人是誰，但必定是個大有本領的人物，眼前固然多了個強敵，但大援在後，心下並不驚慌，聽白世鏡口氣，顯是不知自己來了幫手，便問道：「尊駕是丐幫中的長老麼？在下和尊駕素不相識，何以遽下毒手？」

白世鏡走到馬夫人身邊，在她腰間推拿了幾下，段氏一陽指的點穴功夫極為神妙，白世鏡雖武功不弱，卻也無法解開她的穴道，皺眉道：「你覺得怎樣？」語氣甚是關切。

馬夫人道：「我便是手足酸軟，動彈不得。世鏡，你出手料理了他，咱們快些走罷。這間屋子……這間屋子，我不想多耽了。」

段正淳突然縱聲大笑，說道：「小康，你……你……怎地如此不長進？哈哈，哈哈！」

馬夫人微笑道：「段郎，你興致倒好，死在臨頭，居然還笑得這麼歡暢。」

白世鏡怒道：「你還叫他『段郎』？你這賤人。」反手拍的一下，重重打了她一記耳光。

馬夫人雪白的右頰登時紅腫，痛得流下淚來。

段正淳怒喝：「住手，你幹麼打她？」白世鏡冷笑道：「憑你也管得著麼？她是我的人，我愛打便打，愛罵便罵。」段正淳道：「這麼如花如玉的美人兒，虧你下得了手？就算是你的人，你也該低聲下氣的討她歡心、逗她高興才是啊。」

馬夫人向白世鏡橫了一眼，說道：「你聽聽人家怎麼待我，你卻又怎樣待我？你也不害臊。」語音眼色，仍然盡是媚態。

白世鏡罵道：「小淫婦，瞧我不好好炮製你。姓段的，我可不聽你這一套，你會討女人歡心，怎麼她又來害你？請了，明年今日，是你的週年祭。」說著踏上一步，伸手便去推插在他胸口的那柄匕首。

蕭峯右掌又從土牆洞口中伸進，只要白世鏡再走近半步，掌風立發。

便在此時，突然房門帘子給一股疾風吹了起來，呼的一聲，勁風到處，兩根蠟燭的燭火一齊熄滅，房中登時黑漆一團。

馬夫人啊的一聲驚叫。白世鏡知道來了敵人，這時已不暇去殺段正淳，迎敵要緊，喝道：「甚麼人？」雙掌護胸，轉過身來。

吹滅燭火的這一陣勁風，明明是一個武功極高之人所發，但燭火熄滅之後，更無動靜。白世鏡、段正淳、馬夫人、蕭峯四人一凝神間，隱隱約約見到房中已多了一人。

馬夫人第一個沉不住氣，尖聲叫了起來：「有人，有人！」只見這人擋門而立，雙手下垂，面目卻瞧不清楚，一動不動的站著。白世鏡喝問：「是誰？」向前跨了一步。那人不言不動。白世鏡喝道：「再不答話，在下可要不客氣了。」他從來者撲滅燭火的掌力之中，知他武功極強，不敢貿然動手。那人仍是不動，黑暗之中，更顯得鬼氣森森。

段正淳和蕭峯見了來人模樣，心下也均起疑：「這人武功了得，那是誰啊？」

馬夫人尖聲叫道：「你點了燭火，我怕，我怕！」

白世鏡喝道：「這淫婦，別胡說八道！」這當口他若轉身去點燭火，立時便將背心要害賣給了敵人，他雙掌護胸，要待對方先動。不料那人始終不動。兩人如此相對，幾乎有一盞茶時分。蕭峯當然不會發出聲息，段正淳不開口說話。四下裏萬籟無聲，連雪花飄下來的聲音幾乎也聽得見了。

白世鏡終於沉不住氣，叫道：「閣下既不答話，我可要得罪了。」他停了片刻，見對方仍是一無動靜，當即翻手從懷中取出一柄破甲鋼錐，縱身而上，黑暗中青光閃動，鋼錐向那人胸口疾刺過去。

那人斜身一閃，讓了開去。白世鏡只覺一陣疾風直逼過來，對方手指已抓向自己喉頭，這一招來得快極，自己鋼錐尚未收回，敵人手指尖便已碰到了咽喉，這一來當真嚇得魂不附體，急忙後躍避開，顫聲道：「你……你……」

他真正害怕的倒還不是對方武功奇高，而是適才那人所出的招數竟是「鎖喉擒拿手」。這門功夫是馬大元的家傳絕技，除了馬家子弟之外，無人會使。白世鏡和馬大元相交已久，自是明白他的武功家數。白世鏡背上出了一身冷汗，凝目向那人望去，但見他身形甚高，和馬大元一般，只是黑暗中瞧不清他相貌。那人仍是不言不動，陰森森的一身鬼氣，白世鏡覺得頸中隱隱生疼，想是被他指甲刺破了。他定了定神，問道：「尊駕可是姓馬？」那人便如是個聾子，全不理會。

白世鏡道：「小淫婦，點亮了蠟燭。」馬夫人道：「我動不得，你來點罷。」白世鏡卻怎敢隨便行動，授人以隙？又想：「這人的武功明明比我為高，他要救段正淳，不用等旁人前來相幫，為何一招之後，不再追擊？」

這般又是良久寂靜無聲，白世鏡突然之間察覺到一件怪事，房中雖是誰都不言不動，呼吸之聲卻是有的，馬夫人的呼吸，段正淳的呼吸，自己的呼吸，可是對面站著的那人卻沒發出呼吸之聲。

白世鏡屏住呼吸，側耳靜聽，以他的內力修為，該當聽得到屋中任何人的透氣之聲，可是對面那人便沒有呼吸。隔了好久好久，那人仍是沒有呼吸。若是生人，豈有不透氣之理？白世鏡聽到了自己的心跳聲音：撲、撲、撲、撲……他聽到自己心跳的聲音越來越響，感到自己胸口在劇烈顫動，這顆心似乎要從口腔中跳出來，再也忍耐不住，大喝一聲，向那人撲去，破甲錐連連晃動，刺向那人面門。

那人左手一掠，將白世鏡的右臂格在外門，右手疾探而出，抓向他咽喉。白世鏡已防到他會再施「鎖喉擒拿手」，一低頭，從他腋下閃了開去。那人卻不追擊，就此呆呆的站在門口。白世鏡舉錐向他腿上戳去，那人直挺挺的向上一躍避開。

馬夫人見這人身形僵直，上躍時膝蓋不彎，不禁脫口而呼：「殭屍，殭屍！」

只聽得騰的一聲，那人重重的落了下來。白世鏡心中更是發毛：「這人若是武學高手，縱起落下的身手怎會如此笨拙？難道世間真有殭屍麼？」

白世鏡微一猶豫，猱身又上，嗤嗤嗤三聲，破甲錐三招都刺向那人下盤。那人的膝蓋果真不會彎曲，只直挺挺的一跳一跳閃避，看來他連邁步也不會。白世鏡刺向左，他便右躍閃開，刺向右，他就躲向左。白世鏡發覺了對手的弱點，心中懼意略去，可是越來越覺得他不是生人。又刺數錐，對方身法雖拙，但自己幾下變化精妙的錐法，卻也始終沒能傷到他。

突然之間，後頸一冷，一隻冰涼的大手摸了上來。白世鏡大吃一驚，揮錐猛力反刺，嗤的一聲輕響，刺了個空，那人的大手卻已抓住了他後頸。白世鏡全身酸軟，再也動彈不得，只有呼呼呼的不住喘氣。馬夫人大叫：「世鏡，世鏡，你怎麼啦？」白世鏡如何還有餘力答話，只覺體中的內力，正在被後頸上這隻大手一絲絲的擠將出來。

驀地裏一隻冰涼如鐵的大手摸到了他臉上，這隻手當真不是人手，半分暖氣也無。白世鏡也忍不住叫道：「殭屍！殭屍！」聲音悽厲可怖。那隻大手從他額頭慢慢摸將下來，摸到他的眼睛，手指在他眼珠上滑來滑去。白世鏡嚇得幾欲暈去，對方的手指只須略一使勁，自己一對眼珠立時便給他挖了出來，這隻冷手卻又向下移，摸到了他鼻子，再摸向他嘴巴，一寸一寸的下移，終於叉住了他喉嚨，兩根冰冷的手指挾住了他喉結，漸漸收緊。

白世鏡驚怖無已，叫道：「大元兄弟，饒命！饒命！」馬夫人尖聲大呼：「你……你說甚麼？」白世鏡叫道：「大元兄弟，都是這賤淫婦出的主意，是她逼我幹的，跟我……跟我可不相干。」馬夫人怒道：「是我出的主意又怎麼？馬大元，你活在世上是個膿包，死了又能作甚麼怪？老娘可不怕你。」

白世鏡覺得自己剛才出言推諉罪責之時，喉頭的手指便鬆了些，自己一住口，冰冷的手指又慢慢收緊，心中慌亂，聽得馬夫人叫他「馬大元」，更認定這怪物便是馬大元的殭屍，叫道：「大元兄弟饒命！你老婆偷看到了汪幫主的遺令，再三勸你揭露喬峯的身世秘密，你一定不肯……她……她這才起意害你……」

蕭峯心頭一凜，他可不信世間有甚麼鬼神，料定來人是個武學名家，故意裝神弄鬼，使得白世鏡和馬夫人心中慌亂，以便乘機逼問他二人的口供。果然白世鏡心力交瘁，吐露了出來，從他話中聽來，馬大元乃是給他二人害死，馬夫人更是主謀。馬夫人所以要謀殺親夫，起因在於要揭露自己的身世之秘，而馬大元不允，「她為甚麼這樣恨我？為甚麼非推倒我的幫主之位不可？她如為了想要丈夫當幫主，就不該害了丈夫。」

馬夫人尖聲叫道：「馬大元，你來揑死我好了，我就是看不慣你這副膿包樣子！半點大事也擔當不起的膽小鬼！」

只聽得喀喇一聲輕響，白世鏡的喉頭軟骨已被揑碎了一塊。白世鏡拚命掙扎，說甚麼也逃不脫那人的手掌，跟著又是喀喇一聲響，喉管碎裂。他大聲呼了幾口氣，口中吸的氣息再也吸不進胸中，手腳一陣痙攣，便即氣絕。

那人一揑死白世鏡，轉身出門，便即無影無蹤。

蕭峯心念一動：「此人是誰？須得追上去查個明白。」當下飄身來到前門，白雪映照之下，只見淡淡一個人影正向東北角上漸漸隱去，若不是他眼力奇佳，還真沒法見到。

蕭峯心道：「此人身法好快！」俯身在躺在腳邊的阿紫肩頭拍了一下，內力到處，解開了她的穴道，心想：「馬夫人不會武功，這小姑娘已足可救她父親。」一時不及再為阮星竹等人解穴，邁開大步，急向前面那人追去。

一陣疾衝之下，和他相距已不過十來丈，這時瞧得清楚，那人果然是個武學高手，這時已不是直著腿子蹦跳，腳步輕鬆，有如在雪上滑行一般。蕭峯的輕功源出少林，又經丐幫汪幫主陶冶，純屬陽剛一派，一大步邁出，便是丈許，身子躍在空中，又是一大步邁出，姿式雖不如何瀟灑優雅，長程趕路卻甚是實在。再追一程，跟那人又近了丈許。

約莫奔得半炷香時分，前面那人腳步突然加快，如一艘吃飽了風的帆船，順流激駛，霎時之間，和蕭峯之間相距又拉長了一段。蕭峯暗暗心驚：「此人當真了得，實是武林中數一數二的高手，若非是這等人物，原也不能於舉手之際便殺死了白世鏡。」

他天生異稟，實是學武的奇才，授業師父玄苦大師和汪幫主武功已然甚高，蕭峯卻青出於藍，更遠遠勝過了兩位師父，任何一招平平無奇的招數到了他手中，自然而然發出巨大無比的威力。熟識他的人都說這等武學天賦實是與生俱來，非靠傳授與苦學所能獲致。蕭峯自己也說不出所以然來，只覺甚麼招數一學即會，一會即精，臨敵之際，自然而然有諸般巧妙變化。但除了武功之外，讀書、手藝等等都只平平而已，也與常人無異。他生平罕逢敵手，許多強敵內力比他深厚，招數比他巧妙，但一到交手，總是在最要緊的關頭，以一招半式之差而敗了下來，而且輸得心服口服，自知終究無可匹敵，從來沒人再去找他尋仇雪恥。

他此刻遇上了一個輕功如此高強的對手，不由得雄心陡起，加快腳步，又搶了上去。兩人一前一後的向東北疾馳，蕭峯始終無法追上，那人卻也無法拋得脫他。一個時辰過去，兩個時辰過去，兩人已奔出一百餘里，仍是這般的不即不離。

又過得大半個時辰，天色漸明，大雪已止，蕭峯遠遠望見山坡下有個市鎮，房屋櫛比鱗次，又聽得報曉鷄聲此起彼落，他酒癮忽起，叫道：「前面那位兄台，我請你喝二十碗酒，咱倆再比腳力如何？」那人不答，仍是一股勁兒的急奔。蕭峯笑道：「你手誅白世鏡這等奸徒，實是英雄了得，蕭峯甘拜下風，輕功不如你。咱二人去沽酒喝罷，不比了，不比了。」他一面說話，一面奔跑，腳下絲毫不緩。

那人突然止步，說道：「喬峯威震江湖，果然名不虛傳。你口中說話，真氣仍然運使自如，真英雄，真豪傑！」

蕭峯聽他話聲模糊，但略顯蒼老，年紀當比自己大得多，說道：「前輩過獎了。晚輩高攀，想跟前輩交個朋友，不知會嫌棄麼？」

那人嘆道：「老了，不中用了！你別追來，再跑一個時辰，我便輸給你啦！」說著緩緩向前行去。

蕭峯想追上去再跟他說話，但只跨出一步，心道：「他叫我別追。」又想起自己為中原羣豪所不齒，只怕這人也是個鄙視仇恨契丹之人，當即停步，目送那人的背影漸漸遠去，沒入樹林之後，心下感歎：「此人輕功佳妙，內力悠長，可惜不能和他見上一面！」又想：「他話聲模糊，顯是故意壓低了嗓子，好讓我認不出他口音。他連聲音也不想給我聽清楚，何況見面？」

凝思半晌，這才進了市鎮，到一家小酒店沽酒而飲，每喝得一兩碗，便拍桌讚歎：「好男兒，好漢子，唉，可惜，可惜！」

他說「好男子，好漢子」，是稱讚那人武功了得，殺死白世鏡一事又處置得十分妥善；連稱「可惜」，是感嘆沒能交上這個朋友。他素來愛朋友如命，這一次被逐出丐幫，更與中原羣豪結下了深仇，以前的朋友都斷了個乾淨，心下自是十分鬱悶，今日無意中遇上一位武功堪與自己相匹的英雄，偏又無緣結識，只得以酒澆愁。但心中長期積著的不少疑團已然解開，卻也大感舒暢。

喝了二十碗餘，付了酒資，揚長出門，心想：「段正淳不知如何了？阮星竹、秦紅棉她們被我點了穴道，須得回去解救。」於是邁開大步，又回馬家。

回去時未曾施展全力，腳程便慢得多了，回到馬家，時已過午。只見屋外雪地中一人也無，阮星竹等都已不在，料想阿紫已將她們抱進了屋中。推門進屋，只見白世鏡的屍身仍倒在門邊，段正淳人已不在，炕邊伏著一個女人，滿身是血，正是馬夫人。

她聽到腳步聲，轉過頭來，低聲道：「行行好，快，你快殺了我罷！」蕭峯見她臉色灰敗，只一夜之間，便如老了二三十年一般，變得十分醜陋，便問：「段正淳呢？」馬夫人道：「救了他去啦，這……這惡人！啊！」突然之間，她一聲大叫，聲音尖銳刺耳之極。蕭峯出其不意，倒給她嚇了一跳，退後一步，問道：「你幹甚麼？」

馬夫人喘息道：「你……你是喬……幫主？」蕭峯苦笑道：「我早不是丐幫的幫主了。難道你又不知？」馬夫人道：「是的，你是喬幫主。喬幫主，請你行行好，快殺了我。」蕭峯皺眉道：「我不想殺你。你謀殺親夫，丐幫中自有人來料理你。」

馬夫人哀求道：「我……我實在抵不住啦，那小賤人手段這般毒辣，我……我做了鬼也不放過她。你……你看……我身上。」

她伏在陰暗之處，蕭峯看不清楚，聽她這麼說，便過去推開窗子，亮光照進屋來，一瞥之下，不由得微微一顫，只見馬夫人肩頭、手臂、胸口、大腿，到處給人用刀子劃成一條條傷口，傷口中竟密密麻麻的爬滿了螞蟻。蕭峯看了她傷處，知她四肢和腰間關節處的筋絡全給人挑斷了，再也動彈不得。這不同點穴，可以解開穴道，回復行動，筋脈既斷，那就無可醫治，從此成了軟癱的廢人。但怎麼傷口中竟有這許多螞蟻？

馬夫人顫聲道：「那小賤人，挑斷了我的手筋腳筋，割得我渾身是傷，又……又在傷口中倒了蜜糖水……蜜糖水，說要引得螞蟻來咬我全身，讓我疼痛麻癢幾天幾夜，受盡苦楚，說叫我求生不得，求……求死不能。」

蕭峯只覺再看她的傷口一次，便要作嘔。他絕不是軟心腸之人，但殺人放火，素喜爽快乾脆，用惡毒法子折磨敵人，實所不取，嘆了口氣，轉身到廚房中去提了一大桶水來，潑在她身上，令她免去羣蟻嚙體之苦。

馬夫人道：「謝謝你，你良心好。我是活不成了。你行行好，一刀將我殺了罷。」蕭峯道：「是誰……誰割傷你的？」馬夫人咬牙切齒，道：「是那個小賤人，瞧她年紀幼小，不過十五六歲，心腸手段卻這般毒辣……」蕭峯失驚道：「是阿紫？」馬夫人道：「不錯，我聽得那個賤女人這麼叫她，叫她快將我殺了。可是這阿紫，這小賤人，偏要慢條斯理的整治我，說要給她父親報仇，代她母親出氣，要我受這種無窮苦楚……」

蕭峯心想：「我生怕秦紅棉和阮星竹喝醋，一出手便殺了馬夫人，沒了活口，不能再向她盤問。那知阿紫這小丫頭這般的殘忍惡毒。」皺眉道：「段正淳昔日和你有情，雖然你要殺他，但他見到女兒如此殘酷的折磨你，難道竟不阻止？」

馬夫人道：「那時他已昏迷不醒，人事不知，那是……那是十香迷魂散之故。」

蕭峯點頭道：「這就是了。想他也是個明辨是非的好漢，豈能縱容女兒如此胡作非為？嗯，那幾個女子呢？」馬夫人呻吟道：「別問了，別問了，快殺了我罷。」蕭峯哼了一聲，道：「你不好好回答，我在你傷口上再倒些蜜糖水，撒手而去，任你自生自滅。」馬夫人道：「你們男人……都這般狠心惡毒……」蕭峯道：「你謀害馬大哥的手段便不毒辣？」馬夫人奇道：「你……你怎地甚麼都知道？是誰跟你說的？」

蕭峯冷冷的道：「是我問你，不是你問我。是你求我，不是我求你。快說！」

馬夫人道：「好罷，甚麼都跟你說。阿紫這小賤人這般整治我，她母親不住喝止，小賤人只是笑嘻嘻的不聽。她母親已給人點了穴道，卻動彈不得。過不多久，段正淳手下有五六個人到來，阿紫這小賤人將她父親、母親，還有秦紅棉母女倆，一個個抱出屋去，卻不許人進屋來，免得他們見到了我。段正淳手下那些人騎得有馬，便接了她們去啦。」

蕭峯點了點頭，尋思：「段正淳由部屬接了去，阮星竹她們三人身上穴道被封，再過得幾個時辰便即自解，這干人便不必理會了。」馬夫人道：「我都跟你說了，你……你快殺了我。」蕭峯道：「你甚麼都說了，不見得罷？要死，還不容易？要活就難了。你為甚麼要害死馬大哥？」

馬夫人目露兇光，恨恨的道：「你非問不可麼？」

蕭峯道：「不錯，非問不可。我是個硬心腸的男子，不會對你可憐的。」

馬夫人呸了一聲，道：「你當然心腸剛硬，你就不說，難道我不知道？我今天落到這個地步，都是你害的。你這傲慢自大、不將人家瞧在眼裏的畜生！你這豬狗不如的契丹胡虜，你死後墮入十八層地獄，天天讓惡鬼折磨你。用蜜糖水潑我傷口啊，為甚麼又不敢了？你這狗雜種，王八蛋……」她越罵越狠毒，顯然心中積滿了滿腔怨憤，非發洩不可，罵到後來，盡是市井穢語，骯髒齷齪，匪夷所思。

蕭峯自幼和羣丐廝混，甚麼粗話都聽得慣了，他酒酣耳熱之餘，也常和大夥兒一塊說粗話罵人，但見馬夫人一向斯文雅致，竟會罵得如此潑辣悍惡，實大出意料之外，而這許多污言穢語，居然有許多是他從來沒聽見過的。

他一聲不響，待她罵了個暢快，只見她本來臉色慘白，經過這場興奮的毒罵，已掙得滿臉通紅，眼中發出喜悅的神色。又罵了好一陣，她聲音才漸漸低了下來，最後說道：「喬峯你這狗賊，你害得我今日到這步田地，瞧你日後有甚麼下梢。」蕭峯平心靜氣的道：「罵完了麼？」馬夫人道：「暫且不罵了，待我休息一會再罵。你這沒爹沒娘的狗雜種！老娘只消有一口氣在，永遠就不會罵完。」

蕭峯道：「很好，你罵就是。我首次和你會面，是在無錫城外的杏子林中，那時馬大哥已給你害死了，以前我跟你素不相識，怎說是我害得你到今日這步田地？」

馬夫人恨恨的道：「哈，你說在無錫城外這才首次和我會面，就是這句話，不錯，就為了這句話。你自高自大，自以為武功天下第一的傲慢傢伙，直娘賊！」

她這麼一連串的大罵，又是半晌不絕。

蕭峯由她罵個暢快，直等她聲嘶力竭，才問：「罵夠了麼？」馬夫人恨恨的道：「我永遠不會夠的，你……你這眼高於頂的傢伙，就算你是皇帝，也不見得有甚麼了不起。」蕭峯道：「不錯，就算是皇帝，又有甚麼了不起？我從來不以為自己天下無敵，剛才……剛才那個人，武功就比我高。」

馬夫人也不去理會他說的是誰，只是喃喃咒罵，又罵了一會，才道：「你說在無錫城外首次見到我，哼，洛陽城裏的百花會中，你就沒見到我麼？」

蕭峯一怔，洛陽城開百花會，那是兩年前的事了，他與丐幫眾兄弟同去赴會，猜拳喝酒，鬧了個暢快，可是說甚麼也記不起在會上曾見過她，便道：「那一次馬大哥是去的，他可沒帶你來見我啊。」

馬夫人罵道：「你是甚麼東西？你不過是一羣臭叫化的頭兒，有甚麼神氣了？那天百花會中，我在那黃芍藥旁這麼一站，會中的英雄好漢，那一個不向我呆望？那一個不是瞧著我神魂顛倒？偏生你這傢伙自逞英雄好漢，不貪女色，竟連正眼也不向我瞧上一眼。倘若你當真沒見到我，那也罷了，我也不怪你。你明明見到我的，可就是視而不見，眼光在我臉上掠過，居然沒停留片刻，就當我跟庸脂俗粉沒絲毫分別。偽君子，不要臉的無恥之徒。」

蕭峯漸明端倪，道：「是了，我記起來了，那日芍藥花旁，好像確有幾個女子，那時我只管顧著喝酒，沒功夫去瞧甚麼牡丹芍藥、男人女人。倘若是前輩的女流英俠，我當然會上前拜見。但你是我嫂子，我沒瞧見你，又有甚麼大不了的失禮？你何必記這麼大的恨？」

馬夫人惡狠狠的道：「你難道沒生眼珠子麼？恁他是多出名的英雄好漢，都要從頭至腳的向我細細打量。有些德高望重之人，就算不敢向我正視，乘旁人不覺，總還是向我偷偷的瞧上幾眼。只有你，只有你……哼，百花會中一千多個男人，就只你自始至終沒瞧我。你是丐幫的大頭腦，天下聞名的英雄好漢。洛陽百花會中，男子漢以你居首，女子自然以我為第一。你竟不向我好好的瞧上幾眼，我再自負美貌，又有甚麼用？那一千多人便再為我神魂顛倒，我心裏又怎能舒服？」

蕭峯嘆了口氣，說道：「我從小不喜歡跟女人在一起玩，年長之後，更沒功夫去看女人了，又不是單單的不看你。比你再美貌百倍的女子，我起初也沒去留意，到得後來，可又太遲了……」

馬夫人尖聲道：「甚麼？比我更美貌百倍的女人？那是誰？那是誰？」蕭峯道：「是段正淳的女兒，阿紫的姊姊。」馬夫人吐了口唾沫，道：「呸，這種賤女人，也虧你掛在嘴上……」她一言未畢，蕭峯抓住她的頭髮，提起她身子重重往地下一摔，說道：「你敢再說半句不敬她的言語，哼，教你嘗嘗我的毒辣手段。」

馬夫人給他這麼一摔，幾乎昏暈過去，全身骨骼格格作響，突然縱聲大笑，說道：「原來……原來咱們的喬大英雄，喬大幫主，是給這小蹄子迷上啦，哈哈，哈哈，笑死人啦。你做不成丐幫幫主，便想做大理國公主的駙馬爺。喬幫主，我只道你是甚麼女人都不看的。」

蕭峯雙膝一軟，坐入椅中，緩緩的道：「我只盼再能看她一眼，可是……可是……再也看不到了。」

馬夫人冷笑道：「為甚麼？你想要她，憑你這身武功，難道還搶她不到？」

蕭峯搖頭不語，過了良久，才道：「就是有天大的本事，也搶她不回來了。」馬夫人大喜，問道：「為甚麼？哈哈，哈哈。」蕭峯低聲道：「她死了。」

馬夫人笑聲陡止，心中微感歉意，覺得這個自大傲慢的喬幫主倒也有三分可憐，但隨即臉露微笑，笑容越來越歡暢。

蕭峯瞥眼見到她的笑容，登時明白，她是為自己傷心而高興，站起身來，說道：「你謀殺親夫，死有餘辜，還有甚麼說話？」馬夫人聽到他要出手殺死自己，突然害怕起來，求道：「你……你饒了我，別殺死我。」蕭峯道：「好，本來不用我動手。」邁步出去。

馬夫人見他頭也不回的跨步出房，心中忿怒又生，大聲道：「喬峯，你這狗賊，當年我惱你正眼也不瞧我一眼，才叫馬大元來揭你的瘡疤。馬大元說甚麼也不肯，我才叫白世鏡殺了馬大元。你……你今日對我，仍是絲毫也不動心。」

蕭峯回過身來，冷冷的道：「你謀殺親夫，就只為了我不曾瞧你一眼。哼，撒這等漫天大謊，有誰能信？」

馬夫人道：「我立刻便要死了，更騙你作甚？你瞧我不起，我本來有甚麼法子？那也只有心中恨你一輩子罷了。別說丐幫那些臭叫化對你奉若天神，普天下又有誰敢得罪你？也是老天爺有眼，那一日讓我在馬大元的鐵箱中發見了汪幫主的遺書。要偷拆這麼一封書信，不損壞封皮上火漆，看了重行封好，又是甚麼難事？我偷看那信，得知了其中過節，你想我那時可有多開心？哈哈，那正是我出了心中這口惡氣的良機，我要你身敗名裂，再也逞不得英雄好漢。我便要馬大元當眾揭露，好叫天下好漢都知你是契丹的胡虜，要你別說做不成丐幫幫主，更在中原無法立足，連性命也是難保。」

蕭峯明知她全身已不能動彈，再也無法害人，但這樣一句句惡毒的言語鑽進耳來，卻也背上感到一陣寒意，哼了一聲，說道：「馬大哥不肯依你之言，你便將他殺了？」

馬夫人道：「是啊！他非但不聽我話，反而狠狠罵了我一頓，說道從此不許我出門，我如吐露了隻字，要把老娘斬成肉醬。他向來對我千依百順，幾時有過這樣的疾言厲色？我向來便沒將他放在心上，瞧在眼裏，他這般得罪我，老娘自有苦頭給他吃的。過了一個多月，白世鏡來作客，那日是八月十四，他到我家來過中秋節，他瞧了我一眼，又是一眼，哼哼，這老色鬼！我蹧蹋自已身子，引得這老色鬼為我著了迷。我叫老色鬼殺了馬大元這膿包，他不肯，我就要抖露他強姦我。這老賊對著旁人，一臉孔的鐵面無私，在老娘跟前，甚麼醜樣少得了？我跟他說：『你殺了馬大元，我自然成世跟你。要不然，你就爽爽快快一掌打死了我罷！』他不捨得殺我，只好殺馬大元啦。」

蕭峯吁了口氣，道：「白世鏡鐵錚錚的一條好漢子，就這樣活活的毀在你手中。你……你也是用十香迷魂散給馬兄弟吃了，然後叫白世鏡揑碎他的喉骨，裝作是姑蘇慕容氏以『鎖喉擒拿手』殺了他，是不是？」

馬夫人道：「是啊，哈哈，怎麼不是？不過『姑蘇慕容』甚麼的，我可不知道，是老色鬼想出來的。」

蕭峯點了點頭。馬夫人又道：「我叫老色鬼出頭揭露你的身世秘密。呸，這老色鬼居然跟你講義氣，給我逼得狠了，拿起刀子來要自盡。好啦，我便放他一馬，找上了全冠清這死樣活氣的傢伙。老娘只跟他睡了三晚，他甚麼全聽我的了，胸膛拍得老響，說一切包在他身上，必定成功。老娘料想，單憑全冠清這傢伙一人，可扳你不倒，於是再去找徐長老出面。以後的事你都知道了，不用我再說了罷？」

蕭峯終於心中最後一個疑竇也揭破了，為甚麼全冠清主謀反叛自己，而白世鏡反遭叛黨擒獲，問道：「我那把扇子，是白世鏡盜來的？」馬夫人道：「那倒不是。老色鬼說甚麼也不肯做對不起你的事。是全冠清說動了陳長老，等你出門之後，在你房裏盜出來的。」

蕭峯道：「段姑娘假扮白世鏡，雖然天衣無縫，卻也因此而給你瞧出破綻？」

馬夫人奇道：「這小妮子就是段正淳的女兒？是你的心上人？她當真美得不得了？」

蕭峯不答，抬頭向著天邊。

馬夫人道：「這小……小妮子，也真嚇了我一跳，還說甚麼八月十五的，那正是馬大元的死忌。可是後來我說了兩句風情言語，我說天上的月亮又圓又白，那天老色鬼說：『你身上有些東西，比天上月亮更圓更白。』我問她月餅愛吃鹹的還是甜的，那天老色鬼說：『你身上的月餅，自然是甜過了蜜糖。』你那位段姑娘卻答得牛頭不對馬嘴，立時便給我瞧出了破綻。」

蕭峯恍然大悟，才明白那晚馬夫人為甚麼突然提到月亮與月餅，原來是去年八月十四晚上，她與白世鏡私通時的無恥之言。馬夫人哈哈一笑，說道：「喬峯，你的裝扮可差勁得緊了，我一知道那小妮子是西貝貨，再想一想你的形狀說話，嘿嘿，怎麼還能不知道你便是喬峯？我正要殺段正淳，恰好假手於你。」

蕭峯咬牙切齒的道：「段家姑娘是你害死的，這筆帳都要算在你身上。」

馬夫人道：「是她先來騙我的，又不是我去騙她。我只不過是將計就計。倘若她不來找我，等白世鏡當上了丐幫幫主，我自有法子叫丐幫和大理段氏結上了怨家，這段正淳嘛，嘿嘿，遲早逃不出我的手掌。」

蕭峯道：「你好狠毒！自己的丈夫要殺，跟你有過私情的男人，你要殺；沒來瞧瞧你容貌的男人，你也要殺。」

馬夫人道：「美色當前，為甚麼不瞧？難道我還不夠美貌？世上那有你這種假道學的偽君子。」她說著自己得意之事，兩頰潮紅，甚是興奮，但體力終於漸漸不支，說話已有些上氣不接下氣。

蕭峯道：「我最後問你一句話，那個寫信給汪幫主的帶頭大哥，到底是誰？你看過那封信，見過信上的署名。」

馬夫人冷笑道：「嘿嘿，嘿嘿，喬峯，最後終究是你來求我呢，還是我求你？馬大元死了、徐長老死了、趙錢孫死了、鐵面判官單正死了、譚公譚婆死了、天台山智光大師死了。世上就只剩下我和那個帶頭大哥自己，才知道他是誰。」

蕭峯心跳加劇，說道：「不錯，畢竟是喬峯向你求懇，請你將此人的姓名告知。」

馬夫人道：「我命在頃刻，你又有甚麼好處給我？」

蕭峯道：「喬某但教力所能及，夫人有何吩咐，無有不遵。」

馬夫人微笑道：「我還想甚麼？喬峯，我惱恨你不屑細細瞧我，以致釀成這種種禍事，你要我告知那帶頭大哥的名字，那也不難，只須你將我抱在懷裏，好好的瞧我半天。」

蕭峯眉頭緊蹙，實是老大不願，但世上確是只有她一人才知這個大秘密，自己的血海深仇，都著落在她口唇中吐出來的幾個字，別說她所說的條款並不十分為難，就算當真是為難尷尬之極的事，也只有勉強照做。她命繫一線，隨時均能斷氣，威逼利誘，全無用處。心想：「倘若我執意不允，她一口氣轉不過來，那麼我殺父殺母的大仇人到底是誰，從此再也不會知道了。我抱著她瞧上幾眼，又有何妨？」便道：「好，我答允你就是。」彎腰將她抱在懷中，雙目炯炯，凝視著她的臉頰。

這時馬夫人滿臉血污，又混著泥土灰塵，加之這一晚中她飽受折磨，容色憔悴，甚是難看。蕭峯抱著她本已十分勉強，瞧著她這副神情，不自禁的皺起了眉頭。

馬夫人怒道：「怎麼？你瞧著我挺討厭嗎？」蕭峯只得道：「不是！」這兩個字實是違心之論，平時他就算遇到天大的危難，也不肯心口不一，此刻卻實在是無可奈何了。

馬夫人柔聲道：「你要是不討厭我，那就親親我的臉。」蕭峯正色道：「萬萬不可。你是我馬大哥的妻子，蕭峯義氣為重，豈可戲侮朋友的孀婦。」馬夫人甜膩膩的道：「你要講義氣，怎麼又將我抱在懷裏呢……」

便在此時，只聽得窗外有人噗哧一笑，說道：「喬峯，你這人太也不要臉啦！害死了我姊姊，又來抱住了我爹爹的情人親嘴偷情，你害不害臊？」正是阿紫的聲音。

蕭峯問心無愧，於這些無知小兒的言語，自亦不放在心上，對馬夫人道：「你快說，說那個帶頭大哥是誰？」

馬夫人昵聲道：「我叫你瞧著我，你卻轉過了頭，幹甚麼啊？」聲音中竟是不減嬌媚。

阿紫走進房來，笑道：「怎麼你還不死？這麼醜八怪的模樣，有那個男人肯來瞧你？」

馬夫人道：「甚麼？你……你說我是醜八怪的模樣？鏡子，鏡子，我要鏡子！」語調中顯得十分驚惶。蕭峯道：「快說，快說啊，你說了我就給你鏡子。」

阿紫順手從桌上拿起一面明鏡，對準了她，笑道：「你自己瞧瞧，美貌不美貌？」

馬夫人往鏡中看去，只見一張滿是血污塵土的臉，惶急、兇狠、惡毒、怨恨、痛楚、惱怒，種種醜惡之情，盡集於眉目唇鼻之間，那裏還是從前那個俏生生、嬌怯怯、惹人憐愛的美貌佳人？她睜大了雙目，再也合不攏來。她一生自負美貌，可是在臨死之前，卻在鏡中見到了自己這般醜陋的模樣。

蕭峯道：「阿紫，拿開鏡子，別惹惱她。」

阿紫格格一笑，說道：「我要叫她知道自己的相貌可有多醜！」

蕭峯道：「你要是氣死了她，那可糟糕！」只覺馬夫人的身子已一動不動，呼吸之聲也不再聽到，忙一探她鼻息，已然氣絕。蕭峯大驚，叫道：「啊喲，不好，她斷了氣啦！」這聲喊叫，直如大禍臨頭一般。

阿紫扁了扁嘴，道：「你當真挺喜歡她？這樣的女人死了，也值得大驚小怪。」蕭峯跌足道：「唉，小孩子知道甚麼？我要問她一件事。這世上只有她一個人知道。若不是你來打岔，她已經說出來了。」阿紫道：「哎喲，又是我不好啦，是我壞了你的大事，是不是？」

蕭峯嘆了口氣，心想人死不能復生，發脾氣也已無濟於事，阿紫這小丫頭驕縱成性，連她父母也管她不得，何況旁人？瞧在阿朱的份上，甚麼也不能和她計較，當下將馬夫人放在榻上，說道：「咱們走罷！」

四處一查，屋中更無旁人，那老婢已逃得不知去向，便取出火種，到柴房中去點燃了，片刻間火燄升起。

兩人站在屋旁，見火燄從窗子中竄了出來。蕭峯道：「你還不回爹爹、媽媽那裏去？」阿紫道：「不，我不去爹爹、媽媽那裏。爹爹手下那些人見了我便吹鬍子瞪眼睛，我叫爹爹將他們都殺了，爹爹真胡鬧，偏不答允。」

蕭峯心想：「你害死了褚萬里，他的至交兄弟們自然恨你，段正淳又怎能為你而殺他忠心耿耿的部屬？你自己胡鬧，反說爹爹胡鬧，真是小孩兒家胡說八道。」便道：「好罷，我要去了！」轉過身子，向北而去。

阿紫道：「喂，喂，慢著，等一下我。」蕭峯立定腳步，回過身來，道：「你去那裏？是不是回師父那裏？」阿紫道：「不，現下我不回師父那裏，我不敢。」蕭峯奇道：「為甚麼不敢？又闖了甚麼禍啦？」阿紫道：「不是闖禍，我拿了師父的一部書，這一回去，他就搶過去啦。等我練成之後再回去，那時給師父拿去，就不怕了。」蕭峯道：「是練武功的書罷？既是你師父的，你求他給你瞧瞧，他總不會不答允。何況你自己練，一定有很多不明白的地方，由你師父在旁指點，豈不是好？」

阿紫扁扁小嘴，道：「師父說不給，就是不給，多求他也沒用。」

蕭峯對這個給驕縱慣了的小姑娘很是不喜，又想她師父星宿海老怪丁春秋惡名昭彰，不必跟這種人多生糾葛，說道：「好罷，你愛怎樣便怎樣，我不來管你。」

阿紫道：「你到那裏去？」

蕭峯瞧著馬家這幾間屋子燒起熊熊火燄，長嘆了一聲，道：「我本該前去報仇，可是不知仇人是誰。今生今世，這場大仇是再也不能報的了。」

阿紫道：「啊，我知道了，馬夫人本來知道，可惜給我氣死了，從此你再不知道仇人是誰。真好玩，真好玩！喬幫主威名赫赫，卻給我整治得一點法子也沒有。」

蕭峯斜眼瞧著她，只見她滿臉都是幸災樂禍的喜悅之情，熊熊火光照射在她臉上，映得臉蛋有如蘋果般鮮紅可愛，那想得到這天真無邪的臉蛋之下，隱藏著無窮無盡的惡意。霎時間怒火上衝，順手便想重重給她一個耳光，但隨即想起，阿朱臨死時求懇自己，要他照料她這個世上唯一的同胞妹子，心想：「阿朱一生只求我這件事，我豈可不遵？這小姑娘就算是大奸大惡，我也當盡力糾正她的過誤，何況她只不過是年輕識淺、胡鬧頑皮？」

阿紫昂起了頭，道：「怎麼？你要打死我嗎？怎麼不打了？我姊姊已給你打死了，再打死我又有甚麼打緊？」

這幾句話便如尖刀般刺入蕭峯心中，他胸口一酸，無言可答，掉頭不顧，大踏步便往雪地中走去。

阿紫笑道：「喂，慢著，你去那裏？」蕭峯道：「中原已非我可居之地，殺父殺母的大仇也已報不了啦。我要到塞北之地，從此不回來了。」阿紫側頭道：「你取道何處？」蕭峯道：「我先去雁門關。」

阿紫拍手道：「那好極了，我要到晉陽去，正好跟你同路。」蕭峯道：「你到晉陽去幹甚麼？千里迢迢，一個小姑娘怎麼單身趕這遠路。」阿紫笑道：「嘿，怕甚麼千里迢迢？我從星宿海來到此處，不是更加遠麼？我有你作伴，怎麼又是單身了？」蕭峯搖頭道：「我不跟你作伴。」阿紫道：「為甚麼？」蕭峯道：「我是男人，你是個年輕姑娘，行路投宿，諸多不便。」

阿紫道：「那真是笑話奇談了，我不說不便，你又有甚麼不便？你跟我姊姊，也不是一男一女的曉行夜宿、長途跋涉麼？」

蕭峯低沉著聲音道：「我跟你姊姊已有婚姻之約，非同尋常。」阿紫拍手笑道：「哎喲，真瞧不出，我只道姊姊倒是挺規矩的，那知道你就跟我爹爹一樣，我姊姊就像我媽媽一般，沒拜天地結成夫妻，卻早就相好成雙了。」

蕭峯怒喝道：「胡說八道，你姊姊一直到死，始終是個冰清玉潔的好姑娘，我對她嚴守禮法，好生敬重。」

阿紫嘆道：「你大聲嚇我，又有甚麼用？姊姊總之是給你打死了。咱們走罷。」

蕭峯聽到她說「姊姊總之是給你打死了」這句話，心腸軟了下來，說道：「你還是回到小鏡湖畔去跟著你媽媽，要不然找個僻靜的所在，將那本書上的功夫練成了，再回到師父那裏去。到晉陽去有甚麼好玩？」

阿紫一本正經的道：「我不是去玩的，有要緊的大事要辦。」

蕭峯搖搖頭，道：「我不帶你去。」說著邁開大步便走。阿紫展開輕功，隨後追來，叫道：「等等我，等等我！」蕭峯不去理她，逕自去了。

行不多時，北風轉緊，又下起雪來。蕭峯衝風冒雪，快步行走，想起從此冤沉海底，大仇也無法得報，心下自是鬱鬱，但無可奈何之中拋開了滿懷心事，倒也是一場大解脫。

二十五

莽蒼踏雪行

——

蕭峯提起鋼杖，

對準了山壁用力一擲，

噹的一聲響，直插入山壁之中。

一根八尺來長的鋼杖，

倒有五尺插入了石巖。

蕭峯行出十餘里，見路畔有座小廟，進去在殿上倚壁小睡了兩個多時辰，疲累已去，又向北行。再走四十餘里，來到北邊要衝長台關。

第一件事自是找到一家酒店，要了十斤白酒，兩斤牛肉，一隻肥鷄，自斟自飲。十斤酒喝完，又要了五斤，正飲間，腳步聲響，走進一個人來，正是阿紫。蕭峯心道：「這小姑娘來敗我酒興。」轉過了頭，假裝不見。

阿紫微微一笑，在他對面一張桌旁坐了下來，叫道：「店家，店家，拿酒來。」酒保走過來，笑道：「小姑娘，你也喝酒嗎？」阿紫斥道：「姑娘就是姑娘，為甚麼加上一個『小』字？我幹麼不喝酒？你先給我打十斤白酒，另外再備五斤，給侍候著，來兩斤牛肉，一隻肥鷄，快，快！」

酒保伸出了舌頭，半晌縮不進去，叫道：「哎唷，我的媽呀！你這位姑娘是當真，還是說笑，你小小人兒，吃得了這許多？」一面說，一面斜眼向蕭峯瞧去，心道：「人家可是衝著你來啦！你喝甚麼，她也喝甚麼；你吃甚麼，她也吃甚麼。」

阿紫道：「誰說我是小小人兒？你不生眼睛，是不是？你怕我吃了沒錢付帳？」說著從懷中取出一錠銀子，噹的一聲，擲在桌上，說道：「我吃不了，喝不了，還不會餵狗麼？要你擔甚麼心？」酒保陪笑道：「是，是！」又向蕭峯橫了一眼，心道：「人家可真跟你幹上了，繞著彎兒罵人哪。」

一會兒酒肉送了上來，酒保端了一隻大海碗，放在她面前，笑道：「姑娘，我這就跟你斟酒啦。」阿紫點頭道：「好啊。」酒保給她滿滿斟了一大碗酒，心中說：「你若喝乾了這碗酒，不醉倒在地下打滾才怪。」

阿紫雙手端起酒碗，放在嘴邊舐了一點，皺眉道：「好辣，好辣。這劣酒難喝得很。世上若不是有這麼幾個大蠢才肯喝，你們的酒又怎賣得掉？」酒保又向蕭峯斜睨了一眼，見他始終不加理睬，不覺暗暗好笑。

阿紫撕了隻鷄腿，咬了一口，道：「呸，臭的！」酒保叫屈道：「這隻香噴噴的肥鷄，今兒早上還在咯咯咯的叫呢。新鮮熱辣，怎地會臭？」阿紫道：「嗯，說不定是你身上臭，要不然便是你店中別的客人臭。」其時雪花飛飄，途無行旅，這酒店中就只蕭峯和她兩個客人。酒保笑道：「是我身上臭，當然是我身上臭哪。姑娘，你說話留神些，可別不小心得罪了別的爺們。」

阿紫道：「怎麼啦？得罪了人家，還能一掌將我打死麼？」說著舉筷挾了塊牛肉，咬了一口，還沒咀嚼，便吐了出來，叫道：「哎唷，這牛肉酸的，這不是牛肉，是人肉。你們賣人肉，黑店哪，黑店哪！」

酒保慌了手腳，忙道：「哎喲，姑娘，你行行好，別儘搗亂哪。這是新鮮的黃牛肉，怎麼說是人肉？人肉那有這麼粗的肌理？那有這麼紅艷艷的顏色？」阿紫道：「好啊，你知道人肉的肌理顏色。我問你，你們店裏殺過多少人？」酒保笑道：「你這位姑娘就愛開玩笑。信陽府長台關好大的市鎮，我們是六十多年的老店，那有殺人賣肉的道理？」

阿紫道：「好罷，就算不是人肉，也是臭東西，只有傻瓜才吃。哎喲，我靴子在雪地裏弄得這麼髒。」說著從盤中抓起一大塊煮得香噴噴的紅燒牛肉，便往左腳的皮靴上擦去。靴幫上本來濺滿了泥漿，這麼一擦，半邊靴幫上泥漿去盡，牛肉的油脂塗將上去，登時光可鑑人。

酒保見她用廚房中大師父著意烹調的牛肉來擦靴子，大是心痛，站在一旁，不住的唉聲嘆氣。

阿紫問道：「你嘆甚麼氣？」酒保道：「小店的紅燒牛肉，向來算得是長台鎮上一絕，遠近一百里內提起來，誰都要大拇指一翹，喉頭咕咕咕的直吞饞涎，姑娘卻拿來擦皮靴，這個……這個……」阿紫瞪了他一眼，道：「這個甚麼？」酒保道：「似乎太委屈了一點。」阿紫道：「你說委屈了我的靴子？牛肉是牛身上來的，皮靴也是牛身上來的，也不算甚麼委屈。喂，你們店中還有甚麼拿手菜餚？說些出來聽聽。」酒保道：「拿手小菜自然是有的，不過價錢不這麼便宜。」阿紫從懷中又取出一錠銀子，噹的一聲，拋在桌上，問道：「這夠了麼？」

酒保見這錠銀子足足有五兩重，兩整桌的酒菜也夠了，忙陪笑道：「夠啦，夠啦，怎麼不夠？小店拿手的菜餚，有酒糟鯉魚、白切羊羔、醬豬肉……」阿紫道：「很好，每樣給煮三盆。」

酒保道：「姑娘要嚐嚐滋味嘛，我瞧每樣有一盆也夠了……」阿紫沉著臉道：「我說要三盆便是三盆，你管得著麼？」酒保道：「是，是！」拉長了聲音，叫道：「酒糟鯉魚三盆哪！白切羊羔三盆哪……」

蕭峯在一旁冷眼旁觀，知道這小姑娘明著和酒保搗蛋，實則是逗引自己插嘴，當下偏給她來個不理不睬，自顧自的喝酒賞雪。

過了一會，白切羊羔先送上來了。阿紫道：「一盆留在這裏，一盆送去給那位爺台，一盆放在那張桌上。那邊給放上碗筷，斟上好酒。」酒保道：「還有客人來麼？」阿紫瞪了他一眼，道：「你這麼多嘴，小心我割了你的舌頭！」酒保伸了伸舌頭，笑道：「要割我的舌頭麼，只怕姑娘沒這本事。」

蕭峯心中一動，向他横了一眼，心道：「你這可不是自己找死？膽敢向這小魔頭說這種話？」

酒保將羊羔送到蕭峯桌上，蕭峯也不說話，提筷就吃。過了一會，酒糟鯉魚、醬豬肉等陸續送上，仍是每樣三盆，一盆給蕭峯，一盆給阿紫，一盆放在另一桌上。蕭峯來者不拒，一一照吃。阿紫每盆只嘗了一筷，便道：「臭的、爛的，只配給豬狗吃。」抓起羊羔、鯉魚、豬肉，去擦靴子。酒保雖然心痛，卻也無可奈何。

蕭峯眼見窗外，尋思：「這小魔頭當真討厭，給她纏上了身，後患無窮。阿朱託我照料她，這人是個鬼精靈，她要照料自己綽綽有餘，壓根兒用不著我操心。我還是避之則吉，眼不見為淨。」

正想到此處，忽見遠處一人在雪地中走來。隆冬臘月，這人卻只穿一身黃葛布單衫，似乎絲毫不覺寒冷。片刻間來到近處，但見他四十來歲年紀，雙耳上各垂著一隻亮晃晃的黃金大環，獅鼻闊口，形貌頗為兇狠詭異，顯然不是中土人物。

這人來到酒店門前，掀帘而入，見到阿紫，微微一怔，隨即臉有喜色，要想說話，卻又忍住，便在一張桌旁坐了下來。

阿紫道：「有酒有肉，你如何不吃？」那人見到一張空著座位的桌上布滿酒菜，說道：「是給我要的麼？多謝師妹了。」說著走過去坐下，從懷中取出一把金柄小刀，切割牛肉，用手抓起來便吃，吃幾塊肉，喝一碗酒，酒量倒也不弱。

蕭峯心道：「原來這人是星宿海老怪的徒兒。」他本來不喜此人的形貌舉止，但見他酒量頗佳，便覺倒也並不十分討厭。

阿紫見他喝乾了一壺酒，對酒保道：「這些酒拿過去，給那位爺台。」說著雙手伸到面前的酒碗之中，攪了幾下，洗去手上的油膩肉汁，然後將酒碗一推。酒保心想：「這酒還能喝麼？」

阿紫見他神情猶豫，不端酒碗，催道：「快拿過去啊，人家等著喝酒哪。」酒保笑道：「姑娘你又來啦，這碗酒怎麼還能喝？」阿紫板起了臉道：「誰說不能喝？你嫌我手髒麼？這麼著，你喝一口酒，我給你一錠銀子。」說著從懷中取出一錠一兩重的小元寶來，放在桌上。酒保大喜，說道：「喝一口酒便給一兩銀子，可太好了。別說姑娘不過洗洗手，就是洗過腳的洗腳水，我也喝了。」說著端起酒碗，呷了一大口。

不料酒水入口，便如一塊燒紅的熱鐵炙烙舌頭一般，劇痛難當，酒保「哇」的一聲，口一張，酒水亂噴而出，只痛得他雙腳亂跳，大叫：「我的娘呀！哎唷，我的娘呀！」蕭峯見他這等神情，倒也吃了一驚，只聽得他叫聲越來越模糊，顯是舌頭腫了起來。

酒店中掌櫃的、大師父、燒火的、別的酒保聽得叫聲，都湧了過來，紛紛詢問：「甚麼事？甚麼事？」那酒保雙手扯著自己面頰，已不能說話，伸出舌頭來，只見舌頭腫得已比平常大了三倍，通體烏黑。蕭峯又是一驚：「那是中了劇毒。這小魔頭的手指只在酒中浸了一會，這碗酒就毒得如此厲害。」

眾人見到那酒保舌頭的異狀，無不驚惶，七張八嘴的亂嚷：「碰到了甚麼毒物？」「是給蠍子螫上了麼？」「哎唷，這可不得了，快，快去請大夫！」

那酒保伸手指著阿紫，突然走到她面前，跪倒在地，咚咚咚磕頭。阿紫笑道：「哎唷，這可當不起，你求我甚麼事啊？」酒保仰起頭來，指指自己舌頭，又不住磕頭。阿紫笑道：「要給你治治，是不是？」酒保痛得滿頭大汗，兩隻手在身上到處亂抓亂捏，又是磕頭，又是拱手。

阿紫伸手入懷，取出一把金柄小刀，和那獅鼻人所持的刀子全然相同，她左手抓住了那酒保後頸，右手金刀揮去，嗤的一聲輕響，將他舌尖割去了短短一截。旁觀眾人失聲大叫，只見斷舌處血如泉湧。那酒保大吃一驚，但鮮血流出，毒性便解，舌頭上的痛楚登時消了，片刻之間，腫也退了。阿紫從懷中取出一個小瓶，拔開瓶塞，用小指指甲挑了些黃色藥末，彈在他舌尖上，傷口血流立緩。

那酒保怒既不敢，謝又不甘，神情極是尷尬，只道：「你……你……」舌頭給割去了一截，自然話也說不清楚了。

阿紫將那小錠銀子拿在手裏，笑道：「我說你喝一口酒，就給一兩銀子，剛才這口酒你吐了出來，那可不算，你再喝啊。」酒保雙手亂搖，含含糊糊的道：「我……我不要了，我不喝。」阿紫將銀子收入懷中，笑道：「你剛才說甚麼來著？你好像是說，『要割我的舌頭麼？只怕姑娘沒這本事。』是不是？這會兒可是你磕頭求我割的，我問你：姑娘有沒有這本事呢？」

那酒保這才恍然，原來此事全因自己適才說錯了一句話而起，惱恨到了極處，登時便想上前動手，狠狠的打她一頓，可是見另外兩張桌上各坐著一個魁梧雄壯的男人，顯是和她一路，便又膽怯。阿紫又道：「你喝不喝啊？」酒保怒道：「老……老子不……」想起隨口罵人，只怕又要著她道兒，又驚又怒，發足奔向內堂，再也不出來了。

掌櫃等眾人紛紛議論，向阿紫怒目而視，各歸原處，換了個酒保來招呼客人。這酒保見了適才這一場情景，只嚇得膽戰心驚，一句話也不敢多說。

蕭峯大是惱怒：「那酒保只不過說了句玩話，你就整治得他終身殘廢，以後說話再也無法清楚。小小年紀，行事可忒也歹毒。」

只聽阿紫道：「酒保，把這碗酒送去給那位爺台喝。」說著向那獅鼻人一指。那酒保見她伸手向酒碗一指，已是全身一震，待聽她說要將這酒送去給人喝，更加驚懼。阿紫笑道：「啊，是了，你不肯拿酒給客人，定是自己想喝了，那也可以，這就自己喝罷。」那酒保嚇得面無人色，忙道：「不，不，小人……小人不喝。」阿紫道：「那你快拿去啊。」那酒保道：「是，是。」雙方牢牢捧著酒碗，戰戰兢兢的移到那獅鼻人桌上，唯恐不小心濺了半滴出來，雙手發抖，酒碗碗底碰到桌面時，嗒嗒嗒的直響。

那獅鼻人兩手端起酒碗，定睛凝視，瞧著碗中的酒水，離口約有一尺，既不再移近，也不放回桌上。阿紫笑道：「二師哥，怎麼啦？小妹請你喝酒，你不給面子嗎？」

蕭峯心想：「這碗酒劇毒無比，這人當然不會受激，白白送了性命。內功再強之人，也未必能抵擋酒中的劇毒。」

那知獅鼻人又凝思半晌，舉碗就唇，骨嘟骨嘟的直喝下肚。蕭峯吃了一驚，心道：「這人難道竟有深厚無比的內力，能化去這等劇毒？」正驚疑間，只見他已將一大碗酒喝乾，把酒碗放回桌上，兩隻大拇指上酒水淋漓，隨手便在衣襟上一擦。蕭峯微一沉思，便知其理：「是了，他喝酒之前兩隻大拇指插入酒中，端著碗半晌不飲，多半他大拇指上有解毒藥物，以之化去了酒中劇毒。」

阿紫見他飲乾毒酒，登時神色驚惶，強笑道：「二師哥，你化毒的本領大進了啊，可喜可賀。」獅鼻人並不理睬，狼吞虎嚥的一頓大嚼，將桌上菜餚吃了十之八九，拍拍肚皮，站起身來，說道：「走罷。」阿紫道：「你請便罷，咱們後會有期。」獅鼻人瞪著一對怪眼，道：「甚麼後會有期？你跟我一起去。」阿紫搖頭道：「我不去。」走到蕭峯身邊，說道：「我和這位大哥有約在先，要到江南去走一遭。」

獅鼻人向蕭峯瞪了一眼，問道：「這傢伙是誰？」阿紫道：「甚麼傢伙不傢伙的？你說話客氣些。他是我姊夫，我是他小姨，我們二人是至親。」獅鼻人道：「你出下題目來，我做了文章，你就得聽我話。你敢違反本門的門規不成？」

蕭峯心道：「原來阿紫叫他喝這毒酒，乃是出一個難題，卻不料這人居然接下了。」

阿紫道：「誰說我出過題目了？你說是喝這碗酒麼？哈哈，笑死人啦，這碗酒是我給酒保喝的。想不到你堂堂星宿派門人，卻去喝臭酒保喝過的殘酒。人家臭酒保喝了也不死，你再去喝，又有甚麼了不起？我問你，這臭酒保死了沒有？連這種人也喝得，我怎麼會出這等容易題目？」這番話委實強辭奪理，可是要駁倒她卻也不易。

那獅鼻人強忍怒氣，說道：「師父有命，要我傳你回去，你違抗師命麼？」阿紫笑道：「師父最疼我啦，二師哥，請你回去稟告師父，就說我在道上遇見了姊夫，要一同去江南玩玩，給他老人家買些好玩的古董珠寶，然後再回去。」獅鼻人搖頭道：「不成，你拿了師父的……」說到這裏，斜眼向蕭峯相睨，似乎怕洩露了機密，頓了一頓，才道：「師父大發雷霆，要你快快回去。」阿紫央求道：「二師哥，你明知師父在大發雷霆，還要逼我回去，這不是有意要我吃苦頭嗎？下次師父責罰你起來，我可不給你求情啦。」

這句話似令獅鼻人頗為心動，臉上登時現出猶豫之色，想是星宿老怪對她頗為寵愛，在師父跟前很能說得上話。他沉吟道：「你既執意不肯回去，那麼就把那件東西給我。我帶回去繳還給師父，也好有個交代，他老人家的怒氣也會平息了些。」

阿紫道：「你說甚麼？那件甚麼東西？我可全不知道。」獅鼻人臉一沉，說道：「師妹，我不動手冒犯於你，乃是念在同門之誼，你可得知道好歹。」阿紫笑道：「我當然知道好歹，你來陪我吃飯吃酒，那是好；你要逼我回去師父那裏，那便是歹。」獅鼻人道：「到底怎樣？你如不交出那件物事，便得跟我回去。」阿紫道：「我不回去。也不知道你說些甚麼。你要我身上的物事？好罷……」說著從頭髮上拔下一枚珠釵，說道：「你要拿個記認，好向師父交代，就拿這根珠釵去罷。」獅鼻人道：「你真要逼得我非動手不可，是不是？」說著走上了一步。

阿紫眼見他不動聲色的喝乾毒酒，使毒本領比自己高出甚多，至於內力武功，更萬萬不是他敵手。星宿派武功陰毒狠辣，出手沒一招留有餘地，敵人只要中了，非死也必重傷，傷後受盡荼毒，死時也必慘酷異常，師兄弟間除了爭奪本門排名高下而性命相搏，從來不相互拆招練拳，因拆招必分高下，一分高下便有死傷。師父徒弟之間，也從不試演功夫。星宿老怪傳授功訣之後，各人便分頭修練，高下深淺，唯有各人自知，逢到對敵之時，才顯出強弱來。按照星宿派門中規矩，她既以毒酒相示，等於同門較藝，已是非同小可之事，獅鼻人倘若認輸，一輩子便受她之制，現下毫不猶豫的將這碗毒酒喝下肚去，阿紫若非另有反敗為勝之道，就該服服貼貼的聽令行事，否則立有殺身大禍。她見情勢緊迫，左手拉著蕭峯衣袖，叫道：「姊夫，他要殺我呢。姊夫，你救救我。」

蕭峯給她左一聲「姊夫」，右一聲「姊夫」，只聽得怦然心動，念起阿朱相囑託的遺言，便想出手將那獅鼻人打發了。但一瞥眼間，見到地下一灘鮮血，心想阿紫對付那酒保如此辣手，讓她吃些苦頭、受些懲戒也是好的，便眼望窗外，不加理睬。

那獅鼻人不願就此對阿紫痛下殺手，只想顯一顯厲害，教她心中害怕，就此乖乖的跟他回去，當下右手一伸，抓住了蕭峯的左腕。

蕭峯見他右肩微動，便知他要向自己出手，卻不理會，任由他抓住手腕，腕上肌膚和他掌心一碰到，便覺炙熱異常，知道對方掌心蘊有劇毒，當即將一股真氣運到手腕之上，笑道：「怎麼樣？閣下要跟我喝一碗酒，是不是？」伸右手斟了兩大碗酒，說道：「請！」

那獅鼻人連運內力，卻見蕭峯泰然自若，便如沒有知覺一般，心道：「你別得意，待會就要你知道我毒掌的厲害。」說道：「喝酒便喝酒，有甚麼不敢？」舉起酒碗，一大口喝了下去。不料酒到咽喉，突然一股內息的逆流從胸口急湧而上，忍不住「哇」的一聲，滿口酒水噴出，襟前酒水淋漓，跟著便大聲咳嗽，半晌方止。

這一來，不由得大驚失色，這股內息逆流，顯是對方雄渾的內力傳入了自己體內所致，倘若他要取自己性命，適才已是易如反掌，一驚之下，忙鬆指放開蕭峯手腕。不料蕭峯手腕上竟如有一股極強黏力，手掌心膠著在他腕上，無法擺脫。獅鼻人大驚，用力一摔。蕭峯一動不動，這一摔便如是撼在石柱上一般。

蕭峯又斟了碗酒，道：「老兄適才沒喝到酒，便喝乾了這碗，咱們再分手如何？」

獅鼻人又是用力一掙，仍然無法擺脫，左掌當即猛力往蕭峯面門打來。掌力未到，蕭峯已聞到一陣腐臭的腥氣，猶如大堆死魚相似，當下右手推出，輕輕一撥。那獅鼻人這一掌使足了全力，那知掌力來到中途，竟然歪了，但其時已然無法收力，明知掌力已被對方撥歪，還是不由自主的一掌擊落，重重打在自己右肩，喀喇一聲，連肩骨關節也打脫了。

阿紫笑道：「二師哥，你也不用客氣，怎麼打起自己來？可教我太也不好意思了。」

獅鼻人惱怒已極，苦於右手手掌黏在蕭峯手腕之上，無法得脫，左手也不敢再打，第三次掙之不脫，當下催動內力，要將掌心中蘊積著的劇毒透入敵人體內。豈知這股內力一碰到對方手腕，立時便給撞回，而且並不止於手掌，竟不住向上倒退，獅鼻人大驚，忙運內力與抗。但這股挾著劇毒的內力猶如海潮倒捲入江，頃刻間便過了手肘關節，跟著衝向腋下，慢慢湧向胸口。獅鼻人自然明白自己掌中毒性的厲害，只要一侵入心臟，立即斃命，只急得滿頭大汗，一滴滴的流了下來。

阿紫笑道：「二師哥，你內功當真高強。這麼冷的天氣，虧你還能大汗淋漓，小妹委實佩服得緊。」

獅鼻人那裏還有餘暇去理會她的嘲笑？明知已然無倖，卻也不願就此束手待斃，拚命催勁，能夠多撐持一刻，便好一刻。

蕭峯心想：「這人和我無怨無仇，雖然他一上來便向我痛下毒手，卻又何必殺他？」突然間內力一收。

獅鼻人陡然間覺得掌心黏力已去，快要迫近心臟那股帶毒內力，立時疾衝回向掌心，驚喜之下，急忙倒退兩步，臉上已全無血色，呼呼喘氣，再也不敢走近蕭峯身邊。

他適才死裏逃生，到鬼門關去走了一遭又再回來。那酒保卻全然不知，過去給他斟酒。獅鼻人手起一掌，打在他臉上。那酒保啊的一聲，仰天便倒。獅鼻人衝出大門，向西南方疾馳而去，只聽得一陣極尖極細的哨子聲遠遠傳了出去。

蕭峯看那酒保時，見他一張臉全成黑色，頃刻間便已斃命，不禁大怒，說道：「這廝好生可惡，我饒了他性命，怎地他反而出手傷人？」一按桌子，便要追出。

阿紫叫道：「姊夫，姊夫，你坐下來，我跟你說。」

阿紫若是叫他「喂」，或是「喬幫主」、「蕭大哥」甚麼的，蕭峯一定不加理睬，但這兩聲「姊夫」一叫，他登時想起阿朱，心中一酸，問道：「怎麼？」

阿紫道：「二師哥不是可惡，他出手沒傷到你，毒不能散，便非得另殺一人不可。」蕭峯也知道邪派武功中原有「散毒」的手法，毒聚於掌之後，若不使在敵人身上，便須擊牛擊馬，打死一隻畜生，否則毒氣回歸自身，說道：「要散毒，他不會去打一頭牲口嗎？怎地無緣無故的殺人？」阿紫瞧著地下酒保的屍體，笑道：「這種蠢人跟牛馬有甚麼分別，殺了他還不是跟殺一頭牲口一樣？」她隨口而出，便如是當然之理。

蕭峯心中一寒：「這小姑娘的性子好不狠毒，何必多去理她？」見酒店中掌櫃等又再湧出，不願多惹麻煩，閃身便出店門，逕向北行。

他耳聽得阿紫隨後跟來，當下加快腳步，幾步跨出，便已將她拋得老遠。忽聽得阿紫嬌聲說道：「姊夫，姊夫，你等等我，我……我跟不上啦。」

蕭峯先此一直和她相對說話，見到她的神情舉止，心下便生厭惡之情，這時她在背後相呼，竟宛如阿朱生時嬌喚一般。這兩個同胞姊妹自幼分別，但同父同母，居然連說話的音調也十分相像。蕭峯心頭大震，停步回過身來，淚眼模糊之中，只見一個少女從雪地中如飛奔來，當真便如阿朱復生。他張開雙臂，低聲叫道：「阿朱，阿朱！」

一霎時間，他迷迷糊糊的想到和阿朱從雁門關外一同回歸中原、道上親密旖旎的風光，驀地裏一個溫軟的身子撲進懷中，叫道：「姊夫，你怎麼不等我？」

蕭峯一驚，醒覺過來，伸手將她輕輕推開，說道：「你跟著我幹甚麼？」阿紫道：「你替我逐退了我師哥，我自然要來謝謝你。」蕭峯淡然道：「那也不用謝了。我又不是存心助你，是他向我出手，我只好自衛，免得死在他手裏。」說著轉身又行。

阿紫撲上去拉他手臂。蕭峯微一斜身，阿紫便抓了個空。她一個踉蹌，向前一撲，以她的武功，自可站定，但她乘機撒嬌，一撲之下，便摔在雪地之中，叫道：「哎唷，哎唷！摔死人啦。」

蕭峯明知她是裝假，但聽到她的嬌呼之聲，心頭便湧出阿朱的模樣，不自禁感到一陣溫馨，當即轉身，伸手抓住她後領拉起，卻見阿紫正自嬌笑。她道：「姊夫，我姊姊要你照料我，你怎麼不聽她話？我一個小姑娘，孤苦伶仃的，這許多人要欺負我，你也不理不睬。」這幾句話說得楚楚可憐，蕭峯明知她九成是假，心中卻也軟了，問道：「你跟著我有甚麼好？我心境不好，不會跟你說話的。你胡作非為，我要管你的。」

阿紫道：「你心境不好，有我陪著解悶，心境豈不是慢慢可以好了？你喝酒的時候，我給你斟酒，你替換下來的衣衫，我給你縫補漿洗。我行事不對，你肯管我，當真再好也沒有了。我從小爹娘就不要我，沒人管教，甚麼事也不懂……」說到這裏，眼眶兒便紅了。

蕭峯心想：「她姊妹倆都有做戲天才，騙人的本事當真爐火純青，高明之至。可幸我早知她行事歹毒，決計不會上她的當。她定要跟著我，到底有甚麼圖謀？是她師父派她來害我嗎？」心中一凜：「莫非我的大仇人和星宿老怪有所牽連？甚至便是他本人？」隨即轉念：「蕭峯堂堂男子，豈怕這小女孩向我偷下毒手？不如將計就計，允她隨行，且看她有何詭計施將出來，說不定著落在她身上，得報我的大仇，亦未可知。」便道：「既然如此，你跟我同行便了。咱們話說明在先，你如再無辜傷人殺人，我可不能饒你。」

阿紫伸了伸舌頭，道：「倘若人家先來害我呢？要是我所殺傷的是壞人呢？」

蕭峯心想：「這小女孩狡猾得緊，她若出手傷了人，便會花言巧語，說作是人家先向她動手，對方明明是好人，她又會說看錯了人。」說道：「是好人壞人，你不用管。你既和我同行，人家自然傷不了你，總而言之，不許你跟人家動手。」

阿紫喜道：「好！我決不動手，甚麼事都由你來抵擋。」跟著嘆道：「唉，你不過是我姊夫，就管得我這麼緊。我姊姊倘若不死而嫁了你，還不是給你管死了。」

蕭峯怒氣上沖，待要大聲呵斥，但跟著心中一陣難過，又見阿紫眼中閃爍著一絲狡獪的神色，尋思：「我說了那幾句話，她為甚麼這樣得意？」一時想之不透，便不理會，拔步逕行，走出里許，猛地想起：「啊喲，多半她有甚麼大對頭、大仇人要跟她為難，是以騙得我來保駕。我說『你既和我同行，人家自然傷不了你。』便是答允保護她了。其實不論她是對是錯，我就算沒說過這句話，只要她在我身邊，也決不會讓她吃虧。」

又行里許，阿紫道：「姊夫，我唱支曲兒給你聽，好不好？」蕭峯打定了主意：「不管她出甚麼主意，我一概不允。給她釘子碰得越多，越對她有益。」便道：「不好。」阿紫嘟起了嘴道：「你這人真專橫得緊。那麼我說個笑話給你聽，好不好？」蕭峯道：「不好。」阿紫道：「我出個謎語請你猜，好不好？」蕭峯道：「不好。」阿紫道：「那麼你說個笑話給我聽，好不好？」蕭峯道：「不好。」阿紫道：「你唱支曲兒給我聽，好不好？」蕭峯道：「不好。」她連問十七八件事，蕭峯想也不想，都是一口回絕。阿紫又道：「那麼我不吹笛兒給你聽，好不好？」蕭峯仍道：「不好！」

這兩字一出口，便知是上了當，她問的是「我不吹笛兒給你聽」，自己說「不好」，那就是要她吹笛了。他話已出口，也就不加理會，心想你要吹笛，你就吹罷。

阿紫嘆了口氣，道：「你這也不好，那也不好，真難侍候，可偏偏要我吹笛，也只有依你。」說著從懷中取出一根玉笛。

這玉笛短得出奇，只不過七寸來長，通體潔白，晶瑩可愛。阿紫放到口邊，輕輕一吹，一股尖銳的聲音便遠遠送了出去。適才那獅鼻人離去之時，也曾發出這般尖銳的哨聲，本來笛聲清揚激越，但這根白玉笛中發出來的聲音卻十分悽厲，全非樂調。

蕭峯心念微動之際，已知其理，暗暗冷笑：「是了，原來你早約下同黨，埋伏左近，要來襲擊於我，蕭某豈懼你這些狐羣狗黨？只是不可大意了。」他知星宿老怪門下武功極是陰毒，莫要一個疏神，中了暗算。只聽阿紫的笛子吹得高一陣，低一陣，如殺豬，如鬼哭，難聽無比。這樣一個活潑美貌的小姑娘，拿著這樣一枝晶瑩可愛的玉笛，而吹出來的聲音竟如此悽厲，愈益顯得星宿派的邪惡。

蕭峯也不去理她，自行趕路，不久走上一條長長的山嶺，山路狹隘，僅容一人，心道：「敵人若要伏擊，定在此處。」果然上得嶺來，只轉過一個山坳，便見前面攔著四人。那四人一色穿的黃葛布衫，服飾打扮和酒店中所遇的獅鼻人一模一樣，四人不能並列，前後排成一行，每人手中都拿著一根長長的鋼杖。

阿紫不再吹笛，停了腳步，叫道：「三師哥、四師哥、七師哥、八師哥，你們都好啊。怎麼這樣巧，大家都在這裏聚會？」

蕭峯也停了腳步，倚著山壁，心想：「且看他們如何裝神弄鬼？」

四人中當先一人是個胖胖的中年漢子，先向蕭峯上上下下的打量了半晌，才道：「小師妹，你好啊，你怎麼傷了二師哥？」阿紫失驚道：「二師哥受了傷嗎？是誰傷他的？傷得重不重？」

排在最後那人大聲道：「你還假惺惺甚麼？他說是你叫人傷了他的。」那人是個矮子，又排在最後，全身給前面三人擋住了，蕭峯瞧不見他模樣，聽他說話極快，顯然性子甚急，這人所持的鋼杖偏又最長最大，想來膂力不弱，只緣身子矮了，便想在別的地方出人頭地。

阿紫道：「八師哥，你說甚麼？二師哥說是你叫人傷他的？哎喲，你怎可以下這毒手？師父他老人家知道了，怎肯放過你，你難道不怕？」那矮子暴跳如雷，將鋼杖在山石上撞得噹噹亂響，大聲道：「是你傷的，不是我傷的。」阿紫道：「甚麼？『是你傷的，不是我傷的』，好啊，你招認了。三師哥、四師哥、七師哥，你們三位都親耳聽見了，八師哥說是他害死二師哥的，是了，他定是使『三陰蜈蚣爪』害死了二師哥。」

那矮子叫道：「誰說二師哥死了！他沒死，受的傷也不是『三陰蜈蚣爪』……」阿紫搶著道：「不是三陰蜈蚣爪麼？那麼定是『抽髓掌』了，這是你的拿手本領，二師哥不小心中了你的暗算，你……你可太厲害了。」

那矮子暴跳如雷，怒叫：「三師哥快動手，把這小賤人拿了回去，回了拿去，請師父發落，她……她……她，胡說八道的，不知說些甚麼，甚麼東西……」他口音本已難聽，這一著急，說得奇快，更是不知所云。那胖子道：「動手倒也不必了，小師妹向來好乖、好聽話的，小師妹，你跟我們去罷。」這胖子說話慢條斯理，似乎性子甚是隨和。阿紫笑道：「好啊，三師哥說甚麼，我就幹甚麼，我向來是聽你話的。」那胖子哈哈一笑，說道：「那再好也沒有了，咱們這就走罷。」阿紫道：「好啊，你們這就請便。」

後面那矮子又叫了起來：「喂，喂，甚麼你們請便？要你跟我們一起去。」阿紫笑道：「你們先走一步，我隨後便來。」那矮子道：「不成，不成！得跟我們一塊兒走。」阿紫道：「好倒也好，就可惜我姊夫不肯。」說著向蕭峯一指。

蕭峯心道：「來了，來了，這齣戲做得差不多了。」懶洋洋的倚在山壁之上，雙手圍在胸前，對眼前之事似乎全不關心。

那矮子道：「誰是你姊夫，怎麼我看不見？」阿紫笑道：「你身材太高了，他也看不見你。」只聽得噹的一聲響，那矮子鋼杖在地下一撐，身子便即飛起，連人帶杖越過三個師兄頭頂，落在阿紫之前，叫道：「快隨我們回去！」說著便向阿紫肩頭抓去。這人身材雖矮，卻是腰粗膀闊，橫著看去，倒頗為雄偉，動作也甚敏捷。阿紫不躲不閃，任由他抓。那矮子一隻大手剛要碰到她肩頭，突然微一遲疑，停住不動，問道：「你已動用了麼？」阿紫道：「動用甚麼？」那矮子道：「自然是神木王鼎了……」

他這「神木王鼎」四個字一出口，另外三人齊聲喝道：「八師弟，你說甚麼？」聲音十分嚴峻，那矮子退了一步，臉現惶懼之色。

蕭峯心下琢磨：「神木王鼎是甚麼東西？這四人神色十分鄭重，決非做戲，他們埋伏在這裏，怎麼並不出手，儘是自己鬥口，難道擔心敵我不過，還在等甚麼外援不成？」

只見那矮子伸出手來，說道：「拿來！」阿紫道：「拿甚麼來？」那矮子道：「就是神……神……那個東西。」阿紫向蕭峯一指，道：「我送了給我姊夫啦。」她此言一出，四人的目光齊向蕭峯射來，臉上均現怒色。

蕭峯心道：「這些人當真討厭，我也懶得多跟他們理會了。」他慢慢站直身子，突然間雙足一點，陡地躍起，從四人頭頂飛縱而過。這一下既奇且快，那四人也沒見他奔跑跳躍或是曲膝作勢，只眼前一花，頭頂風聲微動，蕭峯已在四人身後。四人大聲呼叫，隨後追來，但一霎眼間，蕭峯已在數丈之外。

忽聽得呼的一聲猛響，一件沉重的兵刃擲向他後心。蕭峯不用轉頭，便知是有人以鋼杖擲到，他左手反轉，接住鋼杖。那四人大聲怒喝，又有兩根鋼杖擲來，蕭峯又反手接住。每根鋼杖都有五十來斤，三根鋼杖捧在手中，已有一百六七十斤，蕭峯腳下絲毫不緩，只聽得呼的一聲，又有一根鋼杖擲到。這一根飛來時聲音最響，顯然最為沉重，料是那矮子擲來的。蕭峯心想：「這幾個蠻子不識好歹，須得讓他們知道些厲害。」但聽得那鋼杖飛向腦後，相距不過兩尺，他反過左手，又輕輕接住了。

那四人飛擲鋼杖，本來敵人要閃身避開也十分不易，料知四杖之中，必有一兩根打中了他，否則兵刃豈肯輕易脫手？豈知蕭峯竟行若無事的一一接去，無不又驚又怒，大呼大叫的急趕。蕭峯待他們追了一陣，陡地立住腳步。這四人正自發力奔跑，收足不定，險些衝到他身上，急忙站住，呼呼喘氣。

蕭峯從他們投擲鋼杖和奔跑之中，已估量到四人武功平平。他微微一笑，說道：「各位追趕在下，有何見教？」

那矮子道：「你……你……你是誰？你……你武功很厲害啊。」蕭峯笑道：「也沒甚麼厲害。」一面說，一面運勁於掌，將一根鋼杖無聲無響的按入了雪地之中。那山道是極堅的硬土，卻見鋼杖漸漸縮短，沒到離地二尺許之處，蕭峯放開了手，右腳踏落，將鋼杖踏得上端竟和地平。

這四人有的雙目圓睜，有的張大了口合不攏來。

蕭峯一根接著一根，又將兩根鋼杖踏入地中，待插到第四根鋼杖時，那矮子縱身上前，喝道：「別動我的兵刃！」

蕭峯笑道：「好，還你！」右手提起鋼杖，對準了山壁用力一擲，噹的一聲響，直插入山壁之中。一根八尺來長的鋼杖，倒有五尺插入巖中。這鋼杖所插處乃是極堅極硬的黑巖。蕭峯這麼運勁一擲，居然入巖如此之深，自己也覺欣然，尋思：「這幾個月來備歷憂勞，功夫倒沒擱下，反而更長進了。半年之前，我只怕還沒能插得如此深入。」

那四個人不約而同的大聲驚呼，臉露敬畏之色。

阿紫自後趕到，叫道：「姊夫，你這手功夫好得很啊，快教教我。」那矮子怒道：「你是星宿派門下弟子，怎麼去請外人教藝？」阿紫道：「他是我姊夫，怎麼是外人了？」

那矮子急於收回自己兵刃，縱身一躍，伸手去抓鋼杖。豈知蕭峯早已估量出他輕身功夫的深淺，鋼杖橫插在石壁之上，離地一丈四五尺，那矮子的手指差了尺許，碰不到鋼杖。

阿紫拍手笑道：「好啊，八師哥，只要拔了你的兵刃到手，我便跟你去見師父，否則便不用想了。」那矮子這麼一躍，使足平生之力，乃是他輕身功夫的極限，便再躍高一寸，也已艱難萬分，聽阿紫這麼出言相激，心下惱怒，又是用力一縱，中指指尖居然碰到了鋼杖。阿紫笑道：「碰到不算數，要拔了出來。」

那矮子怒極之下，功夫竟然比平時大進，雙足力蹬，一個矮矮闊闊的身軀疾升而上，雙手急抓，竟然抓住了鋼杖，但這麼一來，身子可就掛在半空，搖搖晃晃的無法下來。他使力撼動鋼杖，但這根八尺來長的鋼杖倒有五尺陷入了堅巖之中，如此搖撼，便搖上三日三夜，也未必搖得下來，這模樣自是滑稽可笑之極。

蕭峯笑道：「蕭某可要失陪了！」說著轉身便行。

那矮子卻說甚麼也不肯放手，他對自己的武功倒也有自知之明，適才一躍而攀上鋼杖，實屬僥倖，鬆手落下之後，第二次再躍，多半不能再攀得到。這鋼杖是他十分愛惜的兵刃，輕重合手，再要打造，那就難了，他又用力搖了幾下，鋼杖仍是紋絲不動，叫道：「喂，你將神木王鼎留下，否則的話，那可後患無窮。」

蕭峯道：「神木王鼎，那是甚麼東西？」

星宿派門下的三弟子上前一步，說道：「閣下武功出神入化，我們都是很佩服的。那座小鼎嘛，本門很是看重，外人得之卻是無用，還請閣下賜還。我們必有酬謝。」

蕭峯見他們的模樣不似作假，也不似埋伏了要襲擊自己的樣子，便道：「阿紫，將那個神木王鼎拿出來，給我瞧瞧，到底是甚麼東西。」

阿紫道：「哎唷，我交了給你啦，肯不肯交出來，可全憑你了。姊夫，還是你自己留著罷。」蕭峯一聽，已猜到她盜了師門寶物，說已交在自己手中，顯是為了要自己為她擋災，當下將計就計，哈哈一笑，說道：「你交給我的事物很多，我也弄不清那一件叫做『神木王鼎』。」

那矮子身子吊在半空，當即接口道：「那是一隻六寸來高的小小木鼎，深黃顏色。」蕭峯道：「嗯，這隻東西麼？我見倒見過，那只是件小小玩意兒，又有甚麼用處？」那矮子道：「你懂得甚麼？怎麼是一件小小玩意兒？這木鼎……」他還待說下去，那胖子喝道：「師弟別胡說八道。」轉頭向蕭峯道：「這雖是件沒用的玩意兒，但這是家師……家師……那個父親所賜，因此不能失卻，務請閣下賜還，我們感激不盡。」

蕭峯道：「我隨手一丟，不知丟到那裏去啦，是不是還找得到，那也難說，倘若真是要緊物事，我就回信陽去找找，只不過路程太遠，再走回頭路可就太也麻煩。」

那矮子搶著道：「要緊得很。怎麼不要緊？咱們快……快……回信陽去拿。」他說到這裏，縱身而下，連自己的就手兵刃也不要了。

蕭峯伸手輕敲自己額角，說道：「唉，這幾天沒喝夠酒，記性不大好，這隻小木鼎嘛，也不知是放在信陽呢，還是在大理，嗯，要不然是在晉陽……」

那矮子大叫：「喂，喂，你說甚麼？到底是在大理，還是晉陽？天南地北，這可不是玩的。」那胖子卻看出蕭峯是故意為難，說道：「閣下不必出言戲耍，但教此鼎完好歸還，咱們必當重重酬謝，決不食言。」

蕭峯突然失驚道：「啊喲，不好，我想起來了。」那四人齊聲驚問：「甚麼？」蕭峯道：

「那木鼎是在馬夫人家裏，剛才我放了一把火，將她家燒得片瓦無存，這隻木鼎嘛，給大火燒上一燒，不知道會不會壞？」那矮子大聲道：「怎麼不壞，這個……這個……三師哥，四師哥，那如何是好。我不管，師父要責怪，可不關我的事。小師妹，你自己去跟師父說，我，我可管不了。」

阿紫笑道：「我記得好像不在馬夫人家裏。眾位師哥，小妹失陪了，你們跟我姊夫理論理論罷。」說著斜身一閃，搶在蕭峯身前。

蕭峯轉了過來，張臂攔住四人，道：「你們倘若說明白那神木王鼎的用途來歷，說不定我可以幫你們找找，否則的話，在下恕不奉陪了。」

那矮子不住搓手，說道：「三師哥，沒法子啦，只好跟他說了罷？」那胖子道：「好，我便跟閣下說……」

蕭峯突然身形一晃，縱到那矮子身邊，一伸手托在他腋下，道：「咱們到上面去，我只聽你說，不聽他的。」他知那胖子貌似忠厚，其實十分狡獪，沒半句真話，倒是這矮子心直口快，不會說謊。他托著那矮子的身軀，發足便往山壁上奔去。山壁陡峭之極，本來無論如何攀援不上，但蕭峯提氣直上，一口氣便衝上了十來丈，見有一塊凸出的石頭，便將那矮子放在石上，自己一足踏石，一足凌空，說道：「你跟我說罷！」

那矮子身在半空，向下一望，不由得頭暈目眩，忙道：「快……快放我下去。」蕭峯笑道：「你自己跳下去罷。」那矮子道：「胡說八道，這一跳豈不跌個粉身碎骨？」蕭峯見他性子直率，倒生了幾分好感，問道：「你叫甚麼名字？」那矮子道：「我是出塵子！」蕭峯微微一笑，心道：「這名字倒風雅，只可惜跟你老兄的身材似乎不大相配。」說道：「我可要失陪了，後會有期。」

出塵子大聲道：「不能，不能，哎唷，我……我要摔死了。」雙手緊貼山壁，暗運內勁，要想抓住石頭，但觸手處盡是光溜溜地，那裏依附得住？他武功雖然不弱，但處身這三面凌空的高處，不由得十分驚恐。

蕭峯道：「快說，神木王鼎有甚麼用！你要是不說，我就下去了。」

出塵子急道：「我……我非說不可麼？」蕭峯道：「不說也成，那就再見了。」出塵子一把抓住他衣袖，道：「我說，我說。這座神木王鼎是本門的三寶之一，用來修習『化功大法』的。師父說，中原武人一聽到我們的『化功大法』，便嚇得魂飛魄散，要是見到這座神木王鼎，非打得稀爛不可，這……這是一件希世奇珍，非同小可……」

蕭峯久聞「化功大法」之名，知是一門污穢陰毒的邪術，聽得這神木王鼎用途如此，也懶得再問，伸手托在出塵子腋下，順著山壁直奔而下。

在這陡峭如牆的山壁疾衝下來，比之上去時更快更險，出塵子嚇得大聲呼叫，一聲呼叫未息，雙腳已經著地，只嚇得臉如土色，雙膝發戰。

那胖子道：「八師弟，你說了麼？」出塵子牙關格格互擊，兀自說不出話來。

蕭峯向著阿紫道：「拿來！」阿紫道：「拿甚麼來啊？」蕭峯道：「神木王鼎！」阿紫道：「你不是說放在馬夫人家裏麼？怎麼又向我要？」蕭峯向她打量，見她纖腰細細，衣衫也甚單薄，身邊不似藏得有一座六寸來高的木鼎，心想：這小姑娘狡猾得緊，她門戶中事，原本不用我理會，這些邪魔外道難纏得緊，陰魂不散的跟著自己，也很討厭，便道：「這種東西蕭某得之無用，決計不會拿了不還。你們信也好，不信也好，蕭某失陪了。」說著邁開大步，幾個起落，已將五人遠遠拋在後面。

那四人震於他的神威，要追還是不追，議論未定，蕭峯早已走得不知去向。

蕭峯一口氣奔出七十餘里，這才找到飯店，飲酒吃飯。這天晚上，他在周王店歇宿，運了一會功，便即入睡。到得半夜，睡夢中忽然聽到幾響尖銳的哨聲，當即驚醒。過得片刻，西南角上有幾下哨聲，跟著東南角上也有幾下哨聲相應，哨聲尖銳悽厲，正是星宿海一派門人所吹的玉笛。蕭峯心道：「這一干人趕到左近了，不必理會。」

突然之間，兩下「嘰，嘰」的笛聲響起，相隔甚近，便發自這小客店中，跟著有人說道：「快起身，大師哥到了，多半已拿住了小師妹。」另一人道：「拿住了，你說她能不能活命？」先前那人道：「誰知道呢？快走，快走！」聽得兩人推開窗子，縱躍出房。

蕭峯心想：「又是兩個星宿派門下弟子，沒料到這小客店中也伏得有這種人，想是他們比我先到，在客店中一聲不出，是以我並未發覺。那二人說不知阿紫能否活命，這小姑娘雖然歹毒，我總不能讓她死於非命，否則如何對得起阿朱？」當下也躍出房去。

但聽得笛聲不斷，此起彼應，漸漸移向西南方。他循聲趕去，片刻間便已趕上了從客店中出來的那二人。他在二人身後十餘丈處不即不離的跟著，翻過兩個山頭。只見前面山谷中生著一堆火燄。火燄高約五尺，色作純碧，鬼氣森森，和尋常火燄大異。那二人直向火燄處奔去，到得火燄之前，拜倒在地。

蕭峯悄悄走近，隱身石後，望將出去，只見火燄旁聚集了十多人，一色的麻葛布衫，綠油油的火光照映之下，人人均有悽慘之色。綠火左首站著一人，一身紫衫，正是阿紫。她雙手已被鐵銬銬住，雪白的臉給綠火一映，看上去也甚詭異。眾人默不作聲的注視火燄，左掌按胸，口中喃喃的不知說些甚麼。蕭峯知道這些邪魔外道各有各的怪異儀式，也不去埋會。他聽適才那兩名星宿弟子說「大師哥到了，多半已拿住了小師妹」，見這十餘人有老有少，服飾一般無二，動作神態之中，也無那一個特別顯出頤指氣使的模樣。

忽聽得「嗚嗚嗚」幾下柔和的笛聲從東北方飄來，眾人轉過身子，齊向著笛聲來處躬身行禮。阿紫小嘴微翹，卻不轉身。蕭峯向著笛聲來處瞧去，只見一個白衣人影飄行而來，腳下甚是迅捷，片刻間便走到火燄之前，將一枝二尺來長的玉笛一端放到嘴邊，向著火燄鼓氣一吹，那火燄陡地熄滅，隨即大亮，蓬的一聲響，騰向半空，升起有丈許來高，這才緩緩低降。眾人高呼：「大師兄法力神奇，令我等大開眼界。」

蕭峯瞧那「大師兄」時，微覺詫異，此人既是眾人的大師兄，該是個五六十歲的老者，豈知竟是個二十七八歲的年輕人，身材高瘦，臉色青中泛黃，面目卻頗英俊。蕭峯適才見了他飄行而至的輕功和吹火之技，知道他內力不弱，但這般鼓氣吹熄綠火，重又點旺，卻非內功，料想是笛中藏著甚麼引火的特異藥末。

只聽他向阿紫道：「小師妹，你面子不小啊，這許多人為你勞師動眾，從星宿海千里迢迢的趕到中原來。」

阿紫道：「連大師哥也出馬，師妹的面子自然不小了，不過要是算上我的靠山，只怕你們大夥兒的份量還有點兒不夠。」那大師兄道：「師妹還有靠山麼？卻不知是誰？」阿紫道：「靠山麼，自然是我的爹爹、伯父、媽媽、姊夫這些人。」那大師兄哼了一聲，道：「師妹從小由咱們師父撫養長大，無父無母，打從那裏忽然間又鑽了許多親戚出來？」阿紫道：「啊喲，一個人沒爹沒娘，難道是從石頭裏蹦出來的？只不過我爹爹、媽媽的姓名是個大秘密，不能讓人隨便知道而已。」那大師兄道：「那麼師妹的父母是誰？」阿紫道：「說出來嚇你一跳。你要我說麼，快開了我的手銬。」

那大師兄道：「開你手銬，那也不難，你先將神木王鼎交出來。」阿紫道：「王鼎在我姊夫那裏。三師哥、四師哥、七師哥、八師哥他們不肯向我姊夫要，我又有甚麼法子？」

那大師兄向蕭峯日間所遇的那四人瞧去，臉露微笑，神色溫和，那四人卻臉色大變，顯得害怕之極。出塵子道：「大……大……大師哥，這可不關我事。她……她姊夫本事太大，我……我們追他不上。」那大師兄道：「三師弟，你來說。」

那胖子道：「是，是！」便將如何遇見蕭峯，他如何接去四人鋼杖，如何將出塵子提上山壁迫問等情一一說了，竟沒半點隱瞞。他本來行事說話都是慢吞吞地泰然自若，但這時對著那大師兄，說話聲音發顫，宛如大禍臨頭一般。

那大師兄待他說完，點了點頭，向出塵子道：「你跟他說了甚麼？」

出塵子道：「我……我……」那大師兄道：「你說了些甚麼？跟我說好了。」出塵子道：「我說……我說……這座神木王鼎，是本門的三寶之一，是……是……練那個大法的。我又說，師父說道，中原武人一聽到我們的化功大法，便嚇得魂飛魄散，若是見到這座神木王鼎，非打得稀爛不可。我說這是一件稀世奇珍，非同小可，因此……因此請他務必歸還。」那大師兄道：「很好，他說甚麼？」出塵子道：「他……他甚麼也不說，就放我下來了。」

那大師兄道：「你很好。你跟他說，這座神木王鼎是練咱們『化功大法』之用，深恐他不知道『化功大法』是甚麼東西，特別聲明中原武人一聽其名，便嚇得魂飛魄散。妙極，妙極，他是不是中原武人？」出塵子道：「我不……不……知……知道。」

那大師兄道：「到底是知道？還是不知道？」他話聲溫和，可是出塵子這麼一個剛強暴躁之人，竟如嚇得魂不附體一般，牙齒格格打戰，道：「我……格格……我……格格……不……不……知……格格……知……格格……知道。」這「格格」之聲，是他上齒和下齒相擊，自己難以制止。

那大師兄道：「那麼他是嚇得魂飛魄散呢？還是並不懼怕。」出塵子道：「好像他……他……格格……沒怎樣……怎麼……也不害怕。」那大師兄道：「你猜他為甚麼不害怕？」出塵子道：「我猜不出，請……大……師哥告知。」那大師兄道：「中原武人最怕咱們的化功大法，而要練這門化功大法，非這座神木王鼎不可。這座王鼎既然落入他手中，咱們的化功大法便練不成，因此他就不怕了。」出塵子道：「是，是大師哥明見萬里，料敵如神，師弟……師弟萬萬不及。」

蕭峯日間和星宿派諸弟子相遇，覺得諸人之中倒是這出塵子爽直坦白，對他較有好感，見他對那大師兄怕得如此厲害，頗有出手相救之意，那知越聽越不成話，這矮子吐言卑鄙，拚命的奉承獻媚。蕭峯便想：「這人不是好漢子，是死是活，不必理會。」

那大師兄轉向阿紫，問道：「小師妹，你姊夫到底是誰？」阿紫道：「他嗎？說出來只恐嚇你一跳。」那大師兄道：「但說不妨，倘若真是鼎鼎大名的英雄人物，我摘星子留意在心便了。」

蕭峯聽他自報道號，心道：「摘星子！好大的口氣！瞧他適才飄行而來的身法，輕功雖然甚佳，卻也勝不過大理國的巴天石、四大惡人中的雲中鶴。」

只聽阿紫道：「他嗎？大師哥，中原武人以誰為首？」那大師兄摘星子道：「人人都說『北喬峯，南慕容』，難道這二人都是你姊夫麼？」

蕭峯氣往上衝，心道：「你這小子胡言亂語，瞧我叫你知道好歹。」

阿紫格格一笑，說道：「大師哥，你說話也真有趣，我只有一個姊姊，怎麼會有兩個姊夫？」摘星子微笑道：「我不知道你只一個姊姊。嗯，就算只一個姊姊，有兩個姊夫也不希奇啊。」阿紫道：「我姊夫脾氣大得很，下次我見到他時，將你這句話說與他知，你就有苦頭吃了。我跟你說，我姊夫便是丐幫幫主、威震中原的『北喬峯』便是。」

此言一出，星宿派中見過蕭峯之人都是一驚，忍不住一齊「哦」的一聲。那二師兄獅鼻人道：「怪不得，怪不得。折在他的手裏，我也服氣了。」

摘星子眉頭微蹙，說道：「神木王鼎落入了丐幫手中，可不大好辦了。」

出塵子雖然害怕，多嘴多舌的脾氣卻改不了，說道：「大師哥，這喬峯早不是丐幫的幫主了，你剛從西邊來，想來沒聽到中原武林最近這件大事。那喬峯，那喬峯，已給丐幫大夥兒逐出幫啦！」他事不關己，說話便順暢了許多。

摘星子吁了口氣，繃緊的臉皮登時鬆了，問道：「喬峯給逐出丐幫了麼？是真的麼？」

那胖胖的三弟子道：「江湖上都這麼說，還說他不是漢人，是契丹人，中原英雄人人要殺他而甘心呢。聽說此人殺父、殺母、殺師父、殺朋友，卑鄙下流，無惡不作。」

蕭峯藏身山石之後，聽著他述說自己這幾個月來的不幸遭遇，不由得心中一酸，饒是他武功蓋世，膽識過人，但江湖間聲名如此難聽，為天下英雄所不齒，畢竟無味之極。

只聽摘星子問阿紫道：「你姊姊怎麼會嫁給這種人？難道天下人都死光了？還是給他先姦後娶、強逼為妻？」

阿紫輕輕一笑，說道：「怎會嫁他，我可不知，不過我姊姊是給他一掌打死了的。」

眾人又都「哦」的一聲。這些人心腸剛硬，行事狠毒，但聽喬峯殺父、殺母、殺師父、殺朋友之餘，又殺死了妻子，手段之辣，天下少有，卻也不禁自愧不如，甘拜下風。

摘星子道：「丐幫人多勢眾，確有點不易對付，既然這喬峯已被逐出幫，咱們還忌憚他甚麼？嘿嘿！」冷笑兩聲，說道：「甚麼『北喬峯，南慕容』，那是他們中原武人自相標榜的言語，我就不信這兩個傢伙，能抵擋得了我星宿派的神功妙術！」

那胖子道：「正是，正是，師弟們也都這麼想。大師哥武功超凡入聖，這次來到中原，正好將『北喬峯，南慕容』一起給宰了，挫折一下中原武人的鋭氣，好讓他們知道我星宿派的厲害。」

摘星子問道：「那喬峯去了那裏？」

阿紫道：「他說是要到雁門關外，咱們一直追去，好歹要尋到他。」

摘星子道：「是了！二、三、四、七、八五位師弟，這次臨敵失機，你們該當何罪？」那五人躬身道：「恭領大師哥責罰。」摘星子道：「咱們來到中原，要辦的事甚多，要是依罪施罰，不免減弱了人手。嗯，我瞧，這樣罷……」說話未畢，左手一揚，衣袖中飛出五點藍印印的火花，便如五隻飛螢一般，撲過去分別落在五人肩頭，隨即發出嗤嗤聲響。

蕭峯鼻中聞到一陣焦肉之氣，心道：「好傢伙，這可不是燒人麼？」火光不久便熄，但五人臉上痛苦的神色卻越來越厲害。蕭峯尋思：「這人所擲的是硫磺硝磷之類的火彈，料來其中藏有毒物，是以火燄熄滅之後，毒性鑽入肌肉，反而令人更加痛楚難當。」

只聽摘星子道：「這是小號的『錬心彈』。你們經歷一番磨練，耐力更增，下次再遇到勁敵，也不會一戰便即屈服，丟了我星宿派的臉面。」獅鼻人和那胖子道：「是，是，多謝大師哥教誨。」其餘三人運內力抗痛，無法開口說話。過了一炷香時分，五人的低聲呻吟和喘聲才漸漸止歇，這一段時刻之中，星宿派眾弟子瞧著這五人咬牙切齒、強忍痛楚的神情，無不膽戰心驚。

摘星子的眼光慢慢轉向出塵子，說道：「八師弟，你洩漏本派重大機密，令本派重寶面臨破滅之險，該受如何處罰？」出塵子臉色大變，突然間雙膝一屈，跪倒在地，求道：「大師……大師哥，我……我那時胡裏胡塗的隨口說了出來……你……你饒了我一命，以後……以後給你做牛做馬，不敢有半句怨言，不……不……敢有半分怨心。」說著連連磕頭。

摘星子嘆了口氣，說道：「八師弟，你我同門一場，若是我力之所及，原也想饒了你。

只不過……唉，要是這次饒了你，以後還有誰肯遵守師父的戒令？你出手罷！本門的規矩，你是知道的，只要你能打敗執法尊者，甚麼罪孽便都免去了。你站起來，這就出手罷！」

出塵子卻怎敢和他放對？只不住磕頭，咚咚有聲。

摘星子道：「你不肯先出手，那麼就接我招罷。」

出塵子一聲大叫，俯身從地下拾起兩塊石頭，使勁向摘星子擲去，叫道：「大師哥，得罪了！」跟著又拾起兩塊石頭擲出，身子已躍向東北角上，呼呼兩響，又擲出兩塊石頭，一個肉球般的身子已遠遠縱開。他自知武功與摘星子差得太遠，只盼這六塊石頭能擋得一擋，便可脫身逃走，此後隱姓埋名，讓星宿派的門人再也找尋不到。

摘星子右袖揮動，在最先飛到的石頭上一帶，石頭反飛而出，向出塵子後心砸去。

蕭峯心想：「這人借力打力的功夫倒也了得，這是真實本領，並非邪法。」

出塵子聽到背後風聲勁急，斜身左躍躲過。但摘星子拂出的第二塊石頭跟著又到，竟不容他有喘息餘地。出塵子左足剛在地下一點，勁風襲背，第三塊石頭又已趕了過來。每一塊石頭擲去，都是逼得出塵子向左跳了一大步，六大步跳過，他又已回到火燄之旁。

只聽得拍的一聲猛響，第六塊石頭遠遠落下。出塵子臉色蒼白，手一翻，從懷中取出一柄匕首，便往自己胸口插入。摘星子衣袖輕揮，一朵藍色火花撲向他手腕，嗤嗤聲響，燒炙他腕上穴道。出塵子手一鬆，匕首落地。他大聲叫道：「大師哥慈悲！大師哥慈悲！」

摘星子衣袖一揮，一股勁風撲出，射向那堆綠色火燄。火燄中分出一條細細的綠火，射向出塵子身上，著體便燃，衣服和頭髮首先著火。只見他在地下滾來滾去，厲聲慘叫，一時卻又不死，焦臭四溢，情狀可怖。星宿派眾門人只嚇得連大氣也不敢透一口。

摘星子道：「大家都不說話，嗯，你們覺得我下手太辣，出塵子死得冤枉，是不是？」

眾人立即搶著說道：「出塵子死有餘辜，大師哥幫他鍊體化骨，對他真是仁至義盡。」「大師哥英明果斷，處置得適當之極，既不寬縱，又不過份，咱們敬佩萬分。」「這傢伙洩露本派的機密，使師尊的練功至寶遭逢危難，本當凌遲碎割，讓他吃上七日七夜的苦頭這才處死。大師哥顧全同門義氣，這傢伙做鬼也感激大師哥的恩惠。」「咱們人人有罪，請大師哥寬恕。」

無數卑鄙無恥的言語，夾雜在出塵子的慘叫狂號聲中，蕭峯只覺說不出的厭憎，轉過身來，右足一彈，已悄沒聲的落在三丈以外，以摘星子如此功夫，竟也沒有察覺。

蕭峯正要離去，忽聽得摘星子柔聲問道：「小師妹，你偷盜師尊的寶鼎，交與旁人，該受甚麼處罰？」蕭峯一驚，心道：「只怕阿紫所受的刑罰，比之出塵子更要慘酷十倍，我若袖手而去，心中何安？」當即轉身，悄沒聲的又回到原來隱身之處。

只聽阿紫說道：「我犯了師父的規矩，那不錯，大師哥，你想不想拿回寶鼎？」摘星子道：「這是本門的三寶之一，當然非收回不可，如何能落入外人之手？」阿紫道：「我姊夫的脾氣，並不怎麼太好。這寶鼎是我交給他的，如果我向他要回，他當然完整無缺的還我。倘若外人向他要，你想他給不給呢？」

摘星子「嗯」了一聲，說道：「那很難說。要是寶鼎有了些微損傷，你的罪孽可就更加大了。」阿紫道：「你們向他要，他無論如何是不肯交還的。大師哥武功雖高，最多也不過將他殺了，要想取回寶鼎，那可千難萬難。」摘星子沉吟道：「依你說那便如何？」阿紫道：「你們放開我，讓我獨自到雁門關外，去向姊夫把寶鼎要回。這叫做將功贖罪，不過你得答允，以後也不能向我施用甚麼刑罰。」

摘星子道：「這話聽來倒也有理。不過，小師妹啊，這麼一來，做大師哥的臉皮，可就給你剝得乾乾淨淨了，從此之後，我再也不能做星宿派的大師兄了。我一放了你，你遠走高飛，跟著你姊夫逃之夭夭，我又到那裏去找你？這寶鼎嘛，咱們是志在必得，只要不洩漏風聲，那姓喬的未必便敢貿然毀去。小師妹，你出手罷，只要你打勝了我，你便是星宿派的大師姊，反過來我要聽你號令，憑你處分。」

蕭峯這才明白：「原來他們的排行是以功夫強弱而定，不按照入門先後，是以他年紀輕輕，卻是大師兄，許多比他年長之人，反而是師弟。這麼說來，這些人相互間常常要爭奪殘殺，那還有甚麼同門之情、兄弟之義？」

他卻不知，這個規矩正是星宿派武功一代比一代更強的法門。大師兄權力極大，做師弟的倘若不服，隨時可以武力反抗，那時便以功夫定高低。倘若大師兄得勝，做師弟的自然是任殺任打，絕無反抗餘地。要是師弟得勝，他立即一躍而升為大師兄，轉手將原來的大師兄處死。師父眼睜睜的袖手旁觀，決不干預。在這規矩之下，人人務須努力進修，藉以自保，表面上卻要不動聲色，顯得武功低微，以免引起大師兄的疑忌。出塵子膂力厲害，所鑄鋼杖又長又粗，十分沉重，雖然排行第八，早已引起摘星子的嫉忌，這次便借故剪除了他。別派門人往往練到一定造詣便即停滯不進，星宿派門人卻半天也不敢偷懶，永遠勤練不休。做大師兄的固然提心吊膽，怕每個師弟向自己挑戰，而做師弟的，也老是在擔心大師兄找到自己頭上來，但只要功夫練得強了，大師兄沒有必勝把握，就不會輕易啟釁。

阿紫本以為摘星子瞧在寶鼎份上，不會便加害自己，那知他竟不上當，立時便要動手，這一來可嚇得花容失色，但聽出塵子呻吟叫喚之聲兀自未息，這命運轉眼便降到自己身上，只得顫聲道：「我手足都被他們銬住了，如何跟你動手過招？你要害我，不光明正大的幹，卻使這等陰謀詭計。」

摘星子道：「很好！我先放你。」說著衣袖一拂，一股勁氣直射入火燄之中。火燄中又分出一道細細的綠火，便如一根水線般，向阿紫雙手之間的鐵銬上射去。

蕭峯看得甚準，這一條綠火確不是去燒阿紫身體。但聽得嗤嗤輕響，過不多時，阿紫兩手往外一分，鐵銬已從中分斷，但兩個鐵圈還是套在她手上。那綠火倏地縮回，跟著又向前射出，這次卻是指向她足踝上的鐵鐐。也只片刻功夫，鐵鐐已自燒斷。蕭峯初見綠火燒熔鐵銬，不禁暗自驚異摘星子內力好生了得，待再看到那綠火去燒腳鐐時，這次瞧得清楚，綠火所到之處，鐵鐐便即變色，看來還是那火燄中頗有古怪，並非純係出於內力。

星宿派眾門人不住口的稱讚：「大師哥的內功當真超凡入聖，非同小可。」「我等見所未見，聞所未聞。當今之世，除了師尊之外，大師哥定然是天下無敵。」「甚麼『北喬峯，南慕容』，叫他們來給大師哥提鞋子也不配。」「小師妹，現下你知道厲害了罷？只可惜懊悔已經遲了。」你一言，我一語，搶著說個不停。摘星子聽著這些諂諛之言，臉帶笑容，微微點頭，斜眼瞧著阿紫。阿紫雖然心思靈巧，卻也想不出甚麼妙計來脫出眼前的大難，只盼他們說之不休，摘星子越遲出手越好，但這些人翻來覆去說了良久，再也想不出甚麼新鮮意思來了，聲音終於漸漸低下去。

摘星子緩緩的道：「小師妹，你這就出招罷！」阿紫顫聲道：「我不出招。」摘星子道：「為甚麼？我看還是出招的好。」

阿紫道：「我不跟你打，明知打你不過，又何必多費氣力？你要殺我，儘管殺好了。」

摘星子嘆道：「我並不想殺你。你這樣一位美貌可愛的小姑娘，殺了你實在可惜，不過這叫做無法可施。小師妹，你出招罷，你殺了我，你就可以做大師姊了。星宿派中，除了師父之外，誰都要聽你的號令了。」

阿紫道：「我小小女子，一生一世永遠不會武功蓋過你，你其實不用忌我。」

摘星子嘆道：「要是你不犯這麼大的罪孽，我自然永遠不會跟你為難，現下……嗯……我是愛莫能助了。小師妹，你接招罷！」說著袖子一揮，一股勁風撲向火燄，一道綠色火線便向阿紫緩緩射去，似乎他不想一時便殺了她，是以火燄去勢甚緩。

阿紫驚叫一聲，向右躍開兩步。那道火燄跟著迫來。阿紫又退一步，背心已靠到蕭峯藏身的大石之前。摘星子催動內力，那道火燄跟著逼了過來。阿紫已退無可退，正要想向旁縱躍，摘星子衣袖揮動，兩股勁風分襲左右，令她無法閃避，正面這道綠火卻越逼越近。

蕭峯眼見綠火離她臉孔已不到兩尺，近了一寸，又近一寸，便低聲道：「不用怕，我來助你。」說著從大石後面伸手過去，抵住她背心，又道：「你運掌力向火燄擊過去。」

阿紫正嚇得魂飛魄散，突然聽到蕭峯的聲音，當真喜出望外，想也不想，便一掌拍出，其時蕭峯的內力已注入她體內，她這一掌勁力雄渾。那道綠色火燄倏地縮回兩尺。

摘星子大吃一驚，眼見阿紫已成為俎上之肉，正想賣弄功夫，逼得綠火在她臉旁盤旋來去，嚇得她大聲驚叫，在眾同門前顯足了威風之後這才取她性命，那想到她小小年紀，居然有這等厲害內力，實是大出意料之外。他星宿派的武功，師父傳授之後，各人自行修練，到底造詣如何，不等臨敵相鬥或是同門自殘，那是誰也不知道的。因此阿紫這一掌拍出，竟能將綠火逼回，眾人都是「哦」的一聲，雖均感驚訝，卻誰也沒疑心有人暗助，只道阿紫天資聰明，暗中將功夫練得造詣極深。

摘星子運力送回，綠火又向阿紫臉上射去，這一次使力極猛，綠火去勢奇快。阿紫「嚶嚀」一聲，不知如何抵擋才是，忙向左一避。幸好這時摘星子拍向她左右兩側的勁力已消，她身子避開，綠火射到石上，嗤嗤直響。蕭峯低聲道：「左掌拍過去，隔斷火燄！」阿紫心道：「這法兒挺妙！」左手一揚，一股掌力推向綠火中腰，綠火登時斷為兩截，前半截火燄無後力相繼，在巖石上燒了一回，便漸漸弱了下去。

摘星子心想：「這股火燄倘若熄了，那便是在眾同門前輸了一陣，這銳氣如何能挫？」當即催動掌力，又將綠火射向巖石，要將那股斷了根本的綠火接應回來。

阿紫只覺背上手掌中內力源源送來，若不拍出，說不定自己身子也要炸裂了，當下右手急揮，直擊出去。蕭峯內力渾厚無比，輸到阿紫體內後威力雖減，但若她能善於運用，對摘星子攻個出其不意，極可能便一擊而勝。只是她驚恐之餘，這一掌拍出去匆匆忙忙，呼的一聲響，這道細細的綠火應手而滅，雖是勝了一仗，卻未損到摘星子分毫。

但這麼一來，星宿派眾同門已相顧失色。那七師弟不識時務，還要向大師哥捧場，說道：「大師哥，你功力真強，小師妹這一掌拍來，最多也不過將『神火』拍熄一些，卻那裏奈何得了你？」這幾句話他是有心拍大師兄馬屁，但摘星子聽來，卻是有如向他諷刺一般，突然間衣袖一拂，綠火斜出，嗤的一聲響，如一枝箭般射到了七師弟臉上。綠火略一燒炙，便即縮回，那人已雙手掩面，蹲在地下，殺豬也似的叫將起來。

摘星子剛將七師弟整治了一下，隨即左掌斜拍，一道綠火又向阿紫射來。這次的綠火卻粗得多了，聲勢洶洶，照映得阿紫頭臉皆碧。

阿紫拍出掌力，抵住綠火，不令近前。那綠火登時便在半空僵住，燄頭前進得一兩寸，又向後退了一兩寸。黑暗之中，便似一條綠色長蛇橫臥空際，輕輕擺動，顏色又是鮮艷，又是詭異，光芒閃爍不定。

摘星子連催三次掌力，都給阿紫擋回，不由得又是焦躁，又是憤怒，再催兩次掌力仍是不得前進，驀地裏一股涼意從背脊上升向後頸：「她，她……她餘力未盡，原來一直在作弄我。難道師父偏心，暗中將本門最上乘的功夫傳了她？我……我這可上了她的當啦！」一想到此處，心下登時怯了，手上掌力便即減弱，那條綠色長蛇快如閃電般退向火堆。

摘星子厲聲大喝，掌力加盛，綠火突然化作一個斗大的火球，向阿紫疾衝過來。阿紫右掌急拍，卻擋不住火球的衝勢，左掌忙又推出，雙掌併力，才擋住火球。

只見一個碧綠的火球在空中骨碌碌的迅速轉動，眾弟子喝起采來，都說：「大師哥功力神妙，這一次小丫頭可就糟糕啦！」「小師妹，你還逞甚麼強？乘早服輸，說不定人師哥還能給你一條生路。」

阿紫不住催動掌力，但蕭峯送來的掌力雖強，終究是外來之物，她運用之際不能得心應手。摘星子和她僵持片刻，已發覺了她內力弱點所在，突然間雙眉往上一豎，右手食指點了兩點，火燄堆中嗤嗤兩聲輕響，爆出幾朵火花，猶如流星一般，分從左右襲向阿紫，來勢迅速之極。阿紫叫聲「啊喲！」她雙手掌力已凝聚在火球之上，再也分不出手來抵擋，無可奈何之中，只得側身閃避。但兩朵火花在摘星子內力催動之下，立即追來。

蕭峯眼見阿紫已無力與抗，當下左掌微揚，一股掌力輕輕推出，阿紫身形閃動之際，兩條腰帶飄將起來，一飄一拂，兩朵火花迅速無倫的向摘星子激射回去。

摘星子只嚇得目瞪口呆，一怔之間，兩朵火花已射到身前，急忙躍起，一朵火花從他足底下飛過。兩名師弟喝采：「好功夫，大師兄了不起！」采聲未歇，第二朵火花已奔向他小腹。摘星子身在半空，如何還能向上拔高？嗤的一聲響，火花已燒上他肚腹。摘星子「啊」的一聲大叫，落了下來。那團大火球也即回入火燄堆中。

眾弟子眼望阿紫，臉上都現出敬畏之色，均想：「看來小師妹功力不弱，大師兄未必一定能夠取勝，我喝采可不要喝得太響了。」

摘星子神色慘淡，伸手打開髮髻，長髮下垂，覆在臉上，跟著力咬舌尖，一口鮮血向火燄中噴去。那火燄忽地一暗，隨即大為明亮，耀得眾人眼睛也不易睜開。眾弟子還是忍不住大聲喝采：「大師哥好功力，令我們大開眼界。」摘星子猛地身子急旋，如陀螺般連轉了十多個圈子，大袖拂動，整個火燄堆陡地拔起，便如一座火牆般向阿紫壓來。

蕭峯知摘星子所使的是一門極厲害的邪術，平生功力已盡數凝聚在這一擊之中。這人雖然奸惡，但和他無怨無仇，何必跟他大鬥，當下反掌為抓，抓住阿紫背心，便想拉了她就此離去。忽聽得阿紫叫道：「阿朱姊姊，阿朱姊姊，你親妹子給人家這般欺侮，你也不給我出氣？」蕭峯一怔：「她在叫喚阿朱，我……我……就此一走了事嗎？」

蕭峯微一遲疑，那綠火來得快極，便要撲到阿紫身上，只得雙掌齊出，兩股勁風拍向阿紫的衣袖。碧燄映照之下，阿紫兩隻紫色的衣袖鼓風飄起，向外送出，蕭峯的勁力已推向那堵綠色的光牆。

這片碧燄在空中略一停滯，便緩緩向摘星子面前退去。摘星子大驚，又在舌尖上一咬，一口鮮血再向火燄噴去，火燄一盛，回了過來，但只進得兩尺，便給蕭峯的內力逼轉。眾弟子見阿紫的衣袖鼓足了勁風，便如是風帆一般，都道這位小師妹的內功高強之極，那想得到她背後另外有人。

摘星子此時臉上已無半點血色，一口口鮮血不住向火燄中吐去。他噴出一口鮮血，功力便減弱一分，這已是騎虎難下，只得硬拚到底，但盼將阿紫燒死了，立即離去，慢慢再修練復元，否則給其他師弟瞧出破綻，說不定乘機便來揀這現成便宜，又來向他挑戰。他不斷噴出鮮血，但在蕭峯雄渾的內力之前，碧燄又怎能再衝前半尺？

蕭峯從對方內勁之中，察覺他真氣越來越弱，即將油盡燈枯，便凝氣向阿紫道：「你叫他認輸便是，不用鬥了。」

阿紫叫道：「大師哥，你鬥不過我啦，只須跪下求饒，我不殺你便是。你認輸罷！」摘星子惶急異常，自知命在頃刻，聽了阿紫的話，忙點了點頭。阿紫道：「你幹麼不開口？你不說話，便是不肯認輸。」摘星子又連連點頭，卻始終不說話，他凝運全力與蕭峯相抗，只要一開口，停送真氣，碧燄捲將過來，立時便將他活活燒死。

眾同門紛紛嘲罵起來：「摘星子，你打輸了，何不跪下磕頭！」「這等膿包貨色，也出來現世，星宿派的臉也給你丟光啦！」「小師妹寬宏大量，饒你性命，你還硬撐甚麼面子？開口說話啊，開口說話啊！」「摘星子，十年之前，我就知道你是星宿派中最大的敗類。小師妹今日清理門戶，立下豐功偉績，當真是我星宿派中興的大功臣。」「你陰謀暗算師尊，企圖投靠少林派，幸好小師妹拆穿了你的奸謀。你這混帳畜生，無恥之尤！」「小師妹神功奇妙，除了師尊，普天下要算她最為厲害，我早就看了出來。」「摘星子，你自己偷盜了神木王鼎，卻反咬一口，誣賴小師妹，當真是活得不耐煩了。」

蕭峯聽這干人見風使帆，捧強欺弱，一見摘星子處於下風，立即翻臉相向，還在片刻之前，這些人將大師兄讚成是並世無敵的大英雄，這時卻罵得他狗血淋頭，比豬狗也還不如，心想：「星宿老魔收的弟子，人品都這麼奇差，阿紫自幼和這些人為伍，自然也是行止不端了。」見摘星子狼狽之極，當下也不為已甚，內勁一收，阿紫的一雙衣袖便即垂下。

摘星子神情委頓，身子搖搖晃晃，突然間雙膝一軟，坐倒在地。阿紫道：「大師哥，你怎麼啦？服了我麼？」摘星子低聲道：「我認輸啦。你……你別……別叫我大師哥，你是咱們的大師姊！」

眾弟子齊聲歡呼：「妙極，妙極！大師姊武功蓋世，星宿派有這樣一位傳人，咱們星宿派更加要名揚天下了。」「大師姊，你快去宰了那甚麼『北喬峯，南慕容』，咱星宿派在中原唯我獨尊。」另一人道：「你胡說八道！北喬峯是大師姊的姊夫，怎麼殺得？」「有甚麼殺不得？除非他投入咱們星宿派門下，甘願服輸。」

阿紫斥道：「你們瞎說些甚麼？大家別作聲。」眾弟子登時鴉雀無聲。

阿紫笑眯眯的向摘星子道：「本門規矩，更換傳人之後，舊的傳人該當如何處置？」摘星子額頭冷汗涔涔而下，顫聲道：「大大……大師姊，求你……求你……」阿紫格格嬌笑，說道：「我真想饒你，只可惜本門規矩，不能壞在我的手裏。你出招罷！有甚麼本事，盡力向我施展好了。」

摘星子知道自己命運已決，不再哀求，凝氣雙掌，向火堆平平推出，可是他內力已盡，雙掌推出，火燄只微微顫動了兩下，更無動靜。

阿紫笑道：「好玩，好玩，真好玩！大師哥，你的法術怎麼忽然不靈了？」向前跨出兩步，雙掌拍出，一道碧燄吐出，射向摘星子身上。阿紫內力平平，這道碧燄去勢既緩，也甚是鬆散黯淡，但摘星子此刻已無絲毫還手餘地，連站起來逃命的力氣也無。碧燄一射到他身上，霎時間頭髮衣衫著火，狂叫慘號聲中，全身都裹入烈燄之中。

眾弟子頌聲大起，齊讚大師姊功力出神入化，替星宿派除去了一個為禍多年的敗類，稟承師尊意旨，立下了大功。

蕭峯雖在江湖上見過不少慘酷兇殘之事，但阿紫這樣一個秀麗清雅、天真可愛的少女，行事竟這般毒辣。他心中只感說不出的厭惡，輕輕嘆了口氣，拔足便行。

阿紫叫道：「姊夫，姊夫，你別走，等一等我。」星宿派諸弟子見巖石之後突然有人現身，而二弟子、三弟子等人認得便是蕭峯，都是愕然失色。

阿紫又叫：「姊夫，你等等我。」搶步走到蕭峯身邊。這時摘星子的慘叫聲愈來愈響，他嗓音尖銳，加上山谷中的回聲，更是難聽。蕭峯皺眉道：「你跟著我幹甚麼？你做了星宿派傳人，成了這一羣人的大師姊，不是心滿意足了麼？」阿紫笑道：「不成。」壓低聲音道：「我這大師姊是混來的，有甚麼希罕？姊夫，我跟你一起到雁門關外去。」蕭峯聽著摘星子的呼號之聲，不願在這地方多躭，快步向北行去。

阿紫和他並肩而走，回頭叫道：「二師弟，我有事去北方。你們在這裏附近等我回來，誰也不許擅自離開，聽見了沒有？」眾弟子一齊搶上幾步，恭恭敬敬的躬身說道：「謹領大師姊法旨，眾師弟不敢有違。」隨即紛紛稱頌：「恭祝大師姊一路平安。」「恭祝大師姊事事如意。」「恭祝大師姊旗開得勝，馬到功成。」「大師姊身負如此神功，天下事有甚麼辦不了？這般恭祝，那也是多餘的了。」

阿紫迴手揮了幾下，臉上忍不住露出得意的笑容。

蕭峯在白雪映照之下，見到她秀麗的臉上滿是天真可愛的微笑，便如新得了個有趣的玩偶或是好吃的糖果一般，若非適才親眼目睹，有誰能信她是剛殺了大師兄、新得天下第一大邪派傳人之位。蕭峯輕輕嘆息一聲，只覺塵世之間，事事都是索然無味。

阿紫問道：「姊夫，你嘆甚麼氣？說我太也頑皮麼？」蕭峯道：「你不是頑皮，是太過殘忍兇惡。咱們成年男子，這麼幹那也罷了，你是個小姑娘，怎麼也這般下手不容情？」阿紫奇道：「你是明知故問，還是真的不知道？」說著側過了頭，瞧著蕭峯，臉上滿是好奇的神色。蕭峯道：「我怎麼會明知故問？」

阿紫道：「這就奇了，你怎麼會不知道？我這個大師姊是假的，是你給我掙來的，只不過他們都瞧不出來而已。要是我不殺他，終有一日會給他瞧出破綻，那時候你又未必在我身邊，我的性命自然勢必送在他手裏。我要活命，便非殺他不可。」

蕭峯道：「好罷！那你定要跟我去雁門關，又幹甚麼？」阿紫道：「姊夫，我對你說老實話了，好不好？你聽不聽？」蕭峯心道：「好啊，原來你一直沒跟我說老實話，這時候才說。」一說道：「當然好，我就怕你不說老實話。」阿紫格格的笑了幾聲，伸手挽住他臂膀，道：「你也有怕我的事？」蕭峯嘆道：「我怕你的事多著呢，怕你闖禍，怕你隨便害人，怕你做出古裏古怪的事來……」阿紫道：「你怕不怕我給人家欺侮，給人家殺了？」蕭峯道：「我受你姊姊重託，當然要照顧你。」阿紫道：「要是我姊姊沒託過你呢？倘若我不是阿朱的妹子呢？」蕭峯哼了一聲，道：「那我又何必睬你？」

阿紫道：「我姊姊就那麼好？你心中就半點也瞧我不起？」蕭峯道：「你姊姊比你好上千倍萬倍，阿紫，你一輩子永遠比不上她。」說到這裏，眼眶微紅，語音頗為酸楚。

阿紫嘟起小嘴，悻悻的道：「既然阿朱樣樣都比我好，那麼你叫她來陪你罷，我可不陪你了。」說了轉身便走。

蕭峯也不理睬，自管邁步而行，心中卻不由得傷感：「倘若阿朱陪我在這雪地中行走，倘若她突然發嗔，轉身而去，我當然立刻便追趕前去，好好的陪個不是。不，我起初就不會惹她生氣，甚麼事都會順著她。唉，阿朱對我柔順體貼，又怎會向我生氣？」

忽聽得腳步聲響，阿紫又奔了回來，說道：「姊夫，你這人也忒狠心，說不等便不等，沒半點仁慈心腸。」蕭峯嘿的一聲，笑了出來，說道：「你也來說甚麼仁慈心腸。阿紫，你聽誰說過『仁慈』兩字？」阿紫道：「聽我媽媽說的，她說對人不要兇狠霸道，要仁慈些才是。」蕭峯道：「你媽媽的話不錯，只可惜你從小沒跟媽媽在一起，卻跟著師父學了一肚子的壞心眼兒。」阿紫笑道：「好罷！姊夫，以後我跟你在一起，多向你學些好心眼兒。」

蕭峯嚇了一跳，連連搖手，忙道：「不成，不成！你跟著我這個粗魯匹夫有甚麼好？阿紫，你走罷！你跟我在一起，我老是心煩意亂，要靜下來好好想一下事情也不行。」阿紫道：「你要想甚麼事情，不如說給我聽，我幫你想想。你這人太好，挺容易上人家的當。」蕭峯又是好氣，又是好笑，說道：「你一個小女孩兒，懂得甚麼？難道我想不到的事，你反而想到了？」阿紫道：「這個自然，有許多事情，你說甚麼也想不到的。」

她從地下抓起一把雪來，揑成一團，遠遠的擲了出去，說道：「姊夫，你到雁門關外去幹甚麼？」蕭峯搖頭道：「不幹甚麼。打獵牧羊，了此一生，也就是了。」阿紫道：「誰給你做飯吃？誰給你做衣穿？」蕭峯一怔，他可從來沒想過這種事情，隨口道：「吃飯穿衣，那還不容易？咱們契丹人吃的是羊肉牛肉，穿的是羊皮牛皮，到處為家，隨遇而安，甚麼也不用操心。」阿紫道：「你寂寞的時候，誰陪你說話？」蕭峯道：「我回到自己族人那裏，自會結識同族的朋友。」阿紫道：「他們說來說去，儘是打獵、騎馬、宰牛、殺羊，這些話聽得多了，又有甚麼味道？」

蕭峯嘆了口氣，知道她的話不錯，無言可答。

阿紫道：「你非去遼國不可麼？你不回去，在這裏喝酒打架，死也好，活也好，豈不是轟轟烈烈、痛快得多麼？」

蕭峯聽她說「在這裏喝酒打架，死也好，活也好，豈不是轟轟烈烈、痛快得多麼」這句話，不由得胸口一熱，豪氣登生，抬起頭來，一聲長嘯，說道：「你這話不錯！」

阿紫拉拉他臂膀，說道：「姊夫，那你就別去啦，我也不回星宿海去，只跟著你喝酒打架。」蕭峯笑道：「你是星宿派的大師姊，人家沒了傳人，沒了大師姊，那怎麼成？」阿紫道：「我這個大師姊是混騙來的，一露出馬腳，立時就性命不保，雖說好玩，也不怎麼了不起。我還是跟著你喝酒打架的好玩。」蕭峯微笑道：「說到喝酒，你酒量太差，只怕喝不到一碗便醉了。打架的本事也不行，幫不了我忙，反而要我幫你。」

阿紫悶悶不樂，鎖起了眉頭，來回走了幾步，突然坐倒在地，放聲大哭。蕭峯倒給她嚇了一跳，忙問：「你……你……你幹甚麼？」阿紫不理，仍是大哭，甚為哀切。

蕭峯一向見她處處佔人上風，便是給星宿派擒住之時，也是倔強不屈，沒想到她竟會如此苦惱的大哭，不由得手足無措，又問：「喂，喂，阿紫，你怎麼啦？」阿紫抽抽噎噎的道：「你走開，別來管我，讓我在這裏哭死了，你才快活。」蕭峯微笑道：「好端端一個人，哭是哭不死的。」阿紫哭道：「我偏要哭死，偏要哭死給你看！」

蕭峯笑道：「你慢慢在這裏哭罷，我可不能陪你了。」說著拔步便行，只走出幾步，忽聽她止了啼哭，全無聲息。蕭峯有些奇怪，回頭一望，只見她俯伏雪地之中，一動也不動。蕭峯心中暗笑：「小女孩兒撒痴撒嬌，我若去理睬她，終究理不勝理。」當下頭也不回的逕自去了。

他走出數里，回頭再望，這一帶地勢平曠，一眼瞧去並無樹木山坡阻擋，似乎阿紫仍是一動不動的躺著。蕭峯心下猶豫：「這女孩兒性子古怪之極，說不定真的便這麼躺著，就此不再起來。」又想：「我已害死了她姊姊，就算不聽阿朱的話，不去照料她，保護她，終不能激死了她。」一想到阿朱，不由得胸口一熱，當即快步從原路回來。

奔到阿紫身邊，果見她俯伏於地，仍和先前一模一樣，半分也沒移動地位，蕭峯走上兩步，突然一怔，只見她嵌在數寸厚的積雪之中，身旁積雪竟全不融化，莫非果然死了？他一驚之下，伸手去摸她臉頰，著手處肌膚上一片冰冷，再探她鼻息，也是全無呼吸。蕭峯見過她詐死欺騙自己親生父母，知道她星宿派中有一門龜息功夫，可以閉住呼吸，倒也並不如何驚慌，於是伸指在她脅下點了兩點，內力自她穴道中透了進去。

阿紫嚶嚀一聲，緩緩睜開眼來，突然間櫻口一張，一枚藍晃晃的細針急噴而出，射向蕭峯眉心。

蕭峯和她相距不過尺許，說甚麼也想不到她竟會突施暗算，這根毒針來得甚是勁急，他武功再高，在倉卒之際、咫尺之間要想避去，也已萬萬不能。他想也不想，右手一揚，一股渾厚雄勁之極的掌風劈了出去。

這一掌實是他生平功力之所聚，這細細的一枚鋼針在尺許之內急射過來，要以無形無質的掌風將之震開，所使的掌力自是大得驚人。他一掌擊出，身子同時盡力向右斜出，只聞到一陣淡淡的腥臭之氣，毒針已從他臉頰旁擦過，相距不過寸許，委實兇險絕倫。

便在此時，阿紫的身軀也被他這一掌推了出去，哼也不哼，身子平平飛出，拍的一聲，摔在十餘丈外。她身子落下後又在雪地上滑了數丈，這才停住。

二十六

赤手屠熊搏虎

雪地中一條大漢身披獸皮，
挺著一柄大鐵叉，追逐兩頭猛虎。
其中一頭回頭咆哮，向那獵人撲去。
那漢子虎叉挺出，對準猛虎的咽喉刺去。

蕭峯於千鈞一髮中逃脫危難，暗叫一聲：「慚愧！」第一個念頭便是：「這妖女心腸好毒，竟使這歹招暗算於我。」想到星宿派的暗器定是厲害無比，毒辣到了極點，倘若這一下給射中了，活命之望微乎其微，不由得心中怦怦亂跳。

待見阿紫給自己一掌震出十餘丈，不禁又是一驚：「啊喲，這一掌她怎經受得起？只怕已給我打死了。」身形一晃，縱到她身邊，只見她雙目緊閉，兩道鮮血從嘴角流了出來，臉如金紙，這一次是真的停了呼吸。

蕭峯登時呆了，心道：「我又打死了她，又打死了阿朱的妹妹。她……她臨死時叫我照顧她的妹妹，可是……可是……我又打死了她。」這一怔本來只是霎息之間的事，但他心神恍惚，卻如經歷了一段極長的時刻。他搖了搖頭，忙伸掌按住阿紫後心，將真氣內力拚命送將過去。過了好一會，阿紫身子微微一動。蕭峯大喜，叫道：「阿紫，阿紫，你別死，我說甚麼也要救活你。」

但阿紫只動了這麼一下，又不動了。蕭峯甚是焦急，當即盤膝坐在雪地，將阿紫輕輕扶起，放在自己身前，雙掌按住她背心，將內力緩緩輸入她體內。他知阿紫受傷極重，眼下只有令她保住一口氣，暫得不死，徐圖挽救，因此以真氣輸入她的體內，也是緩緩而行。過得一頓飯時分，他頭上冒出絲絲白氣，已是全力而為。

這麼連續不斷的行功，隔了小半個時辰，阿紫身子微微一動，輕輕叫了聲：「姊夫！」蕭峯大喜，繼續行功，卻不跟她說話。只覺她身子漸漸溫暖，鼻中也有了輕微呼吸。蕭峯心怕功虧一簣，絲毫不停的運送內力，直至中午時分，阿紫氣息稍勻，這才將她橫抱懷中，快步而行，卻見她臉上已沒半點血色。

他邁開腳步，走得又快又穩，左手仍是按在阿紫背心，不絕的輸以真氣。走了一個多時辰，來到一個小市鎮，鎮上並無客店，只得再向北行，奔出二十餘里，才尋到一家簡陋的客店。這客店也無店小二，便是店主自行招呼客人。蕭峯要店主取來一碗熱湯，用匙羹舀了，慢慢餵入阿紫口中。但她只喝得三口，便盡數嘔了出來，熱湯中滿是紫血。

蕭峯甚是憂急，心想阿紫這一次受傷，多半治不好了，那閻王敵薛神醫不知到了何處，就算薛神醫便在身邊，也未必能治。當日阿朱為少林寺掌門方丈掌力震盪，並非親身所受，也已驚險萬狀，既敷了太行山譚公的治傷靈膏，又蒙薛神醫施救，方得治愈。他雖知阿紫性命難保，卻不肯就此罷手，只是想：「我就算累得筋疲力盡，真氣內力全部耗竭，也要支持到底。我不是為了救她，只是要不負阿朱的囑託。」

他明知阿紫出手暗算於他在先，當此處境，這一掌若不擊出，自己已送命在她手中。他這等武功高強之人，一遇危難，心中想也不想，自然而然的便出手禦害解難。他被迫打傷阿紫，就算阿朱在場，也決不會有半句怪責的言語，這是阿紫自取其禍，與旁人無干，但就因阿朱不能知道，蕭峯才覺得萬分對她不起。

這一晚他始終沒合眼安睡，直到次日，不斷以真氣維繫阿紫的性命。當日阿朱受傷，蕭峯只在她氣息漸趨微弱之時，這才出手，這時阿紫卻片刻也離不開他手掌，否則氣息立時斷絕。

第二晚仍是如此。蕭峯功力雖強，但兩日兩晚的勞頓下來，畢竟也已疲累之極。小客店中所藏的兩罎酒早給他喝得罎底向天，要店主到別處去買，偏生身邊又沒帶多少銀兩。他一天不吃飯毫不要緊，一天不喝酒就難過之極，這時漸漸的心力交瘁，更須以酒提神，心想：「阿紫身上想必帶有金錢。」

解開她衣囊，果見有三隻小小金元寶、幾錠碎銀子。他取了一錠銀子，包好衣囊，見衣囊上連有一根紫色絲帶，另一端繫在她腰間。蕭峯心想：「這小姑娘謹慎得很，生怕衣囊掉了。這些叮叮噹噹的東西繫在身上，可挺不舒服。」伸手去解繫在她腰帶上的絲帶扭結。這結打得很實，單用一隻手，費好一會功夫這才解開，一抽之下，只覺絲帶的另一端另行繫得有物。那物卻藏在她裙內。

他一放手，拍的一聲，一件物事落下地來，竟是一座色作深黃的小小木鼎。

蕭峯嘆了口氣，俯身拾起，放在桌上。木鼎彫琢甚是精細，木質堅潤似玉，木理之中隱隱約約的泛出紅絲。蕭峯知道這是星宿派修煉「化功大法」之用，心生厭憎，只看了兩眼，也便不加理會，心想：「這小姑娘當真狡獪，口口聲聲說這神木王鼎已交了給我，那知卻繫在自己裙內。料得她同門一來相信確是在我手中，二來也不便搜及她的裙子，是以始終沒有發覺。唉，今日她性命難保，要這等身外之物何用？」

當下招呼店主進來，命他持銀兩去買酒買肉，自己繼續以內力保住阿紫的性命。

到第四日早上，實在支持不住了，只得雙手各握阿紫一隻手掌，將她摟在懷裏，靠在自己胸前，將內力從她掌心傳將過去，過不多時，雙目再也睜不開來，迷迷糊糊的終於合眼睡著了。但總是掛念著阿紫的生死，睡不了片刻，便又驚醒，幸好他入睡之後，真氣一般的流動，只要手掌不與阿紫的手掌相離，她氣息便不斷絕。

這般又過了兩天，眼見阿紫一口氣雖得勉強吊住，傷勢卻沒半點好轉之象，如此困居於這家小客店中，如何了局？阿紫偶爾睜開眼來，目光迷茫無神，顯然仍是人事不知，更是一句話也不會說。蕭峯苦思無策，心想：「只得抱了她上路，到道上碰碰運氣，在這小客店中苦耽下去，終究不是法子。」

當下左手抱了阿紫，右手拿了她的衣囊塞在懷中，見到桌上那木鼎，尋思：「這等害人的物事，打碎了罷！」待要一掌擊出，轉念又想：「阿紫千辛萬苦的盜得此物。眼看她的傷是好不了啦。臨死之時迴光返照，會有片刻時分的神智清醒，定會問起此鼎，那時我取出來給她瞧上一瞧，讓她安心而死，勝於抱恨而終。」

於是伸手取過木鼎，鼎一入手，便覺內中有物蠕蠕而動，他好生奇怪，凝神一看，只見鼎側有五個銅錢大的圓孔，木鼎齊頸處有一道細縫，似乎分為兩截。他以小指與無名指挾住鼎身，以大姆指與中指挾住上半截木鼎向左一旋，果然可以轉動。轉了幾轉，旋開鼎蓋，向鼎中瞧去，不禁又是驚奇，又有些噁心，原來鼎中有兩隻毒蟲正在互相咬噬，一隻是蠍子，另一隻是蜈蚣，翻翻滾滾，鬥得著實厲害。

數日前將木鼎放到桌上時，鼎內顯然並無毒蟲，這蜈蚣與蠍子自是不久之前才爬入鼎中的。蕭峯料知這是星宿派收集毒蟲毒物的古怪法門，將木鼎一側，把蜈蚣和蠍子倒在地下，一腳踏死，然後旋上鼎蓋，包入衣囊。結算了店帳，抱著阿紫，衝風冒雪的向北行走。

他與中原豪傑結仇已深，卻又不願改裝易容，這一路向北，越行越近大宋京城汴梁，非與中土武林人物相遇不可，一來不願再結怨殺人，二來這般抱著阿紫，與人動手著實不便，是以避開了大路，儘揀荒僻的山野行走。這般奔行數百里，居然平安無事。

這一日來到一個大市鎮，見一家藥材店外掛著「世傳儒醫王通治贈診」的木牌，尋思：「小地方也不會有甚麼名醫，但也不妨去請教一下。」於是抱了阿紫，入內求醫。

那儒醫王通治搭搭阿紫的脈息，瞧瞧蕭峯，又搭搭阿紫的脈息，再瞧瞧蕭峯，臉上神色十分古怪，忽然伸出手指，來搭蕭峯的腕脈。

蕭峯怒道：「大夫，是請你看我妹子的病，不是在下自己求醫。」王通治搖了搖頭，說道：「我瞧你有病，神智不清，心神顛倒錯亂，要好好治一治。」蕭峯道：「我有甚麼神智不清？」王通治道：「這位姑娘脈息已停，早就死了，只不過身子尚未僵硬而已。你抱著她來看甚麼醫生？不是心神錯亂麼？老兄，人死不能復生，你也不可太過傷心，還是抱著令妹的屍體，急速埋葬，這叫做入土為安。」

蕭峯哭笑不得，但想這醫生的話也非無理，阿紫其實早已死了，全仗自己的真氣維繫著她的一線生機，尋常醫生如何懂得？他站起身來，轉身出門。

只見一個管家打扮的人匆匆奔進藥店，叫道：「快，快，要最好的老山人參。我家老太爺忽然中風，要斷氣了，要人參吊一吊性命。」藥店掌櫃忙道：「是，是！有上好的老山人參。」

蕭峯聽了「老山人參，吊一吊性命」這話，登時想起，一個人病重將要斷氣之時，如果餵他幾口濃濃的參湯，往往便可吊住氣息，多活得一時三刻，說幾句遺言，這情形他本也知道，只是沒想到可以用在阿紫身上。但見那掌櫃取出一隻紅木匣子，珍而重之的推開匣蓋，現出三枝手指粗細的人參來。蕭峯曾聽人說過，人參越粗大越好，表皮上皺紋愈多愈深，便愈名貴，如果形如人身，頭手足俱全，那便是年深月久的極品了。這三枝人參看來也只尋常之物，並沒甚麼了不起。那管家揀了一枝，匆匆走了。

蕭峯取出一錠金子，將餘下的兩枝都買了。藥店中原有代客煎藥之具，當即熬成參湯，慢慢餵給阿紫喝了幾口。她這一次居然並不吐出。又餵她喝了幾口後，蕭峯察覺到她脈搏跳動略有增強，呼吸似也順暢了些，不由得心中一喜。

那儒醫王通治在一旁瞧著，卻連連搖頭，說道：「老兄，人參得來不易，蹧蹋了甚是可惜。人參又不是靈芝仙草，如果連死人也救得活，有錢之人就永遠不死了。」

蕭峯這幾日來片刻也不能離開阿紫，心中鬱悶已久，聽得這王通治在一旁囉裏囉唆，冷言冷語，不由得怒從心起，反手便想一掌擊出，但手臂微動之際，立即克制：「亂打不會武功之人，算甚麼英雄好漢？」當即收住了手，抱起阿紫，奔出藥店，隱隱聽到王通治還在冷笑而言：「這漢子真是胡塗，抱著個死人奔來奔去，看來他自己也是命不久矣！」這大夫卻不知自己適才已到鬼門關去轉了一遭，蕭峯這一掌若是一怒擊出，便是十個王通治，也統通不治了。

蕭峯出了藥店，尋思：「素聞老山人參產於長白山一帶苦寒之地，不如便去碰碰運氣。雖然要救活阿紫是千難萬難，但只要能使她在人間多留一日，阿朱在天之靈，心中也必多一分喜慰。」

當下折而向右，取道往東北方而去。一路上遇到藥店，便進去購買人參，後來金銀用完了，老實不客氣的闖進店去，伸手便取，幾名藥店夥計又如何阻得他住？阿紫服食大量人參之後，居然偶爾能睜開眼來，輕輕叫聲：「姊夫！」晚間入睡之時，若有幾個時辰不給她接續真氣，她也能自行微微呼吸。

如此漸行漸寒，蕭峯終於抱著阿紫，來到長白山中。雖說長白山中多產人參，但若不是熟知地勢和採參法門的老年參客，便是尋上一年半載，也未必能尋到一枝。蕭峯不斷向北，路上行人漸稀，到得後來，滿眼是森林長草，高坡堆雪，連行數日，竟一個人也見不到。不由得暗暗叫苦：「糟了，糟了！遍地積雪，卻如何挖參？還是回到人參的集散之地，有錢便買，無錢便搶。」於是抱著阿紫，又走了回來。

其時天寒地凍，地下積雪數尺，難行之極，若不是他武功卓絕，這般抱著一人行走，就算不凍死，也早陷在大雪之中，脫身不得了。

行到第三日上，天色陰沉，看來大風雪便要颳起，一眼望將出去，前後左右盡是皚皚白雪，雪地中別說望不見行人足印，連野獸的足跡也無。蕭峯四顧茫然，便如處身於無邊無際的大海之中。風聲尖銳，在耳邊呼嘯來去。

蕭峯知道早已迷路，數次躍上大樹瞭望，四下裏盡是白雪覆蓋的森林，又那裏分得出東西南北？他生怕阿紫受寒，解開自己長袍將她裹在懷裏。他雖然向來天不怕、地不怕，但這時茫茫宇宙之間，似乎便剩下他孤另另一人，也不禁頗有懼意。倘若真的只是他一人，那也罷了，雪海雖大，終究困他不住，可是他懷中還抱著個昏昏沉沉、半生不死的小阿紫！

他已接連三天沒有吃飯，想打隻松鷄野兔，卻也瞧不見半點影子，尋思：「這般亂闖，終究闖不出去，且在林中憩息一宵，等雪住了，瞧到日月星辰，便能辨別方向。」在林中找了個背風處，撿些枯柴，生起火來。火堆燒得大了，身上便頗有暖意。他只餓得腹中咕咕直響，見樹根處生著些草菌，顏色灰白，看來無毒，便在火堆旁烤了一些，聊以充飢。

吃了二十幾隻草菌後，精神略振，扶著阿紫靠在自己胸前烤火。正要閉眼入睡，猛聽得「嗚嘩」一聲大叫，卻是虎嘯之聲。蕭峯大喜：「有大蟲送上門來，可有虎肉吃了。」側耳聽去，共有兩頭老虎從雪地中奔馳而來，隨即又聽到吆喝之聲，似是有人在追逐老虎。

他聽到人聲，更是喜歡，耳聽得兩頭大蟲向西急奔，當即把阿紫輕輕放在火堆旁，展開輕功，從斜路上迎了過去。這時雪下得正大，北風又勁，捲得漫天盡是白茫茫的一團。只奔出十餘丈，便見雪地中兩頭斑斕猛虎咆哮而來，後面一條大漢身披獸皮，挺著一柄長大鐵叉，急步追逐。兩頭猛虎軀體巨大，奔跑了一陣，其中一頭便回頭咆哮，向那獵人撲去。那漢子虎叉挺出，對準猛虎的咽喉刺去。這猛虎行動便捷，一掉頭，便避開了虎叉，第二頭猛虎又向那人撲去。

那獵人身手極快，倒轉鐵叉，拍的一響，叉柄在猛虎腰間重重打了一下。那猛虎吃痛，大吼一聲，挾著尾巴，掉頭便奔。另一頭老虎也不再戀戰，跟著走了。蕭峯見這獵人身手矯健，膂力雄強，但不似會甚麼武功，只是熟知野獸習性，猛虎尚未撲出，他鐵叉已候在虎頭必到之處，正所謂料敵機先，但要一舉刺死兩頭猛虎，看來卻也不易。

蕭峯叫道：「老兄，我來幫你打虎。」斜刺裏衝將過去，攔住了兩頭猛虎的去路，那獵人見蕭峯斗然衝出，吃了一驚，大聲呼喝叫嚷，說的不是漢人語言。蕭峯不知他說些甚麼，當下也不理會，提起右手，對準一頭老虎額腦門便是一掌，砰的一聲響，那頭猛虎翻身摔了個斛斗，吼聲如雷，又向蕭峯撲來。

蕭峯適才這一掌使了七成力，縱是武功高強之士，受在身上也非腦漿迸裂不可，但猛虎頭堅骨粗，這一記裂石開碑的掌力打在頭上，居然只不過摔了個觔斗，又即撲上。蕭峯讚道：「好傢伙，真有你的！」側身避開，右手自上向下斜掠，擦的一聲，斬在猛虎腰間。這一斬他加了一成力，那猛虎向前衝出幾步，腳步蹣跚，隨即沒命價縱躍奔逃。蕭峯搶上兩步，右手一挽，已抓住了虎尾，大喝一聲，左手也抓到了虎尾之上，奮起神力，雙手使勁回拉，那猛虎正自發力前衝，被他這麼一拉，兩股勁力一迸，虎身直飛向半空。

那獵人提著鐵叉，正在和另一頭猛虎廝鬥，突見蕭峯竟將猛虎摔向空中，這一驚當真非同小可。只見那猛虎在半空中張開大口，伸出利爪，從空撲落。蕭峯一聲斷喝，雙掌齊出，拍的一聲悶響，擊在猛虎的肚腹之上。虎腹是柔軟之處，這一招「排雲雙掌」正是蕭峯的得意功夫，那大蟲登時五臟碎裂，在地下翻滾一會，倒在雪中死了。

那獵人心下好生敬佩，人家空手斃虎，自己手有鐵叉，倘若連這頭老虎也殺不了，豈不叫人小覷了？當下左刺一叉，右刺一叉，一叉又一叉往老虎身上招呼。那猛虎身中數叉，更激發了兇性，露出白森森的牙齒，縱身向那人撲去。

那獵人側身避開，鐵叉橫戳，噗的一聲，刺入猛虎的頭頸，雙手往上一抬，那猛虎慘號聲中，翻倒在地。那人雙臂使力，將猛虎牢牢的釘在雪地之中。但聽得喀喇喇一聲響，他上身的獸皮衣服背上裂開一條大縫，露出光禿禿的背脊，肌肉虬結，甚是雄偉。蕭峯看了，暗讚一聲：「好漢子！」只見那頭猛虎肚腹向天，四隻爪子凌空亂搔亂爬，過了一會，終於不動了。

那獵人提起鐵叉，哈哈大笑，轉過身來，向蕭峯雙手大姆指一翹，說了幾句話。蕭峯雖不懂他的言語，但瞧這神情，知道他是稱讚自己英雄了得，於是學著他樣，也是雙手大姆指一翹，說道：「英雄，英雄！」

那人大喜，指指自己鼻尖，說道：「完顏阿骨打！」蕭峯料想這是他的姓名，便也指指自己的鼻尖，道：「蕭峯！」那人道：「蕭峯？契丹？」蕭峯點點頭，道：「契丹！你？」伸手指著他詢問。那人道：「完顏阿骨打！女真！」

蕭峯素聞遼國之東、高麗之北有個部族，名叫女真，族人勇悍善戰，原來這完顏阿骨打便是女真人。雖然言語不通，但茫茫雪海中遇到一個同伴，總是歡喜，當下比劃手勢，告訴他還有一個同伴，提起死虎，向阿紫躺臥之處走去。阿骨打拖了死虎，跟隨其後。

猛虎新死，血未凝結，蕭峯倒提虎身，割開虎喉，將虎血灌入阿紫口中。阿紫睜不開眼來，卻能吞嚥虎血，喝了十餘口才罷。蕭峯甚喜，撕下兩條虎腿，便在火堆上烤了起來。阿骨打見他空手撕爛虎身，如撕熟鷄，這等手勁實是見所未見，聞所未聞，呆呆的瞧著他一雙手，看了半晌，伸出手掌去輕輕撫摸他手腕手臂，滿臉敬仰之色。

虎肉烤熟後，蕭峯和阿骨打吃了個飽。阿骨打做手勢問起來意，蕭峯打手勢說是挖掘人參替阿紫醫病，以致迷路。阿骨打哈哈大笑，一陣比劃，說道要人參容易得緊，隨我去要多少有多少。蕭峯大喜，站起身來，左手抱起了阿紫，右手便提起了一頭死虎。阿骨打又是拇指一翹，讚他：「好大的氣力！」

阿骨打對這一帶地勢甚熟，雖在大風雪中也不會迷路。兩人走到天黑，便在林中住宿，天明又行。如此一路向西，走了兩天，到第三天午間，蕭峯見雪地中腳印甚多。阿骨打連打手勢，說道離族人已近。果然轉過兩個山坳，只見東南方山坡上黑壓壓的紮了數百座獸皮營帳。阿骨打撮唇作哨，營帳中便有人迎了出來。

蕭峯隨著阿骨打走近，只見每一座營帳前都生了火堆，火堆旁圍滿女人，在縫補獸皮、醃臘獸肉。阿骨打帶著蕭峯走向中間一座最大的營帳，挑帳而入。蕭峯跟了進去。帳中十餘人圍坐，正自飲酒，一見阿骨打，大聲歡呼起來。阿骨打指著蕭峯，連比帶說，蕭峯瞧著他的模樣，料知他是在敘述自己空手斃虎的情形。眾人紛紛圍到蕭峯身邊，伸手翹起大拇指，不住口的稱讚。

正熱鬧間，走了一個買賣人打扮的漢人進來，向蕭峯道：「這位爺台，會說漢話麼？」蕭峯喜道：「會說，會說。」

問起情由，原來此處是女真人族長的帳幕。居中那黑鬚老者便是族長和哩布。他共有十一個兒子，個個英雄了得。阿骨打是他次子。這漢人名叫許卓誠，每年冬天到這裏來收購人參、毛皮，直到開春方去。許卓誠會說女真話，當下便做了蕭峯的通譯。女真人與契丹人本來時相攻戰，但最敬佩的是英雄好漢。那完顏阿骨打精明幹練，極得父親喜愛，族人對他也都甚是愛戴，他既沒口子的讚譽蕭峯，人人便也不以蕭峯是契丹人為嫌，待以上賓之禮。

阿骨打讓出自己的帳幕給蕭峯和阿紫居住。蕭峯推謝了幾句，阿骨打執意不肯。蕭峯見對方意誠，也就住了進去。

當晚女真族人大擺筵席，歡迎蕭峯，那兩頭猛虎之肉，自也作了席上之珍。蕭峯半月來脣不沾酒，這時女真族人一皮袋、一皮袋的烈酒取將出來，蕭峯喝了一袋又是一袋，意興酣暢。女真人所釀的酒入口辛辣，酒味極劣，但性子猛烈，常人喝不到小半袋便就醉了，蕭峯連盡十餘袋，卻仍是面不改色。女真人以酒量宏大為真好漢，他如何空手殺虎，眾人並不親見，但這般喝酒，便十個女真大漢加起來也比不過，自是人人敬畏。

許卓誠見女真人對他敬重，便也十分的奉承於他。蕭峯閒居無事，日間和阿骨打同去打獵，天黑之後，便跟著許卓誠學說女真話。學得四五成後，心想自己是契丹人，卻不會說契丹話，未免說不過去，於是又跟他學契丹話。許卓誠多在各地行走，不論契丹話、西夏話，或女真話都說得十分流利。蕭峯學話的本事並不聰明，但女真話和契丹話都遠較漢話簡易，時日既久，終於也能辭可達意，不必再需通譯了。

匆匆數月，冬盡春來，阿紫每日以人參為糧，傷勢頗有起色。女真人在荒山野嶺中挖得的人參，都是年深月久的上品，真比黃金也還貴重。蕭峯出獵一次，定能打得不少野獸，換了人參來給阿紫當飯吃。縱是豪富之家，如有一位小姐這般吃參，只怕也要吃窮了。蕭峯每日仍須以內力助她運氣，其時每天一兩次已足，不必像先前那般掌不離身。阿紫有時勉強也可說幾句話，但四肢乏力，無法動彈，一切起居飲食，全由蕭峯照料。他念及阿朱的深情，甘任其勞，反覺多服侍阿紫一次，便多報答了阿朱一分，心下反覺欣慰。

這一日阿骨打率領了十餘名族人，要到西北山嶺去打大熊，邀蕭峯同去，說道大熊毛皮既厚，油脂又多，熊掌肥美，熊膽更於治傷極具靈效。蕭峯見阿紫精神甚好，自己儘可放心出獵，便欣然就道。一行人天沒亮便出發了，直趨向北。

其時已是初夏，冰雪消融，地下泥濘，森林中滿是爛枝爛葉，甚是難行，但這些女真人腳力輕健，仍走得極快。到得午間，一名老獵人叫了起來：「熊！熊！」各人順著他所指之處瞧去，只見遠處爛泥地中一個大大的腳印，隔不多遠，又是一個，正是大熊的足跡。眾人興高采烈，跟著腳印追去。

大熊的腳掌踏在爛泥之中，深及數寸，便小孩也會跟蹤，一行人大聲吆喝，快步而前。只見腳印一路向西，後來離了泥濘的森林，來到草原之上，眾人奔得更加快了。

正奔馳間，忽聽得馬蹄聲大作，前面塵頭飛揚，一大隊人馬疾馳而來。但見一頭大黑熊轉身奔來，後面七八十人各乘高頭大馬，吆喝追逐，這些人有的手執長矛，有的拿著弓箭，個個神情剽悍。

阿骨打叫道：「是契丹人！他們人多，快走！快走！」蕭峯聽說是自己族人，心起親近之意，見阿骨打等轉身奔跑，他卻並不便行，站著要看個明白。

那些契丹人卻叫了起來：「女真蠻子，放箭！放箭！」只聽得颼颼之聲不絕，羽箭紛紛射來。蕭峯心下著惱：「怎地沒來由的一見面便放箭，也不問個清楚。」幾枝箭射到身前，都給他伸手撥落。卻聽得「啊」的一聲慘叫，那女真老獵人背心中箭，伏地而死。

阿骨打領著眾人奔到一個土坡之後，伏在地下，彎弓搭箭，也射倒了兩名契丹人。蕭峯處身其間，不知幫那一邊才好。

契丹人的羽箭卻不住向蕭峯射來。蕭峯接住一枝箭，隨手揮舞，將來箭一一拍落，大聲叫道：「幹甚麼啊？為甚麼話也沒說，便動手殺人！」阿骨打在土坡後叫道：「蕭峯，蕭峯，快來，他們不知你是契丹人！」

便在此時，兩名契丹人挺著長矛，縱馬向蕭峯直衝過來，雙矛齊起，分從左右刺到。蕭峯不願傷害自己族人，雙手分別抓住矛桿，輕輕一抖，兩名契丹人倒撞下馬。蕭峯以矛桿挑起二人身子擲出。那二人在半空中啊啊大叫，飛回本陣，摔在地下，半晌爬不起來。阿骨打等女真人大聲叫好。

契丹人中一個紅袍中年漢子大聲吆喝，發施號令。數十名契丹人展開兩翼，包抄過來，去攔截阿骨打等人的後路。那紅袍人身周，尚擁著數十人。

阿骨打見勢頭不妙，大聲呼嘯，招呼族人和蕭峯逃走。契丹人箭如雨下，又射倒了幾名女真人。女真獵人強弓硬弩，箭無虛發，頃刻間也射死了十來名契丹騎士，只是寡不敵眾，邊射邊逃。

蕭峯見這些契丹人蠻不講理，雖說是自己族人，卻也顧不得了，搶過一張硬弓，颼颼颼颼，連發四箭，每一枝箭都射在一名契丹人的肩頭或是大腿，四人都摔下馬來，卻沒送命。

這紅袍人幾聲吆喝，那些契丹人縱馬追來，極是勇悍。

蕭峯眼見同來的伙伴之中，只有阿骨打和五名青年漢子還在一面奔逃，一面放箭，其餘的都已被契丹人射死。大草原上無處隱蔽，看來再鬥下去，連阿骨打都要被殺。這些時候來女真人對自己待若上賓，倘連好朋友遇到危難也不能保護，還說甚麼英雄好漢？但若大殺一陣，將這些契丹人殺得知難而退，勢必多傷本族族人的性命，只有擒住這個為首的紅袍人，逼他下令退卻，方能使兩下罷鬥。

他心念已定，以契丹語大聲叫道：「喂，你們快退回去！如果再不退兵，我可要不客氣了。」呼呼呼三聲響處，三枝長矛迎面擲來。蕭峯心道：「你們這些人當真不知好歹！」身形一矮，向那紅袍人疾衝過去。

阿骨打見他涉險，叫道：「使不得，蕭峯快回來！」

蕭峯不理，一股勁的向前急奔。眾契丹人紛紛呼喝，長矛羽箭都向他身上招呼。蕭峯接過一枝長矛，折為兩截，拿了半截矛身，便如是一把長劍一般，將射來的兵刃一一撥開，步履如飛，直搶到那紅袍人馬前。

那紅袍人滿腮虬髯，神情威武，見蕭峯攻到，竟毫不驚慌，從左右護衛手中接過三枝標槍，颼的一槍向蕭峯擲來。蕭峯一伸手，便接住了標槍，待第二枝槍到，又已接住。他雙臂一振，兩枝標槍激射而出，將紅袍人的左右護衛刺下馬來。紅袍人喝道：「好本事！」第三槍迎面又已擲到。蕭峯左掌上伸，撥轉槍頭，借力打力，那標槍激射如風，插入了紅袍人坐騎的胸口。

那紅袍人叫道「啊喲！」躍離馬背。蕭峯猱身而上，左臂伸出，已抓住他右肩。只聽得背後金刃刺風，他足下一點，向前彈出丈餘，托托兩聲響，兩枝長矛插入了地下。蕭峯抱著那紅袍人向左躍起，落在一名契丹騎士身後，將他一掌打落馬背，便縱馬馳開。

那紅袍人揮拳毆擊蕭峯面門。蕭峯左臂只一挾，那人便動彈不得。蕭峯喝道：「你叫他們退去，否則當場便挾死了你。」紅袍人無奈，只得叫道：「大家退開，不用鬥了。」

契丹人紛紛搶到蕭峯身前，想要救人。蕭峯以斷矛矛頭對準紅袍人的右頰，喝道：「要不要刺死了他？」

一名契丹老者喝道：「快放開咱們首領，否則立時把你五馬分屍。」

蕭峯哈哈大笑，呼的一掌，向那老者凌空劈了過去。他這一掌意在立威，嚇倒眾人，以免多有殺傷，是以手上的勁力使得十足，但聽得砰的一聲巨響，那契丹老漢為掌力所激，從馬背上直飛了出去，摔出數丈之外，口中狂噴鮮血，眼見不活了。

眾契丹人從未見過這等劈空掌的神技，掌力無影無蹤，猶如妖法，不約而同的一齊勒馬退後，神色驚恐異常，只怕蕭峯向自己一掌擊了過來。

蕭峯叫道：「你們再不退開，我先將他一掌打死！」說著舉起手掌，作勢要向那紅袍人頭頂擊落。

紅袍人叫道：「你們退開，大家後退！」眾人勒馬向後退了幾步，但仍不肯就此離去。

蕭峯尋思：「這一帶都是平原曠野，倘若放了他們的首領，這些契丹人騎馬追來，終究不能逃脫。」向紅袍人道：「你叫他們送八匹馬過來。」紅袍人依言吩咐。契丹騎士牽了八匹馬過來，交給阿骨打。

阿骨打惱恨這些契丹人殺他同伴，砰的一拳，將一名牽馬的契丹騎士打了個觔斗。契丹雖然人眾，竟不敢還手。

蕭峯又道：「你再下號令，叫各人將坐騎都宰了，一匹也不能留。」

那紅袍人倒也爽快，竟不爭辯，大聲傳令：「人人下馬，將坐騎宰了。」眾騎士毫不思索的躍下馬背，或用佩刀，或用長矛，將自己的馬匹都殺死了。

蕭峯沒料到眾武士竟如此馴從，暗生讚佩之意，心想：「這紅袍人看來位望著實不低，隨口一句話，眾武士竟半分違拗的意思也無。契丹人如此軍令嚴明，無怪和宋人打仗，總是勝多敗少。」說道：「你叫各人回去，不許追來。有一個人追來，我斬去你一隻手；有兩個人追來，我斬你雙手；四個人追來，斬你四肢！」

紅袍人氣得鬚髯戟張，但在他挾持之下，無可奈何，只得傳令道：「各人回去，調動人馬，直擣女真人巢穴！」眾武士齊聲道：「遵命！」一齊躬身。

蕭峯掉轉馬頭，等阿骨打等六人都上了馬，一行人向東來原路急馳回去。馳出數里後，蕭峯見契丹人果然並不追來，便躍到另一匹坐騎鞍上，讓那紅袍人自乘一馬。

八人馬不停蹄的回到大營。阿骨打向父親和哩布稟告如何遇敵、如何得蒙蕭峯相救、如何擒得契丹的首領。和哩布甚喜，道：「好，將那契丹狗子押上來。」

那紅袍人進入帳內，仍是神態威武，直立不屈。和哩布知他是契丹的貴人，問道：「你叫甚麼名字？在遼國官居何職？」那人昂然道：「我又不是你捉來的，你怎配問我？」契丹人和女真人都有慣例，凡俘虜了敵人，便是屬於俘獲者私人的奴隸。和哩布哈哈一笑，道：「也說得是！」

那紅袍人走到蕭峯身前，右腿一曲，單膝下跪，右手加額，說道：「主人，你當真英雄了得，我打你不過，何況我們人多，仍然輸了。我為你俘獲，絕無怨言。你若放我回去，我以黃金五十兩、白銀五百兩、駿馬三十匹奉獻。」

阿骨打的叔父頗拉蘇道：「你是契丹大貴人，這樣的贖金大大不夠，蕭兄弟，你叫他送黃金五百兩、白銀五千兩、駿馬三百匹來贖取。」這頗拉蘇精明能幹，將贖金加了十倍，原是漫天討價之意。本來黃金五十兩、白銀五百兩、駿馬三十匹，以女真人生活之簡陋，已是罕有的巨財，女真人和契丹人交戰數十年，從未聽見過如此巨額的贖款，如果這紅袍貴人不肯再加，那麼照他應許的數額接納，也是一筆大橫財了。

不料那紅袍人竟不躊躇，一口答允：「好，就是這麼辦！」

帳中一干女真人聽了都是大吃一驚，幾乎不相信自己的耳朵。契丹、女真兩族族人撒謊騙人，當然也不是沒有，但交易買賣，或是許下諾言，卻向來說一是一，說二是二，從無說過後不作數的，何況這時談論的是贖金數額，倘若契丹人繳納不足，或是意欲反悔，這紅袍人便不能回歸本族，因此空言許諾根本無用。頗拉蘇還怕他被俘後驚慌過甚，神智不清，說道：「喂，你聽清楚了沒有？我說的是黃金五百兩、白銀五千兩、駿馬三百匹？」

紅袍人神態傲慢，冷冷的道：「黃金五百兩、白銀五千兩、駿馬三百匹，何足道哉？我大遼國富有天下，也不會將這區區之數放在眼內。」他轉身對著蕭峯，神色登時轉為恭謹，道：「主人，我只聽你一人吩咐，別人的話，我不再理了。」頗拉蘇道：「蕭兄弟，你問問他，他到底是遼國的甚麼貴人大官？」蕭峯還未出口，那人道：「主人，你若定要問我出身來歷，我只有胡亂捏造，欺騙於你，諒你也難知真假。但你是英雄好漢，我也是英雄好漢，我不願騙你，因此你不用問了。」

蕭峯左手一翻，從腰間拔出佩刀，右掌擊向刀背，拍的一聲，一柄刀登時彎了下來，厲聲喝道：「你膽敢不說？我手掌在你腦袋上這麼一劈，那便如何？」

紅袍人卻不驚惶，右手大拇指一豎，說道：「好本領，好功夫！今日得見當世第一的大英雄，真算不枉了。蕭英雄，你以力威逼，要我違心屈從，那可辦不到。你要殺便殺。契丹人雖然鬥你不過，骨氣卻跟你是一般的硬朗。」

蕭峯哈哈大笑，道：「好，好！我不在這裏殺你。若是我一刀將你殺了，你未必心服，咱們走得遠遠的，再去惡鬥一場。」

和哩布和頗拉蘇齊聲勸道：「蕭兄弟，這人殺了可惜，不如留著收取贖金的好。你若生氣，不妨用木棍皮鞭狠狠打他一頓。」

蕭峯道：「不！他要充好漢，我偏不給他充。」向女真人借了兩枝長矛，兩副弓箭，拉著紅袍人的手腕，同出大帳，自己翻身上馬，說道：「上馬罷！」紅袍人毫不畏縮，明知與蕭峯相鬥是必死無疑，他說要再鬥一場，直如貓兒捉住了耗子，要戲弄一番再殺而已，卻也凜然不懼，一躍上馬，逕向北去。

蕭峯縱馬跟隨其後，兩人馳出數里。蕭峯道：「轉向西行！」紅袍人道：「此地風景甚佳，我就死在這裏好了。」蕭峯道：「接住！」將長矛、弓箭擲了過去。那人一一接住，大聲道：「蕭英雄，我明知不是對手，但契丹人寧死不屈！我要出手了！」蕭峯道：「且慢，接住！」又將自己手中的長矛和弓箭擲了過去，兩手空空，按轡微笑。紅袍人大怒，叫道：「嘿，你要空手和我相鬥，未免辱人太甚！」

蕭峯搖頭道：「不是！蕭某生平敬重的是英雄，愛惜的是好漢。你武功雖不如我，卻是大大的英雄好漢，蕭某交了你這個朋友！你回自族去罷。」

紅袍人大吃一驚，問道：「甚……甚麼？」蕭峯微笑道：「我說蕭某當你是好朋友，讓你平安回家！」紅袍人從鬼門關中轉了過來，自是喜不自勝，問道：「你真的放我回去？你……你到底是何用意？我回去後將贖金再加十倍，送來給你。」蕭峯怫然道：「我當你是朋友，你如何不當我是朋友？蕭峯是堂堂漢子，豈貪身外的財物？」

紅袍人道：「是，是！」擲下兵刃，翻身下馬，跪倒在地，俯首下拜，說道：「多謝恩公饒命。」蕭峯跪下還禮，說道：「蕭某不殺朋友，也不敢受朋友跪拜。倘若是奴隸之輩，蕭某受得他的跪拜，也就不肯饒他性命。」

紅袍人更加喜歡，站起身來，說道：「蕭英雄，你口口聲聲當我是朋友，我就跟你結義為兄弟，如何？」

蕭峯藝成以後，便即入了丐幫。幫中輩份分得甚嚴，自幫主、副幫主以下，有傳功、執法長老，四大護法長老，以及各舵香主、八袋弟子、七袋弟子以至不負布袋的弟子。他只有積功遞升，卻沒和人拜把子結兄弟，只有在無錫與段譽一場賭酒，相互傾慕，這才結為金蘭之交。這時聽那紅袍人這般說，想起當年在中原交遍天下英豪，今日落得蠻邦索居，委實落魄之極，居然有人提起此事，不禁感慨，又見這紅袍人氣度豪邁，著實是條好漢子，便道：「甚好，甚好，在下蕭峯，今年三十一歲。尊兄貴庚？」那人笑道：「在下耶律基，卻比恩公大了一十三歲。」蕭峯道：「兄長如何還稱小弟為恩公？你是大哥，受我一拜。」說著便拜了下去。耶律基急忙還禮。

兩人當下將三枝長箭插在地下，點燃箭尾羽毛，作為香燭，向天拜了八拜，結為兄弟。

耶律基心下甚喜，說道：「兄弟，你姓蕭，倒似是我契丹人一般。」蕭峯道：「不瞞兄長說，小弟原是契丹人。」說著解開衣衫，露出胸口刺著的那個青色狼頭。

耶律基一見大喜，說道：「果然不錯，你是我契丹的后族族人。兄弟，女真之地甚是寒苦，不如隨我同赴上京，共享富貴。」蕭峯道：「多謝哥哥好意，可是小弟素來貧賤，富貴生活是過不來的。小弟在女真人那裏居住，打獵吃酒，倒也逍遙快活。日後思念哥哥，自當前來遼國尋訪。」他和阿紫分別已久，記掛她傷勢，道：「哥哥，你早些回去罷，以免家人和部屬牽掛。」當下兩人行禮而別。

蕭峯掉轉馬頭回來，只見阿骨打率領了十餘名族人前來迎接，原來阿骨打見蕭峯久去不歸，深恐中了那紅袍人的詭計，放心不下，前來接應。蕭峯說起已釋放他回遼。阿骨打也是個大有見識的英雄，對蕭峯的輕財重義，豁達大度，深為讚歎。

一日，蕭峯和阿骨打閒談，說起阿紫所以受傷，乃係誤中自己掌力所致，雖用人參支持性命，但日久不愈，甚是煩惱。阿骨打道：「蕭大哥，原來你妹子的病是外傷，咱們女真人醫治打傷跌損，向來用虎筋、虎骨和熊膽三味藥物，很有效驗，你怎麼不試一試？」蕭峯大喜，道：「別的沒有，這虎筋、虎骨，這裏再多不過，至於熊膽嗎，我出力去殺熊便是。」當下問明用法，將虎筋、虎骨熬成了膏，餵阿紫服下。

次日一早，蕭峯獨自往深山大澤中去獵熊。他孤身出獵，得以儘量施展輕功，比之隨眾打獵方便得多。第一日沒尋到黑熊蹤跡，第二日便獵到了一頭。他剖出熊膽，奔回營地，餵著阿紫服了。這虎筋、虎骨、熊膽與老山遠年人參，都是珍貴之極的治傷藥物，尤其新鮮熊膽更是難覓。薛神醫雖說醫道如神，終究非藥物不可，將老山人參給病人當飯吃，固非他財力所能，而要像蕭峯那樣，隔不了幾天便去弄一兩副新鮮熊膽來給阿紫服下，卻也決計難以辦到。

這一日，他正在帳前熬虎筋虎骨膏藥，一名女真人匆匆過來，說道：「蕭大哥，有十幾個契丹人給你送禮物來啦。」蕭峯點點頭，心知是義兄耶律基遣來。只聽得馬蹄聲響，一列馬緩緩過來，馬背上都馱滿了物品。

為首的那契丹隊長聽耶律基說過蕭峯的相貌，一見到他，老遠便跳下馬來，快步搶前，拜伏在地，說道：「主人自和蕭大爺別後，想念得緊，特命小人室里送上薄禮，並請蕭大爺赴上京盤桓。」說著磕了幾個頭，雙手呈上禮單，神態恭謹之極。

蕭峯接了禮單，笑道：「費心了，你請起罷！」打開禮單，見是契丹文字，便道：「我不識字，不用看了。」室里道：「這薄禮是黃金五千兩、白銀五萬兩、錦緞一千疋、上等麥子一千石、肥牛一千頭、肥羊五千頭、駿馬三千匹，此外尚有諸般服飾器用。」

蕭峯愈聽愈驚，這許多禮物，比之頗拉蘇當日所要的贖金更多了十倍，他初見十餘匹馬馱著物品，已覺禮物太多，倘若照這隊長所言，不知要多少馬匹車子才裝得下。

室里躬身道：「主人怕牲口在途中走散損失，是以牛羊馬匹，均多備了一成。托賴主人和蕭大爺洪福，小人一行路上沒遇上風雪野獸，牲口損失很小。」蕭峯嘆道：「耶律哥哥想得這等周到，我若不受，未免辜負了他的好意，但若盡數收受，卻又如何過意得去。」室里道：「主人再三囑咐，蕭大爺要是客氣不受，小人回去必受重罰。」

忽聽得號角聲嗚嗚吹起，各處營帳中的女真人執了刀槍弓箭，紛紛奔來。有人大呼傳令：「敵人來襲，預備迎敵。」蕭峯向號角聲傳來之處望去，只見塵頭大起，似有無數軍馬向這邊行進。

室里大聲叫道：「各位勿驚，這是蕭大爺的牛羊馬匹。」他用女真話連叫數聲，但一干女真人並不相信，和哩布、頗拉蘇、阿骨打等仍是分率族人，在營帳之西列成隊伍。

蕭峯第一次見到女真人布陣打仗，心想：「女真族人數不多，卻個個兇猛矯捷。耶律哥哥手下的那些契丹騎士雖然亦甚了得，似乎尚不及這些女真人的剽悍，至於大宋官兵，那是更加不如了。」

室里叫道：「我去招呼部屬暫緩前進，以免誤會。」轉身上馬，向西馳去。阿骨打手一揮，四名女真獵人上馬跟隨其後。五人縱馬緩緩向前，馳到近處，但見漫山遍野都是牛羊馬匹，一百餘名契丹牧人手執長桿吆喝驅打，並無兵士。

四名女真人一笑轉身，向和哩布稟告。過不多時，牲口隊來到近處，只聽得牛鳴馬嘶，吵成一片，連眾人說話的聲音也淹沒了。

當晚蕭峯請女真族人殺羊宰牛，款待遠客。次日從禮物中取出金銀錦緞，賞了送禮的一行人眾。待契丹人告別後，他將金銀錦緞、牛羊馬匹盡數轉送了阿骨打，請他分給族人。女真人聚族而居，各家並無私產，一人所得，便是同族公有，是以蕭峯如此慷慨，各人倒也不以為奇，但平白無端的得了這許多財物，自是皆大歡喜。全族大宴數日，人人都感激蕭峯。

夏去秋來，阿紫的病又好了幾分。她神智一清，每日躺在營帳中養傷便覺厭煩，常要蕭峯帶她出外騎馬散心。兩人並騎，她倚在蕭峯胸前，不花半點力氣。蕭峯對她千依百順，此後數月之中，除了大風大雪，兩人總是在外漫遊。後來近處玩得厭了，索性帶了帳篷，在外宿營，數日不歸。蕭峯乘機打虎獵熊、挖掘人參。只因阿紫偷射了一枚毒針，長白山邊的黑熊、猛虎可就倒足了大霉，不知道有多少為此而喪生在蕭峯掌底。

蕭峯為了便於挖參，每次都是向東或向北。這一日阿紫說東邊、北邊的風景都看過了，要往西走走。蕭峯道：「西邊是一片大草原，沒甚麼山水可看。」阿紫道：「大草原也很好啊，像大海一般，我就是沒見過真正的大海。我們的星宿海雖說是海，終究有邊有岸。」

蕭峯聽她提到「星宿海」三字，心中一凜，這一年來和女真人共居，竟將武林中的種種情事都淡忘了。阿紫不能行動，要做壞事也無從做起，只是顧著給她治傷救命，竟沒想到她傷愈之後，惡性又再發作，卻便如何？

他回過頭來，向阿紫瞧去，只見她一張雪白的臉蛋仍是沒半點血色，面頰微陷，一雙大大的眼珠也凹了進去，容色極是憔悴，身子更是瘦骨伶仃。蕭峯不禁內疚：「她本來是何等活潑可愛的一個小姑娘，卻給我打得半死不活，變得和骷髏相似，怎地我仍是只念著她的壞處？」便即笑道：「你既喜歡往西，咱們便向西走走。阿紫，等你病大好了，我帶你到高麗國邊境，去瞧瞧真的大海，碧水茫茫，一望無際，這氣象才了不起呢。」

阿紫拍手笑道：「好啊，好啊，其實不用等我病好全，咱們就可去了。」蕭峯「咦」的一聲，又驚又喜，道：「阿紫，你雙手能自由活動了。」阿紫笑道：「十四五天前，我的兩隻手便能動了，今天更加靈活了好多。」蕭峯喜道：「好極了！你這頑皮姑娘，怎麼一直瞞著我？」阿紫眼中閃過一絲狡猾的神色，微笑道：「我寧可永遠動彈不得，你便天天這般陪著我。等我傷好了，你又要趕我走了。」

蕭峯聽她說得真誠，憐惜之情油然而生，道：「我是個粗魯漢子，那次一不小心，便將你打成這生模樣。你天天陪著我，又有甚麼好？」

阿紫不答，過了好一會，低聲道：「姊夫，你那天為甚麼這麼大力的出掌打我？」蕭峯不願重提舊事，搖頭道：「這件事早就過去了，再提幹麼？阿紫，我將你傷成這般，好生過意不去，你恨不恨我？」阿紫道：「我自然不恨。我為甚麼恨你？我本來要你陪著我，現下你可不是陪著我了麼？我開心得很呢。」

蕭峯聽她這麼說，雖覺這小姑娘的念頭很是古怪，但近來她為人確實很好，想是自己盡心服侍，已將她的戾氣化去了不少，當下回去預備馬匹、車輛、帳幕、乾糧等物。

次日一早，兩人便即西行。行出十餘里，阿紫問道：「姊夫，你猜到了沒有？」蕭峯道：「猜到了甚麼？」阿紫道：「那天我忽然用毒針傷你，你知道是甚麼緣故？」蕭峯搖了搖頭，道：「你的心思神出鬼沒，我怎猜得到？」阿紫嘆了口氣，道：「你既猜不到，那就不用猜了。姊夫，你看這許多大雁，為甚麼排成了隊向南飛去？」

蕭峯抬起頭來，只見天邊兩隊大雁，排成了「人」字形，正向南疾飛，便道：「天快冷了，大雁怕冷，到南方去避寒。」阿紫道：「到了春天，牠們為甚麼又飛回來？每年一來一去，豈不辛苦得很？牠們要是怕冷，索性留在南方，便不用回來了。」

蕭峯自來潛心武學，從來沒去想過這些禽獸蟲蟻的習性，給她這麼一問，倒答不出來，搖頭笑道：「我也不知牠們為甚麼不怕辛苦，想來這些雁兒生於北方，留戀故鄉之故。」

阿紫點頭道：「定是這樣了。你瞧最後這頭雁兒，身子不大，卻也向南飛去。將來牠的爹爹、媽媽、姊姊、姊夫都回到北方，牠自然也要跟著回來。」

蕭峯聽她說到「姊姊、姊夫」四字，心念一動，側頭向她瞧去，但見她抬頭呆望著天邊雁羣，顯然適才這句話是無心而發，尋思：「她隨口一句話，便將我和她的親生爹娘連在一起，可見在她心中，已將我當作了最親的親人。我可不能再隨便離開她。待她病好之後，須得將她送往大理，交在她父母手中，我肩上的擔子方算是交卸了。」

兩人一路上談談說說。阿紫一倦，蕭峯便從馬背上將她抱了下來，放入後面車中，讓她安睡。到得傍晚，便在樹林中宿營。如此走了數日，已到大草原的邊緣。

阿紫放眼遙望，大草原無邊無際，十分高興，說道：「咱們向西望是瞧不到邊了，可是真要像茫茫大海，須得東南西北望出去都見不到邊才行。」蕭峯知她意思是要深入大草原的中心，不忍拂逆其意，鞭子一揮，驅馬便向西行。

在大草原中西行數日，當真四方眺望，都已不見草原盡處。其時秋高氣爽，聞著長草的青氣，甚是暢快。草叢間諸般小獸甚多，蕭峯隨獵隨食，無憂無慮。

又行了數日，這日午間，遠遠望見前面豎立著無數營帳，又有旌旗旄節，似是兵營，又似部落聚族而居。蕭峯道：「前面好多人，不知是幹甚麼的，咱們回去罷，不用多惹麻煩了。」阿紫道：「不！不！我要去瞧瞧。我雙腳不會動，怎能給你多惹麻煩？」蕭峯一笑，說道：「麻煩之來，不一定是你自己惹來的，有時候人家惹將過來，你要避也避不脫。」阿紫笑道：「咱們過去瞧瞧，那也不妨。」

蕭峯知她小孩心性，愛瞧熱鬧，便縱馬緩緩行去。草原上地勢平坦，那些營帳雖然老遠便已望見，但走將過去，路程也著實不近。走了七八里路，猛聽得嗚嗚號角之聲大起，跟著塵頭飛揚，兩列馬隊散了開來，一隊往北，一隊往南的疾馳。

蕭峯微微一驚，道：「不好，是契丹人的騎兵！」阿紫道：「是你的自己人啊，真是好得很，有甚麼不好？」蕭峯道：「我又不識得他們，還是回去罷。」勒轉馬頭，便從原路回轉，沒走出幾步，便聽得鼓聲蓬蓬，又有幾隊契丹騎兵衝了上來。蕭峯尋思：「四下裏又不見有敵人，這些人是在操練陣法嗎？」

只聽得喊聲大起：「射鹿啊，射鹿啊！」西面、北面、南面，都是一片叫嚷射鹿之聲。蕭峯道：「他們是在圍獵，這聲勢可真不小。」當下將阿紫抱上馬背，勒定了馬，站在東首眺望。

只見契丹騎兵都身披錦袍，內襯鐵甲。錦袍各色，一隊紅、一隊綠、一隊黃、一隊紫，旗幟和錦袍一色，來回馳驟，兵強馬健，煞是壯觀。蕭峯和阿紫看得暗暗喝采。眾兵各依軍令縱橫進退，挺著長矛驅趕麋鹿，見到蕭峯和阿紫二人，也只略加一瞥，不再理會。四隊騎兵分從四面圍攏，將數十頭大鹿圍在中間。偶然有一頭鹿從行列的空隙中逸出，便有一小隊出來追趕，兜個圈子，又將鹿兒逼了回去。

二十七 金戈盪寇鏖兵

兩人在馬上並肩而行，一眼望將出去，大草原上旌旗招展，長長的隊伍直伸展到天際，不見盡頭，前後左右，盡是衛士部屬。

蕭峯正觀看間，忽聽得有人大聲叫道：「那邊是蕭大爺罷？」蕭峯心想：「誰認得我了？」轉過頭來，只見青袍隊中馳出一騎，直奔而來，正是幾個月前耶律基派來送禮的那個隊長室里。

他馳到蕭峯之前十餘丈處，便翻身下馬，快步上前，右膝下跪，說道：「我家主人便在前面不遠。主人常常說起蕭大爺，想念得緊。今日甚麼好風吹得蕭大爺來？快請去和主人相會。」蕭峯聽說耶律基便在近處，也甚歡喜，說道：「我只是隨意漫遊，沒想到我義兄便在左近，那再好也沒有了。好，請你領路，我去和他相會。」

室里撮唇作哨，兩名騎兵乘馬奔來。室里道：「快去稟報，說長白山的蕭大爺來啦！」兩名騎兵躬身接令，飛馳而去。餘人繼續射鹿，室里卻率領了一隊青袍騎兵，擁衛在蕭峯和阿紫身後，逕向西行。

當耶律基送來大批金銀牛羊之時，蕭峯便知他必是契丹的大貴人，此刻見了這等聲勢，料想這位義兄多半還是遼國的甚麼將軍還是大官。

草原中遊騎來去，絡續不絕，個個都衣甲鮮明。室里道：「蕭大爺今日來得真巧，明日一早，咱們這裏有一場好熱鬧看。」蕭峯向阿紫瞧了一眼，見她臉有喜色，便問：「甚麼熱鬧？」室里道：「明日是演武日。永昌、太和兩宮衛軍統領出缺。咱們契丹官兵各顯武藝，且看那一個運氣好，奪得統領。」

蕭峯一聽到比武，自然而然的眉飛色舞，神采昂揚，笑道：「那真來得巧了，正好見識見識契丹人的武藝。」阿紫笑道：「隊長，你明兒大顯身手，恭喜你奪個統領做做。」室里一伸舌頭，道：「小人那有這大膽子？」阿紫笑道：「奪個統領，又有甚麼了不起啦？只要我姊夫肯教你三兩手功夫，只怕你便能奪得了統領。」室里喜道：「蕭大爺肯指點小人，當真求之不得。至於統領甚麼的，小人沒這個福份，卻也不想。」

一行人談談說說，行了十數里，只見前面一隊騎兵急馳而來。室里道：「是大帳皮室軍的飛熊隊到了。」那隊官兵都穿熊皮衣帽，黑熊皮外袍，白熊皮高帽，模樣甚是威武。這隊兵行到近處，齊聲吆喝，同時下馬，分立兩旁，說道：「恭迎蕭大爺！」蕭峯道：「不敢！不敢！」舉手行禮，縱馬行前，飛熊軍跟隨其後。

行了十數里，又是一隊身穿虎皮衣、虎皮帽的飛虎兵前來迎接。蕭峯心道：「我那耶律哥哥不知做甚麼大官，竟有這等排場。」只是室里不說，而上次相遇之時，耶律基又堅決不肯吐露身分，蕭峯也就不問。

行到傍晚，到來一處大帳，一隊身穿豹皮衣帽的飛豹隊迎接蕭峯和阿紫進了中央大帳。蕭峯只道一進帳中，便可與耶律基相見，豈知帳中氈毯器物甚是華麗，矮几上放滿了菜餚果物，帳中卻無主人。飛豹隊隊長道：「主人請蕭大爺在此安宿一宵，來日相見。」蕭峯也不多問，坐到几邊，端起酒碗便喝。四名軍士斟酒割肉，恭謹服侍。

次晨起身又行，這一日向西走了二百餘里，傍晚又在一處大帳中宿歇。

到得第三日中午，室里道：「過了前面那個山坡，咱們便到了。」蕭峯見這座大山氣象宏偉，一條大河嘩嘩水響，從山坡旁奔流而南。一行人轉過山坡，眼前旌旗招展，一片大草原上密密層層的到處都是營帳，成千成萬騎兵步卒，圍住了中間一大片空地。護送蕭峯的飛熊、飛虎、飛豹各隊官兵取出號角，嗚嗚嗚的吹了起來。

突然間鼓聲大作，蓬蓬蓬號炮山響，空地上眾官兵向左右分開，一匹高大神駿的黃馬衝了出來，馬背上一條虬髯大漢，正是耶律基。他乘馬馳向蕭峯，大叫：「蕭兄弟，想煞哥哥了！」蕭峯縱馬迎將上去，兩人同時躍下馬背，四手交握，均是不勝之喜。

只聽得四周眾軍士齊聲吶喊：「萬歲！萬歲！萬歲！」

蕭峯大吃一驚：「怎地眾軍士竟呼萬歲！」遊目四顧，但見軍官士卒個個躬身，抽刀拄地，耶律基攜著他手站在中間，東西顧盼，神情甚是得意。蕭峯愕然道：「哥哥，你……你是……」耶律基哈哈大笑，道：「倘若你早知我是大遼國當今皇帝，只怕便不肯和我結義為兄弟了。蕭兄弟，我真名字乃耶律洪基。你活命之恩，我永誌不忘。」

蕭峯雖然豁達豪邁，但生平從未見過皇帝，今日見了這等排場，不禁有些窘迫，說道：「小人不知陛下，多有冒犯，罪該萬死！」說著便即跪下。他是契丹子民，見了本國皇帝，該當跪拜。

耶律洪基忙伸手扶起，笑道：「不知者不罪，兄弟，你我是金蘭兄弟，今日只敘義氣，明日再行君臣之禮不遲。」他左手一揮，隊伍中奏起鼓樂，歡迎嘉賓。耶律洪基攜著蕭峯之手，同入大帳。

遼國皇帝所居營帳乃數層牛皮所製，飛彩繪金，燦爛輝煌，稱為皮室大帳。耶律洪基居中坐了，命蕭峯坐在橫首，不多時隨駕文武百官進來參見，北院大王、北院樞密使、于越、南院知樞密使事、皮室大將軍、小將軍、馬軍指揮使、步軍指揮使等等，蕭峯一時之間也記不清這許多。

當晚帳中大開筵席，契丹人尊重女子，阿紫也得在皮室大帳中與宴。酒如池、肉如山，阿紫瞧得興高采烈，眉花眼笑。

酒到酣處，十餘名契丹武士在皇帝面前撲擊為戲，各人赤裸了上身，擒攀摔跌，激烈搏鬥。蕭峯見這些契丹武士身手矯健，膂力雄強，舉手投足之間另有一套武功，變化巧妙雖不及中原武士，但直進直擊，如用之於戰陣羣鬥，似較中原武術更易見效。

遼國文武官員一個個上來向蕭峯敬酒。蕭峯來者不拒，酒到杯乾，喝到後來，已喝了三百餘杯，仍是神色自若，眾人無不駭然。

耶律洪基向來自負勇力，這次為蕭峯所擒，通國皆知，他有意要蕭峯顯示超人之能，以掩他被擒的羞辱，沒想到蕭峯不用在次日比武大會上大顯身手，此刻一露酒量，便已壓倒羣雄，人人敬服。耶律洪基大喜，說道：「兄弟，你是我遼國的第一位英雄好漢！」

阿紫忽然插口道：「不，他是第二！」耶律洪基笑道：「小姑娘，他怎麼是第二？那麼第一位英雄是誰？」阿紫道：「第一位英雄好漢，自然是你陛下了。我姊夫本事雖大，卻要順從於你，不敢違背，你不是第一嗎？」她是星宿老人門人，精通諂諛之術，說這句話只是牛刀小試而已。

耶律洪基呵呵大笑，說道：「說得好，說得好。蕭兄弟，我要封你一個大大的官爵，讓我來想一想，封甚麼才好？」這時他酒已喝得有八九成了，伸手指在額上彈了幾彈。蕭峯忙道：「不，不，小人性子粗疏，難享富貴，向來漫遊四方，來去不定，確是不願為官。」耶律洪基笑道：「行啊，我封你一個只須喝酒、不用做事的大官……」一句話沒說完，忽聽得遠處嗚嗚嗚的傳來一陣尖銳急促的號角之聲。

一眾遼人本來都席地而坐，飲酒吃肉，一聽到這號角聲，驀然間轟的一聲，同時站起身來，臉上均有驚惶之色。那號角聲來得好快，初聽到時還在十餘里外，第二次響時已近了數里，第三次聲響又近了數里。蕭峯心道：「天下再快的快馬，第一等的輕身功夫，也決計不能如此迅捷。是了，想必是預先佈置了傳遞軍情急訊的傳信站，一聽到號角之聲，便傳到下一站來。」只聽得號角聲飛傳而來，一傳到皮室大帳之外，便倏然而止。數百座營帳中的官兵本來歡呼縱飲，亂成一團，這時突然間盡皆鴉雀無聲。

耶律洪基神色鎮定，慢慢舉起金杯，喝乾了酒，說道：「上京有叛徒作亂，咱們這就回去，拔營！」

行軍大將軍當即轉身出營發令，但聽得一句「拔營」的號令變成十句，十句變成百句，百句變成千句，聲音越來越大，卻是嚴整有序，毫無驚慌雜亂。蕭峯尋思：「我大遼立國垂二百年，國威震於天下，此刻雖有內亂，卻無紛擾，可見歷世遼主統軍有方。」

但聽馬蹄聲響，前鋒斥堠兵首先馳了出去，跟著左右先鋒隊啟行，前軍、左軍、右軍，一隊隊的向南開拔回京。

耶律洪基攜著蕭峯的手，道：「咱們瞧瞧去。」二人走出帳來，但見黑夜之中，每一面軍旗上都點著一盞燈籠，紅、黃、藍、白各色閃爍照耀，十餘萬大軍南行，惟聞馬嘶蹄聲，竟聽不到一句人聲。蕭峯大為嘆服，心道：「治軍如此，天下有誰能敵？那日皇上孤身逞勇出獵，致為我所擒。倘若大軍繼來，女真人雖然勇悍，終究寡不敵眾。」

他二人一離大帳，眾護衛立即拔營，片刻間收拾得乾乾淨淨，行李輜重都裝上了駝馬大車。中軍元帥發出號令，中軍便即啟行。北院大王、于越、太師、太傅等隨侍在耶律洪基前後，眾人臉色鄭重，卻是一聲不作。京中亂訊雖已傳出，到底亂首是誰，亂況如何，一時卻也不易明白。

大隊人馬向南行了三日，晚上紮營之後，第一名報子馳馬奔到，向耶律洪基稟報：「南院大王作亂，佔據皇宮，自皇太后、皇后以下，王子、公主以及百官家屬，均已被捕。」

耶律洪基大吃一驚，不由得臉色大變。

遼國軍國重事，由南北兩院分理。此番北院大王隨侍皇帝出獵，南院大王留守上京。南院大王耶律湼魯古，爵封楚王，本人倒也罷了，他父親耶律重元，乃當今皇太叔，官封天下兵馬大元帥，卻是非同小可。

耶律洪基的祖父耶律隆緒，遼史稱為聖宗。聖宗長子宗真，次子重元。宗真性格慈和寬厚，重元則極為勇武，頗有兵略。聖宗逝世時，遺命傳位於長子宗真，但聖宗的皇后卻喜愛次子，陰謀立重元為帝。遼國向例，皇太后權力極重，其時宗真的皇位固有不保之勢，性命也已危殆，但重元反將母親的計謀告知兄長，使皇太后的密圖無法得逞。宗真對這兄弟自是十分感激，立他為皇太弟，那是說日後傳位於他，以酬恩德。

耶律宗真遼史稱為興宗，但他逝世之後，皇位卻並不傳給皇太弟重元，仍是傳給自己的兒子洪基。

耶律洪基接位後，心中過意不去，封重元為皇太叔，顯示他仍是大遼國皇儲，再加封天下兵馬大元帥，上朝免拜不名，賜金券誓書，四頂帽，二色袍，尊寵之隆，當朝第一；又封他兒子涅魯古為楚王，執掌南院軍政要務，稱為南院大王。

當年耶律重元明明可做皇帝，卻讓給兄長，可見他既重義氣，又甚恬退。耶律洪基出外圍獵，將京中軍國重務都交給了皇太叔，絲毫不加疑心。這時訊息傳來，謀反的居然是南院大王耶律涅魯古，耶律洪基自是又驚又憂，素知涅魯古性子陰狠，處事極為辣手，他既舉事謀反，他父親決無袖手之理。

北院大王奏道：「陛下且寬聖慮，想皇太叔見事明白，必不容他逆子造反犯上，說不定此刻已引兵平亂。」耶律洪基道：「但願如此。」

眾人食過晚飯，第二批報子趕到稟報：「南院大王立皇太叔為帝，已詔告天下。」以下的話他不敢明言，將新皇帝的詔書雙手奉上。洪基接過一看，見詔書上直斥耶律洪基為篡位偽帝，說先帝立耶律重元為皇太弟，二十四年之中天下皆知，一旦駕崩，耶律洪基篡改先帝遺詔，竊據大寶，中外共憤，現皇太弟正位為君，並督率天下軍馬，伸討逆偽云云。

耶律洪基大怒之下，將詔書擲入火中，燒成了灰燼，心下甚是憂急，尋思：「這道偽詔說得振振有詞，遼國軍民看後，恐不免人心浮動。皇太叔官居天下兵馬大元帥，手綰兵符，可調兵馬八十餘萬，何況尚有他兒子楚王南院所轄兵馬。我這裏隨駕的只不過十餘萬人，寡不敵眾，如何是好？」這一晚翻來覆去，無法安寢。

蕭峯聽說遼帝要封他為官，本想帶了阿紫，黑夜中不辭而別，但此刻見義兄面臨危難，倒不便就此一走了之，好歹也要替他出番力氣，不枉了結義一場。當晚他在營外閒步，只聽得眾官兵悄悄議論，均說父母妻子俱在上京，這一來都給皇太叔拘留了，只怕性命不保。有的思及家人，突然號哭。哭聲感染人心，營中其餘官兵處境相同，紛紛哭了起來。統兵將官雖極力喝阻，斬了幾名哭得特別響亮的為徇，卻也無法阻止得住。

耶律洪基聽得哭聲震天，知是軍心渙散之兆，更是煩惱。

次日一早，探子來報，皇太叔與楚王率領兵馬五十餘萬，北來犯駕。洪基尋思：「今日之事，有進無退，縱然兵敗，也只有決一死戰。」當即召集百官商議。羣臣對耶律洪基都極為忠心，願決死戰，但均以軍心為憂。

洪基傳下號令：「眾官兵出力平逆討賊，靖難之後，升官以外，再加重賞。」披起黃金甲冑，親率三軍，向皇太叔的軍馬迎去逆擊。眾官兵見皇上親臨前敵，登時勇氣大振，三呼萬歲，誓死效忠。十餘萬兵馬分成前軍、左軍、右軍、中軍四部，兵甲鏘鏘，向南挺進，另有小隊遊騎，散在兩翼。

蕭峯挽弓提矛，隨在洪基身後，作了他的親身護衛。室里帶領一隊飛熊兵保護阿紫，居於後軍。蕭峯見耶律洪基眉頭深鎖，知他對這場戰事殊無把握。

行到中午，忽聽得前面號角聲吹起。中軍將軍發令：「下馬！」眾騎兵跳下馬背，手牽馬韁而行，只有耶律洪基和各大臣仍騎在馬上。

蕭峯不解眾騎兵何以下馬，頗感疑惑。耶律洪基笑道：「兄弟，你久在中原，不懂契丹人行軍打仗的法子罷？」蕭峯道：「正要請陛下指點。」洪基笑道：「嘿嘿，我這個陛下，不知能不能做到今日太陽下山。你我兄弟相稱，何必又叫陛下？」蕭峯聽他笑聲中頗有苦澀之意，說道：「兩軍未交，陛下不必憂心。」洪基道：「平原之上交鋒，最要緊的是馬力，人力尚在其次。」蕭峯登時省悟，道：「啊，是了！騎兵下馬是為了免得坐騎疲勞。」洪基點了點頭，說道：「養足馬力，臨敵時衝鋒陷陣，便可一往無前。契丹人東征西討，百戰百勝，這是一個很要緊的秘訣。」

他說到這裏，前面遠處塵頭大起，揚起十餘丈高，宛似黃雲鋪地湧來。洪基馬鞭一指，說道：「皇太叔和楚王都久經戰陣，是我遼國的驍將，何以驅兵急來，不養馬力？嗯，他們有恃無恐，自信已操必勝之算。」話猶未畢，只聽得左軍和右軍同時響起了號角。蕭峯極目遙望，見敵方東面另有兩支軍馬，西面亦另有兩支軍馬，那是以五敵一之勢。

耶律洪基臉上變色，向中軍將軍道：「結陣立寨！」中軍將軍應道：「是！」縱馬出去，傳下號令，登時前軍和左軍、右軍都轉了回來，一眾軍士將皮室大帳的支柱用大鐵錘釘入地下，張開皮帳，四周樹起鹿角，片刻之間，便在草原上結成了一個極大的木城，前後左右，各有騎兵駐守，數萬名弓箭手隱身大木之後，將弓弦都絞緊了，只待發箭。

蕭峯皺起了眉頭，心道：「這一場大戰打下來，不論誰勝誰敗，我契丹同族都非橫屍遍野不可。最好當然是義兄得勝，倘若不幸敗了，我當設法將義兄和阿紫救到安全之地。他這皇帝呢，做不做也就罷了。」

遼帝營寨結好不久，叛軍前鋒已到，卻不上前挑戰，遙遙站在強弓硬弩射不到處。但聽得鼓角之聲不絕，一隊隊叛軍圍了上來，四面八方的結成了陣勢。蕭峯一眼望將出去，但見遍野敵軍，望不到盡頭，尋思：「義兄兵勢遠所不及，寡不敵眾，只怕非輸不可。白天不易突圍逃走，只須支持到黑夜，我便能設法救他。」但見營寨大木的影子短短的映在地下，烈日當空，正是過午不久。

只聽得呀呀呀數聲，一羣大雁列隊飛過天空。耶律洪基仰首凝視半晌，苦笑道：「這當兒除非化身為雁，否則是插翅難飛了。」北院大王和中軍將軍相顧變色，知道皇帝見了叛軍軍容，已有怯意。

敵陣中鼓聲擂起，數百面皮鼓蓬蓬大響。中軍將軍大聲叫道：「擊鼓！」御營中數百面皮鼓也蓬蓬響起。驀地裏對面軍中鼓聲一止，數萬名騎兵喊聲震動天地，挺矛直衝過來。

眼見敵軍前鋒衝近，中軍將軍令旗向下一揮，御營中鼓聲立止，數萬枝羽箭同時射了出去，敵軍前鋒紛紛倒地。但敵軍前仆後繼，蜂湧而上，前面跌倒的軍馬便成為後軍的擋箭垜子。敵軍步兵弓箭手以盾牌護身，搶上前來，向御營放箭。

耶律洪基初時頗為驚懼，一到接戰，登時勇氣倍增，站在高處，手持長刀，發令指揮。御營將士見皇上親身督戰，大呼：「萬歲！萬歲！萬歲！」敵軍聽到「萬歲」之聲，抬頭見到耶律洪基黃袍金甲，站在御營中的高台之上，在他積威之下，不由得躑躅不前。耶律洪基見到良機，大呼：「左軍騎兵包抄，衝啊！」

左軍由北院樞密使率領，聽到皇上號令，三萬騎兵便從側包抄過去。叛軍一猶豫間，御營軍馬已然衝到。叛軍登時陣腳大亂，紛紛後退。御營中鼓聲雷震，叛軍接戰片時，便即敗退。御營軍馬向前追殺，氣勢鋒銳。

蕭峯大喜，叫道：「大哥，這一回咱們大勝了！」耶律洪基下得台來，跨上戰馬，領軍應援。忽聽得號角響起，叛軍主力開到，叛軍前鋒返身又鬥，霎時間羽箭長矛在天空中飛舞來去，殺聲震天，血肉橫飛。蕭峯只看得暗暗心驚：「這般惡鬥，我生平從未見過。一個人任你武功天下無敵，到了這千軍萬馬之中，卻也全無用處，最多也不過自保性命而已。這等大軍交戰，武林中的羣毆比武與之相較，那是不可同日而語了。」

忽聽得叛軍陣後鑼聲大響，鳴金收兵。叛軍騎兵退了下去，箭如雨發，射住了陣腳。中軍將軍和北院樞密使率軍連衝三次，都衝不亂對方陣勢，反而被射死了數千軍士。耶律洪基道：「士卒死傷太多，暫且收兵。」當下御營中也鳴金收兵。

叛軍派出兩隊騎兵衝來襲擊，中軍早已有備，佯作敗退，兩翼一合圍，將兩隊叛軍的三千名官兵盡數圍殲當地，餘下數百人下馬投降。洪基左手一揮，御營軍士長矛揮去，將這數百人都戳死了。這一場惡鬥歷時不到一個時辰，卻殺得慘烈異常。

雙方主力各自退出數十丈，中間空地上鋪滿了屍首，傷者呻吟哀號，慘不忍聞。只見兩邊陣中各出一隊三百人的黑衣兵士，御營的頭戴黃帽，敵軍的頭戴白帽，前往中間地帶檢視傷者。蕭峯只道這些人是將傷者抬回救治，那知這些黑衣官兵拔出長刀，將對方的傷兵一一砍死。傷者盡數砍死後，六百人齊聲吶喊，相互鬥了起來。

六百名黑衣軍個個武功不弱，長刀閃爍，奮勇惡鬥，過不多時，便有二百餘人被砍倒在地。御營的黃帽黑衣兵武功較強，被砍死的只有數十人，當即成了兩三人合鬥一人的局面，這一來，勝負之數更是分明。又鬥片刻，變成三四人合鬥一人。但雙方官兵只吶喊助威，叛軍數十萬人袖手旁觀，並不增兵出來救援。終於叛軍三百名白帽黑衣兵一一就殲，御營黑衣軍約有二百名回陣。蕭峯心道：「想來遼人規矩如此。」這一番清理戰場的惡鬥，規模雖大不如前，驚心動魄之處卻猶有過之。

洪基高舉長刀，大聲道：「叛軍雖眾，卻無鬥志。再接一仗，他們便要敗逃了！」

御營官兵齊呼：「萬歲，萬歲，萬歲！」

忽聽得叛軍陣中吹起號角，五騎馬緩緩出來，居中一人雙手捧著一張羊皮，朗聲唸了起來，唸的正是皇太叔頒布的詔書：「耶律洪基篡位，乃是偽君，現下皇太叔正位，凡我遼國忠誠官兵，須當即日回京歸服，一律官升三級。」御營中十餘名箭手放箭，颼颼聲響，向那人射去。那人身旁四人舉起盾牌相護。那人繼續唸誦，突然間五匹馬均被射倒，五人躲在盾牌之後，終於唸完皇太叔的「詔書」，轉身退回。

北院大王見屬下官兵聽到偽詔後意有所動，喝道：「出去回罵！」三十名官兵上前十餘丈。二十名士兵手舉盾牌保護，此外十名乃是「罵手」，聲大喉粗，口齒便給，第一名「罵手」罵了起來，甚麼「叛國奸賊，死無葬身之地」等等，跟著第二名「罵手」又罵，罵到後來，盡是諸般污言穢語。蕭峯對契丹語言所知有限，這些「罵手」的言辭他大都不懂，只見耶律洪基連連點頭，意甚嘉許，想來這些「罵手」罵得著實精采。

蕭峯向敵陣中望去，見遠處黃蓋大纛掩映之下，有兩人各乘駿馬，手持馬鞭指指點點。

一人全身黃袍，頭戴沖天冠，頦下灰白長鬚，另一人身披黃金甲冑，面容瘦削，神情剽悍。蕭峯尋思：「瞧這模樣，這兩人便是皇太叔和楚王父子了。」

忽然間十名「罵手」低聲商議了一會，一齊放大喉嚨，大揭皇太叔和楚王的陰事。那皇太叔似乎立身甚正，無甚可罵之處，十個人所罵的，主要都針對於楚王，說他姦淫父親的妃子，仗著父親的權勢為非作歹。這些話顯是在挑撥他父子感情，十個人齊聲而喊，叫罵的言語字字相同，聲傳數里，數十萬軍士中聽清楚的著實不少。

那楚王鞭子一揮，叛軍齊聲大噪，大都是啊啊亂叫，喧譁呼喊，登時便將十個人的罵聲淹沒了。

亂了一陣，敵軍忽然分開，推出數十輛車子，來到御營之前，車子一停，隨車的軍士從車中拉出數十個女子來，有的白髮婆娑，有的方當妙齡，衣飾都十分華貴。這些女子一走出車子，雙方罵聲登時止歇。

耶律洪基大叫：「娘啊，娘啊！兒子捉住叛徒，碎屍萬段，替你老人家出氣。」

那白髮老婦便是當今皇太后、耶律洪基的母親蕭太后，其餘的是皇后蕭后、眾嬪妃和眾公主。皇太叔和楚王乘洪基出外圍獵時作亂，圍住禁宮，將皇太后等都擒了來。

皇太后朗聲道：「陛下勿以老婦和妻兒為念，奮力盪寇殺賊！」數十名軍士拔出長刀，架在眾后妃頸中。年輕的嬪妃登時驚惶哭喊。

耶律洪基大怒，喝道：「將哭喊的女子都射死了！」只聽得颼颼聲響，十餘枝羽箭射了出去，哭叫呼喊的妃子紛紛中箭而死。

皇后叫道：「陛下射得好，射得好！祖宗的基業，決計不能毀在奸賊手中。」

楚王見皇太后和皇后都如此倔強，此舉非但不能脅迫洪基，反而動搖了己方軍心，發令：「押了這些女人上車，退下。」眾軍士將皇太后、皇后等又押入車中，推入陣後。楚王下令：「押敵軍家屬上陣！」

猛聽得呼呼呼竹哨吹起，聲音蒼涼，軍馬向兩旁分開，鐵鍊聲嗆啷啷不絕，一排排男女老幼從陣後牽了出來。霎時間兩陣中哭聲震天。原來這些人都是御營官兵的家屬。御營官兵是遼帝親軍，耶律洪基特加優遇，准許家屬在上京居住，一來使親軍感激，有事之時可出死力，二來也是監視之意，使這一枝精銳之師出征時不敢稍起反心，那知道這次出獵，竟然變起肘腋之間。御營官兵的家屬不下二十餘萬，解到陣前的不過兩三萬人，其中有許多是胡亂捉來而捉錯了的，一時也分辨不出，但見拖兒帶女，亂成一團。

楚王麾下一名將軍縱馬出陣，高聲叫道：「御營眾官兵聽者：爾等家小，都已被收，投降的和家屬團聚，升官三級，另有賞金。若不投降，新皇有旨，所有家屬一齊殺了。」契丹人向來殘忍好殺，說是「一齊殺了」，決非恐嚇之詞，當真是要一齊殺了的。御營中有些官兵已認出了自己親人，「爹爹，媽媽，孩子，夫君，妻啊！」兩陣中呼喚之聲，響成一片。

叛軍中鼓聲響起，二千名刀斧手大步而出，手中大刀精光閃亮。鼓聲一停，二千柄大刀便舉了起來，對準眾家屬的頭。那將軍叫道：「向新皇投降，重重有賞，若不投降，眾家屬一齊殺了！」他左手一揮，鼓聲又起。

御營眾將士知道他左手再是一揮，鼓聲停止，這二千柄明晃晃的大刀便砍了下去。這些親軍對耶律洪基向來忠心，皇太叔和楚王以「升官」和「重賞」相招，那是難以引誘，但這時眼見自己的父母子女引頸待戮，如何不驚？

鼓聲隆隆不絕，御營親軍的官兵的心也是怦怦急跳。突然之間，御營中有人叫道：「媽媽，媽媽，不能殺了我媽媽！」投下長矛，向敵陣前的一個老婦奔去。

跟著颼的一箭從御營中射出，正中這人的後心。這人一時未死，兀自向他母親爬去。只聽得「爹娘、孩兒」叫聲不絕，御營中數百人紛紛奔出。耶律洪基的親信將軍拔劍亂斬，卻那裏止得住？這數百人一奔出，跟著便是數千。數千人之後，嘩啦啦一陣大亂，十五萬親軍之中，倒奔去了六七萬人。

耶律洪基長嘆一聲，知道大勢已去，乘著親軍和家屬抱頭相認，亂成一團，將叛軍從中隔開了，便即下令：「向西北蒼茫山退軍。」中軍將軍悄悄傳下號令，餘下未降的尚有八萬餘人，後軍轉作前軍，向西北方馳去。

楚王急命騎兵追趕，但戰場上塞滿了老弱婦孺，騎兵不能奔馳，待得推開眾人，耶律洪基已率領御營親軍去得遠了。

八萬多名親軍趕到蒼茫山腳下，已是黃昏，眾軍士又飢又累，在山坡上趕造營寨，居高臨下，以作守禦之計。安營甫定，還未造飯，楚王已親率精銳趕到山下，立即向山坡衝鋒。御營軍士箭石如雨，將叛軍擊退。楚軍見仰攻不利，當即收兵，在山下安營。

這日晚間，耶律洪基站在山崖之旁，向南眺望，但見叛軍營中營火有如繁星，遠處有三條火龍蜿蜒而至，卻是叛軍的後續部隊前來參與圍攻。耶律洪基心下黯然，正待入帳，北院樞密使前來奏告：「臣屬下的一萬五千兵馬，衝下山去投了叛逆。臣治軍無方，罪該萬死。」耶律洪基揮了揮手，搖頭道：「這也怪你不得，下去休息罷！」

他轉過頭來，見蕭峯望著遠處出神，說道：「一到天明，叛軍就會大舉來攻，我輩盡成俘虜矣。我是國君，不能受辱於叛徒，當自刎以報社稷。兄弟，你乘夜自行衝了出去罷。你武藝高強，叛軍須攔你不住。」說到這裏，神色悽然，又道：「我本想大大賜你一場富貴，豈知做哥哥的自身難保，反而累了你啦。」

蕭峯道：「大哥，大丈夫能屈能伸，今日戰陣不利，我保你退了出去，招集舊部，徐圖再舉。」

洪基搖頭道：「我連老母妻子都不能保，那裏還說得上甚麼大丈夫？契丹人眼中，勝者英雄，敗者叛逆。我一敗塗地，豈能再興？你自己去罷！」

蕭峯知他所說的乃是實情，慨然道：「既然如此，那我便陪著哥哥，明日與叛寇決一死戰。你我義結金蘭，你是皇帝也好，是百姓也好，蕭某都當你是義兄。兄長有難，做兄弟的自當和你同生共死，豈有自行逃走之理？」

耶律洪基熱淚盈眶，握住他雙手，說道：「好兄弟，多謝你了。」

蕭峯回到帳中，見阿紫蜷臥在帳幕一角，睜著一雙圓圓的大眼，兀自未睡。阿紫問道：「姊夫，你怪我不怪？」蕭峯奇道：「怪你甚麼？」阿紫道：「都是我不好，若不是我定要到大草原中來遊玩，也不會累得你困在這裏。姊夫，咱們要死在這裏了，是不是？」

帳外火把的紅光映在她臉上，蒼白之色中泛起一片暈紅，更顯得嬌小稚弱。蕭峯心中大起憐意，柔聲道：「我怎會怪你？若不是我打傷了你，咱們就不會到這種地方來。」阿紫微微一笑，說道：「若不是我向你發射毒針，你就不會打傷我。」

蕭峯伸出大手，撫摸她頭髮。阿紫重傷之餘，頭髮脫落了大半，又黃又稀。蕭峯輕嘆一聲，說道：「你年紀輕輕，卻跟著我受苦。」阿紫道：「姊夫，我本來不明白，姊姊為甚麼這樣喜歡你，後來我才懂了。」

蕭峯心想：「你姊姊待我深情無限，你這小姑娘懂得甚麼。其實，阿朱為甚麼會愛上我這粗魯漢子，連我自己也不明白，你又怎能知道？」想到此處，悽然搖頭。

阿紫側過頭來，說道：「姊夫，你猜到了沒有，為甚麼那天我向你發射毒針？我不是要射死你，我只是要你動彈不得，讓我來服侍你。」蕭峯奇道：「那有甚麼好？」阿紫微笑道：「你動彈不得，就永遠不能離開我了。否則的話，你心中瞧我不起，隨時就拋開我，不理睬我。」

蕭峯聽她說的雖是孩子話，卻也知道不是隨口胡說，不禁暗暗心驚，尋思：「反正明天大家都死，安慰她幾句也就是了。」說道：「你這真是孩子想法，你真的喜歡跟著我，儘管跟我說就是，我也不會不允。」

阿紫眼中突然發出明亮的光采，喜道：「姊夫，我傷好了之後，仍要跟著你，永遠不回到星宿派師父那裏去了。你可別拋開我不理。」

蕭峯知道她在星宿派所闖的禍實在不小，料想她確是不敢回去，笑道：「你是星宿派的大師姊傳人，你不回去，羣龍無首，那便如何是好？」阿紫格格一笑，道：「讓他們去亂成一團好了。我才不理呢。」

蕭峯拉上毛氈，蓋到她頸下，替她輕輕攏好了，展開毛氈，自行在營帳的另一角睡下。帳外火光時明時滅，閃爍不定，但聽得哭聲隱隱，知是御營官兵思念家人，大家均知明晨這一仗性命難保，只是各人忠於皇上，不肯背叛。

次晨蕭峯一早便醒了，囑咐室里隊長備好馬匹，照料阿紫，自己結束停當，吃了一斤羊肉，喝了三斤酒，走到山邊。其時四下裏尚一片黑暗，過不多時，東方曙光初現，御營中號角嗚嗚吹起，但聽得鏗鏗鏘鏘，兵甲軍刃相撞之聲不絕於耳。營中一隊隊兵馬開出，於各處衝要之處守禦。蕭峯居高臨下的望將出去，只見東、南、東南方三面人頭湧湧，盡是叛軍。一陣白霧罩著遠處，軍陣不見盡頭。

霎時間太陽於草原邊上露出一弧，金光萬道，射入白霧之中，濃露漸消，顯出霧中也都是軍馬。驀地裏鼓聲大起，敵陣中兩隊黃旗軍馳了出來，跟著皇太叔和楚王乘馬馳到山下，舉起馬鞭，向山上指點商議。

耶律洪基領著侍衛站在山邊，見到這等情景，怒從心起，從侍衛手下接過弓箭，彎弓搭箭，一箭向楚王射去。從山上望將下去，似乎相隔不遠，其實相距尚有數箭之地，這一箭沒到半途，便力盡跌落。

楚王哈哈大笑，大聲叫道：「洪基，你篡了我爹爹之位，做了這許多時候的偽君，也該讓位了。你快快投誠，我爹爹便饒你一死，還假仁義的封你為皇太姪如何？哈哈哈！」這幾句話，顯然諷刺洪基封耶律重元為皇太叔乃是假仁假義。

洪基大怒，罵道：「無恥叛賊，還在逞這口舌之利。」

北院樞密使叫道：「主辱臣死！主上待我等恩重如山，今日正是我等報主之時。」率領了三千名親兵，齊聲發喊，從山上衝了下去。這三千人都是契丹部中的勇士，此番抱了必死之心，無不以一當十，大喊衝殺，登時將敵軍衝退里許。但楚王令旗揮處，數萬軍馬圍了上來，刀矛齊施，只聽得喊聲震動天地，血肉橫飛。三千人越戰越少，鬥到後來，盡數死節。北院樞密使力殺數人，自刎而死。耶律洪基、眾將軍大臣和蕭峯等在山峯上看得明白，卻無力相救，心感北院樞密使的忠義，盡皆垂淚。

楚王又馳到山邊，笑道：「洪基，到底降不降？你這一點兒軍馬，還濟得甚事？你手下這些人都是大遼勇士，又何必要他們陪你送命？是男兒漢大丈夫，爽爽快快，降就降，戰就戰，倘若自知氣數已盡，不如自刎以謝天下，也免得多傷士卒。」

耶律洪基長嘆一聲，虎目含淚，擎刀在手，說道：「這錦繡江山，便讓了你父子罷。你說得不錯，咱們叔姪兄弟，骨肉相殘，何必多傷契丹勇士的性命。」說著舉起刀來，便往頸上勒去。

蕭峯猿臂伸出，將他刀子奪過，說道：「大哥，是英雄好漢，便當死於戰場，如何能自盡而死？」

洪基嘆道：「兄弟，這許多將士跟隨我日久，我反正是死，不忍他們盡都跟著我送了性命。」

楚王大聲叫道：「洪基，你還不自刎，更待何時？」手中馬鞭直指其面，囂張已極。

蕭峯見他越走越近，心念一動，低聲道：「大哥，你跟他信口敷衍，我悄悄掩近身去，射他一箭。」

洪基知他了得，喜道：「如此甚好，若能先將他射死，我死也瞑目。」當即提高嗓子，叫道：「楚王，我待你父子不薄，你父親要做皇帝，也無不可，何必殺傷本國這許多軍士百姓，害得我遼國大傷元氣？」

蕭峯執了一張硬弓，十枝狼牙長箭，牽過一匹駿馬，慢慢拉到山邊，一矮身，轉到馬腹之下，身藏馬下，雙足鉤住馬背，足尖一踢，那馬便衝了下去。山下叛軍見一匹空馬奔將下來，馬背上並無騎者，只道是軍馬斷韁奔逸，這是十分尋常之事，誰也沒加留神。但不久叛軍軍士便見到馬腹之下有人，登時大呼起來。

蕭峯以足尖踢馬，縱馬向楚王直衝過去，眼見離他約有二百步之遙，在馬腹之下拉開強弓，颼的一箭，向他射去。楚王身旁衛士舉起盾牌，將箭擋開。蕭峯縱馬急馳，連珠箭發，一箭將那衛士射倒，第二箭直射楚王胸膛。

楚王眼明手快，馬鞭揮出，往箭上擊來。這以鞭擊箭之術，原是楚王的拿手本領，卻不知射這一箭之人不但膂力雄強，而且箭上附有內勁，馬鞭雖擊到了箭桿，卻只將羽箭撥得準頭稍歪，噗的一聲，插入他的左肩。楚王叫聲「啊喲！」痛得伏在鞍上。

蕭峯羽箭又到，這一次相距更近，一箭從他左脅穿進，透胸而過。楚王身子一晃，從馬背上溜了下來。

蕭峯一舉成功，心想：「我何不乘機更去射死了皇太叔！」

楚王中箭墮馬，敵陣中人人大呼，幾百枝羽箭都向蕭峯所藏身的馬匹射到，霎時之間，那馬中了二百多枝羽箭，變成了一匹刺蝟馬。

蕭峯在地下幾個打滾，溜到了一名軍官的坐騎之下，展開小巧綿軟功夫，隨即從這匹馬腹底下鑽到那一匹馬之下，一個打滾，又鑽到另一匹馬底下。眾官兵無法放箭，紛紛以長矛來刺。但蕭峯東一鑽，西一滾，盡是在馬肚子底下做功夫。敵軍官兵亂成一團，數千人馬你推我擠，自相踐踏，卻那裏刺得著他？

蕭峯所使的，只不過是中原武林中平平無奇的地堂功夫。不論是地堂拳、地堂刀，還是地堂劍，都是在地下翻滾騰挪，俟機攻敵下盤。這時他用於戰陣，眼明手快，躲過了千百隻馬蹄的踐踏。他看準皇太叔的所在，直滾過去，颼颼颼三箭，向皇太叔射去。

皇太叔的衞士先前見楚王中箭，已然有備，三十餘人各舉盾牌，密密層層的擋在皇太叔身前，只聽得錚錚錚三響，三枝箭都在盾牌上撞了下來，蕭峯所攜的十枝箭射出了七枝，只賸下三枝，眼見敵人三十幾面盾牌相互掩護，這三枝箭便要射死三名衞士也難，更不用說射皇太叔了。這時他已深入敵陣，身後數千軍士挺矛追來，面前更是千軍萬馬，實已陷入了絕境。當日他獨鬥中原羣雄，對方只不過數百人，已然凶險之極，幸得有人相救，方能脫身，今日困於數十萬人的重圍之中，卻如何逃命？

這當兒情急拚命，驀地裏一聲大吼，縱身而起，呼的一聲，從那三十幾面盾牌之上縱躍而過，落在皇太叔馬前。皇太叔大吃一驚，舉起馬鞭往他臉上擊落。蕭峯斜身躍起，落上皇太叔的馬鞍，左手抓住他後心，將他高高舉起，叫道：「你要死還是要活？快叫眾人放下兵刃！」皇太叔嚇得呆了，對他的話一個字也沒聽見。

這時叛軍中的擾攘之聲更是震耳欲聾，成千成萬的官兵彎弓搭箭，對準了蕭峯，但皇太叔被他擒在手中，誰也不敢輕舉妄動。

蕭峯氣運丹田，叫道：「皇太叔有令，眾三軍放下兵刃，聽宣聖旨。皇帝寬洪大量，赦免全體官兵，誰都不加追究。」這幾句話蓋過了十餘萬人的喧譁紛擾，聲聞數里，令得山前山後十餘萬官兵至少有半數人聽得清清楚楚。

蕭峯有過丐幫幫眾背叛自己的經歷，明白叛眾心思，一處逆境之後，最要緊的是企圖免罪，只須對方保證不念舊惡，決不追究，叛軍自然鬥志消失。此刻叛軍勢大，耶律洪基身邊不過七八萬餘人馬，眾寡懸殊，決不是叛軍之敵，其時局面緊急，不及向洪基請旨，使說了這幾句話，好令叛軍安心。

這幾句話朗朗傳出，眾叛軍的喧譁聲登時靜了下來，你看看我，我看看你，人人均是惶惑無主。

蕭峯情知此刻局勢極是危險，叛軍中只須有人呼叫不服，數十萬沒頭蒼蠅般的叛軍立時就會釀成巨變，當真片刻也延緩不得，又大聲叫道：「皇帝有旨：眾叛軍中官兵不論官職大小，一概無罪，皇帝開恩，決不追究。軍官士兵各就原職，大家快快放下兵刃！」

一片寂靜之中，忽然嗆啷啷、嗆啷啷幾聲響，有幾人擲下了手中長矛。這擲下兵刃的聲音互相感染，霎時之間，嗆啷啷之聲大作，倒有一半人擲下兵刃，餘下的兀自躊躇不決。

蕭峯左臂將皇太叔身子高高舉起，縱馬緩緩上山，眾叛軍誰也不敢攔阻，他馬頭到處，前面便讓出一條路來。

蕭峯騎馬來到山腰，御營中兩隊兵馬下來迎接，山峯上奏起鼓樂。

蕭峯道：「皇太叔，你快快下令，叫部屬放下兵刃投降，便可饒你性命。」

皇太叔顫聲道：「你擔保饒我性命？」

蕭峯向山下望去，只見無數叛軍手中還是執著弓箭長矛，軍心未定，危險未過，尋思：「眼下是安軍心為第一要務。皇太叔一人的生死何足道哉，只須派人嚴加監守，諒他以後再也不能為非作歹。」便道：「你戴罪立功，眼下是唯一的良機。陛下知道都是你兒子不好，決可赦你的性命。」

皇太叔原無爭奪帝位的念頭，都是因他兒子楚王野心勃勃而起禍，這時他身落人手，但求免於一死，便道：「好，我依你之言便了！」

蕭峯讓他安坐馬鞍，朗聲說道：「眾三軍聽者，皇太叔有言吩咐。」

皇太叔大聲道：「楚王挑動禍亂，現已伏法。皇上寬洪大量，饒了大家的罪過。各人快快放下兵刃，向皇上請罪。」

皇太叔既這麼說，眾叛軍羣龍無首，雖有兇鷙倔強之徒，也已不敢再行違抗，但聽得嗆啷啷之聲響成一片，眾叛軍都投下了兵刃。

蕭峯押著皇太叔上得蒼茫山來。耶律洪基喜不自勝，如在夢中，搶到蕭峯身邊，握著他的雙手，說道：「兄弟，兄弟，哥哥這江山，以後和你共享之。」說到這裏，心神激盪，不由得流下淚來。

皇太叔跪伏在地，說道：「亂臣向陛下請罪，求陛下哀憐。」

耶律洪基此時心境好極，向蕭峯道：「兄弟，你說該當如何？」蕭峯道：「叛軍人多勢眾，須當安定軍心，求陛下赦免皇太叔死罪，好讓大家安心。」

耶律洪基笑道：「很好，很好，一切依你，一切依你。」轉頭向北院大王道：「你傳下聖旨，封蕭峯為楚王，官居南院大王，督率叛軍，回歸上京。」

蕭峯吃了一驚，他殺楚王，擒皇太叔，全是為了要救義兄之命，決無貪圖爵祿之意，耶律洪基封他這樣的大官，倒令他手足無措，一時說不出話來。北院大王向蕭峯拱手道：「恭喜，恭喜！楚王的爵位向來不封外姓，蕭大王快向皇上謝恩。」蕭峯向洪基道：「哥哥，今日之事，全仗你洪福齊天，眾官兵對你輸心歸誠，叛亂方得平定，做兄弟的只不過出一點蠻力，實在算不得甚麼功勞。何況兄弟不會做官，也不願做官，請哥哥收回成命。」

耶律洪基哈哈大笑，伸右手攬著他肩頭，說道：「這楚王之封、南院大王的官位，在我遼國已是最高的爵祿，兄弟倘若還嫌不夠，一定不肯臣服於我，做哥哥的除了以皇位相讓，更無別法了。」

蕭峯吃了一驚，心想：「哥哥大喜之餘，說話有些忘形了，眼下亂成一團，一切事情須當明快果決，不能有絲毫猶豫，以防更起禍變。」只得屈膝下跪，說道：「臣蕭峯領旨，多謝萬歲恩典。」耶律洪基笑著雙手扶起。蕭峯道：「臣不敢違旨，只得領受官爵。只是草野鄙人，不明朝廷法度，若有差失，尚請原宥。」

耶律洪基伸手在他肩頭拍了幾下，笑道：「決無干係！」轉頭向左軍將軍耶律莫哥道：「耶律莫哥，我命你為南院樞密使，佐輔蕭大王，勾當軍國重事。」耶律莫哥大喜，忙跪下謝恩，又向蕭峯參拜，道：「參見大王！」洪基道：「莫哥，你稟受蕭大王號令，督率叛軍回歸上京。咱們向皇太后請安去。」

當下山峯上奏起鼓樂，耶律洪基一行向山下走去。叛軍的領兵將軍已將皇太后、皇后等請出，恭恭敬敬的在營中安置。耶律洪基進得帳去，母子夫妻相見，死裏逃生，恍如隔世，自是人人稱讚蕭峯的大功。

耶律莫哥先行，引導蕭峯去和南院諸部屬相見。適才蕭峯在千軍萬馬中一進一出，勇不可當，眾人均是親見。南院諸屬官軍雖然均是楚王的舊部，但一來蕭峯神威凜凜，各人心中害怕，不敢不服，又都敬他英雄了得，二來楚王平素脾氣暴躁，無恩於人，三來自己作亂犯上，心下都好生惶恐，是以蕭峯一到軍中，眾叛軍肅然敬服，齊聽號令。

蕭峯說道：「皇上已赦免各人從逆謀叛之罪，此後大夥兒應該痛改前非，再也不可稍起貳心。」

一名白鬚將軍上前說道：「稟告大王，皇太叔和世子扣押我等家屬，脅迫我等附逆，我等若有不從，世子便將我等家屬斬首，事出無奈，還祈大王奏明萬歲。」

蕭峯點頭道：「既是如此，以往之事，那也不用說了。」轉頭向耶律莫哥道：「眾軍就地休息，飽餐之後，拔營回京。」

當下南院中部屬一個個依著官職大小，上來參見。蕭峯雖然從來沒做過官，但他久為丐幫幫主，統率羣豪，自有一番威嚴。帶領丐幫豪傑和契丹大豪，其間也無甚差別。只是遼軍中另有一套規矩，蕭峯一面小心在意，一面由耶律莫哥分派處理，一切均是井井有條。

蕭峯帶領大軍出發不久，皇太后和皇后分別派了使者，到軍中賜給袍帶金銀。蕭峯謝恩甫畢，室里護著阿紫到了。她身披錦衣，騎著駿馬，說道均是皇太后所賜。蕭峯見她小小的身體裹在寬大的錦袍之中，一張小臉倒被衣領遮去了一半，不禁好笑。

阿紫沒親眼見到蕭峯射殺楚王、生擒皇太叔，只是從室里等人口中轉述而知。大凡述說往事，總不免加油添醬，將蕭峯的功績，更是說得神乎其神，加了三分。阿紫一見到他，便埋怨道：「姊夫，你立了這樣的大功，怎麼事先也不跟我說一聲，否則我站在山邊，親眼瞧著你殺進殺出，豈不開心？倒讓我白擔了半天心事。」蕭峯道：「這是僥倖立下的功勞，事先我怎麼知道？你一見面便來說孩子話。」阿紫道：「姊夫，你過來。」

蕭峯走近她身邊，見她蒼白的臉上發著興奮的紅光，經她身上的錦繡衣裳一襯，倒像是個玩偶娃娃一般，又是滑稽，又是可愛，忍不住哈哈大笑起來。

阿紫臉有慍色，嗔道：「我跟你說正經話，你卻哈哈大笑，有甚麼好笑？」蕭峯笑道：「我見你穿著這樣的衣服，像是個玩偶娃娃一般，很是有趣。」阿紫嗔道：「你老是當我小孩子，卻來取笑於我。」蕭峯笑道：「不是，不是！阿紫，這一次我只道咱二人都要死於非命了，那知竟能死裏逃生，我自然歡喜。甚麼南院大王、楚王的封爵，我才不放在心上，能夠活著不死，那就好得很了。」

阿紫道：「姊夫，你也怕死麼？」蕭峯一怔，點頭道：「遇到危險之時，自然怕死。」阿紫道：「我只道你是英雄好漢，不怕死的。你既然怕死，眾叛軍千千萬萬，你怎麼膽敢衝將過去？」蕭峯道：「這叫做置之死地而後生。我倘若不衝，就非死不可。那也說不上甚麼勇敢不勇敢，只不過是困獸猶鬥而已。咱們圍住了一頭大熊、一隻老虎，牠逃不出去，自然會拚命的亂咬亂撲。」阿紫嫣然一笑，道：「你將自己比作畜生了。」

這時兩人乘在馬上，並肩而行，一眼望將出去，大草原上旌旗招展，長長的隊伍行列直伸展到天際，不見盡頭，前後左右，盡是衛士部屬。

阿紫很是歡喜，說道：「那日你幫我奪得了星宿派傳人之位，我想星宿派中二代弟子、三代弟子數百人之眾，除了師父一人之外，算我最大，心裏十分得意。可是比之你統率千軍萬馬，那是全比不上了。姊夫，丐幫不要你做幫主，哼，小小一個丐幫，有甚麼希罕？你帶領人馬，去將他們都殺了。」

蕭峯連連搖頭，道：「孩子話！我是契丹人，丐幫不要我做幫主，道理也是對的。丐幫中人都是我的舊部朋友，怎麼能將他們殺了？」

阿紫道：「他們逐你出幫，對你不好，自然要將他們殺了。姊夫，難道他們還是你的朋友麼？」

蕭峯一時難以回答，只搖了搖頭，想起在聚賢莊上和眾舊友斷義絕交，豪氣登消。

阿紫又問：「如果他們聽說你做了遼國的南院大王，忽然懊悔起來，又接你去做丐幫幫主，你又去也不去？」蕭峯微微一笑，道：「天下焉有是理？大宋的英雄好漢，都當契丹人是萬惡不赦的奸徒，我在遼國官越做得大，他們越恨我。」阿紫道：「呸！有甚麼希罕？他們恨你，咱們也恨他們。」

蕭峯極目南望，但見天地相接處遠山重疊，心想：「過了這些山嶺，那便是中原了。」他雖是契丹人，但自幼在中原長大，內心實是愛大宋極深而愛遼國極淺，如果丐幫讓他做一名無職份、無名份的光袋弟子，只怕比之在遼國做甚麼南院大王更為心安理得。

阿紫又道：「姊夫，我說皇上真聰明，封你做南院大王。以後遼國跟人打仗，你須兵出征，那當然百戰百勝。你只要衝進敵陣，將對方的元帥一打死，敵軍大夥兒就拋下刀槍，跪下投降，這仗不就勝了嗎？」

蕭峯微笑道：「皇太叔的部下都是遼國官兵，向來聽皇上號令的，因此楚王一死，皇太叔被擒，大家便投降了。如果兩國交兵，那便大大不同了。殺了元帥，有副元帥，殺了大將軍，有偏將軍，人人死戰到底。我單槍匹馬，那是全然的無能為力。」

阿紫點頭道：「嗯，原來如此。姊夫，你說衝進敵軍，射殺楚王，生擒皇太叔，還不算勇敢，那麼你一生真正最勇敢的事是甚麼？說給我聽，好不好？」

蕭峯向來不喜述說自己得意的武勇事蹟，從前在丐幫之時，出馬誅殺大奸大惡，不論如何激戰惡鬥，回到本幫後只輕描淡寫的說一句：「已將某某人殺了。」至於種種驚險艱難的經過，不論旁人如何探詢，他是決計不說的，這時聽阿紫問起，心想這一生身經百戰，臨敵時從不退縮，勇敢之事，當真說不勝說，便道：「我和人相鬥，大都是被迫而為，既不得不鬥，也就說不上甚麼勇敢。」

阿紫道：「我卻知道。你生平最勇敢的，是聚賢莊一場惡鬥。」

蕭峯一怔，問道：「你怎麼知道？」

阿紫道：「那日在小鏡湖畔，你走了之後，爹爹、媽媽，還有爹爹手下的那些人，大家談起你來，對你的武功都佩服得了不得，然而說你單身赴聚賢莊英雄大會，獨鬥羣雄，只不過為了醫治一個少女之傷。這個少女，自然是我姊姊了。他們那時不知阿朱是爹爹媽媽的親生女兒，說你對義父義母和受業恩師十分狠毒，對女人偏偏情長；忘恩負義，殘忍好色，是個不近人情的壞蛋。」說到這裏，格格的笑了起來。

蕭峯喃喃的道：「嘿，『忘恩負義！殘忍好色！』中原英雄好漢，給蕭峯的是這八個字評語。」

阿紫安慰他道：「你也不用氣惱。我媽媽卻大大讚你呢，說一個男人只要情長，就是好人，別的幹甚麼都不打緊。她說我爹爹也是忘恩負義，殘忍好色，只不過他是對情人好色負義，對女兒殘忍無情，說甚麼也不及你。我在一旁拍手贊成。」蕭峯苦笑搖頭。

大軍行了數日，來到上京。京中留守的百官和百姓早已得到訊息，遠遠迎接出來。蕭峯帥字旗到處，眾百姓燒香跪拜，稱頌不已。他一舉敉平這場大禍變，使無數遼國軍士得全性命，上京的百姓有一小半倒是御營親軍的家屬，自是對他感激無盡。蕭峯按轡徐行，眾百姓大叫：「多謝南院大王救命！」「老天爺保佑南院大王長命百歲，大富大貴！」

蕭峯聽著這一片稱頌之聲，見眾百姓大都眼中含淚，感激之情，確是出於至誠，尋思：「一人身居高位，一舉一動便關連萬千百姓的禍福，我去射殺楚王之時，只是逞一時剛勇，既救義兄，復救自己，想不到對眾百姓卻有這大的好處。唉，在中原時我一意求好，偏偏怨謗叢集，成為江湖上第一大奸大惡之徒。來到北國，無意之間卻成為眾百姓的救星。是非善惡，也實在難說得很。」

又想：「此處是我父母之邦，當年我爹爹、媽媽必曾常在這條大路上來去。唉，我既不知爹娘的形貌，他們當年如何在此並騎馳馬，更加無法想像。」

上京是遼國京都。其時遼國是天下第一大國，比大宋強盛得多。但契丹人以遊牧為生，居無定所，上京城中民居、店鋪，粗鄙簡陋，比之中原卻大為不如。

南院屬官將蕭峯迎入楚王府，府第宏大，屋內陳設也異常富麗堂皇。蕭峯一生貧困，那裏住過這等府第？進去走了一遭，便覺十分不慣，命部屬在軍營中豎立兩個營帳，他與阿紫分居一個，起居簡樸，一如往昔。

第三日上，耶律洪基和皇太后、皇后、嬪妃、公主等回駕上京，蕭峯率領百官接駕。朝中接連忙亂了數日。先是慶賀平難，論功行賞，撫卹北院樞密使等死難官兵的家屬。皇太叔自覺無顏，已在途中自盡而死。洪基倒也信守諾言，對附逆的官兵一概不加追究，只誅殺了楚王屬下二十餘名創議為叛的首惡。皇宮中大開筵席，犒勞出力的將士，接連大宴三日。蕭峯自是成了席上的第一位英雄。耶律洪基、皇太后、皇后、眾嬪妃、公主的賞賜，以及文武百官的餽贈，當真堆積如山。

犒賞已畢，蕭峯到南院視事。遼國數十個部族的族長一一前來參見，甚麼烏隗部、伯德部、北剋部、南剋部、室韋部、梅古悉部、五國部、烏古拉部，一時也記之不盡。跟著是皇帝所部大帳皮室軍軍官，皇后所部屬珊軍軍官，弘寧宮、長寧宮、永興宮、積慶宮、延昌宮等各宮衛的軍官紛紛前來參見。遼國的屬國共五十九國，計有吐谷渾、突厥、黨項、沙陀、波斯、大食、回鶻、吐蕃、高昌、高麗、于闐、敦煌等等。各國有使臣在上京的，得知蕭峯用事，掌握軍國重權，都來贈送珍異器玩，討好結納。蕭峯每日會晤賓客，接見部屬，眼中所見，盡是金銀珍寶，耳中所聞，無非諂諛稱頌，不由得甚是厭煩。

如此忙了一月有餘，耶律洪基在便殿召見，說道：「兄弟，你的職份是南院大王，須當坐鎮南京，俟機進討中原。做哥哥的雖不願與你分離，但為了建立千秋萬世的奇功，你還是早日領兵南下罷！」

蕭峯聽得皇上命他領兵南征，心中一驚，道：「陛下，南征乃是大事，非同小可。蕭峯一勇之夫，軍略實非所長。」

耶律洪基笑道：「我國新經禍變，須當休養士卒。大宋現下太后當朝，重用司馬光，朝政修明，無隙可乘，咱們原不是要在這時候南征。兄弟，你到得南京，時時刻刻將吞併南朝這件事放在心頭。咱們須得待釁而動，看到南朝有甚麼內變，那就大兵南下。要是他內部好好地，遼國派兵攻打，這就用力大而收效少了。」

蕭峯應道：「是，原該如此。」洪基道：「可是咱們怎知南朝是否內政修明，百姓是否人心歸附？」蕭峯道：「要請陛下指點。」洪基哈哈大笑，道：「自古以來，都是一般，多用金銀財帛去收買奸細間諜啊。南人貪財，卑鄙無恥之徒甚多，你命南院樞密使不惜財寶，多多收買便是。」

蕭峯答應了，辭出宮來，心下煩惱。他自來所結交的都是英雄豪傑，儘管江湖上暗中陷害、埋伏下毒等等詭計也見得多了，但均是爽爽快快殺人放火的勾當，從未用過金銀去收買旁人。何況他雖是遼人，自幼卻在南朝長大，皇帝要他以吞滅宋朝為務，心下極不願意，尋思：「哥哥封我為南院大王，總是一片好意，我倘若此刻便即辭官，未免辜負他一番盛情，有傷兄弟義氣。待我到得南京，做他一年半載，再行請辭便了。那時他如果不准，我掛冠封印，一溜了之，諒他也奈何我不得。」當下率領部屬，攜同阿紫來到南京。

遼時南京，便是今日的北京，當時稱為燕京，又稱幽都，為幽州之都。後晉石敬塘自立稱帝，得遼國全力扶持，石敬瑭便割燕雲十六州以為酬謝。燕雲十六州為幽、薊、涿、順、檀、瀛、莫、新、媯、儒、武、蔚、雲、應、寰、朔，均是冀北、晉北要地。自從割予遼國之後，後晉、後周、宋朝三朝歷年與之爭奪，始終無法收回。燕雲十六州佔據形勝，遼國駐以重兵，每次向南用兵，長驅而下，一片平陽之上，大宋無險可守。宋遼交兵百餘年，宋朝難得一勝，兵甲不如固是主因，而遼國居高臨下以控制戰場，亦佔到了極大的便宜。

蕭峯進得城來，見南京城街道寬闊，市肆繁華，遠勝上京，來來往往的都是南朝百姓，所聽到的也都是中原言語，恍如回到了中土一般。蕭峯和阿紫都很喜歡，次日輕車簡從，在市街各處遊觀。

燕京城方三十六里，共有八門。東是安東門、迎春門；南是開陽門、丹鳳門；西是顯西門、清晉門；北是通天門、拱辰門。兩道北門所以稱為通天、拱辰，意思是說臣服於此，聽從來自北面的皇帝聖旨。南院大王的王府在城之西南。蕭峯和阿紫遊得半日，但見坊市、廨舍、寺觀、官衙，密布四城，一時觀之不盡。

這時蕭峯官居南院大王，燕雲十六州固然屬他管轄，便西京道大同府一帶，中京道大定府一帶，也俱奉他號令。威望既重，就不便再在小小營帳中居住，只得搬進了王府。他視事數日，便覺頭昏腦脹，深以為苦，見南院樞密使耶律莫哥精明強幹，熟習政務，便將一應事務都交了給他。

然而做大官究竟也有好處，王府中貴重的補品藥物不計其數，阿紫直可拿來當飯吃。如此調補，她內傷終於日痊一日，到得初冬，已自可以行走了。她在燕京城內遊了多遍，跟著又由室里隨侍，城外十里之內也都遊遍了。

這一日大雪初晴，阿紫穿了一身貂裘，來到蕭峯所居的宣教殿，說道：「姊夫，我在城裏悶死啦，你陪我打獵去。」

蕭峯久居宮殿，也自煩悶，聽她這麼說，心下甚喜，當即命部屬備馬出獵。他不喜大舉打圍，只帶了數名隨從服侍阿紫，又恐百姓大驚小怪，當下換了尋常軍士所穿的羊皮袍子，帶一張弓、一袋箭，跨了匹駿馬，便和阿紫出清晉門向西馳去。

一行人離城十餘里，只打到幾隻小兔子。蕭峯道：「咱們到南邊試試。」勒轉馬頭，折而向南，又行出二十餘里，只見一隻獐子斜刺裏奔出來。阿紫從隨從手裏接過弓箭，一拉弓弦，豈知臂上全無力氣，這張弓竟拉不開。蕭峯左手從她身後環過去，抓住弓身，右手握著她小手拉開了弓弦，一放手，颼的一聲，羽箭射出，獐子應聲而倒。眾隨從歡呼起來。

蕭峯放開了手，向阿紫微笑而視，只見她眼中淚水盈盈，奇道：「怎麼啦？不喜歡我幫你射野獸麼？」阿紫淚水從面頰上流下，說道：「我……我成了個廢人啦，連這樣一張輕弓也……也拉不開。」蕭峯慰道：「別這麼性急，慢慢的自會回復力氣。要是將來真的不好，我傳你修習內功之法，定能增加力氣。」阿紫破涕為笑，道：「你說過的話，可不許不算，一定要教我內功。」蕭峯道：「好，好，一定教你。」

說話之間，忽聽得南邊馬蹄聲響，一大隊人馬從雪地中馳來。蕭峯向蹄聲來處遙望，見這隊人都是遼國官兵，卻不打旗幟。眾官兵喧譁歌號，甚是歡忭，馬後縛著許多俘擄，似是打了勝仗回來一般。蕭峯尋思：「咱們並沒有跟人打仗啊，這些人從那裏交了鋒來？」見一行官兵偏東回城，便向隨從道：「你去問問，是那一隊人，幹甚麼來了？」

那隨從應道：「是！」跟著道：「是咱們兄弟打草穀回來啦。」縱馬向官兵隊奔去。他馳到近處，說了幾句話。眾官兵聽說南院大王在此，大聲歡呼，一齊躍下馬來，牽韁在手，快步走到蕭峯身前，躬身行禮，齊聲道：「大王千歲！」

蕭峯舉手還禮，道：「罷了！」見這隊官兵約有八百餘人，馬背上放滿了衣帛器物，牽著的俘虜也有七八百人，大都是年輕女子，也有些少年男子，穿的都是宋人裝束，個個哭哭啼啼。

那隊長道：「今日輪到我們那黑拉篤隊出來打草穀，托大王的福，收成著實不錯。」回頭喝道：「大夥兒把最美貌的少年女子，最好的金銀財寶，統通都獻了出來，請大王千歲揀用。」眾官兵齊聲應道：「是！」將二十多個少女推到蕭峯馬前，又有許多金銀飾物之屬，紛紛堆到一張毛氈上。眾官兵望著蕭峯，目光中流露出崇敬企盼之色，顯覺南院大王若肯收用他們奪來的女子玉帛，實是莫大榮耀。

當日蕭峯在雁門關外，曾見到大宋官兵俘虜契丹子民，這次又見到契丹官兵俘虜大宋子民，被俘者的悽慘神情，實一般無異。他在遼國多時，已約略知道遼國的軍情。遼國朝廷對軍隊不供糧秣，也無餉銀，官兵一應所需，都是向敵人搶奪而來，每日派出部隊去向大宋、西夏、女真、高麗各鄰國的百姓搶劫，名之為「打草穀」，其實與強盜無異。宋朝官兵便也向遼人「打草穀」，以資報復。是以邊界百姓，困苦異常，每日裏提心吊膽，朝不保夕。蕭峯一直覺得這種法子殘忍無道，只是自己並沒打算長久做官，向耶律洪基敷衍得一陣，便要辭官隱居，因此於任何軍國大事，均沒提出甚麼主張，這時親眼見到眾俘虜的慘狀，不禁惻然，問隊長道：「在那裏打來的……打來的草穀？」

那隊長恭恭敬敬的道：「稟告大王，是在涿州境外大宋地界打的草穀。自從大王來後，屬下不敢再在本州就近收取糧草。」

蕭峯心道：「聽他的話，從前他們便在本州劫掠宋人。」向馬前的一個少女用漢語問道：「你是那裏人？」那少女當即跪下，哭道：「小女子是張家村人氏，求大王開恩，放小女子回家，與父母團聚。」蕭峯抬頭向旁人瞧去。數百名俘虜都跪了下來，人叢中卻有一個少年直立不跪。

這少年約莫十六七歲年紀，臉型瘦長，下巴尖削，神色閃爍不定，蕭峯便問：「少年，你家住在那裏？」那少年道：「我有一件秘密大事，要面稟於你。」蕭峯道：「好，你過來說。」那少年雙手被粗繩縛著，道：「請你遠離部屬，此事不能讓旁人聽見。」蕭峯好奇心起，尋思：「這樣一個少年，能知道甚麼機密大事？是了，他從南邊來，或許有甚麼大宋的軍情可說。」他是宋人，向契丹稟告機密，便是無恥漢奸，心中瞧他不起，不過他既說有重大機密，聽一聽也是無妨，於是縱馬行出十餘丈，招手道：「你過來！」

那少年跟了過去，舉起雙手，道：「請你割斷我手上繩索，我懷中有物呈上。」蕭峯拔出腰刀，直劈下去，這一刀劈下去的勢道，直要將他身子劈為兩半，但落刀部位準極，只割斷了縛住他雙手的繩子。那少年吃了一驚，退出兩步，向蕭峯呆呆凝視。蕭峯微微一笑，還刀入鞘，問道：「甚麼東西？」

那少年探手入懷，摸了一物在手，說道：「你一看便知。」說著走向蕭峯馬前。蕭峯伸手去接。

突然之間，那少年將手中之物猛往蕭峯臉上擲來。蕭峯馬鞭一揮，將那物擊落，白粉飛濺，卻是個小小布袋。那小袋掉在地下，白粉濺在袋周，原來是個生石灰包。這是江湖上下三濫盜賊所用的卑鄙無恥之物，若給擲在臉上，生石灰末入眼，雙目便瞎。

蕭峯哼了一聲，心想：「這少年大膽，原來不是漢奸。」點頭道：「你叫甚麼名字？為何起心害我？」那少年嘴唇緊緊閉住，並不答話。蕭峯和顏悅色的道：「你好好說來，我可饒你性命。」那少年道：「我為父母報仇不成，更有甚麼話說。」蕭峯道：「你父母是誰？

難道是我害死的麼？」

那少年走上兩步，滿臉悲憤之色，指著蕭峯大聲道：「喬峯！你害死我爹爹、媽媽，害死我伯父，我……我恨不得食你之肉，將你抽筋剝皮，碎屍萬段！」

蕭峯聽他叫的是自己舊日名字「喬峯」，又說害死了他父母和伯父，定是從前在中原所結下的仇家，問道：「你伯父是誰？父親是誰？」

那少年道：「反正我不想活了，也要叫你知道，我聚賢莊游家的男兒，並非貪生怕死之輩。」

蕭峯「哦」了一聲，道：「原來你是游氏雙雄的子姪，令尊是游駒游二爺嗎？」頓了一頓，又道：「當日我在貴莊受中原羣雄圍攻，被迫應戰，事出無奈。令尊和令伯父均是自刎而死。」說到這裏，搖了搖頭，說道：「唉，自刎還是被殺，原無分別。當日我奪了你伯父和爹爹的兵刃，以至逼得他們自刎。你叫甚麼名字？」

那少年挺了挺身子，大聲道：「我叫游坦之。我不用你來殺，我會學伯父和爹爹的好榜樣！」說著右手伸入褲筒，摸出一柄短刀，便往自己胸口插落。蕭峯馬鞭揮出，捲住短刀，奪過了刀子。游坦之大怒，罵道：「我要自刎也不許嗎？你這該死的遼狗，忒也狠毒！」

這時阿紫已縱馬來到蕭峯身邊，喝道：「你這小鬼，膽敢出口傷人？你想死麼？嘿嘿，可沒這麼容易！」游坦之突然見到這樣一個清秀美麗的姑娘，一呆之下，說不出話來。阿紫道：「小鬼，做瞎子的滋味挺美，待會你就知道了。」轉頭向蕭峯道：「姊夫，這小子歹毒得緊，想用石灰包害你，咱們便用這石灰包先廢了他一雙招子再說。」

蕭峯搖搖頭，向領兵的隊長道：「今日打草穀得來的宋人，都給了我成不成？」那隊長不勝之喜，道：「大王賞臉，多謝大王的恩典。」蕭峯道：「凡是獻了俘虜給我的官兵，回頭都到王府去領賞。」眾官兵都歡歡喜喜的道：「咱們誠心獻給大王，不用領賞了。」蕭峯道：「你們將俘虜留下，先回城去罷，各人記著前來領賞。」眾官兵躬身道謝。那隊長道：「這兒野獸不多，大王要拿這些宋豬當活靶嗎？從前楚王就喜歡這一套。只可惜我們今日抓的多是娘們，逃不快。下次給大王多抓些精壯的宋豬來。」說著行了一禮，領兵去了。

「要拿這些宋豬當活靶」這幾句話鑽入耳中，蕭峯心頭不禁一震，眼前似乎便見到了楚王當年的殘暴舉動：幾百個宋人像野獸一般在雪地上號叫奔逃，契丹貴人哈哈大笑，彎弓搭箭，一個個的射死。有些宋人逃得遠了，契丹人騎馬呼嘯，自後趕去，就像射鹿射狐一般，終於還是一一射死。這種慘事，契丹人隨口說來，絲毫不以為異，過去自必習以為常。放眼向那羣俘虜瞧去，只見人人臉如土色，在寒風中不住顫抖。這些邊民有的懂得契丹話，早就聽過「射活靶」的事，這時更加嚇得魂不附體。

蕭峯悠悠一聲長嘆，向南邊重重疊疊的雲山望去，尋思：「若不是有人揭露我的身世之謎，我直至今日，還道自己是大宋百姓。我和這些人說一樣的話，吃一樣的飯，又有甚麼分別？為甚麼大家好好的都是人，卻要強分為契丹、大宋？女真、高麗？你到我境內來打草穀，我到你境內去殺人放火？你罵我遼狗？我罵你宋豬？」一時之間，思湧如潮。

眼見出來打草穀的官兵已去得不見人影，向眾難民道：「今日放你們回去，大家快快走罷！」眾俘虜還道蕭峯要令他們逃走，然後發箭射殺，都遲疑不動。蕭峯又道：「你們回去之後，最好遠離邊界，免得又被人打草穀捉來。我救得你們一次，可救不得第二次。」

眾難民這才信是真，歡聲雷動，一齊跪下磕頭，說道：「大王恩德如山，小民回家去供奉你的長生祿位。」他們早知宋民被遼兵打草穀俘去之後，除非是富庶人家，才能以金帛贖回，否則人人死於遼地。屍骨不得還鄉。宋遼連年交鋒，有錢人家早就逃到了內地。這些被俘的邊民皆是窮人，那有甚麼金帛前來取贖？早知自己命運已是牛馬不如，這位遼國大王竟肯放他們回家，當真喜出望外。

蕭峯見眾難民滿臉喜色，相互扶持南行，尋思：「我契丹人將他們捉了來，再放他們回去，使他們一路上擔驚受怕，又吃了許多苦頭，於他們又有甚麼恩德？」

眼見眾難民漸行漸遠，那游坦之仍是直挺挺的站著，便道：「你怎麼不走啊？你回歸中原，有盤纏沒有？」說著伸手入懷，想取些金銀給他，但身邊沒帶錢財，一摸之下，隨手取了個油布小包出來。他心中一酸，小包中包的是一部梵文易筋經，當日阿朱從少林寺中盜出來，強要自己收著，如今人亡經在，如何不悲？隨手將小包放回懷中，說道：「我今日出來打獵，沒帶錢財，你若無錢使用，可跟我到城裏去取。」

游坦之大聲道：「姓喬的，你要殺便殺，要剮便剮，何必用這些詭計來戲辱於我？姓游的就是窮死，也豈能使你的一文錢？」

蕭峯一想不錯，自己是他的殺父仇人，這種不共戴天的深仇無可化解，多說也是無用，便道：「我不殺你！你要報仇，隨時來找我便了。」

阿紫忙道：「姊夫，放他不得！這小子報仇不使正當功夫，儘使卑鄙下流手段。斬草除根，免留後患。」

蕭峯搖頭道：「江湖上處處荊棘，步步凶險，我也這麼走著過來了。諒這少年也傷不了我。我當日激得他伯父與父親自刎，實是出於無心，但這筆血債總是我欠的，何必又害游氏雙雄的子姪？」說到這裏，只感意興索然，又道：「咱們回去罷，今天沒甚麼獵可打。」

阿紫嘟起小嘴，道：「我心中想得好好的，要拿這小子來折磨一番，可多有趣！你偏要放走他，我回去城裏，又有甚麼可玩的？」但終於不敢違拗蕭峯的話，掉轉馬頭，和蕭峯並轡回去，行出數丈，回頭說：「小子，你去練一百年功夫，再來找我姊夫報仇！」說著嫣然一笑，揚鞭疾馳而去。

二十八

草木殘生顱鑄鐵

——

游坦之突然伸出手臂，抓住了馴獅人的後頸，用力一推，將他的腦袋塞入了獅籠。

游坦之見蕭峯等一行直向北去，始終不再回轉，才知自己是不會死了，尋思：「這奸賊為甚麼不殺我？哼，他壓根兒便瞧我不起，覺得殺了我汚手。他……他在遼國做了甚麼大王，我今後報仇，可更加難了。但總算找到了這奸賊的所在。」

俯身拾起了石灰包，又去尋找給蕭峯用馬鞭奪去後擲開的短刀，忽見左首草叢中有個油布小包，正是蕭峯從懷中摸出來又放回的，當即拾起，打開油布，見裏面是一本書，隨手一翻，每一頁上都寫滿了彎彎曲曲的文字，沒一個識得。原來蕭峯睹物思人，怔忡不定，將這本易筋經放回懷中之時，沒放得穩妥，乘在馬上略一顛動，便摔入草叢之中，竟沒發覺。

游坦之心想：「這多半是契丹文字。這本書那奸賊隨身攜帶，於他定是大有用處。我偏不還他，叫他為難一下，也是好的。」隱隱感到一絲復仇的快意，將書本包回油布，放入懷中，逕向南行。

他自幼便跟父親學武，苦於身體瘦弱，膂力不強，與游氏雙雄剛猛的外家武功路子全然不合，學了三年武功，進展極微，渾不似名家子弟。他學到十二歲上，游駒灰了心，和哥哥游驥商量。兩人均道：「我游家子弟出了這般三腳貓的把式，豈不讓人笑歪了嘴巴？何況別人一聽他是聚賢莊游氏雙雄子姪，不動手則已，一出手便用全力，第一招便送了他的小命。還是要他乖乖的學文，以保性命為是。」於是游坦之到十二歲以上，便不再學武，游駒請了一個宿儒教他讀書。

但他讀書也不肯用心，老是胡思亂想。老師說道：「子曰，學而時習之，不亦說乎？」他便說：「那也要看學甚麼而定，爹爹教我打拳，我學而時習之，也不快活。」老師怒道：

「孔夫子說的是聖賢學問，經世大業，那裏是甚麼打拳弄槍之事？」游坦之道：「好，你說我伯父、爹爹打拳弄槍不好，我告訴爹爹去。」總之將老師氣走了為止。如此不斷將老師氣走，游駒也不知打了他幾十頓，但這人越打越執拗頑皮。游駒見兒子不肖，頑劣難教，無可如何，長嘆之餘，也只好放任不理。是以游坦之今年一十八歲，雖然出自名門，卻是文既不識，武又不會。待得伯父和父親自刎身亡，母親撞柱殉夫，他孤苦伶仃，到處遊蕩，心中所思的，便是要找喬峯報仇。

那日聚賢莊大戰，他躲在照壁後觀戰，對喬峯的相貌形狀瞧得清清楚楚，聽說他是契丹人，便渾渾噩噩的向北而來，在江湖上見到一個小毛賊投擲石灰包傷了敵人雙眼，覺得這法子倒好，便學樣做了一個，放在身邊。他在邊界亂闖亂走，給契丹兵出來打草穀時捉了去，居然遇到蕭峯，石灰包也居然投擲出手，也可說湊巧之極了。

他心下思量：「眼下最要緊的是走得越遠越好，別讓他捉我回去。我想法去捉一條毒蛇或是一條大蜈蚣，去偷偷放在他床上，他睡進被窩，便一口咬死了他。那個小姑娘……那個小姑娘，唉，她……她這樣好看！」一想到阿紫的形貌，胸口莫名其妙的一熱，跟著臉上也熱烘烘地，只想：「不知甚麼時候，能再見到這臉色蒼白、纖弱秀美的小姑娘。」

他低了頭大步而行，不多時便越過了那羣喬峯放回的難民。有人好心叫他結伴同行，他也不加理睬，只自顧自的行走。走出十餘里，肚中餓得咕咕直叫，東張西望的想找些甚麼吃的，草原中除了枯草和白雪，甚麼都沒有，心想：「倘若我是一頭牛、一頭羊，那就好了，吃草喝雪，快活得很。嗯，倘若我是一頭小羊，人家將我爹爹、媽媽這兩頭老羊牽去宰來吃了，我報仇不報？父母之仇不共戴天，當然要報啊。可是怎樣報法？用兩隻角去撞那宰殺我父母的人麼？人家養了牛羊，本來就是宰來吃的，說得上甚麼報不報仇？」

他胡思亂想，信步而行，忽聽得馬蹄聲響，雪地中三名契丹騎兵縱馬馳來，一見到他，便歡聲大呼。一名契丹兵揮出一個繩圈，刷的一聲，套在他頸中，一拉之下，便即收緊。游坦之忙伸手去拉。那契丹兵一聲呼嘯，猛地裏縱馬奔跑。游坦之立足不定，一交摔倒，被那兵拖了出去。游坦之慘叫幾聲，隨即喉頭繩索收緊，再也叫不出來了。

那契丹兵怕扼死了他，當即勒定馬步。游坦之從地下掙扎著爬起，拉鬆喉頭的繩圈。那契丹兵用力一扯，游坦之一個踉蹌，險些摔倒。三名契丹兵都哈哈大笑起來。那拉著繩圈的契丹兵大聲向游坦之說了幾句話。游坦之不懂契丹言語，搖了搖頭。那契丹兵手一揮，縱馬便行，但這一次不是急奔。游坦之生怕又被勒住喉嚨，透不過氣來，只得走兩步、跑三步的跟隨。

他見三名契丹騎兵逕向北行，心下害怕：「喬峯這廝嘴裏說得好聽，說是放了我，一轉頭卻又命部屬來捉了我去。這次給他抓了去，那裏還有命在？」他離家北行之時，心中念念不忘的只是報仇，渾不知天高地厚，陡然間見到蕭峯，父母慘死時的情狀湧上心頭，一鼓作氣，便想用石灰包迷瞎他眼睛，再撲上去拔短刀刺死了他。但一擊不中，銳氣盡失，只想逃得性命，卻又給契丹兵拿了去。

初時他給契丹兵出來打草穀時擒去，雜在婦女羣中，女人行走不快，他腳步儘跟得上，也沒吃到多少苦頭，只是被俘時背上挨了一刀背。此刻卻大不相同，跌跌撞撞的連奔帶走，氣喘吁吁，走不上幾十步便摔一交，每一交跌將下去，繩索定在後頸中擦上一條血痕。那契丹騎兵絕不停留，毫不顧他死活，將他直拖入南京城中。進城之時，游坦之已全身是血，只盼快快死去，免得受這許多苦楚。

三名契丹兵在城中又行了好幾里地，將他拉入了一座大屋。游坦之見地下鋪的都是青石板，柱粗門高，也不知是甚麼所在。在門口停不到一盞茶時分，拉著他的契丹兵騎馬走入一個大院子中，突然一聲呼嘯，雙腿一挾，那馬發蹄便奔。游坦之那料得到，這兵到了院子之中突然會縱馬快奔，跨得三步，登時俯身跌倒。

那契丹兵連聲呼嘯，拖著游坦之在院子中轉了三個圈子，催馬越馳越快，旁觀的數十名官兵大聲吆喝助威。游坦之心道：「原來他要將我在地下拖死！」額角、四肢、身體和地下的青石相撞，沒一處地方不痛。

眾契丹兵鬨笑聲中，夾著一聲清脆的女子笑聲。游坦之昏昏沉沉之中，隱隱聽得那女子笑道：「哈哈，這人鳶子只怕放不起來！」游坦之心道：「甚麼是人鳶子？」

便在此時，只覺後頸中一緊，身子騰空而起，登即明白，這契丹兵縱馬疾馳，竟將他拉得飛了起來，當作紙鳶般玩耍。

他全身凌空，後頸痛得失去了知覺，口鼻被風灌滿，難以呼吸，但聽那女子拍手笑道：「好極，好極，果真放起了人鳶子！」游坦之向聲音來處瞧去，只見拍手歡笑的正是那個身穿紫衣的美貌少女。他乍見之下，胸口劇震，也不知是喜是悲，身子在空中飄飄盪盪，實在也無法思想。

那美貌少女正是阿紫。她見蕭峯釋放游坦之，心中不喜，騎馬行出一程，便故意落後，囑咐隨從悄悄去捕了游坦之回來，但不可令蕭大王知曉。眾隨從知道蕭大王對她十分寵愛，當下欣然應命，假意整理馬肚帶，停在山坡之後，待蕭峯一行人走遠，再轉頭來捉游坦之。阿紫回歸南京，便到遠離蕭峯居處的佑聖宮來等候。待得游坦之捉到，她詢問契丹人有何新鮮有趣的拷打折磨罪人之法。有人說起「放人鳶」。這法兒大投阿紫之所好，她下令立即施行，居然將游坦之「放」了起來。

阿紫看得有趣，連聲叫好，說道：「讓我來放！」縱上那兵所乘的馬鞍，接過繩索，道：「你下去！」

那兵一躍下馬，任由阿紫放那「人鳶」。阿紫拉著繩索，縱馬走了一圈，大聲歡笑，連叫：「有趣，有趣！」但她重傷初愈，手上終究乏力，手腕一軟，繩索下垂，砰的一聲，游坦之重重摔將下來，跌在青石板上，額角撞正階石的尖角，登時破了一洞，血如泉湧。阿紫甚是掃興，惱道：「這笨小子重得要命！」

游坦之痛得幾乎要暈了過去，聽她還在怪自己身子太重，要想辯解幾句，卻已痛得說不出話來。一名契丹兵走將過來，解開他頸中繩圈，另一名契丹兵撕下他身上衣襟，胡亂給他裹了傷口，鮮血不斷從傷口中滲出，卻那裏止得住？

阿紫道：「行啦，行啦！咱們再玩，再放他上去，越高越好。」游坦之不懂她說的契丹話，但見她指手劃腳，指著頭頂，料知不是好事。

果然一名契丹兵提起繩索，從他腋下穿了過去，在他身上繞了一周，免得扣住脖子勒死了，喝一聲：「起！」催馬急馳，將游坦之在地下拖了幾圈，又將他「放」了起來。那契丹兵手中繩索漸放漸長，游坦之的身子也漸漸飄高。

那契丹兵陡然間鬆手，呼的一聲，游坦之猛地如離弦之箭，向上飛起。阿紫和眾官兵大聲喝采。游坦之身不由主向天飛去，心中只道：「這番死了也！」

待得上升之力耗盡，他頭下腳上的直衝下來，眼見腦袋便要撞到青石板上，四名契丹官兵同時揮出繩圈，套住了他腰，向著四方一扯。游坦之立時便暈了過去，但四股力道已將他身子僵在半空，腦袋離地約有三尺。這一下實是險到極處，四人中只要有一人的繩圈出手稍遲，力道不勻，游坦之非撞得腦漿迸裂不可。一眾契丹兵往日常以宋人如此戲耍，俘虜被放人鳶，十個中倒有八九個撞死。就是在草原的軟地上，這麼高俯衝下來，縱使不撞破腦袋，那也折斷頭頸，一般的送了性命。

喝采聲中，四名契丹兵將游坦之放了下來。阿紫取出銀兩，一干官兵每人賞了五兩。眾兵大聲道謝，問道：「姑娘還想玩甚麼玩意兒？」

阿紫見游坦之昏了過去，也不知是死是活，她適才放「人鳶」之時，使力過度，胸口隱隱作痛，無力再玩，便道：「玩得夠了。這小子若是沒死，明天帶來見我，我再想法兒消遣他。這人想暗算蕭大王，可不能讓他死得太過容易。」一眾官兵齊聲答應，將滿身是血的游坦之架了出去。

游坦之醒過來時，一陣霉臭之氣直衝鼻端，睜開眼來，一團漆黑，甚麼也瞧不見，他第一個念頭是：「不知我死了沒有？」隨即覺得全身無處不痛，喉頭乾渴難當。他嘶啞著聲音叫道：「水！水！」卻又有誰理會？

他叫了幾聲，迷迷糊糊的睡著了，忽然見到伯父、父親和喬峯大戰，殺得血流遍地，又見母親將自己摟在懷裏，柔聲安慰，叫自己別怕。跟著眼前出現了阿紫那張秀麗的臉龐，明亮的雙眼中現出異樣光芒。這張臉忽然縮小，變成個三角形的蛇頭，伸出血紅的長舌，露出獠牙向他咬來。游坦之拚命掙扎，偏就絲毫動彈不得，那條蛇一口口的咬他，手上、腿上、頸中，無處不咬，額角上尤其咬得厲害。他看見自己的肉被一塊塊的咬下來，只想大叫，卻叫不出半點聲音……

如此翻騰了一夜，醒著的時候受折磨，在睡夢之中，一般的痛苦。

次日兩名契丹兵押著他又去見阿紫，他身上高燒兀自未退，只跨出一步，便向前跌了下去。兩名契丹兵忙分別拉住了他左臂右臂，大聲斥罵，拖著他走進了一間大屋。游坦之心想：「他們把我拉到那裏去？是拖出去殺頭麼？」頭腦昏昏沉沉的，也難以思索，但覺經過了兩處長廊，來到一處廳堂之外。兩名契丹兵在門外稟告了幾句，裏面一個女子應了一聲，廳門推開，契丹兵將他擁了進去。

游坦之抬起頭來，只見廳上鋪著一張花紋斑斕的極大地毯，地毯盡頭的錦墊上坐著一個美麗少女，正是阿紫。她赤著雙腳，踏在地毯之上。游坦之一見到她一雙雪白晶瑩的小腳，當真是如玉之潤，如緞之柔，一顆心登時猛烈的跳了起來，雙眼牢牢的釘住她一對腳，見到她腳背的肉色便如透明一般，隱隱映出幾條青筋，真想伸手去撫摸幾下。兩個契丹兵放開了他。游坦之搖晃了幾下，終於勉強站定。他目光始終沒離開阿紫的腳，見她十個腳趾的趾甲都作淡紅色，像十片小小的花瓣。

阿紫眼中瞧出來，卻是個滿身血污的醜陋少年，面肉扭曲，下顎前伸，眼光中卻噴射出貪婪的火燄。她登時想起了一頭受傷的餓狼。在星宿海時，她和兩個師兄出去打獵，她一箭射中了一頭餓狼，但沒能將狼射死。那狼受了重傷，惡狠狠的瞪著自己，眼神便如游坦之這般，那狼只想撲上來咬死自己，雖然縱躍不起，仍是露出白森森的獠牙，嗚嗚怒嗥。阿紫喜歡看這野性的眼色，愛聽那狼兇暴而無可奈何的嗥叫，只是游坦之太軟弱，一點也不反抗，實在太不夠味。昨天他向蕭峯投擲石灰包，不肯跪拜，說話倔強得很，不肯要蕭峯的錢，阿紫很是歡喜，心想這是一頭兇猛厲害的野獸。她要折磨他，刺得他遍體鱗傷，要他身上每受一處傷，便向自己狠狠的咬上一口，當然，這一口決不能讓他咬中了。但將他擒了來放「人鳶」，這頭野獸竟沒反抗，死樣活氣的，那可太不好玩。她微皺眉頭，尋思：「想個甚麼新鮮法兒來折磨他才好玩？」

突然之間，游坦之喉頭發出「荷荷」兩聲，也不知從那裏來的一股力道，猶如一頭豹子般向阿紫迅捷異常的撲了過去，抱著她的小腿，低頭便去吻她雙足腳背。阿紫大吃一驚，尖聲叫了起來。兩名契丹兵和在阿紫身旁服侍的四個婢女齊聲呼斥，搶上前去拉開。

但他雙手牢牢抱著，死也不肯放手。契丹兵一拉之下，便將阿紫也從錦墊上扯了下來，一交坐在地毯上。兩名契丹兵又驚又怒，不敢再拉，一個用力打他背心，另一個打他右臉。游坦之傷口腫了，高燒未退，神智不清，早如瘋了一般，對眼前的情景遭遇全是一片茫然。他緊緊抱著阿紫小腿，不住吻著她的腳。

阿紫覺到他炎熱而乾燥的嘴唇在吻著自己的腳，心中害怕，卻也有些麻麻癢癢的奇異感覺，突然間尖叫起來：「啊喲！他咬住了我的腳趾頭。」忙對兩名契丹兵道：「你們快走開，這人發了瘋，啊喲，別讓他咬斷了我的腳趾。」游坦之輕輕咬著她的腳趾，阿紫雖然不痛，卻怕他突然使勁咬了下去，惶急之下，知道不能用強，生怕契丹兵若再使力毆打，他便不顧性命的亂咬了。

兩名契丹兵無法可施，只得放開了手。阿紫叫道：「快別咬，我饒你不死，哎唷，放了你便是。」游坦之這時心神狂亂，那去理會她說些甚麼？一名契丹兵按住腰刀，只想突然拔刀出鞘，一刀從他後頸劈下，割下他的腦袋，只是他抱著阿紫的小腿，這一刀劈下，只怕傷著了阿紫，遲疑不發。

阿紫又道：「喂！你又不是野獸，咬人幹甚麼？快放開嘴，我叫人給你治傷，放你回中原。」游坦之仍是不理，但牙齒並不用力，也沒咬痛了她，一雙手在她腳背上輕輕愛撫，心中飄飄蕩蕩地，好似又做了人鳶，升入了雲端之中。

一名契丹兵靈機一動，抓住了游坦之的咽喉。游坦之喉頭被扼，不由自主的張開了口。阿紫急忙縮腿，將腳趾從他口中抽了出來，站起了身，生怕他發狂再咬，雙腳縮到了錦墊之後。兩名契丹兵抓住游坦之，一拳拳往他胸口毆擊。打到十來拳時，他哇哇兩聲，噴出了幾口鮮血，將一條鮮艷的地毯也沾汚了。

阿紫道：「住手，別打啦！」經過了適才這一場驚險，覺得這小子倒也古怪有趣，不想一時便弄死了他。契丹兵停手不打。阿紫盤膝坐在錦墊上，將一雙赤足坐在臀下，心中盤算：「想些甚麼法子來折磨他才好？」

阿紫一抬頭，見游坦之目不轉瞬的瞧著自己，便問：「你瞧著我幹甚麼？」游坦之早將生死置之度外，便道：「你生得好看，我就看著你！」阿紫臉上一紅，心道：「這小子好大膽，竟敢對我說這等輕薄言語。」

可是她一生之中，從來沒一個年輕男子當面讚她好看。在星宿派學藝之時，衆師兄都當她是個精靈頑皮的小女孩；跟著蕭峯在一起時，他不是怕她搗蛋，便是擔心她突然死去，從來沒留神她生得美貌，還是難看。游坦之這麼直言稱讚，顯是語出衷誠，她心中自不免暗暗歡喜，尋思：「我留他在身邊，拿他來消遣消遣，倒也很好。只是姊夫說過要放了他，倘若知道我又抓了他來，必定生氣。瞞得過他今日，須瞞不過明日。要姊夫始終不知，有甚麼法子？不許旁人跟他說，那是辦得到的，但若姊夫忽然進來，瞧見了他，那便如何？」

她沉吟片刻，驀地想到：「阿朱最會裝扮，扮了我爹爹，姊夫就認她不出。我將這小子改頭換面，姊夫也就認不得了。可是他若非自願，我跟他化裝之後，他又立即洗去化裝，回復本來面目，豈不是無用？」

她一雙彎彎的眉毛向眉心皺聚，登時便有了主意，拍手笑道：「好主意，好主意！便是這麼辦！」向那兩個兵士說了一陣。兩個兵士有些地方不明白，再行請示。阿紫詳加解釋，命侍女取出五十兩銀子交給他們。兩名契丹兵接過，躬身行禮，架了游坦之退出廳去。

游坦之叫道：「我要看她，我要看這個狠心的美麗小姑娘。」契丹兵和一眾侍女不懂漢語，也不知他叫喊些甚麼。

阿紫笑咪咪的瞧著他背影，想著自己的聰明主意，越想越得意。

游坦之又被架回地牢，抛在乾草堆上。到得傍晚，有人送了一碗羊肉、幾塊麵餅來。游坦之高燒不退，大聲胡言亂語，那人嚇得放下食物，立時退開。游坦之連飢餓也不知道，始終沒去吃羊肉麵餅。

這天晚上，忽然走了三名契丹人進來。游坦之神智迷糊，但見這三人神色奇特，顯然不懷好意，隱隱約約的也知不是好事，掙扎著要站起，又想爬出去逃走。兩個契丹人上來將他按住，翻過他身子，使他臉孔朝天。游坦之亂罵：「狗契丹人，不得好死，大爺將你們千刀萬剮。」突然之間，第三名契丹人雙手捧著白白的一團東西，像是棉花，又像白雪，用力按到了他臉上。游坦之只覺得臉上又濕又涼，腦子清醒了一陣，可是氣卻透不過來了，心道：「原來他們封住我七竅，要悶死我！」

但這猜想跟著便知不對，口鼻上給人戳了幾下，便可呼吸，眼睛卻睜不開來，只覺臉上濕膩膩地，有人在他臉上到處按揑，便如是貼了一層濕麵，或是黏了一片軟泥。游坦之迷迷糊糊的只想：「這些惡賊不知要用甚麼古怪法兒害死我？」

過了一會，臉上那層軟泥被人輕輕揭去，游坦之睜開眼來，見一個濕麵粉印成的臉孔模型，正在離開自己的臉。那契丹人小心翼翼的雙手捧著，唯恐弄壞了。游坦之又罵：「臭遼狗，叫你個個死無葬身之地。」三個契丹人也不理他，拿了那片濕麵，逕自去了。

游坦之突然想起：「是了，他們在我臉上塗了毒藥，過不多久，我便滿臉潰爛，脫去皮肉，變成個鬼怪……」他越想越怕，尋思：「與其受他們折磨至死，不如自己撞死了！」當即將腦袋往牆上撞去，砰砰砰撞了三下。獄卒聽得聲響，衝了進來，縛住了他手腳。游坦之本已撞得半死，只好聽由擺布。

過得數日，他臉上卻並不疼痛，更無潰爛，但他死意已決，肚中雖餓，卻不去動獄卒送來的食物。

到得第四日上，那三名契丹人又走進地牢，將他架了出去。游坦之在淒苦之中登時生出了甜意，心想阿紫又召他去侮辱拷打，身上雖多受苦楚，卻可再見到她秀麗的容顏，臉上不禁帶了一絲苦澀的笑容。

三個契丹人帶著他走過幾條小巷，走進一間黑沉沉的大石屋。只見熊熊火炭照著石屋半邊，一個肌肉虬結的鐵匠赤裸著上身，站在一座大鐵砧旁，拿著一件黑黝黝的物事，正自仔細察看。三名契丹人將游坦之推到那鐵匠身前，兩人分執他雙手，另一人揪住了他後心。那鐵匠側過頭來，瞧瞧他臉，又瞧瞧手中的物事，似在互相比較。

游坦之向他手中的物事望去，見是個鑌鐵所打的面具，上面穿了口鼻雙眼四個窟窿。他正自尋思：「做這東西幹甚麼？」那鐵匠拿起面具，往他臉上罩來。游坦之自然而然將頭往後一仰，但後腦立即被人推住，無法退縮，鐵面具便罩到了他臉上。他只感臉上一陣冰冷，肌膚和鐵相貼，說也奇怪，這面具和他眼目口鼻的形狀處處吻合，竟像是定製的一般。

游坦之只奇怪得片刻，立時明白了究竟，驀地裏背上一陣涼氣直透下來：「啊喲，這面具正是給我定製的。那日他們用濕麵貼在我的臉上，便是做這面具的模型了。他們仔細做這鐵面具，有何用意？莫非……莫非……」他心中已猜到了這些契丹人惡毒的用意，只是到底為了甚麼，卻是不知，他不敢再想下去，拚命掙扎退縮。

那鐵匠將面具從他臉上取了下來，點了點頭，臉上神色似乎頗感滿意，取過一把大鐵鉗鉗住面具，放入火爐中燒得紅了，右手提起鐵錐，錚錚錚的打了起來。他將面具打了一陣，便伸手摸摸游坦之的顴骨和額頭，修正面具上的不甚脗合之處。

游坦之大叫：「天殺的遼狗，你們幹這等傷天害理的惡事，這麼兇殘惡辣，老天爺降下禍患，叫你們個個不得好死！叫你們的牛馬倒斃，嬰兒夭亡！」他破口大罵，那些契丹人一句不懂。那鐵匠突然回過頭來，惡狠狠的瞪視，舉起燒得通紅的鐵鉗，向他雙眼戳將過來。游坦之只嚇得尖聲大叫。

那鐵匠只是嚇他一嚇，哈哈大笑，縮回鐵鉗，又取過一塊弧形鐵塊，往游坦之後腦上試去。待修得合式了，那鐵匠將面具和那半圓鐵罩都在爐中燒得通紅，高聲說了幾句。三個契丹人將游坦之抬起，橫擱在一張桌上，讓他腦袋伸在桌緣之外。又有兩個契丹人過來相助，用力拉著他頭髮，使他腦袋不能搖動，五個人按手揿腳，游坦之那裏還能動得半分？

那鐵匠鉗起燒紅的面具，停了一陣，待其稍涼，大喝一聲，便罩到游坦之臉上，白煙冒起，焦臭四散，游坦之大叫一聲，便暈了過去。五名契丹人將他身子翻轉，那鐵匠鉗起另一半鐵罩，安上他後腦，兩個半圓形的鐵罩鑲成了一個鐵球，罩在他頭上。鐵罩甚熱，一碰到肌膚，便燒得血肉模糊。那鐵匠是燕京城中的第一鐵工巧手，鐵罩的兩個半球合在一起，鑲得絲絲入扣。

如身入地獄，經歷萬丈烈燄的燒炙，游坦之也不知過了多少時候，這才悠悠醒轉，但覺得臉上與後腦都劇痛難當，終於忍耐不住，又暈了過去。如此三次暈去，三次醒轉，他大聲叫嚷，只聽得聲音嘶啞已極，不似人聲。

他躺著一動不動，也不思想，咬牙強忍顏面和腦袋的痛楚。過得兩個多時辰，終於抬起手來，往臉上一摸，觸手冰冷堅硬，證實所猜想的一點不錯，那張鐵面具已套在頭上。憤激之下用力撕扳，但面具已鑲銲牢固，卻如何扳得它動？絕望之餘，忍不住放聲大哭。

總算他年紀輕，雖然受此大苦，居然挨了下來，並不便死，過得幾天，傷口慢慢愈合，痛楚漸減，也知道了飢餓。聞到羊肉和麵餅的香味，抵不住引誘，拿來便吃。這時他已將頭上的鐵罩摸得清楚，知道這隻鑌鐵罩子將自己腦袋密密封住，決計無法脫出，起初幾日怒發如狂，後來終於平靜了下來，心下琢磨：「喬峯這狗賊在我臉上套一隻鐵罩子，究竟有甚麼用意？」

他只道這一切全是出於蕭峯的命令，自然無論如何也猜想不出，阿紫所以要罩住他的臉孔，正是要瞞過蕭峯。

這一切功夫，都是室里隊長在阿紫授意之下幹的。

阿紫每日向室里查問，游坦之戴上鐵面具後動靜如何，初時擔心他因此死了，未免興味索然，後來知道他已不會死，心下甚喜。這一日得知蕭峯要往南郊閱兵，便命室里將游坦之召到「端福宮」來。耶律洪基為了使蕭峯喜歡，已封阿紫為「端福郡主」，這座端福宮是賜給她居住的。

阿紫一見到游坦之的模樣，忍不住一股歡喜之情從心底直冒上來，心想：「我這法兒管用。這小子帶上了這麼一個面具，姊夫便和他相對而立，也決計認他不出。」游坦之再向前走得幾步，阿紫拍手叫好，說道：「室里，這面具做得很好，你再拿五十兩銀子，去賞給鐵匠！」室里道：「是！多謝郡主！」

游坦之從面具的兩個眼孔中望出來，見到阿紫喜容滿臉，嬌憨無限，又聽到她清脆悅耳的話聲，不禁獃獃的瞧著她。

阿紫見他臉上戴了面具，神情詭異，但目不轉睛瞧著自己的情狀，仍然看得出來，便問：「傻小子，你瞧著我幹甚麼？」游坦之道：「我……我……不知道。你……你很好看。」阿紫微笑道：「你戴了這面具，舒不舒服？」游坦之悻悻的道：「你想舒不舒服？」阿紫格格一笑，道：「我想不出。」見他面具上開的嘴孔只是窄窄的一條縫，勉強能喝湯吃飯，若要吃肉，須得用手撕碎，方能塞入，再要咬自己的腳趾，便不能了，笑道：「我叫你戴上這面具，便永遠不能再咬我。」

游坦之心中一喜，說道：「姑娘是叫我……叫我……常常在你身邊服侍麼？」阿紫道：「呸！你這個小子是個大壞蛋。在我身邊，你時時會想法子害我，如何容得？」游坦之道：

「我……我……我決計不會害姑娘。我的仇人只是喬峯。」阿紫道：「你想害我姊夫？豈不是跟害我一樣？那有甚麼分別？」游坦之聽了這句話，胸口斗地一酸，無言可答。

阿紫笑道：「你想害我姊夫，那才叫做難於登天。傻小子，你想不想死？」游坦之道：「我自然不想死。不過現在頭上套了這個勞什子，給整治得人不像人，鬼不像鬼，跟死了也沒多大分別。」阿紫道：「你如果寧可死了，那也好，我便遂了你的心願，不過我不會讓你乾乾脆脆的死了。我先砍了你的左手。」轉頭向站在身邊伺候的室里道：「室里，你拉他出去，先將他左手砍了下來！」室里應道：「是！」伸手便去拉他手臂。

游坦之大驚，叫道：「不，不！姑娘，我不想死，你……你……你別砍我的手。」阿紫淡淡一笑，道：「我說過了的話，很難不算，除非……除非……你跪下磕頭。」

游坦之微一遲疑間，室里已拉著他退了兩步。游坦之不敢再延，雙膝一軟，便即跪倒，一頭叩了下去，鐵罩撞上青磚，發出噹的一聲響。阿紫格格嬌笑，說道：「磕頭的聲音這麼好聽，我可從來沒聽見過，你再多磕幾個聽聽。」

游坦之是聚賢莊的小莊主，雖然學文不就，學武不成，莊上人人都知他是個沒出息的少年，但游驥有子早喪，游駒也只他這麼一個寶貝兒子，少莊主一呼百諾，從小養尊處優，幾時受過這等折辱？他初見蕭峯時，尚有一股寧死不屈的傲氣，這幾日來心靈和肉體上都受到極厲害的創傷，滿腔少年人的豪氣，已消散得無影無蹤，聽阿紫這麼說，當即連連磕頭，噹噹直響，這位仙子般的姑娘居然稱讚自己磕頭好聽，心中隱隱覺得歡喜。

阿紫嫣然一笑，道：「很好，以後你聽我話，沒半點違拗，那也罷了，否則我便隨時砍下你的手臂，記不記得？」游坦之道：「是，是！」阿紫道：「我給你戴上這個鐵罩，你可懂得是甚麼緣故？」游坦之道：「我就是不明白。」阿紫道：「你這人真笨死了，我救了你性命，你還不知道謝我。蕭大王要將你砍成肉醬，你也不知道麼？」游坦之道：「他是我殺父仇人，自是容我不得。」阿紫道：「他假裝放你，又叫人捉你回來，命人將你砍成肉醬。我見你這小子不算太壞，殺了可惜，因此瞞著他將你藏了起來。可是蕭大王如果撞到了你，你還有命麼？連我也擔代了好大的干係。」

游坦之恍然大悟，說道：「啊，原來姑娘鑄了這個鐵面給我戴，是為我好，救了我的性命。我……我好生感激，真的……我好生感激。」

阿紫作弄了他，更騙得他衷心感激，甚是得意，微笑道：「所以啊，下次你要是見到蕭大王，千萬不可說話，以免給他聽出聲音。他倘若認出是你，哼，哼！這麼一拉，將你的左臂拉了下來，再這麼一扯，將你的右臂撕了下來。室里，你去給他換一身契丹人的衣衫，將他身上洗一洗，滿身血腥氣的，難聞死了。」室里答應，帶著他出去。

過不多時，室里又帶著游坦之進來，已給他換上契丹人的衣衫。室里為了討阿紫歡喜，故意將他打扮得花花綠綠，不男不女，像個小丑模樣。

阿紫抿嘴笑道：「我給你起個名字，叫做……叫做鐵丑。以後我叫鐵丑，你便得答應。鐵丑！」游坦之忙應道：「是！」

阿紫很是歡喜，突然想起一事，道：「室里！西域大食國送來了一頭獅子，是不是？你叫馴獅人帶獅子來，再召十幾個衛士來。」室里答應出去傳令。

十六名手執長矛的衛士走進殿來，躬身向阿紫行禮，隨即回身，十六柄長矛的矛頭指而向外，保衛著她。不多時聽得殿外幾聲獅吼，八名壯漢抬著一個大鐵籠走進來。籠中一隻雄獅盤旋走動，黃毛長鬃，爪牙銳利，神情威武。馴獅人手執皮鞭，領先而行。

阿紫見這頭雄獅兇猛可怖，心下甚喜，道：「鐵丑，你嘴裏雖說得好聽，也不知是真是假。現下我要試你一件事，瞧你聽不聽我的話。」游坦之應道：「是！」他一見到獅子，便暗自嘀咕，不知有何用意，聽她這麼說，更是心中怦怦亂跳。阿紫道：「不知道你頭上的鐵套子堅不堅固，你把頭伸到鐵籠中，讓獅子咬幾口，瞧牠能不能將鐵套子咬爛了。」

游坦之大吃一驚，道：「這個……這個是不能試的。倘若咬爛了，我的腦袋……」阿紫道：「你這人有甚麼用？這樣一點小事也害怕，男子漢大丈夫，應當視死如歸才是。而且我看多半是咬不爛的。」游坦之道：「姑娘，這件事可不是玩的，就算咬不爛，這畜生把鐵罩咬扁了，我的頭……」阿紫格格一笑，道：「最多你的頭也不過是扁了。你這小子真麻煩，你本來的長相也沒甚麼美，腦袋扁了，套在罩子之內，人家也瞧你不見，還管他甚麼好看不好看。」游坦之急道：「我不是貪圖好看……」阿紫臉一沉，道：「你不聽話，好，現下試了出來啦，你存心騙我，將你整個人塞進籠去，餵獅子吃了罷！」用契丹話吩咐室里。室里應道：「是！」便來拉游坦之的手臂。

游坦之心想：「身子一入獅籠，那裏還有命在，還不如聽姑娘的話，將鐵腦袋去試試運氣罷！」便叫道：「別拉，別拉！姑娘，我聽話啦！」

阿紫笑道：「這才乖呢！我跟你說，下次我叫你做甚麼，立刻便做，推三阻四的，惹姑娘生氣。室里，你抽他三十鞭。」

室里應道：「是！」從馴獅人手中接過皮鞭，刷的一聲，便抽在游坦之背上。游坦之吃痛，「啊」的一聲大叫出來。

阿紫道：「鐵丑，我跟你說，我叫人打你，是瞧得起你。你這麼大叫，是不喜歡我打你嗎？」游坦之道：「我喜歡，多謝姑娘恩典！」阿紫道：「好，打罷！」室里刷刷刷連抽十鞭，游坦之咬緊牙關，半聲不哼，總算他頭上戴著鐵罩，鞭子避開了他的腦袋，胸背吃到皮鞭，總還可以忍耐。

阿紫聽他無聲抵受，又覺無味了，道：「鐵丑，你說喜歡我叫人打你，是不是？」游坦之道：「是！」阿紫道：「你這話是真是假？是不是胡謅騙我？」游坦之道：「是真的，不敢欺騙姑娘。」阿紫道：「你既喜歡，為甚麼不笑？為甚麼不說打得痛快？」游坦之給她折磨得膽戰心驚，連憤怒也都忘記了，只得說道：「姑娘待我很好，叫人打我，很是痛快。」阿紫道：「這才像話，咱們試試！」

拍的一聲，又是一鞭，游坦之忙道：「多謝姑娘救命之恩，這一鞭打得好！」轉瞬間抽了二十餘鞭，與先前的鞭打加起來，早已超過三十鞭了。阿紫揮了揮手，說道：「今天就這麼算了。你將腦袋探到籠子裏去。」

游坦之全身骨痛欲裂，蹣跚著走到籠邊，一咬牙，便將腦袋從鐵柵間探了進去。

那雄獅乍見他如此上來挑釁，嚇了一跳，退開兩步，朝著他的鐵頭端相了半晌，又退後兩步，口中荷荷的發威。

阿紫叫道：「叫獅子咬啊，牠怎麼不咬？」那馴獅人叱喝了幾聲，獅子得到號令，一撲上前，張開大口，便咬在游坦之頭上。但聽得滋滋聲響，獅牙摩擦鐵罩。游坦之早閉上了雙眼，只覺得一股熱氣從鐵罩的眼孔、鼻孔、嘴孔中傳進來，知道自己腦袋已在獅口之中，跟著後腦和前額一陣劇痛。套上鐵罩之時，他頭臉到處給燒紅了的鐵罩燒炙損傷，過得幾日後慢慢結疤愈合，獅子這麼一咬，所有的創口一齊破裂。

雄獅用力咬了幾下，咬不進去，牙齒反而撞得甚痛，發起威來，右爪伸出，抓到游坦之肩上。游坦之肩頭劇痛，「啊」的一聲大叫起來。獅子突覺口中有物發出巨響，吃了一驚，張口放開了他腦袋，退在鐵籠一角。

那馴獅人大聲叱喝，叫獅子再向游坦之咬去。游坦之大怒，突然伸出手臂，抓住了馴獅人的後頸，用力一推，將他的腦袋也塞入鐵籠之中。馴獅人高聲大叫。

阿紫拍手嘻笑，道：「很好，很好！誰也別理會，讓他們兩人拚個你死我活。」眾契丹兵本要上來拉開游坦之的手，聽阿紫這麼說，便都站定不動。

馴獅人用力掙扎。游坦之野性發作，說甚麼也不放開他。馴獅人只有求助於雄獅，大叫：「咬，用力咬他！」獅子聽到催促之聲，一聲大吼，撲了上來，這畜生只知道主人叫牠用力去咬，卻不知咬甚麼，兩排白森森的利齒合了攏來，喀喇一聲，將馴獅人的腦袋咬去了半邊，滿地都是腦漿鮮血。

阿紫笑道：「鐵丑贏了！」命士兵將馴獅人的屍首和獅籠抬出去，對游坦之道：「這就對了！你能逗我喜歡，我要賞你。賞些甚麼好呢？」她以手支頤，側頭思索。

游坦之道：「姑娘，我不要你賞賜，只求你一件事。」阿紫道：「求甚麼？」游坦之道：「求你許我陪在你身邊，做你的奴僕。」阿紫道：「做我奴僕？為甚麼？有甚麼好？嗯，我知道啦，你想等蕭大王來看我時，乘機下手害他，為你父母報仇。」游坦之道：「不！不！決計不是。」阿紫道：「難道你不想報仇嗎？」游坦之道：「不是不想。只是一來報不了，二來不能將姑娘牽連在內。」

阿紫道：「那麼你為甚麼喜歡做我奴僕？」游坦之道：「姑娘是天仙下凡，天下第一美人，我……我……想天天見到你。」

這話無禮已極，以他此時處境，也實是大膽之極。但阿紫聽在耳裏，甚是受用。她年紀尚幼，容貌雖然秀美，身形卻未長成，更兼重傷之餘，憔悴黃瘦，說到「天下第一美人」六字，那真是差之遠矣，聽到有人對自己容貌如此傾倒，卻也不免開心。

她正要答允游坦之的請求，忽聽得宮衛報道：「大王駕到！」阿紫向游坦之橫了一眼，低聲問道：「蕭大王要來啦，你怕不怕？」游坦之怕得要命，硬著頭皮顫聲道：「不怕！」

殿門大開，蕭峯輕裘緩帶，走了進來。他一進殿門，便見到地上一灘鮮血，又見游坦之頭戴鐵罩，模樣十分奇特，向阿紫笑道：「今天你氣色很好啊，又在玩甚麼新花樣了？這人頭上攪了些甚麼古怪？」阿紫笑道：「這是西域高昌國進貢的鐵頭人，名叫鐵丑，連獅子也咬不破他的鐵頭，你瞧，這是獅子的牙齒印。」蕭峯看那鐵罩，果見猛獸的牙印宛然。阿紫又道：「姊夫，你有沒本事將他的鐵套子除了下來？」

游坦之一聽，只嚇得魂飛魄散。他曾親眼見到蕭峯力鬥中原羣雄時的神勇，雙拳打將出去，將伯父和父親手中的鋼盾也震得脫手，要除下自己頭上鐵罩，可說輕而易舉。當鐵罩鑲到他頭上之時，他懊喪欲絕，這時卻又盼望鐵罩永遠留在自己頭上，不讓蕭峯見到自己的真面目。

蕭峯伸出手指，在他鐵罩上輕輕彈了幾下，發出錚錚之聲，笑道：「這鐵罩甚是牢固，打造得又很精細，毀了豈不可惜！」

阿紫道：「高昌國的使者說道，這個鐵頭人生來青面獠牙，三分像人，七分像鬼，見到他的人無不驚避，因此他父母打造了一個鐵面給他戴著，免他驚嚇旁人。姊夫，我很想瞧瞧他的本來面目，到底怎樣的可怕。」

游坦之嚇得全身發顫，牙齒相擊，格格有聲。

蕭峯看出他恐懼異常，道：「這人怕得厲害，何必去揭開他的鐵面？這人既是自小戴慣了鐵面，倘若強行除去，只怕令他日後難以過活。」

阿紫拍手道：「那才好玩啊。我見到烏龜，總是愛捉了來，將硬殼剝去，瞧牠沒了殼還活不活。」

蕭峯不禁皺眉，想像沒殼烏龜的模樣，甚覺殘忍，說道：「阿紫，你為甚麼老是喜歡幹這等害得人不死不活的事？」

阿紫哼了一聲，道：「你又不喜歡我啦！我當然沒阿朱那麼好，要是我像阿朱一樣，你怎麼會連接幾天不來睬我。」蕭峯道：「做了這勞什子的甚麼南院大王，每日裏忙得不可開交。但我不是每天總來陪你一陣麼？」阿紫道：「陪我一陣，哼，陪我一陣！我就是不喜歡你這麼『陪我一陣』的敷衍了事。倘若我是阿朱，你一定老是陪在我身旁，不會走開，不會甚麼『一陣』、『半陣』的！」

蕭峯聽她的話確也是實情，無言可答，只得嘿嘿一笑，道：「姊夫是大人，沒興致陪你孩子玩，你找些年輕女伴來陪你說笑解悶罷！」阿紫氣忿忿的道：「孩子，孩子……我才不是孩子呢。你沒興致陪我玩，卻又幹甚麼來了？」蕭峯道：「我來瞧瞧你身子好些沒有？今天吃了熊膽麼？」

阿紫提起凳上的錦墊，重重往地下一摔，一腳踢開，說道：「我心裏不快活，每天便吃一百副熊膽，身子也好不了。」

蕭峯見她使小性兒發脾氣，若是阿朱，自會設法哄她轉嗔為喜，但對這個刁蠻惡毒的姑娘忍不住生出厭惡之情，只道：「你休息一會兒！」站起身來，逕自走了。

阿紫瞧著他的背影，怔怔的只是想哭，一瞥眼見到游坦之，滿腔怒火，登時便要發洩在他身上，叫道：「室里，再抽他三十鞭！」室里應道：「是！」拿起了鞭子。

游坦之大聲道：「姑娘，我又犯了甚麼錯啦？」阿紫不答，揮手道：「快打！」室里刷的一鞭，打了下去。游坦之道：「姑娘，到底我犯了甚麼錯，讓我知道，免得下次再犯。」室里刷的一鞭，刷的又是一鞭。

阿紫道：「我要打便打，你就不該問甚麼罪名，難道打錯了你？你問自己犯了甚麼錯，正因為你問，這才要打！」

游坦之道：「是你先打我，我才問的。我還沒問，你就叫人打我了。」刷的一鞭，刷刷刷又是三鞭。

阿紫笑道：「我料到你會問，因此叫人先打你。你果然要問，那不是我料事如神麼？這證明你對我不夠死心塌地。姑娘忽然想到要打人，你倘若忠心，須得自告奮勇，自動獻身就打才是。偏偏囉裏囉唆的心中不服。好罷，你不喜歡給我打，不打你就是了。」

游坦之聽到「不打你就是了」這六個字，心中一凜，全身寒毛都豎了起來，知道阿紫若不打他，必定會另外想出比鞭打慘酷十倍的刑罰來，不如乖乖的挨上三十鞭，忙道：「是小人錯了！姑娘打我是大恩大德，對小人身子有益，請姑娘多多鞭打，打得越多越好。」

阿紫嫣然一笑，道：「總算你還聰明。我可不給人取巧，你說打得越多越好，以為我一高興，便饒了你麼？」游坦之道：「不是的，小人不敢向姑娘取巧。」阿紫道：「你說打得越多越好，那是你衷心所願的了？」游坦之道：「是，是小人衷心所願。」阿紫道：「既然如此，我就成全你。室里，打足一百鞭，他喜歡多挨鞭子。」

游坦之嚇了一跳，心想：「這一百鞭打了下來，還有命麼？」但事已如此，自己就算堅說不願，人家要打便打，抗辯有何用處，只得默不作聲。

阿紫道：「你為甚麼不說話？是心中不服嗎？我叫人打你，你覺得不公道麼？」游坦之道：「小人心悅誠服，知道姑娘鞭打小人，出於成全小人的好心。」阿紫道：「那麼剛才你為甚麼不說話？」游坦之無言可答，怔了一怔，道：「這個……這個……小人心想姑娘待我這般恩德如山，小人心中感激，甚麼話也說不出來，只想將來不知如何報答姑娘才是。」

阿紫道：「好啊！你說如何報答於我。我一鞭鞭打你，你將這一鞭鞭的仇恨，都記在心中。」游坦之連連搖頭，道：「不，不！不是。我說的報答，是真正的報答。小人一心想要為姑娘粉身碎骨，赴湯蹈火。」

阿紫道：「好，那就打罷！」室里應道：「是！」拍的一聲，皮鞭抽了下去。

打到五十餘鞭時，游坦之痛得頭腦也麻木了，雙膝發軟，慢慢跪了下來。阿紫笑吟吟的看著，只等他出聲求饒。只要他求一句饒，她便又找到了口實，可以再加他五十鞭。那知道游坦之這時迷迷糊糊，已然人事不知，只是低聲呻吟，居然並不求饒。打到七十餘鞭時，他已昏暈過去。室里毫不容情，還是整整將這一百鞭打完，這才罷手。

阿紫見游坦之奄奄一息，死多活少，不禁掃興。想到蕭峯對自己那股愛理不理的神情，心中百般的鬱悶難宣，說道：「抬了下去罷！這個人不好玩！室里，還有甚麼別的新鮮玩意兒沒有？」

這一場鞭打，游坦之足足養了一個月傷，這才痊愈。契丹人見阿紫已忘了他，不再找他來折磨，便將他編入一眾宋人的俘虜裏，叫他做諸般粗重下賤功夫，掏糞坑、洗羊欄、拾牛糞、硝羊皮，甚麼活兒都幹。

游坦之頭上戴了鐵罩，人人都拿他取笑侮辱，連漢人同胞也當他怪物一般。游坦之逆來順受，便如變成了啞巴。旁人打他罵他，他也從不抗拒。只是見到有人乘馬馳過，便抬起頭來瞧上一眼，心中記掛著的只是一件事：「甚麼時候，姑娘再叫我去鞭打？」他只盼望能見到阿紫，便是挨受鞭笞之苦，也是心所甘願，心裏從來沒有要逃走的念頭。

如此過了兩個多月，天氣漸暖，這一日游坦之隨著眾人，在南京城外搬土運磚，加厚南京南門旁的城牆。忽聽得蹄聲得得，幾乘馬從南門中出來，一個清脆的聲音笑道：「啊喲，這鐵丑還沒死啊！我還道他早死了呢！鐵丑，你過來！」正是阿紫的聲音。

游坦之日思夜想，盼望的就是這一刻辰光，聽得阿紫叫他，一雙腳卻如釘在地上一般，竟然不能移動，只覺一顆心怦怦大跳，手掌心都是汗水。

阿紫又叫道：「鐵丑，該死的！我叫你過來，你沒聽見麼？」游坦之才應道：「是，姑娘！」轉身向她馬前走去，忍不住抬起頭來瞧了她一眼。相隔四月，阿紫臉色紅潤，更增俏麗，游坦之心中怦的一跳，腳下一絆，合撲摔了一交，眾人鬨笑聲中，急忙爬起，不敢再看她，慌慌張張的走到她身前。

阿紫心情甚好，笑道：「鐵丑，你怎麼沒死？」游坦之道：「我說要……要報答姑娘的恩典，還沒報答，可不能便死。」阿紫更是喜歡，格格嬌笑兩聲，道：「我正要找一個忠心不二的奴才去做一件事，只怕契丹人粗手粗腳的誤事，你還沒死，那好得很。你跟我來！」游坦之應道：「是！」跟在她馬後。

阿紫揮手命室里和另外三名契丹衛士回去，不必跟隨。室里知她不論說了甚麼，旁人決無勸諫餘地，好在這鐵面人猥崽懦弱，隨著她決無害處，便道：「請姑娘早回！」四人躍下馬來，在城門邊等候。

阿紫縱馬慢慢前行，走出了七八里地，越走越荒涼，轉入了一處陰森森的山谷之中，地下都是陳年腐草敗葉爛成的軟泥。再行里許，山路崎嶇，阿紫不能乘馬了，便躍下馬來，命游坦之牽著馬，又走了一程。眼見四下裏陰沉沉地，寒風從一條窄窄的山谷通道中颳進來，吹得二人肌膚隱隱生疼。

阿紫道：「好了，便在這裏！」命游坦之將馬韁繫在樹上，說道：「你今天瞧見的事，不得向旁人洩露半點，以後也不許向我提起，記得麼？」

游坦之道：「是，是！」心中喜悅若狂，阿紫居然只要他一人隨從，來到如此隱僻的地方，就算讓她狠狠鞭打一頓，那也是甘之如飴。

阿紫伸手入懷，取了一隻深黃色的小木鼎出來，放在地下，說道：「待會有甚麼古怪蟲豸出現，你不許大驚小怪，千萬不能出聲。」游坦之應道：「是！」

阿紫又從懷中取出一個小小的布包，打了開來，裏面是幾塊黃色、黑色、紫色、紅色的香料。她從每一塊香料上揑了少許，放入鼎中，用火刀、火石打著了火，燒了起來，然後合上鼎蓋，道：「咱們到那邊樹下守著。」

阿紫在樹下坐定，游坦之不敢坐在她身邊，隔著丈許，坐在她下風處一塊石頭上。寒風颳來，風中帶著她身上淡淡香氣，游坦之不由得意亂情迷，只覺一生中能有如此一刻，這些日子中雖受種種苦楚荼毒，卻也不枉了。他只盼阿紫永遠在這大樹下坐著，他自己能永遠的這般陪著她。

正自醺醺的如有醉意，忽聽得草叢中瑟瑟聲響，綠草中紅艷艷地一物晃動，卻是一條大蜈蚣，全身閃光，頭上凸起一個小瘤，與尋常蜈蚣大不相同。

那蜈蚣聞到木鼎中發出的香氣，逕身游向木鼎，從鼎下的孔中鑽了進去，便不再出來。

阿紫從懷中取出一塊厚厚的錦緞，躡手躡足的走近木鼎，將錦緞罩在鼎上，把木鼎裹得緊緊地，生怕蜈蚣鑽了出來，然後放入繫在馬頸旁的革囊之中，笑道：「走罷！」牽著馬便行。

游坦之跟在她身後，尋思：「她這口小木鼎古怪得緊，但多半還是因燒起香料，才引得這條大蜈蚣到來。不知這條大蜈蚣有甚麼好玩，姑娘巴巴的到這山谷中來捉？」

阿紫回到端福宮中，吩咐侍衛在殿旁小房中給游坦之安排個住處。游坦之大喜，知道從此可以常與阿紫相見。

果然第二天一早，阿紫便將游坦之傳去，領他來到偏殿之中，親自關上了殿門，殿中便只他二人。阿紫走向西首一隻瓦甕，揭開甕蓋，笑道：「你瞧，是不是很雄壯？」游坦之向甕邊一看，只見昨日捕來的那條大蜈蚣正在迅速游動。

阿紫取過預備在旁的一隻大公鷄，拔出短刀，斬去公鷄的尖嘴和腳爪，投入瓦甕。那條大蜈蚣躍上鷄頭，吮吸鷄血，不久大公鷄便中毒而死。蜈蚣身子漸漸腫大，紅頭更是如欲滴出血來。阿紫滿臉喜悅之情，低聲道：「成啦，成啦！這一門功夫可練得成功了！」

游坦之心道：「原來你捉了蜈蚣，要來練一門功夫。這叫蜈蚣功嗎？」

如此餵了七日，每日讓蜈蚣吮吸一隻大公鷄的血。到第八日上，阿紫又將游坦之叫進殿去，笑咪咪的道：「鐵丑，我待你怎樣？」游坦之道：「姑娘待我恩重如山。」阿紫道：「你說過要為我粉身碎骨，赴湯蹈火，那是真的，還是假話？」游坦之道：「小人不敢欺騙姑娘。姑娘但有所命，小人決不推辭。」阿紫道：「那好得很啊。我跟你說，我要練一門功夫，須得有人相助才行。你肯不肯助我練功？倘若練成了，我定然重重有賞。」游坦之道：「小人當然聽姑娘吩咐，也不用甚麼賞賜。」阿紫道：「那好得很，咱們這就練了。」

她盤膝坐好，雙手互搓，閉目運氣，過了一會，道：「你伸手到瓦甕中去，這蜈蚣必定咬你，你千萬不可動彈，要讓他吸你的血液，吸得越多越好。」

游坦之七日來每天見這條大蜈蚣吮吸鷄血，只吮得幾口，一隻鮮龍活跳的大公鷄便即斃命，可見這蜈蚣毒不可當，聽阿紫這麼說，不由得遲疑不答。阿紫臉色一沉，問道：「怎麼啦，你不願意嗎？」游坦之道：「不是不願，只不過……只不過……」阿紫道：「怎麼？只不過蜈蚣毒性厲害，你怕死是不是？你是人，還是公鷄？」游坦之道：「我不是公鷄。」阿紫道：「是啊，公鷄給蜈蚣吸了血會死，你又不是公鷄，怎麼會死？你說過願意為我赴湯蹈火，粉身碎骨，蜈蚣吸你一點血玩玩，你會粉身碎骨麼？」

游坦之無言可答，抬起頭來向阿紫瞧去，只見她紅紅的櫻唇下垂，頗有輕蔑之意，登時意亂情迷，就如著了魔一般，說道：「好，遵從姑娘吩咐便是。」咬緊了牙齒，閉上眼睛，右手慢慢伸入瓦甕。

他手指一伸入甕中，中指指尖上便如針刺般劇痛。他忍不住將手一縮。阿紫叫道：「別動，別動！」游坦之強自忍住，睜開眼來，只見那條蜈蚣正咬住了自己的中指，果然便在吸血。游坦之全身發毛，只想提起來往地下一甩，一腳踏了下去，但他雖不和阿紫相對，卻感覺到她銳利的目光射在自己背上，如同兩把利劍般要作勢刺下，怎敢稍有動彈？

好在蜈蚣吸血，並不甚痛，但見那蜈蚣漸漸腫大起來，但自己的中指上卻也隱隱罩上了一層深紫之色。紫色由淺而深，慢慢轉成深黑，再過一會，黑色自指而掌，更自掌沿手臂上升。游坦之這時已將性命甩了出去，反而處之坦然，嘴角邊也微微露出笑容，只是這笑容套在鐵罩之下，阿紫看不到而已。

阿紫雙目凝視在蜈蚣身上，全神貫注，毫不怠忽。終於那蜈蚣放開了游坦之的手指，伏在甕底不動了。阿紫叫道：「你輕輕將蜈蚣放入小木鼎中，小心些，可別弄傷了牠。」

游坦之依言抄起蜈蚣，放入錦凳前的小木鼎中。阿紫蓋上了鼎蓋，過得片刻，木鼎的孔中有一滴滴黑血滴了下來。

阿紫臉現喜色，忙伸掌將血液接住，盤膝運功，將血液都吸入掌內。游坦之心道：「這是我的血液，卻到了她身體之中。原來她是在練蜈蚣毒掌。」

過了好一會，木鼎再無黑血滴下，阿紫揭起鼎蓋，見蜈蚣已然殭斃。

阿紫雙掌一搓，瞧自己手掌時，但見兩隻手掌如白玉無瑕，更無半點血污，知道從師父那裏偷聽來的練功之法確是半點不錯，心下甚喜，捧起了木鼎，將死蜈蚣倒在地下，匆匆走出殿去，一眼也沒向游坦之瞧，似乎此人便如那條死蜈蚣一般，再也沒甚麼用處了。

游坦之悵望著阿紫的背影，直到她影蹤不見，解開衣衫看時，只見黑氣已蔓延至腋窩，同時一條手臂也麻癢起來，霎時之間，便如千萬隻跳蚤在同時咬嚙一般。

他縱聲大叫，跳起身來，伸手去搔，一搔之下，更加癢得厲害，好似骨髓中、心肺中都有蟲子爬了進去，蠕蠕而動。痛可忍而癢不可耐，他跳上跳下，高聲大叫，將鐵頭在牆上用力碰撞，噹噹聲響，只盼自己即時暈了過去，失卻知覺，免受這般難熬的奇癢。

又撞得幾撞，拍的一聲，懷中掉出一件物事，一個油布包跌散了，露出一本黃皮書來，正是那日他拾到的那本梵文經書。這時劇癢之下，也顧不得去拾，但見那書從中翻開。游坦之全身說不出的難熬，滾倒在地，亂擦亂撞。過得一會，俯伏著只是喘息，淚水、鼻涕、口涎都從鐵罩的嘴縫中流出來，滴在梵文經書上。昏昏沉沉中也不知過了多少時候，書頁上已浸滿了涕淚唾液，無意中一瞥，忽見書頁上的彎彎曲曲文字之間，竟出現一個僧人的圖形。這僧人姿式極是奇特，腦袋從胯下穿過，伸了出來，雙手抓著兩隻腳。

他也沒心緒去留神書上的古怪姿勢，只覺癢得幾乎氣也透不過來了，撲在地下，亂撕身上衣衫，將上衣和褲子撕得片片粉碎，把肌膚往地面上猛力磨擦，擦得片刻，皮膚中便滲出血來。他亂滾亂擦，突然間一不小心，腦袋竟從雙腿之間穿了過去。他頭上套了鐵罩，急切間縮不回來，伸手想去相助，右手自然而然的抓住了右腳。

這時他已累得筋疲力盡，一時無法動彈，只得暫時住手，喘過一口氣來，無意之中，只見那本書攤在眼前，書中所繪的那個枯瘦僧人，姿勢竟然便與自己目前有點兒相似，心下又是驚異，又覺有些好笑，更奇怪的是，做了這個姿式後，身上麻癢之感雖一般無二，透氣卻順暢得多了，當下也不急於要將腦袋從胯下鑽出來，便這麼伏在地下，索性依照圖中僧人的姿式，連左手也去握住了左腳，下顎碰在地下。這麼一來，姿式已與圖中的僧人一般無二，透氣更加舒服了。

如此伏著，雙眼與那書更是接近，再向那僧人看去時，見他身旁寫著兩個極大的黃字，彎彎曲曲的形狀詭異，筆劃中卻有許多極小的紅色箭頭。游坦之這般伏著，甚是疲累，當即放手站起。只一站起，立時又癢得透不過氣來，忙又將腦袋從雙腿間鑽過去，雙手握足，下顎抵地。只做了這古怪姿式，透氣便即順暢。

他不敢再動，過了好一會，覺得無聊起來，便去看那圖中僧人，又去看他身旁的兩個怪字。看著怪字中的那些小箭頭，心中自然而然的隨著箭頭所指的筆劃存想，只覺右臂上的奇癢似乎化作一線暖氣，自喉頭而胸腹，繞了幾個彎，自雙肩而頭頂，慢慢的消失。

看著怪字中的小箭頭，接連這麼想了幾次，每次都有一條暖氣通入腦中，而臂上的奇癢便稍有減輕。他驚奇之下，也不暇去想其中原因，只這般照做，做到三十餘次時，臂上已僅餘微癢，再做十餘次，手指、手掌、手臂各處已全無異感。

他將腦袋從胯下鑽了出來，伸掌一看，手上的黑氣竟已全部退盡，他欣喜之下，突然驚呼：「啊喲，不好！蜈蚣的劇毒都給我搬運入腦了！」但這時奇癢既止，便算有甚麼後患，也顧不得許多了，又想：「這本書上本來明明沒有圖畫，怎地忽然多了個古怪的和尚出來？我無意之間，居然做出跟這和尚一般的姿式來？這和尚定是菩薩，來救我性命的。」當下跪倒在地，恭恭敬敬的向圖中怪僧磕頭，鐵罩撞地，噹噹有聲。

他自不知書中圖形，是用天竺一種藥草浸水繪成，濕時方顯，乾即隱沒，是以阿朱與蕭峯都沒見到。其實圖中姿式與運功線路，其旁均有梵字解明，少林上代高僧識得梵文，雖不知圖形秘奧，仍能依文字指點而練成易筋經神功。游坦之奇癢難當之時，涕淚橫流，恰好落在書頁之上，顯出了圖形。那是練功時化解外來魔頭的一門妙法，乃天竺國古代高人所創的瑜伽秘術。他突然做出這個姿式來，也非偶然巧合，食噎則咳，飽極則嘔，原是人之天性。

他在奇癢難當之時，以頭抵地，本是出乎自然，不足為異，只是他涕淚剛好流上書頁，那倒確是巧合了。他呆了一陣，疲累已極，便躺在地下睡著了。

第二日早上剛起身，阿紫匆匆走進殿來，一見到他赤身露體的古怪模樣，「啊」的一聲叫了出來，說道：「怎麼你還沒死？」游坦之一驚，說道：「小人……小人還沒死！」暗暗神傷：「原來她只道我已早死了。」

阿紫道：「你沒死那也好！快穿好衣服，跟我再出去捉毒蟲。」游坦之道：「是！」等阿紫出殿，去向契丹兵另討一身衣服。契丹兵見郡主對他青眼有加，便撿了一身乾淨衣服給他換上。

阿紫帶了游坦之來到荒僻之處，仍以神木王鼎誘捕毒蟲，以鷄血養過，再吮吸游坦之身上血液，然後用以練功。第二次吸血的是一隻青色蜘蛛，第三次則是一隻大蠍子。游坦之每次依照書上圖形，化解蟲毒。

阿紫當年在星宿海偷看師父練此神功，每次都見到有一具屍首，均是本門弟子奉師命去擄掠來的附近鄉民，料來游坦之中毒後必死無疑，但見他居然不死，不禁暗暗稱異。

如此不斷捕蟲練功，三個月下來，南京城外周圍十餘里中毒物越來越少，被香氣引來的毒蟲大都細小孱弱，不中阿紫之意。兩人出去捕蟲時，便離城漸遠。

這一日來到城西三十餘里之外，木鼎中燒起香料，直等了一個多時辰，才聽得草叢中瑟瑟聲響，有甚麼蛇蟲過來。阿紫叫道：「伏低！」游坦之便即伏下身來，只聽得響聲大作，頗異尋常。

異聲中夾雜著一股中人欲嘔的腥臭，游坦之屏息不動，只見長草分開，一條白身黑章的大蟒蛇蜿蜒遊至。蟒頭作三角形，頭頂上高高生了一個凹凹凸凸的肉瘤。北方蛇蟲本少，這蟒蛇如此異狀，更是從所未見。蟒蛇遊到木鼎之旁，繞鼎團團轉動，這蟒身長二丈，粗逾手臂，如何鑽得進木鼎之中？但聞到香料及木鼎的氣息，一顆巨頭不住用力去撞那鼎。

阿紫沒想到竟會招來這樣一件龐然大物，甚是駭異，一時沒了主意，悄悄爬到游坦之身邊，低聲道：「怎麼辦？要是蟒蛇將木鼎撞壞了，豈不糟糕？」

游坦之乍聽到她如此軟語商量的口吻，當真是受寵若驚，登時勇氣大增，說道：「不要緊，我去將蛇趕開！」站起身來，大踏步走向蟒蛇。那蛇聽到聲息，立時盤曲成團，昂起了頭，伸出血紅的舌頭，嘶嘶作聲，只待撲出。游坦之見了這等威勢，倒也不敢貿然上前。

便在此時，忽覺得一陣寒風襲體，只見西北角上一條火線燒了過來，頃刻間便燒到了面前。一到近處，看得清楚，原來不是火線，卻是草叢中有甚麼東西爬過來，青草遇到，立變枯焦，同時寒氣越來越盛。他退後了幾步，只見草叢枯焦的黃線移向木鼎，卻是一條蠶蟲。

這蠶蟲純白如玉，微帶青色，比尋常蠶兒大了一倍有餘，便似一條蚯蚓，身子透明直如水晶。那蟒蛇本來氣勢洶洶，這時卻似乎怕得要命，盡力將一顆三角大頭縮到身子下面藏了起來。那水晶蠶兒迅速異常的爬上蟒蛇身子，一路向上爬行，便如一條熾熱的炭火一般，在蟒蛇的脊梁上燒出了一條焦線，爬到蛇頭之時，蟒蛇的長身從中裂而為二。那蠶兒鑽入蟒蛇頭旁的毒囊，吮吸毒液，頃刻間身子便脹大了不少，遠遠瞧去，就像是一個水晶瓶中裝滿了青紫色的汁液。

阿紫又驚又喜，低聲道：「這條蠶兒如此厲害，看來是毒物中的大王了。」游坦之卻暗自憂急：「如此劇毒的蠶蟲倘若來吸我的血，這一次可性命難保了。」

那蠶兒繞著木鼎遊了一圈，向鼎上爬去，所經之處，鼎上也刻下了一條焦痕。蠶兒似通靈一般，在鼎上爬了一圈，似知倘若鑽入鼎中，有死無生，竟不似其餘毒物一般鑽入鼎中，又從鼎上爬了下來，向西北而去。

阿紫又興奮又焦急，叫道：「快追，快追！」取出錦緞罩在鼎上，抱起木鼎，向蠶兒追了下去。游坦之跟隨其後，沿著焦痕追趕。這蠶兒雖是小蟲，竟然爬行如風，一霎眼間便爬出了數丈，好在所過之處有焦痕留下，不致失了蹤跡。

兩人片刻間追出了三四里地，忽聽得前面水聲淙淙，來到一條溪旁。焦痕到了溪邊，便即消失，再看對岸，也無蠶蟲爬行過的痕跡，顯然蠶兒掉入了溪水，給沖下去了。阿紫頓足埋怨：「你也不追得快些，這時候卻又到那裏找去？我不管，你非給我捉回來不可！」游坦之心下惶惑，東找西尋，卻那裏尋得著？

兩人尋了一個多時辰，天色暗了下來，阿紫既感疲倦，又沒了耐心，怒道：「說甚麼也得給我捉了來，否則不用再來見我。」說著轉身回去，逕自回城。

游坦之好生焦急，只得沿溪向下游尋去，尋出七八里地，暮色蒼茫之中，突然在對岸草叢中又見到了焦線。游坦之大喜，衝口而出的叫道：「姑娘，姑娘，我找到了！」但阿紫早已去遠。

游坦之涉水而過，循著焦線追去，只見焦線直通向前面山坳。他鼓氣疾奔，山頭盡處，赫然是一座構築宏偉的大廟。

他快步奔近，見廟前匾額寫著「敕建憫忠寺」五個大字。當下不暇細看廟宇，順著焦線追去。那焦線繞過廟旁，通向廟後。但聽得廟中鐘磬木魚及誦經之聲此起彼伏，羣僧正做功課。他頭上戴了鐵罩，自慚形穢，深恐給寺僧見到，於是沿著牆腳悄悄而行，見焦線通過了一大片泥地，來到一座菜園之中。

他心下甚喜，料想菜園中不會有甚麼人，只盼蠶兒在吃菜，便可將之捉了來，走到菜園的籬笆之外，聽得園中有人在大聲叱罵，他立即停步。

只聽那人罵道：「你怎地如此不守規矩，一個人偷偷出去玩耍？害得老子擔心了半天，生怕你從此不回來了。老子從崑崙山巔萬里迢迢的將你帶來，你太也不知好歹，不懂老子對待你一片苦心。這樣下去，你還有甚麼出息，將來自毀前途，誰也不會來可憐你。」那人語音中雖甚惱怒，卻頗有期望憐惜之意，似是父兄教誨頑劣的子弟。

游坦之尋思：「他說甚麼從崑崙山巔萬里迢迢的將他帶來，多半是師父或是長輩，不是父親。」悄悄掩到籬笆之旁，只見說話的人卻是個和尚。這和尚肥胖已極，身材卻又極矮，宛然是個大肉球，手指地下，兀自申斥不休。游坦之向地下一望，又驚又喜，那矮胖和尚所申斥的，正是那條透明的大蠶。

這矮胖和尚的長相已是甚奇，而他居然以這等口吻向那條蠶兒說話，更是匪夷所思。那蠶兒在地下急速游動，似要逃走一般。只是一碰到一道無形的牆壁，便即轉頭。游坦之凝神看去，見地下畫著一個黃色圓圈，那蠶兒左衝右突，始終無法越出圈子，當即省悟：「這圓圈是用藥物畫的，這藥物是那蠶兒的剋星。」

那矮胖和尚罵了一陣，從懷中掏出一物，大啃起來，卻是個煮熟了的羊頭，他吃得津津有味，從柱上摘下一個葫蘆，拔開塞子，仰起脖子，咕咕嚕嚕的喝個不休。

游坦之聞到酒香，知道葫蘆裏裝的是酒，心想：「原來是個酒肉和尚。看來這條蠶兒是他所養，而且他極之寶愛。卻怎麼去盜了來？」

正尋思間，忽聽得菜園彼端有人叫道：「慧淨，慧淨！」那矮胖和尚一聽，吃了一驚，忙將羊頭和酒葫蘆在稻草堆中一塞。只聽那人又叫：「慧淨，慧淨，你不去做晚課，躲到那裏去啦？」那矮胖和尚搶起腳邊的一柄鋤頭，手忙腳亂的便在菜畦裏鋤菜，應道：「我在鋤菜哪。」那人走了過來，是個中年和尚，冷冰冰的道：「晨課晚課，人人要做！甚麼時候不好鋤菜，卻在晚課時分來鋤？快去，快去！做完晚課，再來鋤菜好了。在憫忠寺掛單，就得守憫忠寺的規矩。難道你少林寺就沒廟規家法嗎？」那名叫慧淨的矮胖和尚應道：「是！」放下鋤頭，跟著他去了，不敢回頭瞧那蠶兒，似是生怕給那中年和尚發覺。

游坦之心道：「這矮胖和尚原來是少林寺的。少林和尚個個身有武功，我偷他蠶兒，可得加倍小心。」一等二人走遠，聽四下靜悄悄地，便從籬笆中鑽了進去，只見那蠶兒兀自在黃圈中迅速游走，心想：「卻如何捉牠？」呆了半晌，想起了一個法子，從草堆中摸了那葫蘆出來，搖了一搖，還有半葫蘆酒，他喝了幾口，將殘酒倒入了菜畦，將葫蘆口慢慢移向黃線繪成的圓圈。葫蘆口一伸入圈內，那蠶兒嗤的一聲，便鑽入葫蘆。游坦之大喜，忙將木塞塞住葫蘆口子，雙手捧了葫蘆，鑽出籬笆，三腳兩步的自原路逃回。

離憫忠寺不過數十丈，便覺葫蘆冷得出奇，直比冰塊更冷，他將葫蘆從右手交到左手，又從左手交到右手，當真奇寒徹骨，實在拿揑不住。無法可施，將葫蘆頂在頭上，這一來可更加不得了，冷氣傳到鐵罩之上，只凍得他腦袋疼痛難當，似乎全身的血液都要結成了冰。他情急智生，解下腰帶，縛在葫蘆腰裏，提在手中，腰帶不會傳冷，方能提著。但冷氣還是從葫蘆上冒出來，片刻之間，葫蘆外便結了一層白霜。

二十九

蟲豸凝寒掌作冰

——

只見二十餘人有的拿著鑼鼓樂器，有的手執長旛錦旗。

絲竹鑼鼓聲中，

一個白鬚老翁緩步而出。

星宿老仙
神通廣大

游坦之提了葫蘆，快步而行，回到南京，向阿紫稟報，說已將冰蠶捉到。

阿紫大喜，忙命他將蠶兒養在瓦甕之中。其時正當七月盛暑，天氣本來甚為炎熱，那知道這冰蠶一養入偏殿，殿中便越來越冷，過不多時，連殿中茶壺、茶碗內的茶水也都結成了冰。這一晚游坦之在被窩中瑟瑟發抖，凍得無法入睡，心下只想：「這條蠶兒之怪，真是天下少有。倘若姑娘要牠來吮我的血，就算不毒死，也凍死了我。」

阿紫接連捉了好幾條毒蛇、毒蟲來和之相鬥，都是給冰蠶在身旁繞了一個圈子，便即凍斃殭死，給冰蠶吸乾了汁液。接連十餘日中，沒一條毒蟲能夠抵擋。這日阿紫來到偏殿，說道：「鐵丑，今日咱們要殺這冰蠶了，你伸手到瓦甕中，讓蠶兒吸血罷！」

游坦之這些日子中白天擔憂，晚間發夢，所怕的便是這一刻辰光，到頭來這位姑娘毫不容情，終於要他和冰蠶同作犧牲，心下黯然，向阿紫凝望半晌，不言不動。

阿紫只想：「我無意中得到這件異寶，所練成的毒掌功夫，只怕比師父還要厲害。」說道：「你伸手入甕罷！」游坦之淚水涔涔而下，跪下磕頭，說道：「姑娘，你練成毒掌之後，別忘了為你而死的小人。我姓游，名坦之，可不是甚麼鐵丑。」阿紫微微一笑，說道：「好，你叫游坦之，我記著就是，你對我很忠心，很好，是個挺忠心的奴才！」

游坦之聽了她這幾句稱讚，大感安慰，又磕了兩個頭，說道：「多謝姑娘！」但終不願就此束手待斃，當下雙足一挺，倒轉身子，腦袋從胯下鑽出，左手抓足，右手伸入甕中，心中便想著書中裸僧身旁兩個怪字中的小箭頭。突然食指尖上微微一癢，一股寒氣猶似冰箭，循著手臂，迅速無倫的射入胸膛，游坦之心中只記著小箭頭所指的方向，那道寒氣果真順著心中所想的脈絡，自指而臂，又自胸腹而至頭頂，細線所到之處，奇寒徹骨。

阿紫見他做了這個古怪姿勢，大感好笑，過了良久，見他仍是這般倒立，不禁詫異起來，走近身去看時，只見那條冰蠶咬住了他食指。冰蠶身子透明如水晶，看得見一條血線從冰蠶之口流入，經過蠶身左側，兜了個圈子，又從右側注向口中，流回游坦之的食指。

又過一陣，見游坦之的鐵頭上、衣服上、手腳上，都布上一層薄薄的白霜，阿紫心想：「這奴才是死了。否則活人身上有熱氣，怎能結霜？」但見冰蠶體內仍有血液流轉，顯然吮血未畢。突然之間，冰蠶身上忽有絲絲熱氣冒出。

阿紫正驚奇間，嗒的一聲輕響，冰蠶從游坦之手指上掉了下來。她手中早已拿著一根木棍，用力搗下去。她本想冰蠶甚為靈異，這一棍未必搗得牠死，那知牠跌入甕中之後，肚腹朝天，呆呆蠢蠢的一時翻不轉身。阿紫一棍舂下，登時搗得稀爛。

阿紫大喜，忙伸手入甕，將冰蠶的漿液血水塞在雙掌掌心，閉目行功，將漿血都吸入掌內。她一次又一次的塗漿運功，直至甕底的漿血吸得乾乾淨淨，這才罷手。

她累了半天，一個欠伸，站起身來，只見游坦之仍是腦袋鑽在雙腿之間的倒豎，全身雪白，結滿了冰霜。她甚是駭異，伸手去摸他身子，觸手奇寒，衣衫也都已冰得僵硬。她又是驚訝，又是好笑，傳進室里，命他將游坦之拖出去葬了。

室里帶了幾名契丹兵，將游坦之的屍身放入馬車，拖到城外。阿紫既沒吩咐好好安葬，室里也懶得費心挖坑埋葬，見道旁有條小溪，將屍體丟入溪中，便即回城。

室里這麼一偷懶，卻救了游坦之的性命。原來游坦之手指一被冰蠶咬住，當即以「易筋經」中運功之法，化解毒氣，血液被冰蠶吸入體內後，又回入他手指血管，將這劇毒無比的冰蠶精華吸進了體內。阿紫再吸取冰蠶的漿血，卻已全無效用，只白辛苦了一場。倘若游坦之已練會易筋經的全部行功法訣，自能將冰蠶的毒質逐步消解，但他只學會一項法門，入而不出。這冰蠶奇毒乃是第一陰寒之質，登時便將他凍僵了。

要是室里將他埋入土中，即使數百年後，也未必便化，勢必成為一具殭屍。這時他身入溪水，緩緩流下，十餘里後，小溪轉彎，身子給溪旁的蘆葦攔住了。過不多時，身旁的溪水都結成了冰，成為一具水晶棺材。溪水不斷沖激洗刷，將他體內寒氣一點一滴的刷去，終於他身外的冰塊慢慢融化。

幸而他頭戴鐵罩，鐵質熱得快，也冷得快，是以鐵罩內外的凝冰最先融化。他給溪水沖得咳嗽了一陣，腦子清醒，便從溪中爬了上來，全身玎玎璫璫的兀自留存著不少冰塊。身子初化為冰之時，並非全無知覺，只是結在冰中，無法動彈而已。後來終於凍得昏迷了過去，此刻死裏逃生，宛如做了一場大夢。

他坐在溪邊，想起自己對阿紫忠心耿耿，甘願以身去餵毒蟲，助她練功，但自己身死之後，阿紫竟連嘆息也無一聲。他從冰中望出來，眼見她笑逐顏開的取出冰蠶漿血，塗在掌上練功，只是側頭瞧著自己，但覺自己死得有趣，頗為奇怪，絕無半分惋惜之情。

他又想：「冰蠶具此劇毒，抵得過千百種毒蟲毒蛇，姑娘吸入掌中之後，她毒掌當然是練成了。我若回去見她……」突然之間，身子一顫，打了個寒噤，心想：「她一見到我，定是拿我來試她的毒掌。倘若毒掌練成，自然一掌將我打死了。倘若還沒練成，又會叫我去捉毒蛇毒蟲，直到她毒掌練成、能將我一掌打死為止。左右是個死，我又回去做甚麼？」

他站起身來，跳躍幾下，抖去身上的冰塊，尋思：「卻到那裏去好？」

找喬峯報殺父之仇，那是想也不敢再想了。一時拿不定主意，只在曠野、荒山之中信步遊蕩，摘拾野果，捕捉禽鳥小獸為食。到第二日傍晚，百無聊賴之際，便取出那本梵文易筋經來，想學著圖中裸僧的姿式照做。

那書在溪水中浸濕了，兀自未乾，他小心翼翼的翻動，惟恐弄破了書頁，卻見每一頁上忽然都顯出一個怪僧的圖形，姿式各不相同。他凝思良久，終於明白，書中圖形遇濕即顯，倒不是菩薩現身救命，於是便照第一頁中圖形，依式而為，更依循怪字中的紅色小箭頭心中存想，隱隱覺得有一條極冷的冰線，在四肢百骸中行走，便如那條冰蠶復活了，在身體內爬行一般。他害怕起來，急忙站直，體內冰蠶便即消失。

此後兩個時辰之中，他只是想：「鑽進了我體內的冰蠶不知走了沒有？」可是觸不到、摸不著，無影無蹤，終於忍耐不住，又做起古怪姿式來，依著怪字中的紅色小箭頭存想，過不多時，果然那條冰蠶又在身體內爬行起來。他大叫一聲，心中不再存想，冰蠶便即不知去向，若再想念，冰蠶便又爬行。

冰蠶每爬行一會，全身便說不出的舒服暢快。書中裸僧姿勢甚多，怪字中的小箭頭也是盤旋曲折，變化繁複。他依循不同姿式呼召冰蠶，體內忽涼忽暖，各有不同的舒泰。

如此過得數月，捕捉禽獸之際漸覺手足輕靈，縱躍之遠，奔跑之速，更遠非以前所能。

一日晚間，一頭餓狼出來覓食，向他撲將過來。游坦之大驚，待欲發足奔逃，餓狼的利爪已搭上肩頭，露出尖齒，向他咽喉咬來。他驚惶之下，隨手一掌，打在餓狼頭頂。那餓狼打了個滾，扭曲了幾下，就此不動了。游坦之轉身逃了數丈，見那狼始終不動，心下大奇，拾起塊石頭投去，石中狼身，那狼仍是不動。他驚喜之下，躡足過去一看，那狼竟已死了。他萬萬想不到自己這麼隨手一掌，竟能有如此厲害，將手掌翻來覆去的細看，也不見有何異狀，情不自禁的叫道：「冰蠶的鬼魂真靈！」

他只當冰蠶死後鬼魂鑽入他體內，以致顯此大能，卻不知那純係易筋經之功，再加那冰蠶是世上罕有劇毒之物，這股劇毒的陰寒被他吸入體內，以易筋經所載的上乘內功修習，內力中便附有極凌厲的陰勁。

這易筋經實是武學中至高無上的寶典，只是修習的法門甚為不易，須得勘破「我相、人相」，心中不存修習武功之念。但修習此上乘武學之僧侶，必定勇猛精進，以期有成，那一個不想儘快從修習中得到好處？要「心無所住」，當真是千難萬難。少林寺過去數百年來，修習易筋經的高僧著實不少，但窮年累月的用功，往往一無所得，於是眾僧以為此經並無靈效，當日被阿朱偷盜了去，寺中眾高僧雖然恚怒，卻也不當一件大事。一百多年前，少林寺有個和尚，自幼出家，心智魯鈍，瘋瘋顛顛。他師父苦習易筋經不成，怒而坐化。這瘋僧在師父遺體旁拾起經書，嘻嘻哈哈的練了起來，居然成為一代高手。但他武功何以如此高強，直到圓寂歸西，始終說不出一個所以然來，旁人也均不知是易筋經之功。這時游坦之無心習功，只是呼召體內的冰蠶來去出沒，而求好玩嬉戲，不知不覺間功力日進，正是走上了當年瘋僧的老路。

此後數日中接連打死了幾頭野獸，自知掌力甚強，膽子也漸漸大了起來，不斷的向南而行，他生怕只消有一日不去呼召冰蠶的鬼魂，「蠶鬼」便會離己而去，因此每日呼召，不敢間斷。那「蠶鬼」倒也招之即來，極是靈異。

游坦之漸行漸南，這一日已到了中州河南地界。他自知鐵頭駭人，白天只在荒野山洞樹林中歇宿，一到天黑，才出來到人家去偷食。其實他身手已敏捷異常，始終沒給人發覺。

這一日他在路邊一座小破廟中睡覺，忽聽得腳步聲響，有三人走進廟來。

他忙躲在神龕之後，不敢和人朝相。只聽那三人走上殿來，就地坐倒，唏哩呼嚕的吃起東西來。三人東拉西扯的說了些江湖上的閒事，忽然一人問道：「你說喬峯那廝到底躲到了那裏，怎地一年多來，始終聽不到他半點訊息？」

游坦之一聽得「喬峯」兩字，心中一凜，登時留上了神。只聽另一人道：「這廝作惡多端，做了縮頭烏龜啦，只怕再也找他不到了。」先一人道：「那也未必。他是待機而動，只等有人落了單，他就這麼幹一下子。你倒算算看，聚賢莊大戰之後，他又殺了多少人？徐長老、譚公譚婆夫婦、趙錢孫、泰山鐵面判官單老英雄全家、天台山智光老和尚、丐幫的馬夫人、白世鏡長老，唉，當真數也數不清了。」

游坦之聽到「聚賢莊大戰」五字之後，心中酸痛，那人以後的話就沒怎麼聽進耳去，過了一會，聽得一個蒼老的聲音道：「喬幫主一向仁義待人，想不到……唉……想不到，這真是劫數使然。咱們走罷。」說著站起身來。

另一人道：「老汪，你說本幫要推新幫主，到底會推誰？」那蒼老的聲音道：「我不知道！推來推去，已推了一年多，總是推不出一個全幫上下都佩服的英雄好漢，唉，大夥兒走著瞧罷。」另一人道：「我知道你的心思，總是盼喬峯那廝再來做咱們幫主。你乘早別發這清秋大夢罷，這話傳到了全舵主耳中，只怕你性命有點兒難保。」那老汪急了，說道：「小畢，這話可是你說的，我幾時說過盼望喬幫主再來當咱們幫主？」小畢冷笑道：「你口口聲聲還是喬幫主長、喬幫主短的，那還不是一心只盼喬峯那廝來當幫主？」老汪怒道：「你再胡說八道，瞧我不揍死你這小雜種。」第三人勸道：「好啦，好啦，大家好兄弟，別為這事吵鬧，快去罷，可別遲到了。喬峯怎麼又能來當咱們幫主？他是契丹狗種，大夥兒一見到，就得跟他拚個你死我活。再說，大夥兒就算請他來當幫主，他又肯當嗎？」老汪嘆了口氣，道：「那也說得是。」說著三人走出廟去。

游坦之心想：「丐幫要找喬峯，到處找不到，他們又怎知這廝在遼國做了南院大王啦。我這就跟他們說去。丐幫人多勢眾，再約上一批中原好漢，或許便能殺得了這惡賊。我跟他們一起去殺喬峯。」想起到南京就可見到阿紫，胸口登時便熱烘烘地。

當下躡足從廟中出來，眼見三名丐幫弟子沿著山路逕向西行，便悄悄跟隨在後。這時暮色已深，荒山無人，走出數里後，來到一個山坳，遠遠望見山谷中生著一個大火堆，游坦之尋思：「我這鐵頭甚奇，他們見到了定要大驚小怪，且躲在草叢中聽聽再說。」鑽入長草叢中，慢慢向火堆爬近。爬幾丈，停一停，漸漸爬近，但聽得人聲嘈雜，聚在火堆旁的人數著實不少。游坦之這些時候來苦受折磨，再也不敢粗心大意，越近火堆，爬得越慢，爬到一塊大巖石之後，離火堆約有數丈，便不敢再行向前，伏低了身子傾聽。

火堆旁眾人一個個站起來說話。游坦之聽了一會，聽出是丐幫大智分舵的幫眾在此聚會，商議在日後丐幫大會之中，大智分舵要推選何人出任幫主，有人主張推宋長老，有人主張推吳長老。另有一人道：「說到智勇雙全，該推本幫的全舵主，只可惜全舵主那日給喬峯那廝假公濟私，革退出幫，回歸本幫的事還沒辦妥。」又有一人道：「喬峯的奸謀，是我們全舵主首先奮勇揭開的，全舵主有大功於本幫，歸幫的事易辦得很。大會一開，咱們先辦全舵主歸幫的事，再提出全舵主那日所立的大功來，然後推他為幫主。」

一個清朗的聲音說道：「本人歸幫的事，那是順理成章的。但眾位兄弟要推我為幫主，這件事卻不能提，否則的話，別人還道兄弟揭發喬峯那廝的奸謀，乃是出於私心。」一人大聲道：「全舵主，有道是當仁不讓。我瞧本幫那幾位長老，武功雖然了得，但說到智謀，沒一個及得上你。我們對付喬峯那廝，是鬥智不鬥力之事，全舵主……」那全舵主道：「施兄弟，我還未正式歸幫，這『全舵主』三字，也是叫不得的。」

圍在火堆旁的二百餘名乞丐紛紛說道：「宋長老吩咐了的，請你暫時仍任本舵舵主，這『全舵主』三字，為甚麼叫不得？」「將來你做上了幫主，那也不會希罕這『舵主』的職位了。」「全舵主就算暫且不當幫主，至少也得升為長老，只盼那時候仍然兼領本舵。」「對了，就算全舵主當上了幫主，也仍然可兼做咱們大智分舵的舵主啊。」

正說得熱鬧，一名幫眾從山坳口快步走來，朗言說道：「啟稟舵主，大理國段王子前來拜訪。」全舵主全冠清當即站起，說道：「大理國段王子？本幫跟大理國素來不打甚麼交道啊。」大聲道：「眾位兄弟，大理段家是著名的武林世家，段王子親自過訪，大夥兒一齊迎接。」當即率領幫眾，迎到山坳口。

只見一位青年公子笑吟吟的站在當地，身後帶著七八名從人。那青年公子正是段譽。兩人拱手見禮，卻是素識，當日在無錫杏子林中曾經會過。全冠清當時不知段譽的身分來歷，此刻想起，那日自己給喬峯驅逐出幫的醜態，都給段譽瞧在眼裏，不禁微感尷尬，但隨即寧定，抱拳說道：「不知段王子過訪，未克遠迎，尚請恕罪。」

段譽笑道：「好說，好說。晚生奉家父之命，有一件事要奉告貴幫，卻是打擾了。」

兩人說了幾句客套話。段譽引見了隨同前來的古篤誠、傅思歸、朱丹臣三人。全冠清請段譽到火堆之前的一塊巖石上坐下，幫眾獻上酒來。

段譽接過喝了，說道：「數月之前，家父在中州信陽貴幫故馬副幫主府上，遇上一件奇事，親眼見到貴幫白世鏡長老逝世的經過。此事與貴幫干係固然重大，也牽涉到中原武林旁的英雄，一直想奉告貴幫的首腦人物。只是家父受了些傷，將養至今始愈，而貴幫諸位長老行蹤無定，未能遇上，家父修下的一通書信，始終無法奉上。數日前得悉貴舵要在此聚會，這才命晚生趕來。」說著從袖中抽出一封書信，站起身來，遞了過去。

全冠清也即站起，雙手接過，說道：「有勞段王子親自送信，段王爺眷愛之情，敝幫上下，盡感大德。」見那信密密固封，封皮上寫著：「丐幫諸位長老親啟」八個大字，心想自己不便拆閱，又道：「敝幫不久將開大會，諸位長老均將與會，在下自當將段王爺的大函奉交諸位長老。」段譽道：「如此有勞了，晚生告辭。」

全冠清連忙稱謝，送了出去，說道：「敝幫白長老和馬夫人不幸遭奸賊喬峯毒手，當日段王爺目睹這件慘事嗎？」段譽搖頭道：「白長老和馬夫人不是喬大哥害死的，殺害馬副幫主的也另有其人。家父這通書信之中，寫得明明白白，將來全舵主閱信之後，自知詳情。」心想：「這件事說來話長，你這廝不是好人，不必跟你多說。料你也不敢隱沒我爹爹這封信。」向全冠清一抱拳，說道：「後會有期，不勞遠送了。」

他轉身走到山坳口，迎面見兩名丐幫幫眾陪著兩條漢子過來。

那兩名漢子互相使個眼色，走上幾步，向段譽躬身行禮，呈上一張大紅名帖。

段譽接過一看，見帖上寫著四行字道：

「蘇星河奉請天下精通棋藝才俊，於二月初八日駕臨河南擂鼓山天聾地啞谷一敘。」

段譽素喜弈棋，見到這四行字，精神一振，喜道：「那好得很啊，晚生若無俗務羈身，屆時必到。但不知兩位何以得知晚生能棋？」那兩名漢子臉露喜色，口中咿咿啞啞，大打手勢，原來兩人都是啞巴。段譽看不懂他二人的手勢，微微一笑，問朱丹臣道：「擂鼓山此去不遠罷？」將那帖子交給他。

朱丹臣接過一看，先向那兩名漢子抱拳道：「大理國鎮南王世子段公子，多多拜上聰辯先生，先此致謝，屆時自當奉訪。」指指段譽，做了幾個手勢，表示允來赴會。

兩名漢子躬身向段譽行禮，隨即又取出一張名帖，呈給全冠清。

全冠清接過看了，恭恭敬敬的交還，搖手說道：「丐幫大智分舵暫領舵主之職全冠清，拜上擂鼓山聰辯先生，全某棋藝低劣，貽笑大方，不敢赴會，請聰辯先生見諒。」兩名漢子躬身行禮，又向段譽行了一禮，轉身而去。

朱丹臣這才回答段譽：「擂鼓山在嵩縣之南，屈原岡的東北，此去並不甚遠。」

段譽與全冠清別過，出山坳而去，問朱丹臣道：「那聰辯先生蘇星河是甚麼人？是中原的棋國手嗎？」朱丹臣道：「聰辯先生，就是聾啞先生。」

段譽「啊」了一聲，「聾啞先生」的名字，他在大理時曾聽伯父與父親說起過，知道是中原武林的一位高手耆宿，又聾又啞，但據說武功甚高，伯父提到他時，語氣中頗為敬重。朱丹臣又道：「聾啞先生身有殘疾，卻偏偏要自稱『聰辯先生』，想來是自以為『心聰』、『筆辯』，勝過常人的『耳聰』、『舌辯』。」段譽點頭道：「那也有理。」走出幾步後，長長嘆了口氣。

他聽朱丹臣說聾啞先生的「心聰」、「筆辯」，勝過常人的「耳聰」、「舌辯」，不禁想到王語嫣的「口述武功」勝過常人的「拳腳兵刃」。

他在無錫和阿朱救出丐幫人眾後，不久包不同、風波惡二人趕來和王語嫣等會合。他五人便要北上去尋慕容公子。段譽自然想跟隨前去。風波惡感念他口吸蠍毒之德，甚表歡迎。包不同言語之中卻極不客氣，怪責段譽不該喬裝慕容公子，敗壞他的令名，說到後來，竟露出「你不快滾，我便要打」之意，而王語嫣只是絮絮和風波惡商量到何處去尋表哥，對段譽處境之窘迫竟是視而不見。

段譽無可奈何，只得與王語嫣分手，卻也逕向北行，心想：「你們要去河南尋慕容復，我正好也要去河南。河南中州可不是你慕容家的，你慕容復和包不同去得，我段譽難道便去不得？倘若在道上碰巧再跟你們相會，那是天意，你包三先生可不能怪我。」

但上天顯然並無要他與王語嫣立時便再邂逅相逢之意。這些時月之中，段譽在河南到處遊蕩，名為遊山玩水，實則是東張西望，只盼能見到王語嫣的一縷秀髮、一片衣角，至於好山好水，卻半分也沒有入目。

一日，段譽在洛陽白馬寺中，與方丈談論「阿含經」，研討佛說「轉輪聖王有七寶」的故事。段譽於「不長不短、不黑不白、冬則身暖、夏則身涼」的玉女寶大感興味。方丈和尚連連搖頭，說道：「段居士，這是我佛的譬喻，何況佛說七寶皆屬無常……」正說到這裏，忽有三人來到寺中，卻是傅思歸、古篤誠、朱丹臣。

原來段正淳離了信陽馬家後，又與阮星竹相聚，另行覓地養傷，想到蕭峯被丐幫冤枉害死馬大元，不可不為他辯白，於是寫了一通書信，命傅思歸等三人送去丐幫。

傅思歸等來到洛陽，在丐幫總舵中見不到丐幫的首腦人物，得知大智分舵在附近聚會，便欲將信送去，卻在酒樓中聽到有人說起一位公子發獃的趣事，形貌舉止與段譽頗為相似，問明那公子的去向，便尋到白馬寺來。

四人相見，甚是歡喜。段譽道：「我陪你們去送了信，你們快帶我去拜見父王。」他得知父親便在河南，自是急欲相見，但這些日子來聽不到王語嫣的絲毫訊息，日夜掛心，只盼在丐幫大智分舵這等江湖人物聚會之處，又得見到王語嫣的玉容仙顏，卻終於所望落空。

朱丹臣見他長吁短嘆，還道他是記掛木婉清，此事無可勸慰，心想最好是引他分心，說道：「那聰辯先生廣發帖子，請人去下棋，棋力想必極高。公子爺去見過鎮南王後，不妨去跟這聰辯先生下幾局。」

段譽點頭道：「是啊，枰上黑白，可遣煩憂。只是她雖然熟知天下各門各派的武功，胸中甲兵，包羅萬有，卻不會下棋。聰辯先生這個棋會，她是不會去的了。」

朱丹臣莫名其妙，不知他說的是誰，這一路上老是見他心不在焉，前言不對後語，倒也見得慣了，聽得多了，當下也不詢問。

一行人縱馬向西北方而行。段譽在馬上忽而眉頭深鎖，忽爾點頭微笑，喃喃自語：「佛經有云：『當思美女，身藏膿血，百年之後，化為白骨。』話雖不錯，但她就算百年之後化為白骨，那也是美得不得了的白骨啊。」正自想像王語嫣身內骨骼是何等模樣，忽聽得身後馬蹄聲響，兩乘馬疾奔而來。馬鞍上各伏著一人，黑暗之中也看不清是何等樣人。

這兩匹馬似乎不受羈勒，直衝向段譽一行人。傅思歸和古篤誠分別伸手，拉住了一匹奔馬的韁繩，只見馬背上的乘者一動不動。傅思歸微微一驚，湊近去看時，見那人原來是聾啞先生的使者，臉上似笑非笑，卻早已死了。還在片刻之前，這人曾遞了一張請帖給段譽，怎麼好端端地便死了？另一個也是聾啞先生的使者，也是這般面露詭異笑容而死。傅思歸等一見，便知兩人是身中劇毒而斃命，勒馬退開兩步，不敢去碰兩具屍體。

段譽怒道：「丐幫這姓全的舵主好生歹毒，為何對人下此毒手？我跟他理論去。」兜轉馬頭，便要回去質問全冠清。

前面黑暗中突然有人發話道：「你這小子不知天高地厚，普天下除了星宿老仙的門下，又有誰能有這等殺人於無形的能耐？聾啞老兒乖乖的躲起來做縮頭烏龜，那便罷了，倘若出來現世，星宿老仙決計放他不過。喂，小子，這不干你事，趕快給我走罷。」

朱丹臣低聲道：「公子，這是星宿派的人物，跟咱們不相干，走罷。」

段譽尋不著王語嫣，早已百無聊賴，聾啞老人這兩個使者若有性命危險，他必定奮勇上前相救，此刻既已死了，也就不想多惹事端，嘆了口氣，說道：「單是聾啞，那也不夠。須得當初便眼睛瞎了，鼻子聞不到香氣，心中不能轉念頭，那才能解脫煩惱。」

他說的是，既然見到了王語嫣，她的聲音笑貌、一舉一動，便即深印在心，縱然又聾又啞，相思之念也已不可斷絕。不料對面那人哈哈大笑，鼓掌叫道：「對，對！你說得有理，該當去戳瞎了他眼睛，割了他的鼻子，再打得他心中連念頭也不會轉才是。」

段譽嘆道：「外力摧殘，那是沒有用的。須得自己修行，『不住色生心，不住聲香味觸法生心，應生無所住心』，可是若能『離一切相』，那已是大菩薩了。我輩凡夫俗子，如何能有此修為？『怨憎會，愛別離，求不得，五陰熾盛』，此人生大苦也。」

游坦之伏在巖石後的草叢之中，見段譽等一行來了又去，隨即聽到前面有人呼喝之聲，便在此時，兩名丐幫弟子快步奔來，向全冠清低聲道：「全舵主，那兩個啞巴不知怎樣給人打死了，下手的人自稱是星宿派甚麼『星宿老仙』的手下。」

全冠清吃了一驚，臉色登時變了。他素聞星宿海星宿老怪之名，此人擅使劇毒，武功亦是奇高，尋思：「他的門人殺了聾啞老人的使者，此事不跟咱們相干，別去招惹的為是。」

便道：「知道了，他們鬼打鬼，別去理會。」

突然之間，身前有人發話道：「你這傢伙胡言亂語，既知我是星宿老仙門下，怎地還膽敢罵我為鬼？你活得不耐煩了。」全冠清一驚，情不自禁的退了一步，火光下只見一人直挺挺的站在面前，乃是自己手下一名幫眾，再凝神看時，此人似笑非笑，模樣詭異，身後似乎另行站得有人，喝道：「閣下是誰，裝神弄鬼，幹甚麼來了？」

那丐幫弟子身後之人陰森森的道：「好大膽，你又說一個『鬼』字！老子是星宿老仙的門下。星宿老仙駕臨中原，眼下要用二十條毒蛇，一百條毒蟲。你們丐幫中毒蛇毒蟲向來齊備，快快獻上。星宿老仙瞧在你們恭順擁戴的份上，便放過你們這羣窮叫化兒。否則的話，哼哼，這人便是榜樣。」

砰的一聲，眼前那丐幫弟子突然飛身而起，摔在火堆之旁，一動不動，原來早已死去。這丐幫弟子一飛開，露出一個身穿葛衫的矮子，不知他於何時欺近，殺死了這丐幫弟子，躲在他的身後。

全冠清又驚又怒，霎時之間，心中轉過了好幾個念頭：「星宿老怪找到了丐幫頭上，眼前之事，若不屈服，便得一拚。此事雖然凶險，但若我憑他一言威嚇，便即獻上毒蛇毒蟲，幫中兄弟從此便再也瞧我不起。我想做丐幫幫主固然無望，連在幫中立足也不可得。好在星宿老怪並未親來，諒這傢伙孤身一人，也不用懼他。」當即笑吟吟的道：「原來是星宿派的仁兄到了，閣下高姓大名？」

那矮子道：「我法名叫做天狼子。你快快把毒蛇毒蟲預備好罷。」

全冠清笑道：「閣下要毒蛇毒蟲，那是小事一樁，不必掛懷。」順手從地下提起一隻布袋，說道：「這裏有幾條蛇兒，閣下請看，星宿老仙可合用嗎？」

那矮子天狼子聽得全冠清口稱「星宿老仙」，心下已自喜了，又見他神態恭順，心想：「說甚麼丐幫是中原第一大幫，一聽到我師父老人家的名頭，立時嚇得骨頭也酥了。我拿了這些毒蛇毒蟲去，師父必定十分歡喜，誇獎我辦事得力。說來說去，還是仗了師父他老人家的威名。」當即伸頭向袋口中張去。

斗然間眼前一黑，這隻布袋已罩到了頭上，天狼子大驚之下，急忙揮掌拍出，卻拍了個空，便在此時，臉頰、額頭、後頸同時微微一痛，已被袋中的毒物咬中。天狼子不及去扯落頭上的布袋，狠狠拍出兩掌，拔步狂奔。他頭上套了布袋，目不見物，雙掌使勁亂拍，只覺頭臉各處又接連被咬，惶急之際，只是發足疾奔，驀地裏腳下踏了個空，骨碌碌的從陡坡上滾了下去，撲通一聲，掉入了山坡下的一條河中，順流而去。

全冠清本想殺了他滅口，那知竟會給他逃走，雖然他頭臉為毒蠍所螫，又摔入河中，多半性命難保，但想星宿派擅使毒物，說不定他有解毒之法，在星宿海居住，料來也識水性，倘若此人不死，星宿派得到訊息，必定大舉前來報復。沉吟片刻，說道：「咱們布巨蟒陣，跟星宿老怪一拚。難道喬峯一走，咱們丐幫便不能自立，從此聽由旁人欺凌嗎？星宿派擅使劇毒，咱們不能跟他們動兵刃拳腳，須得以毒攻毒。」

羣丐轟然稱是，當即四下散開，在火堆外數丈處布成陣勢，各人盤膝坐下。

游坦之見全冠清用布袋打走了天狼子，心想：「這人的布袋之中原來裝有毒物，他們這許多布袋，都裝了毒蛇毒蟲嗎？叫化子會捉蛇捉蟲，原不希奇。我倘若能將這些布袋去偷了來，去送給阿紫姑娘，她定然歡喜得緊。」

眼見羣丐坐下後即默不作聲，每人身旁都有幾隻布袋，有些袋子極大，其中有物蠕蠕而動，游坦之只看得心中發毛。這時四下裏寂靜無聲，自己倘若爬開，勢必被羣丐發覺，心想：「他們若把袋子套在我頭上，我有鐵罩護頭，倒也不怕，但若將我身子塞在大袋之中，跟那些蛇蟲放在一起，那可糟了。」

過了好幾個時辰，始終並無動靜，又過一會，天色漸漸亮了，跟著太陽出來，照得滿山遍野一片明亮。枝頭鳥聲喧鳴之中，忽聽得全冠清低聲叫道：「來了，大家小心！」他盤膝坐在陣外一塊巖石之旁，身旁卻無布袋，手中握著一枝鐵笛。

只聽得西北方絲竹之聲隱隱響起，一羣人緩步過來，絲竹中夾著鐘鼓之聲，倒也悠揚動聽。游坦之心道：「是娶新娘子嗎？」

樂聲漸近，來到十丈開外便即停住，有幾人齊聲說道：「星宿老仙法駕降臨中原，丐幫弟子，快快上來跪接！」話聲一停，咚咚咚的擂起鼓來。擂鼓三通，鏜的一下鑼聲，鼓聲止歇，數十人齊聲說道：「恭請星宿老仙弘施大法，降服丐幫的幺魔小醜！」

游坦之心道：「這倒像是道士做法事。」悄悄從巖石後探出半個頭張望，只見西北角上二十餘人一字排開，有的拿著鑼鼓樂器，有的手執長旛錦旗，紅紅綠綠的甚為悅目，遠遠望去，旛旗上繡著「星宿老仙」、「神通廣大」、「法力無邊」、「威震天下」等等字樣。絲竹鑼鼓聲中，一個老翁緩步而出，他身後數十人列成兩排，和他相距數丈，跟隨在後。

那老翁手中搖著一柄鵝毛扇，陽光照在臉上，但見他臉色紅潤，滿頭白髮，頦下三尺銀髯，童顏鶴髮，當真便如圖畫中的神仙人物一般。那老翁走到羣丐約莫三丈之處便站定了不動，忽地撮唇力吹，發出幾下尖銳之極的聲音，羽扇一撥，將口哨之聲送了出去，坐在地下的羣丐登時便有四人仰天摔倒。

游坦之大吃一驚：「這星宿老仙果然法力厲害。」

那老翁臉露微笑，「滋」的一聲叫，羽扇揮動，便有一名乞丐應聲而倒。那老翁的口哨聲似是一種無形有質的厲害暗器，片刻之間，丐幫陣中又倒了六七人。

只聽得老翁身後的眾人頌聲大作：「師父功力，震爍古今！這些叫化兒和咱們作對，那真叫做螢火蟲與日月爭光！」「螳臂擋車，自不量力，可笑啊可笑！」「師父你老人家談笑之間，便將一干么魔小醜置之死地，如此摧枯拉朽般大獲全勝，徒兒不但見所未見，直是聞所未聞。」「這是天下從所未有的豐功偉績，若不是師父老人家露了這一手，中原武人還不知世上有這等功夫。」一片歌功頌德之聲，洋洋盈耳，絲竹簫管也跟著吹奏。

忽聽得噓溜溜一聲響，全冠清鐵笛就口，吹了起來。游坦之心道：「他吹笛幹甚麼？幫著為星宿老仙捧場嗎？」忽聽地下簌簌有聲，大布袋中遊出幾條五彩斑斕的大蛇，筆直向那老翁遊去。老翁身旁一羣弟子驚叫起來：「有蛇，有毒蛇！」「啊喲，不好，來了這許多毒蛇！」「師父，這些毒蛇似是衝著咱們而來。」只見羣丐布袋中紛紛遊出毒蛇，有大有小，昂首吐舌，衝向那老翁和羣弟子。眾人更是七張八嘴的亂叫亂嚷。

星宿派眾弟子提起鋼杖，紛紛向蜿蜒而來的毒蛇砸去，只有那老翁神色自若，仍是撮唇作哨，揮扇攻敵。全冠清笛聲不歇，羣丐也跟著吶喊助威。

羣蛇越來越多，片刻之間，這一干人身旁竟聚集了數百條，其中有五六條乃是大蟒。幾條巨蟒遊將近去，轉過尾巴，登時捲住了兩人，跟著又有兩人被捲。星宿派羣弟子若要拔足奔逃，羣蛇自是追趕不上，但師尊正在迎敵，羣弟子一步也不敢離開，只有舞動兵刃，亂砸亂斬，被他們打死的毒蛇少說已有八九十條，但被毒蛇咬傷的也已有七八人。那些巨蟒更是厲害，皮粗肉厚，被鋼杖砸中了行若無事，身子一捲到人，越收越緊，再也不放。鐵笛聲中，從布袋中遊出的巨蟒漸增，一共已有二十七八條。

那老翁見情勢不對，想要退開，去攻擊全冠清，兩條小蛇猛地躍起，向他臉上咬去。他大聲怒斥：「好大膽！」羽扇揮動，勁風撲出，將兩條小蛇擊落，突覺一件軟物捲向足踝。他知道不妙，飛身而起。只聽得噓溜溜一響笛聲，四條蟒蛇同時揮起長尾，向他捲了過來。那老翁身在半空，砰砰擊出兩掌，將前面和左邊的兩條蟒蛇擊開，身形一晃，已落在兩丈之外。便在此時，第三條、第四條巨蟒的長尾同時攻到。他情急之下，運勁又是一掌擊出，掌風到處，登時將一條巨蟒的腦袋打得稀爛。

蛇羣如潮湧至。那老翁又劈死了三條巨蟒，但腰間和右腿卻已被兩條巨蟒纏住。他運起內力，大喝一聲，伸指抓破了纏在腰間巨蟒的肚腹，只濺得滿身都是鮮血。豈知蛇性最長，此蟒肚子雖穿，一時卻不便死，吃痛之下，更猛力纏緊，只箍得那老翁腰骨幾欲折斷。他用力掙了兩掙，跟著又有兩條巨蟒甩了上來，在他身上繞了數匝，連他手臂也繞在其中，令他再也沒法抗拒。游坦之在草叢中見到這般驚心動魄的情景，幾乎連氣也透不過來。

全冠清心下大喜，見一眾敵人個個被巨蟒纏住，除了呻吟怒罵，再無反抗的能為，便不再吹笛，走上前去，笑吟吟的道：「星宿老怪，你星宿派和我丐幫素來河水不犯井水，好端端地幹麼惹到我們頭上來？現今又怎麼說？」

這個童顏鶴髮的老翁，正是中原武林人士對之深惡痛絕的星宿老怪丁春秋。他因星宿派三寶之一的神木王鼎給女弟子阿紫盜去，連派數批弟子出去追捕，甚至連大弟子摘星子也遣了出去，但一次次飛鴿傳書報來，均是十分不利。最後聽說阿紫倚丐幫幫主喬峯為靠山，將摘星子傷得半死不活，丁春秋又驚又怒，知道丐幫是中原武林第一大幫，實非易與，又聽到聾啞老人近年來在江湖上出頭露面，頗有作為，這心腹大患不除，總是放心不下，奪回王鼎之後，正好乘此了結昔年的一樁大事，於是盡率派中弟子，親自東來。

他所練的那門「化功大法」，經常要將毒蛇毒蟲的毒質塗在手掌之上，吸入體內，若是七日不塗，不但功力減退，而且體內蘊積了數十年的毒質不得新毒剋制，不免漸漸發作，為禍之烈，實是難以形容。那神木王鼎天生有一股特異氣息，再在鼎中燃燒香料，片刻間便能誘引毒蟲到來，方圓十里之內，甚麼毒蟲也抵不住這香氣的吸引。丁春秋有了這奇鼎在手，捕捉毒蟲不費吹灰之力，「化功大法」自是越練越深，越練越精。當年丁春秋有一名得意弟子，得他傳授，修習化功大法，頗有成就，豈知後來自恃能耐，對他居然不甚恭順。丁春秋將他制住後，也不加以刀杖刑罰，只是將他囚禁在一間石屋之中，令他無法捕捉蟲豸加毒，結果體內毒素發作，難熬難當，忍不住將自己全身肌肉一片片的撕落，呻吟呼號，四十餘日方死。星宿老怪得意之餘，心下也頗為戒懼，而化功大法也不再傳授任何門人。因此摘星子等人都是不會，阿紫想得此神功，非暗中偷學、盜鼎出走不可。

阿紫工於心計，在師父剛捕完毒那天辭師東行，待得星宿老怪發覺神木王鼎被盜，已在七天之後，阿紫早已去得遠了。她走的多是偏僻小路，追拿她的眾師兄武功雖比她為高，智計卻遠所不及，給她虛張聲勢、聲東擊西的連使幾個詭計，一一都撇了開去。

星宿老怪所居之地是陰暗潮濕的深谷，毒蛇毒蟲繁殖甚富，神木王鼎雖失，要捉些毒蟲來加毒，倒也不是難事，但尋常毒蟲易捉，要像從前這般，每次捕到的都是希奇古怪、珍異厲害的劇毒蟲豸，卻是可遇不可求了。更有一件令他擔心之事，只怕中原的高手識破了王鼎的來歷，誰都會立即將之毀去，是以一日不追回，一日便不能安心。

他在陝西境內和一眾弟子相遇。大弟子摘星子幸而尚保全一條性命，卻已武功全失，被眾弟子一路上毆打侮辱，虐待得人不像人，二弟子獅鼻人獅吼子暫時接領了大師兄的職位。眾弟子見到師父親自出馬，又驚又怕，均想師命不能完成，這場責罰定是難當之極，幸好星宿老怪正在用人之際，將責罰暫且寄下，要各人戴罪立功。

眾人一路上打探丐幫的消息。一來各人生具異相，言語行動無不令人厭憎，誰也不願以消息相告；二來蕭峯到了遼國，官居南院大王，武林中真還少有人知，是以竟然打聽不到半點確訊，連丐幫的總舵移到何處也查究不到。

這一日天狼子無意中聽到丐幫大智分舵聚會的訊息，為要立功，竟迫不及待的孤身闖了來，中了全冠清的暗算。總算他體內本來蘊有毒質，蠍子毒他不死，逃得性命後急忙稟告師父。丁春秋當即趕來，不料空具一身劇毒和深湛武功，竟致巨蟒纏身，動彈不得。

丁春秋不答全冠清的問話，冷冷的道：「你們丐幫中有個人名叫喬峯，他在那裏？快叫他來見我。」全冠清心中一動，問道：「閣下要見喬峯，為了何事？」丁春秋傲然道：「星宿老仙問你的話，你怎地不答？卻來向我問長問短。喬峯呢？」

全冠清見他身子被巨蟒纏住，早已失了抗拒之力，說話卻仍這般傲慢，如此悍惡之人，當真天下少有，便道：「星宿老怪天下皆聞，那知道不過是徒負虛名，連幾條小小蛇兒也對付不了。今日對不起，我們可要為天下除一大害了。」

丁春秋微微一笑，說道：「老夫不慎，折在你這些冷血畜生手下，今日魂歸西方極樂，也是命該如此……」

他話未說完，一個被巨蟒纏住了的星宿弟子忽然叫道：「丐幫的大英雄，請你放了我出來，會有大大的好處。我師父詭計甚多，你防不勝防。你一個不小心，便著了他的道兒。」全冠清冷冷的道：「放了你有甚麼好處？」那人道：「我星宿派共有三件寶物，叫做星宿三寶。只有星宿老怪和我知道收藏的所在。你饒了我性命，待你殺了這星宿老怪之後，我自然取出獻上。倘若你將我殺了，這星宿三寶你就永遠得不到了。」

另一名星宿弟子大叫：「大英雄，大英雄，你莫上他的當！星宿三寶之中，有一寶早給人盜去了。你還是放我的好。只有我才對你忠心，決不騙你。」

霎時之間，星宿派羣弟子紛紛叫嚷起來：「丐幫的大英雄，你饒我性命最好，他們都不會對你忠心，只有我死心塌地，為你效勞。」「大英雄，星宿派本門功夫，我所知最多，我定會一古腦兒的都說了出來，決不會有半點藏私。」「本派人眾來到中原，實有重大圖謀，主要便是為了對付你們丐幫。眾位大英雄，你們想不想知道詳情？」「咱們在星宿海之旁藏得有無數金銀財寶，我知道每一處藏寶的所在。我帶你們去挖掘出來，丐幫的英雄好漢從此不必再討飯了。」這些人七張八嘴，獻媚和效忠之言有若潮湧，有的動之以利，有的企圖引起對方好奇之心，有的更是公然撒謊，荒誕不經。有些弟子已被毒蛇咬傷，或已給巨蟒纏得奄奄一息的，也均唯恐落後，上氣不接下氣的爭相求饒。

羣丐萬想不到星宿派弟子竟如此沒骨氣，既是鄙視，又感好奇，紛紛走近傾聽。全冠清冷冷的道：「你們對自己師父也不忠心，又怎能對素無淵源的外人忠心？豈不可笑？」

一名星宿弟子道：「不同，不同，大大的不同。星宿老怪本領低微，我跟了他有甚麼出息？對他忠心有何好處？丐幫的大英雄武功威震天下，又有驅蛇制敵的大法術，豈是星宿老怪所能比擬？」「是啊，丐幫收容了星宿派的眾弟子，西域和中原羣雄震動，誰不佩服丐幫英雄了得？」「『英雄』二字，不足以稱眾位高人俠士，須得稱『大俠』、『聖人』、『世人救星』才是！」「我能言善道，今後去周遊四方，為眾位宣揚德威，丐幫大俠的名望就天下無不知聞了。」「呸，丐幫大俠的名頭早已天下皆知，何必要你去多說？」「『聖人』、『世人救星』的稱號，是小人第一個說出來的。他們拾我牙慧，毫無功勞。」

一名丐幫的五袋弟子皺眉道：「你們這批卑鄙小人，叫叫嚷嚷的令人生厭。星宿老怪，你怎地如此沒出息，盡收些無恥之徒做弟子？我先送了你的終，再叫這些傢伙一個個追隨於你，老子今日要大開殺戒了！」說著呼的一掌，便向丁春秋擊去。

這一掌勢挾疾風，勁道甚是剛猛，正中丁春秋胸口。那知丁春秋渾若無事，那乞丐卻雙膝一軟，倒在地下，蜷成一團，微微抽搐了兩下，便一動不動了。羣丐大驚，齊叫：「怎麼啦？」便有兩名乞丐伸手去拉他起身。這兩人一碰到他身子，便搖晃幾下，倒了下去。旁邊三名丐幫弟子自然而然的出手相扶，但一碰到這二人，便也跌倒。其餘幫眾無不驚得呆了，不敢再伸手去碰跌倒的同伴。

全冠清喝道：「這老兒身上有毒，大家不可碰他身子。放暗器！」

八九名四五袋弟子同時掏出暗器，鋼鏢、飛刀、袖箭、飛蝗石，紛紛向丁春秋射去。丁春秋大聲一喝，腦袋急轉，滿頭白髮甩了出去，便似一條短短的軟鞭，將十來件暗器反擊出來。但聽得「啊喲」、「啊喲」連聲，六七名丐幫幫眾被暗器擊中。這些暗器也非盡數擊中要害，有的擦破一些皮肉，但幾名乞丐立時軟癱而死。

全冠清大叫：「退開，退開！」突然呼的一聲，一枝鋼鏢激射而至，卻是丁春秋將頭髮裹住了鋼鏢，運勁向他射來。全冠清忙揮手中鐵笛格打，噹的一聲，將鋼鏢擊得遠遠飛了出去。他想這星宿老怪果然厲害，只有驅蟒制其死命，當即將鐵笛湊到口邊，待要吹奏，驀地裏嘴上一麻，登時頭暈目眩，心知不妙，急忙拋下鐵笛，便已咕咚一聲，仰天摔倒。

羣丐大驚，當即有兩人搶上扶起。全冠清迷迷糊糊的叫道：「我……我中了毒，大……大夥快……快……快……去……」羣丐早已嚇得魂飛魄散，擁著他飛也似的急奔而逃，於滿地屍骸、布袋、毒蛇，再也不敢理會。

游坦之蹲在草叢之中，驚疑無已，不敢稍動。四下裏一片寂靜，十餘名乞丐都縮成了一個圓球，便如是一隻隻遇到了敵人的刺蝟，顯然均已斃命。

那些巨蟒不經全冠清再以笛聲相催，不會傷人，只是緊緊纏住了丁春秋師徒。星宿派眾人誰都不敢掙扎動彈，惟恐激起蛇兒的兇性，隨口咬將下來。

這麼靜了片刻，有人首先說道：「師父，你老人家神功獨步天下，談笑之間，隨手便將這批萬惡不赦的叫化兒殺得落荒而逃……」他話未說完，另一名弟子搶著說道：「師父，你莫聽他放屁，剛才說那些叫化兒是『大俠』、『聖人』的就是他。」又有一名弟子道：「咱們追隨師父這許多年，豈不知師父有通天徹地之能？剛才跟那些叫化兒胡說八道，全是騙騙他們的，好讓他們不防，以便師父施展無邊法力。」

忽然有人放聲大哭，說道：「師父，師父！弟子該死，弟子胡塗，為了貪生怕死，竟向敵人投降，此時悔之莫及，寧願死在毒蟒的口下，再也不敢向師父求饒了。」

羣弟子登時省悟：師父最不喜歡旁人文過飾非，只有痛斥自己胡塗該死，將各種各樣的罪名亂加在自己頭上，或許方能得到師父開恩饒恕。一霎時間，人人搶著大罵自己，說自己如何居心不良，如何罪該萬死。只將草叢中的游坦之聽得頭昏腦脹，莫名其妙。

丁春秋暗運勁力，想將纏在身上的三條巨蟒崩斷。但巨蟒身子可伸可縮，丁春秋運力崩動，蟒身只略加延伸，並不會斷。丁春秋遍體是毒，衣服頭髮上也凝聚劇毒，羣丐向他擊打或發射暗器，盡皆沾毒。但巨蟒皮堅厚韌滑，毒素難以侵入。只聽得羣弟子還在嘮叨不停，丁春秋怒道：「有誰想得出驅蛇之法，我就饒了他性命。難道你們還不知道我的脾氣？有誰對我有用，我便不加誅殺。你們老是胡說八道，更有何用？」

此言一出，羣弟子登時靜了下來。過了一會，有人說道：「只要有人拿個火把，向這些蟒蛇身上燒去，這些畜生便逃之夭夭了。」丁春秋罵道：「放你娘的臭屁！這裏曠野之地，前不把村，後不把店，有誰經過？就算有鄉民路過，他們見到這許多毒蛇，嚇得逃走也來不及，那裏還肯拿火把來燒？」跟著別的弟子又亂出主意，但每一個主意都是不著邊際，各人所以不停說話，只不過向師父拚命討好，顯得自己確是遵從師命而在努力思索而已。

這樣過了良久，有一名弟子給一條巨蟒纏得實在喘不過氣來了，昏亂中張口向蟒蛇身上咬去。那蟒蛇吃痛，張口向他咽喉反咬，那弟子慘呼一聲，登時斃命。

丁春秋越來越焦急，倘若被敵人所困，這許久之間，他定能下毒行詭，設法脫身，偏偏這些蛇兒無知無識，再巧妙的計策也使不到牠們身上，只怕這些巨蟒肚餓起來，一口將自己吞了下去。

他擔心的事果真便即出現，一條巨蟒久久不聞笛聲，肚中卻已餓得厲害，張開大口，咬住了所纏住的一名星宿弟子。那弟子大叫：「師父救我，師父救我！」兩條腿已被那巨蟒吞入了口中。他身子不住的給吸入巨蟒腹中，嘴中兀自慘叫。蟒蛇的牙齒形作倒鉤，那星宿派弟子腿腳先入蛇口，慢慢的給吞至腰間，又吞至胸口，他一時未死，高聲慘呼，震動曠野。

眾人均知自己轉眼間便要步他後塵，無不嚇得心膽俱裂。有一人見星宿老怪也是束手無策，不禁惱恨起來，開口痛罵，說都是受他牽累，自己好端端的在星宿海旁牧羊為生，卻被他威脅利誘，逼入門下，今日慘死於毒蛇之口，到了陰間，定要向閻羅王狠狠告他一狀。

這人開端一罵，其餘眾弟子也都紛紛喝罵起來。各人平素受盡星宿老怪的荼毒虐待，無不懷恨在心，只是敢怒而不敢言而已，今日反正是同歸於盡，痛罵一番，也好稍洩胸中的怒氣。一人大罵之際，身子動得厲害，激怒了纏住了他的巨蟒，一口便咬住了他的肩頭，那人大叫：「啊喲，啊喲！救命，救命！」

游坦之見這一干人個個給蟒蛇纏住了不得脫身，心中已無所顧忌，從草叢中站起身來，眼見此處不是善地，便欲及早離去。

星宿派眾人斗然間見到他頭戴鐵罩的怪狀，都是一驚，隨即有人想起，惟他可以救命，叫道：「大英雄、大俠士，請你拾些枯草，點燃了火，趕走這些蟒蛇，我立即送你……送你一千兩銀子。」又一人道：「一千兩不夠，至少也送一萬兩！」另一人道：「這位先生是仁人義士，良心最好不過，必定行俠仗義，何況點火燒蛇，沒有絲毫危險。」頓刻之間頌聲大作，而所許的重酬，也於轉瞬間加到了一百萬兩黃金。

這些人罵人的本領固是一等，而諂諛稱頌之才，更是久經歷練。游坦之一生之中，幾曾聽人叫過自己為「大英雄」、「大俠士」、「仁人義士」、「當世無雙的好漢」？給他們這般捧上了天去，只覺全身輕飄飄地，宛然便頗有「大英雄」、「大俠士」的氣概，一百萬兩黃金倒也不在意下，只是阿紫姑娘不能親耳聽到眾人對自己的稱頌，實是莫大憾事。

當下撿拾枯草，從身邊摸出火摺點燃了，但見到這許許多多形相兇惡的巨蟒，究竟十分害怕，心想莫要惹惱了這些大蛇，連自己也纏在其內，尋思片刻，先撿拾枯枝，燒起了一堆熊熊大火，擋在自己身前，然後拾起一根著了火的枯枝，向離自己最近的一條大蛇投去。他躲在火堆之後，轉身蓄勢，若是這大蛇向自己竄來，那便立時飛奔逃命，甚麼「大英雄」、「大俠士」，那也只好暫且不做了。

蟒蛇果然甚是怕火，見火燄燒向身旁，立即鬆開纏著的眾人，遊入草叢之中。游坦之見火攻有效，在星宿派諸人歡呼聲中，將一根根著了火的枯枝向蛇羣中投去。羣蛇登時紛紛逃竄，連長達數丈的巨蟒也抵受不住火燄攻逼，鬆開身子，蜿蜒遊走。片刻之間，數百條巨蟒和毒蛇逃得乾乾淨淨。

星宿派諸弟子大聲頌揚：「師父明見萬里，神機妙算，果然是火攻的方法最為靈驗。」「師父洪福齊天，逢凶化吉！」「全仗師父指揮若定，救了我等的蟻命！」一片頌揚之聲，全是歸功於星宿老怪，對游坦之放火驅蛇的功勞竟半句不提。

游坦之怔怔的站在當地，頗感奇怪，尋思：「片刻之前你們還在大罵師父，這時卻又大讚起師父來，而我這『大英雄』、『大俠士』卻又變成了『這小子』，那是甚麼緣故？」

丁春秋招了招手，道：「鐵頭小子，你過來，你叫甚麼名字？」游坦之受人欺辱慣了，見對方無禮，也不以為忤，道：「我叫游坦之。」說著便向前走了幾步。丁春秋道：「這些叫化子死了沒有？你去摸摸他們的鼻息，是否還有呼吸。」

游坦之應道：「是。」俯身伸手去探一名乞丐的鼻息，只覺著手冰涼，那人早已死去多時。他又試另一名乞丐，也是呼吸早停，說道：「都死啦，沒了氣息。」只見星宿派弟子臉上都是一片幸災樂禍的嘲弄之色。他不明所以，又重複了一句：「都死啦，沒了氣息。」卻見眾人臉上戲侮的神色漸漸隱去，慢慢變成了詫異，更逐漸變為驚訝。

丁春秋道：「你每個叫化兒都去試探一下，看尚有那一個能救。」游坦之道：「是。」將十來個丐幫弟子都試過了，搖頭道：「個個都死了。老先生功力實在厲害。」丁春秋冷笑道：「你抗毒的功夫，卻也厲害得很啊。」游坦之奇道：「我……甚麼……抗毒的功夫？」

他大惑不解，不明白丁春秋這話是甚麼意思，更沒想到自己每去探一個乞丐的鼻息，便是到鬼門關去走了一遭，十多名乞丐試將下來，已經歷了十來次生死大險。他自然不知，星宿老怪被巨蟒纏身，無法得脫，全仗他這小子相救，江湖上傳了出去，不免面目無光，因此巨蟒離去之後，立時便起意殺他滅口。不料游坦之經過這幾個月來的修習不輟，冰蠶的奇毒已與他體質融合無間，丁春秋沾在羣丐身上的毒質再也害他不得。

丁春秋尋思：「瞧他手上肌膚和說話聲音，年紀甚輕，不會有甚麼真實本領，多半是身上藏得有專剋毒物的雄黃珠、辟邪奇香之類寶物，又或是預先服了靈驗的解藥，這才不受奇毒之侵。」便道：「游兄弟，你過來，我有話說。」

游坦之雖見他說得誠懇，但親眼看到他連殺羣丐的殘忍狠辣，又聽到他師徒間一會兒諂諛，一會兒辱罵，覺得這種人極難對付，還是敬而遠之為妙，便道：「小人身有要事，不能奉陪，告退了。」說著抱拳唱喏，轉身便走。

他只走出幾步，突覺身旁一陣微風掠過，兩隻手腕上一緊，已被人抓住。游坦之抬頭一看，見抓住他的是星宿弟子中的一名大漢。他不知對方有何用意，只見他滿臉獰笑，顯非好事，心下一驚，叫道：「快放我！」用力一掙。

只聽得頭頂呼的一聲風響，一個龐大的身軀從背後躍過他頭頂，砰的一聲，重重撞在對面山壁之上，登時頭骨粉碎，一個頭顱變成了泥漿相似。

游坦之見這人一撞的力道竟這般猛烈，實是難以相信，一愕之下，才看清楚便是抓住自己的那個大漢，更是奇怪：「這人好端端地，怎麼突然撞山自盡？莫非發了瘋？」他決計想不到自己一掙之下，一股猛勁將那大漢甩出去撞在山上。

星宿派羣弟子都是「啊」的一聲，駭然變色。

丁春秋見他摔死自己弟子這一下手法毛手毛腳，並非上乘功夫，只是膂力異常了得，心想此人天賦神力，武功卻是平平，當下身形一晃，伸掌按上了他的鐵頭。游坦之猝不及防，登時被壓得跪倒在地，身子一挺，待要重行站直，頭上便如頂了一座萬斤石山一般，再也動不得，當即哀求：「老先生饒命。」

丁春秋聽他出言求饒，更是放心，問道：「你師父是誰？你好大膽子，怎地殺了我的弟子？」游坦之道：「我……我沒有師父。我決不敢殺死老先生的弟子。」

丁春秋心想不必跟他多言，斃了滅口便是，當下手掌一鬆，待游坦之站起身來，揮掌向他胸口拍去。游坦之大驚，忙伸右手，推開來掌。丁春秋這一掌去勢甚緩，游坦之右掌格出時，正好和他掌心相對。丁春秋正要他如此，掌中所蓄毒質隨著內勁直送過去，這正是他成名數十年的「化功大法」，中掌者或沾劇毒，或內力於頃刻間化盡，或當場立斃，或哀號數月方死，全由施法者隨心所欲。丁春秋生平曾以此殺人無數。武林中聽到「化功大法」四字，既厭惡恨憎，復心驚肉跳。段譽的「北冥神功」吸入內力以為己有，與「化功大法」以劇毒化人內功不同，但身受者內力迅速消失，卻無二致，是以往往給人誤認。丁春秋見這鐵頭小子連觸十餘名乞丐居然並不中毒，當即施展出看家本領來。

兩人雙掌相交，游坦之身子一晃，騰騰騰接連退出六七步，要想拿樁站定，終於還是一交坐倒，但對方這一推餘力未盡，游坦之臀部一著地，背脊又即著地，鐵頭又即著地，接連倒翻了三個觔斗，這才止住，忙不住磕頭，叫道：「老先生饒命，老先生饒命。」

丁春秋和他手掌相交，只覺他內力既強，勁道陰寒，怪異之極，而且蘊有劇毒，雖然給自己摔得狼狽萬分，但以內力和毒勁的比拚而論，並未處於下風，何必大叫饒命？難道是故意調侃自己不成？走上幾步，問道：「你要我饒命，出自真心，還是假意？」

游坦之只是磕頭，說道：「小人一片誠心，但求老先生饒了小人性命。」

丁春秋尋思：「此人不知用甚麼法子，遇到了甚麼機緣，體內積蓄的毒質竟比我還多，實是一件奇寶。我須收羅此人，探聽到他練功的法門，再吸取他身上的毒質，然後將之處死。倘若輕輕易易的把他殺了，豈不可惜？」伸掌又按住他鐵頭，潛運內力，說道：「除非你拜我為師，否則的話，為甚麼要饒你性命？」

游坦之只覺得頭上鐵罩如被火炙，燒得他整個頭臉發燙，心下害怕之極。他自從苦受阿紫折磨之後，早已一切逆來順受，甚麼是非善惡之分、剛強骨氣之念，早已忘得一乾二淨，但求保住性命，忙道：「師父，弟子游坦之願歸入師父門下，請師父收容。」

丁春秋大喜，肅然道：「你想拜我為師，也無不可。但本門規矩甚多，你都能遵守麼？為師的如有所命，你誠心誠意的服從，決不違抗麼？」游坦之道：「弟子願遵守規矩，服從師命。」丁春秋道：「為師的便要取你性命，你也甘心就死麼？」游坦之道：「這個……這個……」丁春秋道：「你想一想明白，甘心便甘心，不甘心便說不甘心。」

游坦之心道：「你要取我性命，當然是不甘心的。倘若非如此不可，那時逃得了便逃，逃不了的話，就算不甘心，也是無法可施。」便道：「弟子甘心為師父而死。」丁春秋哈哈大笑，道：「很好，很好。你將一生經歷，細細說給我聽。」

游坦之不願向他詳述身世以及這些日子來的諸般遭遇，但說自己是個農家子弟，被遼人打草穀擄去，給頭上戴了鐵罩。丁春秋問他身上毒質的來歷，游坦之只得吐露如何見到冰蠶和慧淨和尚，如何偷到冰蠶，誑說不小心給葫蘆中的冰蠶咬到了手指，以致全身凍僵，冰蠶也就死了，至於阿紫修練毒掌等情，全都略過不提。丁春秋細細盤問他冰蠶的模樣和情狀，臉上不自禁的露出十分艷羡之色。游坦之尋思：「我若說起那本浸水有圖的怪書，他定會搶了去不還。」丁春秋一再問他練過甚麼古怪功夫，他始終堅不吐實。

丁春秋原本不知易筋經的功夫，見他武功十分差勁，只道他練成陰寒內勁，純係冰蠶的神效，心中不住的咒罵：「這樣的神物，竟被這小子鬼使神差的吸入了體內，真是可惜。」凝思半晌，問道：「那個捉到冰蠶的胖和尚，你說聽到人家叫他慧淨？是少林寺的和尚，在南京憫忠寺掛單？」游坦之道：「正是。」

丁春秋道：「這慧淨和尚說這冰蠶得自崑崙山之巔。很好，那邊既出過一條，當然也有兩條、三條。只是崑崙山方圓數千里，若無熟識路途之人指引，這冰蠶倒也不易捕捉。」他親身體驗到了冰蠶的靈效，覺得比之神木王鼎更是寶貴得多，心想首要之事，倒是要拿到慧淨，叫他帶路，到崑崙山捉冰蠶去。這和尚是少林僧，本來頗為棘手，幸好是在南京，那便易辨得多。當下命游坦之行過拜師入門之禮。

星宿派眾門人見師父對他另眼相看，馬屁、高帽，自是隨口大量奉送。適才眾弟子大罵師父、叛逆投敵，丁春秋此刻用人之際，假裝已全盤忘記，這等事在他原是意料之中，倒也並不怎麼生氣。

一行人折而向東北行。游坦之跟在丁春秋之後，見他大袖飄飄，步履輕便，有若神仙，油然而生敬仰之心：「我拜了這樣一位了不起的師父，真是前生修來的福份。」

星宿派眾人行了三日，這日午後，一行人在大路一座涼亭中喝水休息，忽聽得身後馬蹄聲響，四騎馬從來路疾馳而來。

四乘馬奔近涼亭，當先一匹馬上的乘客叫道：「大哥、二哥，亭子裏有水，咱們喝上幾碗，讓坐騎歇歇力。」說著跳下馬來，走進涼亭，餘下三人也即下馬。這四人見到丁春秋等一行，微微頷頭為禮，走到清水缸邊，端起瓦碗，在缸中舀水喝。

游坦之見當先那人一身黑衣，身形瘦小，留兩撇鼠鬚，神色間甚是剽悍。第二人身穿土黃色袍子，也是瘦骨稜稜，但身材卻高，雙眉斜垂，滿臉病容，大有戾色。第三人穿棗紅色長袍，身形魁梧，方面大耳，頦下厚厚一部花白鬍子，是個富商豪紳模樣。最後一人身穿鐵青色儒生衣巾，五十上下年紀，瞇著一雙眼睛，便似讀書過多，損壞了目力一般，他卻不去喝水，提起酒葫蘆自行喝酒。

便在這時，對面路上一個僧人大踏步走來，來到涼亭之外，雙手合什，恭恭敬敬的道：「眾位施生，小僧行道渴了，要在亭中歇歇，喝一碗水。」那黑衣漢子笑道：「師父忒也多禮，大家都是過路人，這涼亭又不是我們起的，進來喝水罷。」那僧人道：「阿彌陀佛，多謝了。」走進亭來。

這僧人二十五六歲年紀，濃眉大眼，一個大大的鼻子扁平下塌，容貌頗為醜陋，僧袍上打了許多補釘，卻甚是乾淨。他等那三人喝罷，這才走近清水缸，用瓦碗舀了一碗水，雙手捧住，雙目低垂，恭恭敬敬的說偈道：「佛觀一缽水，八萬四千蟲，若不持此咒，如食眾生肉。」念咒道：「唵縛悉波羅摩尼莎訶。」唸罷，端起碗來，就口喝水。

那黑衣人看得奇怪，問道：「小師父，你嘰哩咕嚕的念甚麼咒？」那僧人道：「小僧念的是飲水咒。佛說每一碗水中，有八萬四千條小蟲，出家人戒殺，因此要念了飲水咒，這才喝得。」黑衣人哈哈大笑，說道：「這水乾淨得很，一條蟲子也沒有，小師父真會說笑。」那僧人道：「施主有所不知。我輩凡夫看來，水中自然無蟲，但我佛以天眼看水，卻看到水中小蟲成千成萬。」黑衣人笑問：「你念了飲水咒之後，將八萬四千條小蟲喝入肚中，那些小蟲便不死了？」那僧人躊躇道：「這……這個……師父倒沒教過。多半小蟲便不死了。」

那黃衣人插口道：「非也，非也！小蟲還是要死的，只不過小師父念咒之後，八萬四千條小蟲通統往生西天極樂世界，小師父喝一碗水，超度了八萬四千名眾生。功德無量，功德無量！」

那僧人不知他所說是真是假，雙手捧著那碗水呆呆出神，喃喃的道：「一舉超度八萬四千條性命？小僧萬萬沒這麼大的法力。」

黃衣人走到他身邊，從他手中接過瓦碗，向碗中瞪目凝視，數道：「一、二、三、四、五、六……一千、兩千、一萬、兩萬……非也，非也！小師父，這碗中共有八萬三千九百九十九條小蟲，你數多了一條。」

那僧人道：「南無阿彌陀佛。施主說笑了，施主也是凡夫，怎能有天眼的神通？」黃衣人道：「那麼你有沒有天眼的神通？」那僧人道：「小僧自然沒有。」黃衣人道：「非也，非也！我瞧你有天眼通，否則的話，怎地你只瞧了我一眼，便知我是凡夫俗子，不是菩薩下凡？」那僧人向他左看右看，滿臉迷惘之色。

那身穿棗紅袍子的大漢走過去接過水碗，交回在那僧人手中，笑道：「師父請喝水罷！我這個把弟跟你開玩笑，當不得真。」那僧人接過水碗，恭恭敬敬的道：「多謝，多謝。」心中拿不定主意，卻不便喝。那大漢道：「我瞧小師父步履矯健，身有武功，請教上下如何稱呼，在那一處寶剎出家？」

那僧人將水碗放在水缸蓋上，微微躬身，說道：「小僧虛竹，在少林寺出家。」

那黑衣漢子叫道：「妙極，妙極！原來你是少林寺的高手，來，來，來！你我比劃比劃！」虛竹連連搖手，說道：「小僧武功低微，如何敢和施主動手？」黑衣人笑道：「好幾天沒打架了，手癢得很。咱們過過招，又不是真打，怕甚麼？」虛竹退了兩步，說道：「小僧雖曾練了幾年功夫，只是為健身之用，打架是打不來的。」黑衣人道：「少林寺和尚個個武功高強。初學武功的和尚，便不准踏出山門一步。小師父既然下得山來，定是一流好手。來，來！咱們說好只拆一百招，誰輸誰贏，毫不相干。」

虛竹又退了兩步，說道：「施主有所不知，小僧此番下山，並不是武功已窺門徑，只因寺中廣遣弟子各處送信，人手不足，才命小僧勉強湊數。小僧本來攜有十張英雄帖，師父吩咐，送完了這十張帖子，立即回山，千萬不可跟人動武，現下已送了四張，還有六張在身。施主武功了得，就請收了這張英雄帖罷。」說著從懷中取出一個油布包袱，打了開來，拿出一張大紅帖子，恭恭敬敬的遞過，說道：「請教施主高姓大名，小僧回寺好稟告師父。」

那黑衣漢子卻不接帖子，說道：「你又沒跟我打過，怎知我是英雄狗熊？咱們先拆上幾招，我打得贏你，才有臉收英雄帖啊。」說著踏上兩步，左拳虛晃，右拳便向虛竹打去，拳頭將到虛竹面門，立即收轉，叫道：「快還手！」

那魁梧漢子聽虛竹說到「英雄帖」三字，便即留上了神，說道：「四弟，且不忙比武，瞧瞧英雄帖上寫的是甚麼。」從虛竹手中接過帖子，見帖上寫道：

「少林寺住持玄慈，合什恭請天下英雄，於九月初九重陽佳節，駕臨嵩山少林寺隨喜，廣結善緣，並睹姑蘇慕容氏『以彼之道，還施彼身』之風範。」

那大漢「啊」的一聲，將帖子交給了身旁的儒生，向虛竹道：「少林派召開英雄大會，原來是要跟姑蘇慕容氏為難……」那黑衣漢子叫道：「妙極，妙極。我叫一陣風風波惡，正是姑蘇慕容氏的手下。少林派要跟姑蘇慕容氏為難，也不用開甚麼英雄大會了。我此刻來領教少林派高手的身手便是。」

虛竹又退了兩步，左腳已踏在涼亭之外，說道：「原來是風施主。我師父說道，敝寺恭請姑蘇慕容施主駕臨敝寺，決不是膽敢得罪。只是江湖上紛紛傳言，武林中近年來有不少英雄好漢，喪生在姑蘇慕容氏『以彼之道，還施彼身』的神功之下。小僧的師伯祖玄悲大師在大理國身戒寺圓寂，不知跟姑蘇慕容氏有沒有干係，敝派自方丈大師以下，個個都是心有所疑，因此上……」

那黑衣漢子搶著道：「這件事嗎，跟我們姑蘇慕容氏本來半點干係也沒有，不過我這麼說，諒來你必定不信。既然說不明白，只好手底下見真章。這樣罷，咱兩個今日先打一架，好比做戲之前先打一場鑼鼓，說話本之前先說一段『得勝頭回』，熱鬧熱鬧。到了九月初九重陽，風某再到少林寺來，從下面打起，一個個挨次打將上來便是，痛快，痛快！只不過最多打得十七八個，風某就遍體鱗傷，再也打不動了，要跟玄慈老方丈交手，那是萬萬沒有機緣的。可惜，可惜！」說著磨拳擦掌，便要上前動手。

那魁梧漢子道：「四弟，且慢，說明白了再打不遲。」

那黃衣人道：「非也，非也。說明白之後，便不用打了。四弟，良機莫失，要打架，便不能說明白。」

那魁梧漢子不去睬他，向虛竹道：「在下鄧百川，這位是我二弟公冶乾。」說著向那儒生一指，又指著那黃衣人道：「這位是我三弟包不同，我們都是姑蘇慕容公子的手下。」

虛竹逐一向四人合什行禮，口稱：「鄧施主，公施主……」包不同插口道：「非也，非也。我二哥複姓公治，你叫他公施主，那就錯之極矣。」虛竹忙道：「得罪，得罪！小僧毫無學問，公治施主莫怪。包施主……」包不同又插口道：「你又錯了。我雖然姓包，但生平對和尚尼姑是向來不布施的，因此決不能稱我包施主。」虛竹道：「是，是。包三爺，風四爺。」包不同道：「你又錯了。我風四弟待會跟你打架，不管誰輸誰贏，你多了一番閱歷，武功必有長進，他可不是向你布施了嗎？」虛竹道：「是，是。風施主，不過小僧打架是決計不打的。出家人修行為本，學武為末，武功長不長進，也沒多大干係。」

風波惡嘆道：「你對武學瞧得這麼輕，武功多半稀鬆平常，這場架也不必打了。」說著連連搖頭，意興索然。虛竹如釋重負，臉現喜色，說道：「是，是。」

鄧百川道：「虛竹師父，這張英雄帖，我們代我家公子收下了。我家公子於數月之前，便曾來貴寺拜訪，難道他還沒來過嗎？」

虛竹道：「沒有來過。方丈大師只盼慕容公子過訪，但久候不至，曾兩次派人去貴府拜訪，卻聽說慕容老施主已然歸西，少施主出門去了。方丈大師這次又請達摩院首座前往蘇州尊府送信，生怕慕容少施主仍然不在家，只得再在江湖上廣撒英雄帖邀請，失禮之處，請四位代為向慕容公子說明。明年慕容施主駕臨敝寺，方丈大師還要親自謝罪。」

鄧百川道：「小師父不必客氣。會期還有大半年，屆時我家公子必來貴寺，拜見方丈大師。」虛竹合什躬身，說道：「慕容公子和各位駕臨少林寺，我們方丈大師十分歡迎。『拜見』兩字，萬萬不敢當。」

風波惡見他迂腐騰騰，全無半分武林中人的豪爽慷慨，和尚雖是和尚，卻全然不像名聞天下的「少林和尚」，心下好生不耐，當下不再去理他，轉頭向丁春秋等一行打量。見星宿派羣弟子手執兵刃，顯是武林中人，該可從這些人中找幾個對手來打上一架。

游坦之自見風波惡等四人走入涼亭，便即縮在師父身後。丁春秋身材高大，遮住了他，鄧百川等四人沒見到他的鐵頭怪相。風波惡見丁春秋童顏鶴髮，仙風道骨，一副世外高人的模樣，心中隱隱生出敬仰之意，倒也不敢貿然上前挑戰，說道：「這位老前輩請了，請問高姓大名。」丁春秋微微一笑，說道：「我姓丁。」

便在此時，忽聽得虛竹「啊」的一聲，叫道：「師伯祖，你老人家也來了。」風波惡回過頭來，只見大道上來了七八個和尚，當先是兩個老僧，其後兩個和尚抬著一副擔架，躺得有人。虛竹快步走出亭去，向兩個老僧行禮，稟告鄧百川一行的來歷。

右側那老僧點點頭，走進亭來，向鄧百川等四人問訊為禮，說道：「老衲玄難。」指著另一個老僧道：「這位是我師弟玄痛，有幸得見姑蘇慕容莊上的四位大賢。」

鄧百川等久聞玄難之名，見他滿臉皺紋，雙目神光湛然，忙即還禮。風波惡道：「大師父是少林寺達摩院首座，久仰神功了得，今日正好領教。」

玄難微微一笑，說道：「老衲和玄痛師弟奉方丈法諭，前往江南燕子塢慕容施主府上，恭呈請帖，這是敝寺第三次派人前往燕子塢。卻在這裏與四位邂逅相逢，緣法不淺。」說著從懷中取出一張大紅帖子來。

鄧百川雙手接過，見封套上寫著「恭呈姑蘇燕子塢慕容施主」十一個大字，料想帖子上的字句必與虛竹送那張帖子相同，說道：「兩位大師父是少林高僧大德，望重武林，竟致親勞大駕，前往敝莊，姑蘇慕容氏面子委實不小。適才這位虛竹小師父送出英雄帖，我們已收到了，自當儘快稟告敝上。九月初九重陽佳節，敝上慕容公子定能上貴寺拜佛，親向少林諸位高僧致謝，並在天下英雄之前，說明其中種種誤會。」

玄難心道：「你說『種種誤會』，難道玄悲師兄不是你們慕容氏害死的？」忽聽得身後有人叫道：「啊，師父，就是他。」玄難側過頭來，只見一個奇形怪狀之人手指擔架，在一個白髮老翁耳邊低聲說話。

游坦之在丁春秋耳邊說的是：「擔架中那個胖和尚，便是捉到冰蠶的，不知怎地給少林派抬了來。」

丁春秋聽得這胖和尚便是冰蠶的原主，不勝之喜，低聲問道：「你沒弄錯嗎？」游坦之道：「不會，他叫做慧淨。師父你瞧，他圓鼓鼓的肚子高高凸了起來。」丁春秋見慧淨的大肚子比十月懷胎的女子還大，心想這般大肚子和尚，不論是誰見過一眼之後，確是永遠不會弄錯，向玄難道：「大師父，這個慧淨和尚，是我的朋友，他生了病嗎？」

玄難合什道：「施主高姓大名，不知如何識得老衲的師姪？」

丁春秋心道：「這慧淨跟少林寺的和尚在一起了，可多了些麻煩。幸好在道上遇到，攔住劫奪，比之到少林寺去擒拿，卻又容易得多。」想到冰蠶的靈異神效，不由得胸口發熱，說道：「在下丁春秋。」

「丁春秋」三字一出口，玄難、玄痛、鄧百川、公冶乾、包不同、風波惡六人不約而同「啊」的一聲，臉上都是微微變色。星宿老怪丁春秋惡名播於天下，誰也想不到竟是個這般氣度雍容、風采儼然的人物，更想不到突然會在此處相逢。六人心中立時大起戒備之意。

玄難在剎那之間，便即寧定，說道：「原來是星宿海丁老先生，久仰大名，當真是如雷貫耳。」甚麼「有幸相逢」的客套話便不說了，心想：「誰遇上了你，那是前世不修。」

丁春秋道：「不敢，少林達摩院首座『袖裏乾坤』馳名天下，老夫也是久仰的了。這位慧淨師父，我正在到處找他，在這裏遇上，那真是好極了，好極了。」

玄難微微皺眉，說道：「說來慚愧，老衲這個慧淨師姪，只因敝寺失於教誨，多犯清規戒律，一年多前擅自出寺，做下了不少惡事。敝寺方丈師兄派人到處尋訪，好容易才將他找到，追回寺去。丁老先生曾見過他嗎？」丁春秋道：「原來他不是生病，是給你們打傷了，傷得可厲害嗎？」玄難不答，隔了一會，才道：「他不奉方丈法諭，反而出手傷人。」心想：「他跟你這等邪魔外道結交，又是多破了一條大戒。」

丁春秋道：「我在崑崙山中，花了好大力氣，才捉到一條冰蠶，那是十分有用的東西，卻給你這慧淨師姪偷了去。我萬里迢迢的從星宿海來到中原，便是要取回冰蠶……」

他話未說完，慧淨已叫了起來：「我的冰蠶呢？喂，你見到我的冰蠶嗎？這冰蠶是我辛辛苦苦從崑崙山中找到的……你……你偷了我的嗎？」

自從游坦之現身呼叫，風波惡的眼光便在他鐵面具上骨溜溜的轉個不停，對玄難、丁春秋、慧淨和尚三人的對答全然沒聽在耳裏。他繞著游坦之轉了幾個圈，見那面具造得甚是密合，銲在頭上除不下來，很想伸手去敲敲，又看了一會，說道：「喂，朋友，你好！」

游坦之道：「我……我好！」他見到風波惡精力瀰漫、躍躍欲動的模樣，心下害怕。風波惡道：「朋友，你這個面具，到底是怎麼攪的？姓風的走遍天下，可從沒見過你這樣的臉面。」游坦之甚是羞慚，低下頭去，說道：「是，我……我是身不由主……沒有法子。」

風波惡聽他說得可憐，怒問：「那一個如此惡作劇？姓風的倒要會會。」說著斜眼向丁春秋睨去，只道是這老者所做的好事。游坦之忙道：「不……不是我師父。」風波惡道：「好端端一個人，套在這樣一隻生鐵面具之中，有甚麼意思？來，我來給你除去了。」說著從靴筒裏抽出一柄匕首，青光閃閃，顯然鋒銳之極，便要替他將那面具除去。

游坦之知道面具已和他臉孔及後腦血肉相關，硬要除下，大有性命之虞，忙道：「不，不，使不得！」風波惡道：「你不用害怕，我這把匕首削鐵如泥，我給你削去鐵套，決計傷不到皮肉。」游坦之叫道：「不，不成的。」風波惡道：「你是怕那個給你戴鐵帽子的人，是不是？下次見到他，就說是我一陣風硬給你除的，你身不由主，叫這惡人來找我好了。」說著抓住了他左腕。

游坦之見到他手中匕首寒光凜然，心下大駭，叫道：「師父，師父！」回頭向丁春秋求助。丁春秋站在擔架之旁，正興味盎然的瞧著慧淨，對他的呼叫之聲充耳不聞。風波惡提起匕首，便往鐵面具上削去。游坦之惶急之下，右掌用力揮出，要想推開對方，拍的一聲，正中風波惡的左肩。

風波惡全神貫注的要給他削去鐵帽，生怕落手稍有不準，割破了他的頭臉，那防到他竟會突然出掌。這一掌來勢勁力大得異乎尋常，風波惡一聲悶哼，便向前跌了下去。他左手在地下一撐，一挺便跳了起來，哇的一聲，吐出了一口鮮血。

鄧百川、公冶乾、包不同三人見游坦之陡施毒手，把弟吃了個大虧，都是大吃一驚，見風波惡臉色慘白，三人更是擔心。公冶乾一搭他的腕脈，只覺脈搏跳動急躁頻疾，隱隱有中毒之象，他指著游坦之罵道：「好小子，星宿老怪的門人，以怨報德，一出手便以歹毒手段傷人。」忙從懷中取出個小瓶，拔開瓶塞，倒出一顆解毒藥塞入風波惡的口中。

鄧百川和包不同兩人身形晃處，攔在丁春秋和游坦之的身前。包不同左手暗運潛力，五指成爪，便要向游坦之胸口抓去。鄧百川道：「三弟住手！」包不同蓄勢不發，轉眼瞧著大哥。鄧百川道：「咱們姑蘇慕容氏跟星宿派無怨無仇，四弟一番好意，要替他除去面具，何以星宿派出手傷人？倒要請丁老先生指教。」

丁春秋見這個新收的門人只一掌，便擊倒了姑蘇慕容氏手下的一名好手，星宿派大顯威風，暗暗得意，而對冰蠶的神效更是艷羨，微微一笑，說道：「這位風四爺好勇鬥狠，可當真愛管閒事哪。我星宿派門人頭上愛戴銅帽鐵帽，不知礙著姑蘇慕容氏甚麼事了？」

這時公冶乾已扶著風波惡坐在地下，只見他全身發顫，牙關相擊，格格直響，便似身入冰窖一般，過得片刻，嘴唇也紫了，臉色漸漸由白而青。公冶乾的解毒丸極具靈效，但風波惡服了下去，便如石沉大海，直是無影無蹤。

公冶乾惶急之下，伸手探他呼吸，突然間一股冷風吸向掌心，透骨生寒。公冶乾急忙縮手，叫道：「不好，怎地冷得如此厲害？」心想口中噴出來的一口氣都如此寒冷，那麼他身上所中的寒毒更是非同小可，情勢如此危急，已不及分說是非，轉身向丁春秋道：「我把弟中了你弟子的毒手，請賜解藥。」

風波惡所中之毒，乃是游坦之以易筋經內功逼出來的冰蠶劇毒，別說丁春秋無此解藥，就是能解，他也如何肯給？他抬起頭來，仰天大笑，叫道：「啊烏陸魯共！啊烏陸魯共！」袍袖一拂，捲起一股疾風。星宿派眾弟子突然一齊奔出涼亭，疾馳而去。

鄧百川等與少林僧眾都覺這股疾風刺眼難當，淚水滾滾而下，睜不開眼睛，暗叫：「不好！」知他袍袖中藏有毒粉，這麼衣袖一拂，便散了出來。鄧百川、公冶乾、包不同三人不約而同的擋在風波惡身前，只怕對方更下毒手。玄難閉目推出一掌，正好擊在涼亭的柱上，柱子立斷，半邊涼亭便即傾塌，嘩喇喇聲響，屋瓦泥沙傾瀉了下來。眾人待得睜眼，丁春秋和游坦之已不知去向。

幾名少林僧叫道：「慧淨呢？慧淨呢？」原來在這混亂之間，慧淨已給丁春秋擄了去，一副擔架罩在一名少林僧的頭上。玄痛怒叫：「追！」飛身追出亭去。鄧百川與包不同跟著追出。玄難左手一揮，帶同眾弟子趕去應援。

公冶乾留在坍了半邊的涼亭中照料風波惡，兀自眼目刺痛，流淚不止。只見風波惡額頭不住滲出冷汗，頃刻間便凝結成霜。正惶急間，只聽得腳步聲響，公冶乾抬頭一看，見鄧百川抱著包不同，快步回來。公冶乾大吃一驚，叫道：「大哥，三弟也受了傷？」鄧百川道：「又中了那鐵頭人的毒手。」跟著玄難率領少林羣僧也回入涼亭。玄痛伏在虛竹背上，冷得牙關只是格格打戰。玄難和鄧百川、公冶乾面面相覷。

鄧百川道：「那鐵頭人和三弟對了一掌，跟著又和玄痛大師對了一掌。想不到……想不到星宿派的寒毒掌竟如此厲害。」

玄難從懷裏取出一隻小木盒，說道：「敝派的『六陽正氣丹』頗有剋治寒毒之功。」打開盒蓋，取出三顆殷紅如血的丹藥，將兩顆交給鄧百川，第三顆給玄痛服下。

過得一頓飯時分，玄痛等三人寒戰漸止。包不同破口大罵：「這鐵頭人，他……他媽的，那是甚麼掌力？」鄧百川勸道：「三弟，慢慢罵人不遲，你且坐下行功。」包不同道：「非也，非也！此刻不罵，等到一命嗚呼之後，便罵不成了。」鄧百川微笑道：「不必擔心，死不了。」說著伸掌貼在他後心「至陽穴」上，以內力助他驅除寒毒。公冶乾和玄難也分別以內力助風波惡、玄痛驅毒。

玄難、玄痛二人內力深厚，過了一會，玄痛吁了口長氣，說道：「好啦！」站起身來，又道：「好厲害！」玄難有心要去助包不同、風波惡驅毒，只是對方並未出言相求，自己毛遂自薦，未免有瞧不起對方內功之嫌，武林中於這種事情頗有犯忌。

突然之間，玄痛身子晃了兩晃，牙關又格格響了起來，當即坐倒行功，說道：「師……師兄，這寒……寒毒甚……甚是古怪……」玄難忙又運功相助。三人不斷行功，身上的寒毒只好得片刻，跟著便又發作，直折騰到傍晚，每人均已服了三顆「六陽正氣丹」，寒氣竟沒驅除半點。玄難所帶的十顆丹藥已只賸下一顆，當下一分為三，分給三人服用。包不同堅不肯服，說道：「只怕就再服上一百顆，也……也未必……」

玄難束手無策，說道：「包施主之言不錯，這『六陽正氣丹』藥不對症，咱們的內功也對付不了這門陰毒。老衲心想，只有去請薛神醫醫治，四位意下如何？」鄧百川喜道：「素聞薛神醫號稱『閻王敵』，任何難症，都是著手回春。大師可知這位神醫住在何處？」玄難道：「薛神醫家住洛陽之西的柳宗鎮，此去也不甚遠。他跟老衲曾有數面之緣，若去求治，諒來不會見拒。」又道：「姑蘇慕容氏名滿天下，薛神醫素來仰慕，得有機緣跟四位英雄交個朋友，他必大為欣慰。」

包不同道：「非也，非也。薛神醫見我等上門，大為欣慰只怕不見得。不過武林中人人討厭我家公子的『以彼之道，還施彼身』，只有薛神醫卻是不怕。日後他有甚麼三……三長兩短，只要去求我家公子『以彼之道，還施彼身』，他……他的……老命就有救了。」

眾人大笑聲中，當即出亭。來到前面市鎮，僱了三輛大車，讓三個傷者躺著休養。鄧百川取出銀兩，買了幾匹馬讓少林僧乘騎。

一行人行得兩三個時辰，便須停下來助玄痛等三人抗禦寒毒。到得後來，玄難便也不再避嫌，以少林神功相助包不同和風波惡。此去柳宗鎮雖只數百里，但山道崎嶇，途中又多耽擱，直到第四日傍晚方到。薛神醫家居柳宗鎮北三十餘里的深山之中，幸好他當日在聚賢莊中曾對玄難詳細說過路徑。眾人沒費多大力氣覓路，便到了薛家門前。

玄難見小河邊聳立著白牆黑瓦數間大屋，門前好大一片藥圃，便知是薛神醫的居處。他縱馬近前，望見屋門前掛著兩盞白紙大燈籠，微覺驚訝：「薛家也有治不好的病人麼？」再向前馳了數丈，見門楣上釘著幾條麻布，門旁插著一面招魂的紙幡，果真是家有喪事。只見紙燈籠上扁扁的兩行黑字：「薛公慕華之喪，享年五十五歲。」玄難大吃一驚：「薛神醫不能自醫，竟爾逝世，那可糟糕之極。」一想到故人長逝，從此幽冥異途，心下又不禁傷感。

跟著鄧百川和公冶乾也已策馬到來，兩人齊聲叫道：「啊喲！」猛聽得門內哭聲響起，乃是婦女之聲：「老爺啊，你醫術如神，那想得到突然會患了急症，撇下我們去了。老爺啊，你雖然號稱『閻王敵』，可是到頭來終於敵不過閻羅王，只怕你到了陰世，閻羅王跟你算這舊帳，還要大吃苦頭啊。」

不久三輛大車和六名少林僧先後到達。鄧百川跳下馬來，朗聲說道：「少林寺玄難大師率同友輩，有事特來相求薛神醫。」他話聲響若洪鍾，門內哭聲登止。

過了一會，走出一個老人來，作傭僕打扮，臉上眼淚縱橫，兀自抽抽噎噎的哭得十分傷心，搥胸說道：「老爺是昨天下午故世的，你們……你們見他不到了。」

玄難合什問道：「薛先生患甚麼病逝世？」那老僕泣道：「也不知是甚麼病，突然之間便嚥了氣。老爺身子素來清健，年紀又不老，真正料想不到。他老人家給別人治病，藥到病除，可是……可是他自己……」玄難又問：「薛先生家中還有些甚麼人？」那老僕道：「沒有了，甚麼人都沒有了。」公冶乾和鄧百川對望了一眼，均覺那老僕說這兩句話時，語氣有點兒言不由衷，何況剛才還聽到婦人的哭聲。玄難嘆道：「生死有命，既是如此，待我們到老友靈前一拜。」那老僕道：「這個……這個……是，是。」引著眾人，走進大門。

公冶乾落後一步，低聲向鄧百川道：「大哥，我瞧這中間似有蹊蹺，這老僕很有點兒鬼鬼祟祟。」鄧百川點了點頭，隨著那老僕來到靈堂。

靈堂陳設簡陋，諸物均不齊備，靈牌上寫著「薛公慕華之靈位」，幾個字挺拔有力，顯是飽學之士的手跡，決非那老僕所能寫得出。公冶乾看在眼裏，也不說話。各人在靈位前行過了禮。公冶乾一轉頭，見天井中竹竿上晒著十幾件衣衫，有婦人的衫子，更有幾件男童女童的小衣服，心想：「薛神醫明明有家眷，怎地那老僕說甚麼人都沒有了？」

玄難道：「我們遠道趕來，求薛先生治病，沒想到薛先生竟已仙逝，令人好生神傷。天色向晚，今夜要在府上借宿一宵。」那老僕大有難色，道：「這個……這個……嗯，好罷！諸位請在廳上坐一坐，小人去安排做飯。」玄難道：「管家不必太過費心，粗飯素菜，這就是了。」那老僕道：「是，是！諸位請坐一坐。」引著眾人來到外邊廳上，轉身入內。

過了良久，那老僕始終不來獻茶。玄難心道：「這老僕新遭主喪，難免神魂顛倒。唉，玄痛師弟身中寒毒，卻不知如何是好？」眾人等了幾有半個時辰，那老僕始終影蹤不見。包不同焦躁起來，說道：「我去找口水喝。」虛竹道：「包先生，你請坐著休息。我去幫那老人家燒水。」起身走向內堂。公冶乾要察看薛家動靜，道：「我陪你去。」

兩人向後面走去。薛家房子著實不小，前後共有五進，但裏裏外外，竟一個人影也無。兩人找到了廚房之中，連那老僕也已不知去向。

公冶乾知道有異，快步回到廳上，說道：「這屋中情形不對，那薛神醫只怕是假死。」玄難站起身來，奇道：「怎麼？」公冶乾道：「大師，我想去瞧瞧那口棺木。」奔入靈堂，伸手要去抬那棺材，突然心念一動，縮回雙手，從天井中竹竿上取下一件長衣，墊在手上。風波惡道：「怕棺上有毒？」公冶乾道：「人心叵測，不可不防。」運勁一提棺木，只覺十分沉重，裏面裝的決計不是死人，說道：「薛神醫果然是假死。」

風波惡拔出單刀，道：「撬開棺蓋來瞧瞧。」公冶乾道：「此人號稱神醫，定然擅用毒藥，四弟，可要小心了。」風波惡道：「我理會得。」將單刀刀尖插入棺蓋縫中，向上扳動，只聽得軋軋聲響，棺蓋慢慢掀起。風波惡閉住呼吸，生怕棺中飄出毒粉。

包不同縱到天井之中，抓起在桂樹下啄食蟲豸的兩隻母鷄，回入靈堂，一揚手，將兩隻母鷄擲出，橫掠棺材而過。兩隻母鷄咯咯大叫，落在靈座之前，又向天井奔出，但只走得幾步，突然間翻過身子，雙腳伸了幾下，便即不動而斃。這時廊下一陣寒風吹過，兩隻死鷄身上的羽毛紛紛飛落，隨風而舞。眾人一見，無不駭然。兩隻母鷄剛中毒而死，身上羽毛便即脫落，可見毒性之烈。一時誰也不敢走近棺旁。

玄難道：「鄧施主，那是甚麼緣故？薛神醫真是詐死不成？」說著縱身而起，左手攀在橫樑之上，向棺中遙望，只見棺中裝滿了石塊，石塊中放著一隻大碗，碗中盛滿了清水。這碗清水，自然便是毒藥了。玄難搖了搖頭，飄身而下，說道：「薛施主就算不肯治傷，也用不著布置下這等毒辣的機關，來陷害咱們。少林派和他無怨無仇，這等作為，不太無理麼？難道……難道……」他連說了兩次「難道」，住口不言了，心中所想的是：「難道他和姑蘇慕容氏有甚深仇大怨不成？」

包不同道：「你不用胡亂猜想，慕容公子和薛神醫從來不識，更無怨仇。倘若有甚麼樑子，我們身上所受的痛楚便再強十倍，也決不會低聲下氣的來向仇人求治。你當姓包的、姓風的是這等膿包貨色麼？」玄難合什道：「包施主說的是，是老僧胡猜的不對了。」他是有道高僧，心中既曾如此想過，雖然口裏並未說出，卻也自承其非。

鄧百川道：「此處毒氣極盛，不宜多耽，咱們到前廳坐地。」當下眾人來到前廳，各抒己見，都猜不透薛神醫裝假死而布下陷阱的原因。包不同道：「這薛神醫如此可惡，咱們一把火將他的鬼窩兒燒了。」鄧百川道：「使不得，說甚麼薛先生總是少林派的朋友，衝著玄難大師的金面，可不能胡來。」

這時天色已然全黑，廳上也不掌燈，各人又飢又渴，卻均不敢動用宅子中的一茶一水。玄難道：「咱們還是出去，到左近農家去討茶做飯。鄧施主以為怎樣？」鄧百川道：「是。不過三十里地之內，最好別飲水吃東西。這位薛先生極工心計，決不會只布置一口棺材就此了事，眾位大師倘若受了牽累，我們可萬分過意不去了。」他和公冶乾等雖不明真正原委，但料想慕容家「以彼之道，還施彼身」的名頭太大，江湖下結下了許多沒來由的冤家，多半是薛神醫有甚麼親友被害，將這筆帳記在姑蘇慕容氏的頭上了。

眾人站起身來，走向大門，突然之間，西北角天上亮光一閃，跟著一條紅色火燄散了開來，隨即變成了綠色，猶如滿天花雨，紛紛墮下，瑰麗變幻，好看之極。風波惡道：「咦，是誰在放煙花？」這時既非元宵，亦不是中秋，怎地會有人放煙花？過不多時，又有一個黃色的煙花升空，便如千百個流星，相互撞擊。

公冶乾心念一動，說道：「這不是煙花，是敵人大舉來襲的訊號。」風波惡大叫：「妙極，妙極！打他個痛快！」

鄧百川道：「三弟、四弟，你們到廳裏躭著，我擋前，二弟擋後。玄難大師，此事跟少林派顯然並不相干，請眾位作壁上觀便了，只須兩不相助，慕容氏便深感大德。」

玄難道：「鄧施主說那裏話來？來襲的敵人若與諸位另有仇怨，這中間的是非曲直，我們也得秉公論斷，不能讓他們乘人之危，倚多取勝。倘若是薛神醫一夥，這些人暗布陷阱，橫加毒害，你我敵愾同仇，豈有袖手旁觀之理？眾比丘，預備迎敵！」慧方、虛竹等少林僧齊聲答應。玄痛道：「鄧施主，我和你兩位師弟同病相憐，自當攜手抗敵。」

說話之間，又有兩個煙花衝天而起，這次卻更加近了。再隔一會，又出現了兩個煙花，前後共放了六個煙花。每個煙花的顏色形狀各不相同，有的似是一枝大筆，有的四四方方，像是一塊棋盤，有的似是柄斧頭，有的卻似是一朵極大的牡丹。此後天空便一片漆黑。

玄難發下號令，命六名少林弟子守在屋子四周。但過了良久，不聽到有敵人的動靜。

各人屏息凝神，又過了一頓飯時分，忽聽得東邊有個女子的聲音唱道：「柳葉雙眉久不描，殘妝和淚污紅綃。長門自是無梳洗，何必珍珠慰寂寥？」歌聲柔媚婉轉，幽婉淒切。

那聲音唱完一曲，立時轉作男聲，說道：「啊喲卿家，寡人久未見你，甚是思念，這才賜卿一斛珍珠，卿家收下了罷。」那人說完，又轉女聲道：「陛下有楊妃為伴，連早朝也廢了，幾時又將我這薄命女子放在心上，喂呀……」說到這裏，竟哭了起來。

虛竹等少林僧不熟世務，不知那人忽男忽女，在搗甚麼鬼，只是聽得心下不勝淒楚。鄧百川等卻知那人在扮演唐明皇和梅妃的故事，忽而串梅妃，忽而串唐明皇，聲音口吻，唯肖唯妙，在這當口忽然來了這樣一個伶人，人人心下嘀咕，不知此人是何用意。

只聽那人又道：「妃子不必啼哭，快快擺設酒宴，妃子吹笛，寡人為你親唱一曲，以解妃子煩惱。」那人跟著轉作女聲，說道：「賤妾日夕以眼淚洗面，只盼再見君王一面，今日得見，賤妾死也瞑目了，喂呀……呃，呃……」

包不同大聲叫道：「孤王安祿山是也！兀那唐皇李隆基，你這胡塗皇帝，快快把楊玉環交了出來！」

外面那人哭聲立止，「啊」的一聲呼叫，似乎大吃一驚。

頃刻之間，四下裏又是萬籟無聲。

三十 揮灑縛豪英

——

短斧客捧了幾把乾糠和泥土放入石臼，提起一個大石杵，向臼中搗落，砰的一下，砰的又是一下。

過了一會，各人突然聞到一陣淡淡的花香。玄難叫道：「敵人放毒，快閉住了氣，聞解藥。」但過了一會，不覺有異，反覺頭腦清爽，似乎花香中並無毒質。

外面那人說道：「七姊，是你到了麼？五哥屋中有個怪人，居然自稱安祿山。」一個女子聲音道：「只大哥還沒到。二哥、三哥、四哥、六哥、八弟，大家一齊現身罷！」

她一句話甫畢，大門外突然大放光明，一團奇異的亮光裹著五男一女。光亮中一個黑鬚老者大聲道：「老五，還不給我快滾出來。」他右手中拿著方方的一塊木板。那女子是個中年美婦。其餘四人中兩個是儒生打扮，一人似是個木匠，手持短斧，背負長鋸。另一個卻青面獠牙，紅髮綠鬚，形狀可怕之極，直是個妖怪，身穿一件亮光閃閃的錦袍。

鄧百川一凝神間，已看出這人是臉上用油彩繪了臉譜，並非真的生有異相，他扮得便如戲台上唱戲的伶人一般，適才既扮唐明皇又扮梅妃的，自然便是此君了，當下朗聲道：「諸位尊姓大名，在下姑蘇慕容氏門下鄧百川。」

對方還沒答話，大廳中一團黑影撲出，刀光閃閃，向那戲子連砍七刀，正是一陣風風波惡。那戲子猝不及防，東躲西避，情勢甚是狼狽。卻聽他唱道：「力拔山兮氣蓋世，時不利兮騅不逝，騅不逝兮可……」但風波惡攻勢太急，他第三句沒唱完，便唱不下去了。

那黑鬚老者罵道：「你這漢子忒也無理，一上來便狂砍亂斬，吃我一招『大鐵網』！」手中方板一晃，便向風波惡頭頂砸到。

風波惡心下嘀咕：「我生平大小數百戰，倒沒見過用這樣一塊方板做兵刃的。」單刀疾落，便往板上斬去。錚的一聲響，一刀斬在板緣之上，那板紋絲不動，原來這塊方板形似木板，卻是鋼鐵，只是外面漆上了木紋而已。風波惡立時收刀，又待再發，不料手臂回縮，單刀竟爾收不回來，卻是給鋼板牢牢的吸住了。風波惡大驚，運勁一奪，這才使單刀與鋼板分離，喝道：「邪門之至！你這塊鐵板是吸鐵石做的麼？」

那人笑道：「不敢，不敢！這是老夫的吃飯傢伙。」風波惡一瞥之下，見那板上縱一道、橫一道的畫著許多直線，顯然便是一塊下圍棋用的棋盤，說道：「希奇古怪，我跟你鬥鬥！」進刀如風，越打越快，只是刀身卻不敢再和對方的吸鐵石棋盤相碰。

那戲子喘了口氣，粗聲唱道：「騅不逝兮可奈何，虞兮虞兮奈若何？」忽然轉作女子聲音，嬌滴滴的說道：「大王不必煩惱，今日垓下之戰雖然不利，賤妾跟著大王，殺出重圍便了。」

包不同喝道：「直娘賊的楚霸王和虞姬，快快自刎，我乃韓信是也。」縱身伸掌，向那戲子肩頭抓去。那戲子沉肩躲過，唱道：「大風起兮雲飛揚，安得……啊唷，我漢高祖殺了你韓信。」左手在腰間一掏，抖出一條軟鞭，刷的一聲，向包不同抽去。

玄難見這幾人鬥得甚是兒戲，但雙方武功均甚了得，卻不知對方來歷，眉頭微皺，喝道：「諸位暫且罷手，先把話說明白了。」

但要風波惡罷手不鬥，實是千難萬難，他自知身受寒毒之後，體力遠不如平時，而且寒毒隨時會發，甚是危險，一柄單刀使得猶如潑風相似，要及早勝過了對方。

四個人酣戰聲中，大廳中又出來一人，嗆啷啷一聲響，兩柄戒刀相碰，威風凜凜，卻是玄痛。他大聲說道：「你們這批下毒害人的奸徒，老和尚今日大開殺戒了。」他連日苦受寒毒的折磨，無氣可出，這時更不多問，雙刀便向那兩個儒生砍去。一個儒生閃身避過，另一個探手入懷，摸出一枝判官筆模樣的兵刃，施展小巧功夫，和玄痛鬥了起來。

另一個儒生搖頭晃腦的說道：「奇哉怪也！出家人竟也有這麼大的火氣，卻不知出於何典？」一伸手到懷中一摸，奇道：「咦，那裏去了！」左邊袋中摸摸，右邊袋裏掏掏，抖抖袖子，拍拍胸口，說甚麼也找不到。

虛竹好奇心起，問道：「施主，你找甚麼？」那儒生道：「這位大和尚武功甚高，我兄弟鬥他不過，我要取出兵刃，來個以二敵一之勢，咦，奇怪，奇怪！我的兵刃卻放到那裏去了？」敲敲自己額頭，用心思索。虛竹忍不住噗哧一笑，心想：「上陣要打架，卻忘記兵器放在那裏，倒也有趣。」又問：「施主，你用的是甚麼兵刃？」

那儒生道：「君子先禮後兵，我的第一件兵刃是一部書。」虛竹道：「甚麼書？是武功秘訣麼？」那儒生道：「不是，不是。那是一部『論語』。我要以聖人之言來感化對方。」

包不同插口道：「你是讀書人，連『論語』也背不出，還讀甚麼書？」那儒生道：「老兄只知其一，不知其二。說到『論語』、『孟子』、『春秋』、『詩經』，我自然讀得滾瓜爛熟，但對方是佛門弟子，只讀佛經，儒家之書未必讀過，我背了出來，他若不知，豈不是無用？定要翻出原書來給他看了，他無可抵賴，難以強辯，這才收效。常言道得好，這叫做『有書為證』。」一面說，一面仍在身上各處東掏西摸。

包不同叫道：「小師父，快打他！」虛竹道：「待這位施主找到兵器，再動手不遲。」

那儒生道：「宋楚戰於泓，楚人渡河未濟，行列未成，正可擊之，而宋襄公曰：『擊之非君子』。小師父此心，宋襄之仁也。」

那工匠模樣的人見玄痛一對戒刀上下翻飛，招數凌厲之極，再拆數招，只怕那使判官筆的書生便有性命之憂，當即揮斧而前，待要助戰。公冶乾呼的一掌，向他拍了過去。公冶乾模樣斯文，掌力可著實雄渾，有「江南第二」之稱，當日他與蕭峯比酒比掌力，雖然輸了，蕭峯對他卻也好生敬重，可見內力造詣大是不凡。那工匠側身避過，橫斧斫來。

那儒生仍然沒找到他那部「論語」，卻見同伴的一枝判官筆招法散亂，抵擋不住玄痛的雙刀，便向玄痛道：「喂，大和尚。子曰：『君子無終食之間違仁，造次必於是，顛沛必於是。』你出手想殺了我的四弟，那便不仁了。顏淵問仁，子曰：『克己復禮為仁。一日克己復禮，天下歸仁焉。』夫子又曰：『非禮勿視，非禮勿聽，非禮勿言，非禮勿動。』你亂揮雙刀，狠霸霸的只想殺人，這等行動，毫不『克己』，那是『非禮』之至了。」

虛竹低聲問身旁的少林僧慧方道：「師叔，這人是不是裝傻？」慧方搖頭道：「我也不知道。這次出寺，師父吩咐大家小心，江湖上人心詭詐，甚麼鬼花樣都幹得出來。」

那書獃子又向玄痛道：「大和尚，子曰：『仁者必有勇，勇者不必有仁。』你勇則勇矣，卻未必有仁，算不得是真正的君子。子曰：『己所不欲，勿施於人。』人家倘若將你殺了，你當然是很不願意的了。你自己既不願死，卻怎麼去殺人呢？」

玄痛和那書生跳盪前後，揮刀急鬥，這書獃子隨著玄痛忽東忽西，時左時右，始終不離他三尺之外，不住勸告，武功顯然不弱。玄痛暗自警惕：「這傢伙如此胡言亂語，顯是要我分心，一找到我招式中的破綻，立時便乘虛而入。此人武功尚在這個使判官筆的人之上，倒是不可不防。」這麼一來，他以六分精神去防備書獃，只以四分功夫攻擊使判官筆的書生。那書生情勢登時好轉。

又拆十餘招，玄痛焦躁起來，喝道：「走開！」倒轉戒刀，挺刀柄向那書獃胸口撞去。那書獃閃身讓開，說道：「我見大師武功高強，我和四弟二人以二敵一，也未必鬥你得過，是以良言相勸於你，還是兩下罷戰的為是。子曰：『參乎！吾道一以貫之。』曾子曰：『夫子之道，忠恕而已矣。』咱們做人，這『恕道』總是要守的，不可太也橫蠻。」

玄痛大怒，刷的一刀，橫砍過去，罵道：「甚麼忠恕之道？仁義道德？你們怎麼在棺材裏放毒藥害人？老衲倘若一個不小心，這時早已圓寂歸西了，還虧你說甚麼『己所不欲，勿施於人』？你想不想中毒而死啊？」

那書獃子退開兩步，說道：「奇哉！奇哉！誰在棺材放毒藥了？夫棺材者，盛死屍之物也。子曰：『鯉也死，有棺而無槨。』棺材中放毒藥，豈不是連死屍也毒死了？啊喲，不對，死人是早就死了的。」

包不同插口道：「非也，非也。你們的棺材裏卻不放死屍而放毒藥，只是想毒死我們這些活人。」那書獃子搖頭晃腦的道：「閣下以小人之心，而度君子之腹矣。此處既無棺材，更無毒藥。」

包不同道：「子曰：『唯女子與小人為難養也。』你是小人。」指著對面那中年美婦道：「她是女子。你們兩個，果然難養得很。孔夫子的話，有錯的嗎？」那書獃子一怔，說道：「『王顧左右而言他。』你這句話，我便置之不理，不加答覆了。」

這書獃與包不同一加對答，玄痛少了顧礙，雙刀又使得緊了，那使判官筆的書生登時大見吃緊。那書獃晃身欺近玄痛身邊，說道：「子曰：『人而不仁，如禮何？人而不仁，如樂何？』大和尚『人而不仁』，當真差勁之至了。」

玄痛怒道：「我是釋家，你這腐儒講甚麼詩書禮樂，人而不仁，根本打不動我的心。」那書獃伸起手指，連敲自己額頭，說道：「是極，是極！我這人可說是讀書而獃矣，真正是書獃子矣。大和尚明明是佛門子弟，我跟你說孔孟的仁義道德，自然格格不入焉。」

風波惡久鬥那使鐵製棋盤之人，難以獲勝，時刻稍久，小腹中隱隱感到寒毒侵襲。包不同和那戲子相鬥，察覺對方武功也不甚高，只是招數變化極繁，一時扮演西施，吐言鶯聲嚦嚦，而且蹙眉捧心，蓮步姍姍，宛然是個絕代佳人的神態，頃刻之間，卻又扮演起詩酒風流的李太白來，醉態可掬，腳步東倒西歪。妙在他扮演各式人物，均有一套武功與之配合，手中軟鞭或作美人之長袖，或為文士之采筆，倒令包不同啼笑皆非，一時也奈何他不得。

那書獃自怨自艾了一陣，突然長聲吟道：「既已捨染樂，心得善攝不？若得不馳散，深入實相不？」玄難與玄痛都是一驚：「這書獃子當真淵博，連東晉高僧鳩摩羅什的偈句也背得出。」只聽他繼續吟道：「畢竟空相中，其心無所樂。若悅禪智慧，是法性無照。虛誑等無實，亦非停心處。大和尚，下面兩句是甚麼？我倒忘記了。」玄痛道：「仁者所得法，幸願示其要。」

那書獃哈哈大笑，道：「照也！照也！你佛家大師，豈不也說『仁者』？天下的道理，都是一樣的，我勸你還是回頭是岸，放下屠刀罷！」

玄痛心中一驚，陡然間大徹大悟，說道：「善哉！善哉！南無阿彌陀佛，南無阿彌陀佛。」嗆啷啷兩聲響，兩柄戒刀擲在地下，盤膝而坐，臉露微笑，閉目不語。

那書生和他鬥得甚酣，突然間見到他這等模樣，倒吃了一驚，手中判官筆並不攻上。

虛竹叫道：「師叔祖，寒毒又發了嗎？」伸手待要相扶，玄難喝道：「別動！」一探玄痛的鼻息，只覺呼吸已停，竟爾圓寂了。玄難雙手合什，念起「往生咒」來。眾少林僧見玄痛圓寂，齊聲大哭，抄起禪杖戒刀，要和兩個書生拚命。玄難說道：「住手！玄痛師弟參悟真如，往生極樂，乃是成了正果，爾輩須得歡喜才是。」

正自激鬥的眾人突然見此變故，一齊罷手躍開。

那書獃大叫：「老五，薛五弟，快快出來，有人給我一句話激死了，快出來救命！你這他媽的薛神醫再不出來救命，那可乖乖不得了啊！」鄧百川道：「薛神醫不在家中，這位先生……」那書獃仍是放開了嗓門，慌慌張張的大叫：「薛慕華，薛老五，閻王敵，薛神醫，快快滾出來救人哪！你三哥激死了人，人家可要跟咱們過不去啦。」

包不同怒道：「你害死了人，還在假惺惺的裝腔作勢。」呼的一掌，向他拍了過去，左手跟著從右掌掌底穿出，一招「老龍探珠」，逕自抓他的鬍子。那書獃閃身避過。風波惡、公冶乾等鬥得興起，不願便此停手，又打了起來。

鄧百川喝道：「躺下了！」左手探出，一把抓住了那戲子的後心。鄧百川在姑蘇燕子塢慕容氏屬下位居首座，武功精熟，內力雄渾，江湖上雖無赫赫威名，但凡是識得他的，無不敬重。他出手將那戲子抓住，順手便往地下一擲。那戲子身手十分矯捷，左肩一著地，身子便轉了半個圓圈，右腿橫掃，向鄧百川腿上踢來。這一下來勢奇快，鄧百川身形肥壯，轉動殊不便捷，眼見難以閃避，當即氣沉下盤，硬生生受了他這一腿。只聽得喀喇一聲，兩腿中已有一條腿骨折斷。

那戲子接連幾個打滾，滾出數丈之外，喝道：「我罵你毛延壽這奸賊，戕害忠良，啊喲，我的腿啊！」原來腿上兩股勁力相交，那戲子抵敵不過，腿骨折斷。

那中年美婦一直斯斯文文的站在一旁，這時見那戲子斷腿，其餘幾個同伴也被攻逼得險象環生，說道：「你們這些人是何道理，霸佔在我五哥的宅子之中，一上來不問情由，便出手傷人？」她雖是向對方質問，但語氣仍是溫柔斯文。

那戲子躺在地下，仰天見到懸在大門口的兩盞燈籠，大驚叫道：「甚麼？甚麼？『薛公慕華之喪』，我五哥嗚呼哀哉了麼？」

那使棋盤的、兩個書生、使斧頭的工匠、美婦人一齊順著他手指瞧去，都見到了燈籠。兩盞燈籠中燭火早熄，黑沉沉的懸著，眾人一上來便即大鬥，誰也沒去留意，直到那戲子摔倒在地，這才抬頭瞧見。

那戲子放聲大哭，唱道：「唉，唉，我的好哥哥啊，我和你桃園結義，古城相會，你過五關，斬六將，何等威風……」起初唱的是「哭關羽」戲文，到後來真情激動，唱得不成腔調。其餘五人紛紛叫嚷：「是誰殺害了五弟？」「五哥啊，五哥啊，那一個天殺的兇手害了你？」「今日非跟你們拚個你死我活不可。」

玄難和鄧百川對瞧了一眼，均想：「這些人似乎都是薛神醫的結義兄弟。」鄧百川道：

「我們有同伴受傷，前來請薛神醫救治，那知……」那婦人道：「那知他不肯醫治，你們便將他殺了，是不是？」鄧百川道：「不……」下面那個「是」字還沒出口，只見那中年美婦袍袖一拂，驀地裏鼻中聞到一陣濃香，登時頭腦暈眩，足下便似騰雲駕霧，站立不定。那美婦叫道：「倒也，倒也！」

鄧百川大怒，喝道：「好妖婦！」運力於掌，呼的一掌拍了出去。那美婦眼見鄧百川身子搖搖晃晃，已是著了道兒，不料他竟尚能出掌，待要斜身閃避，已自不及，但覺一股猛力排山倒海般推了過來，氣息登時窒住，身不由主的向外直摔出去。喀喇喇幾聲響，胸口已斷了幾根肋骨，身子尚未著地，已暈了過去。鄧百川只覺眼前漆黑一團，也已摔倒。

雙方各自倒了一人，餘下的紛紛出手。玄難尋思：「這件事中間必有重大蹊蹺，只有先將對方盡數擒住，才免得雙方更有傷亡。」說道：「取禪杖來！」慧鏡轉身端起倚在門邊的禪杖，遞向玄難。那使判官筆的書生飛身撲到，右手判官筆點向慧鏡胸口。玄難左手一掌拍出，手掌未到，掌力已及他後心，那書生應掌而倒。玄難一聲長笑，綽杖在手，橫跨兩步，揮杖便向那使棋盤的人砸去。

那人見來勢威猛，禪杖未到，杖風已將自己周身罩住，當下運勁於臂，雙手挺起棋盤往上硬擋，噹的一聲大響，火星四濺。那人只覺手臂酸麻，雙手虎口迸裂。玄難禪杖一舉，連那棋盤一起提了起來。那棋盤磁性極強，往昔專吸敵人兵刃，今日敵強我弱，反給玄難的禪杖吸了去。玄難的禪杖跟著便向那人頭頂砸落。那人叫道：「這一下『鎮神頭』又兼『倚蓋』，我可抵擋不了啦！」向前疾竄。

玄難倒曳禪杖，喝道：「書獃子，給我躺下了！」橫杖掃將過去，威勢殊不可當。那書獃子道：「夫子，聖之時者也！風行草偃，伏倒便伏倒，有何不可？」幾句話沒說完，早已伏倒在地。幾名少林僧跳將上去，將他按住。

少林寺達摩院首座果然不同凡響，只一出手，便將對方三名高手打倒。

那使斧頭的雙鬥包不同和風波惡，左支右絀，堪堪要敗。那使棋盤的人道：「罷了，罷了！六弟，咱們中局認輸，這局棋不必再下了。大和尚，我只問你，我們五弟到底犯了你們甚麼，你們要將他害死？」玄難道：「焉有此事……」

話未說完，忽聽得錚錚兩聲琴響，遠遠的傳了過來。這兩下琴音一傳入耳鼓，眾人登時一顆心劇烈的跳了兩下。玄難一愕之際，只聽得那琴聲又錚錚的響了兩下。這時琴聲更近，各人心跳更是厲害。風波惡只覺心中一陣煩惡，右手一鬆，噹的一聲，單刀掉在地下。若不是包不同急忙出掌相護，敵人一斧砍來，已劈中他的肩頭。那書獃子叫道：「大哥快來，大哥快來！乖乖不得了！你怎麼慢吞吞的還彈甚麼鬼琴？子曰：『君命召，不俟駕行矣！』」

琴聲連響，一個老者大袖飄飄，緩步走了出來，高額凸顙，容貌奇古，笑咪咪的臉色極為和藹，手中抱著一具瑤琴。

那書獃子等一夥人齊叫：「大哥！」那人走近前來，向玄難抱拳道：「是那一位少林高僧在此？小老兒多有失禮。」玄難合什道：「老衲玄難。」那人道：「呵呵，是玄難師兄。貴派的玄苦大師，是大師父的師兄弟罷？小老兒曾與他有數面之緣，相談極是投機，他近來身子想必清健。」玄難黯然道：「玄苦師兄不幸遭逆徒暗算，已圓寂歸西。」

那人木然半晌，突然間向上一躍，高達丈餘，身子尚未落地，只聽得半空中他已大放悲聲，哭了起來。玄難和公冶乾等都吃了一驚，沒想到此人這麼一大把年紀，哭泣起來卻如小孩一般。他雙足一著地，立即坐倒，用力拉扯鬍子，兩隻腳的腳跟如擂鼓般不住擊打地面，哭道：「玄苦，你怎麼不知會我一聲，就此死了？這不是豈有此理麼？我這一曲『梵音普安奏』，許多人聽過都不懂其中道理，你卻說此曲之中，大含禪意，聽了一遍，又是一遍。你這個玄難師弟，未必有你這麼悟性，我若彈給他聽，多半是要對牛彈琴、牛不入耳了！唉！唉！我好命苦啊！」

玄難初時聽他痛哭，心想他是個至性的人，悲傷玄苦師兄之死，忍不住大慟，但越聽越不對，原來他是哀悼世上少了個知音人，哭到後來，竟說對自己彈琴乃是「對牛彈琴」。他是有德高僧，也不生氣，只微微一笑，心道：「這羣人個個瘋瘋顛顛。這人的性子脾氣，與他的一批把弟臭味相投，這真叫做物以類聚了。」

只聽那人又哭道：「玄苦啊玄苦，我為了報答知己，苦心孤詣的又替你創了一首新曲，叫做『一葦吟』，頌揚你們少林寺始祖達摩老祖一葦渡江的偉績。你怎麼也不聽了？」忽然轉頭向玄難道：「玄苦師兄的墳墓在那裏？你快快帶我去，快，快！越快越好。我到他墳上彈奏這首新曲，說不定能令他聽得心曠神怡，活了轉來。」

玄難道：「施主不可胡言亂語，我師兄圓寂之後，早就火化成灰了。」

那人一呆，忽地躍起，說道：「那很好，你將他的骨灰給我，我用牛皮膠把他骨灰調開了，黏在我瑤琴之下，從此每彈一曲，他都能聽見。你說妙是不妙？哈哈，哈哈，我這主意可好？」他越說越高興，不由得拍手大笑，驀地見那美婦人倒在一旁，驚道：「咦，七妹，怎麼了？是誰傷了你？」

玄難道：「這中間有點誤會，咱們正待分說明白。」那人道：「甚麼誤會？是誰誤會了？總而言之，傷害七妹的就不是好人。啊喲，八弟也受了傷，傷害八弟的也不是好人。那幾個不是好人？自己報上名來，自報公議，這可沒得說的。」

那戲子叫道：「大哥，他們打死了五哥，你快快為五哥報仇雪恨。」那彈琴老者臉色大變，叫道：「豈有此理！老五是閻王敵，閻羅王怎能奈何得了他？」玄難道：「薛神醫是裝假死，棺材裏只有毒藥，沒有死屍。」彈琴老者等人盡皆大喜，紛紛詢問：「老五為甚麼裝假死？」「死屍到那裏去了？」「他沒有死，怎麼會有死屍？」

忽然間遠處有個細細的聲音飄將過來：「薛慕華、薛慕華，你師叔老人家到了，快快出來迎接。」這聲音若斷若續，相距甚遠，但入耳清晰，顯是呼叫之人內功深厚，非同小可。

那戲子、書獃、工匠等不約而同的齊聲驚呼。那彈琴老者叫道：「大禍臨頭，大禍臨頭！」東張西望，神色極是驚懼，說道：「來不及逃走啦！快，快，大家都進屋去。」

包不同大聲道：「甚麼大禍臨頭？天塌下來麼？」那老者顫聲道：「快，快進去！天塌下來倒不打緊，這個……」包不同道：「你老先生儘管請便，我可不進去。」

那老者右手突然伸出，一把抓住了包不同胸口穴道。這一下出手實在太快，包不同猝不及防，已然被制，身子被對方一提，雙足離地，不由自主的被他提著奔進大門。

玄難和公冶乾都是大為訝異，正要開口說話，那使棋盤的低聲道：「大師父，大家快快進屋，有一個厲害之極的大魔頭轉眼便到。」玄難一身神功，在武林中罕有對手，怕甚麼大魔頭、小魔頭？問道：「那一個大魔頭？喬峯麼？」那人搖頭道：「不是，不是，比喬峯可厲害狠毒得多了。是星宿老怪。」玄難微微一哂，道：「是星宿老怪，那真再好不過，老衲正要找他。」那人道：「你大師父武功高強，自然不怕。不過這裏人人都給他整死，只你一個人活著，倒也慈悲得緊。」

他這幾句是譏諷之言，可是卻真靈驗，玄難一怔，便道：「好，大家進去！」

便在這時，那彈琴老者已放下包不同，又從門內奔了出來，連聲催促：「快，快！還等甚麼？」風波惡喝問：「我三哥呢？」那老者左手反手一掌，向他右頰橫掃過去。風波惡體內寒毒已開始發作，正自難當，見他手掌打來，急忙低頭避讓。不料這老者左手一掌沒使老了，突然間換力向下一沉，已抓住了風波惡的後頸，說道：「快，快，快進去！」像提小鷄一般，又將他提了進去。

公冶乾見那老者似乎並無惡意，但兩個把弟都是一招間便即被他制住，當即大聲呼喝，搶上要待動手，但那老者身法如風，早已奔進大門。那書生抱起戲子、工匠扶著美婦，也都奔進屋去。

玄難心想今日之事，詭異多端，還是不可鹵莽，出了亂子，說道：「公冶施主，大家還是進去，從長計議的便是。」

當下虛竹和慧方抬起玄痛的屍身，公冶乾抱了鄧百川，一齊進屋。

那彈琴老者又再出來催促，見眾人已然入內，急忙關上大門，取過門閂來閂。那使棋盤的說道：「大哥，這大門還是大開的為是。這叫做實者虛之，虛者實之。叫他不敢貿然便闖進來。」那老者道：「是麼？好，這便聽你的。這……這行嗎？」語音中全無自信之意。

玄難和公冶乾對望一眼，均想：「這老兒武功高強，何以臨事如此慌張失措？這樣一扇大門，連尋常盜賊也抵擋不住，何況是星宿老怪，關與不關，又有甚麼分別？看來這人在星宿老怪手下曾受過大大的挫折，變成了驚弓之鳥，一知他在附近，便即魂飛魄散了。」

那老者連聲道：「六弟，你想個主意，快想個主意啊。」

玄難雖頗有涵養，但見他如此惶懼，也不禁心頭火起，說道：「老丈，常言道：兵來將擋，水來土淹。這星宿老怪就算再厲害狠毒，咱們大夥兒聯手禦敵，也未必便輸於他了，又何必這等……這等……嘿……這等小心謹慎。」這時廳上已點了燭火，他一瞥之下，那老者固然神色惶恐，那使棋盤的、書獃、工匠、使判官筆的諸人，也均有慄慄之意。玄難親眼見到這些人武功頗為不弱，更兼瘋瘋顛顛，漫不在乎，似乎均是遊戲人間的瀟灑之士，突然之間卻變成了心驚膽戰、猥崽無用的懦夫，實是不可思議。

公冶乾見包不同和風波惡都好端端的坐在椅上，只是寒毒發作，不住顫抖，當下扶著鄧百川也在一張椅中坐好，幸好他脈搏調勻，只如喝醉了酒一般昏昏大睡，絕無險象。

眾人面面相覷，過了片刻，那使短斧的工匠從懷中取出一把曲尺，在廳角中量了量，搖搖頭，拿起燭台，走向後廳。眾人都跟了進去，但見他四下一打量，急然縱身而起，在橫樑上量了一下，又搖搖頭，再向後面走去，到了薛神醫的假棺木前，瞧了幾眼，搖頭道：「可惜，可惜！」彈琴老者道：「沒用了麼？」使短斧的道：「不成，師叔一定看得出來。」彈琴老者怒道：「你……你還叫他師叔？」短斧客搖了搖頭，一言不發的又向後走去。

公冶乾心想：「此人除了搖頭，似乎旁的甚麼也幹不了。」

短斧客量量牆角，踏踏步數，屈指計算，宛然是個建造房屋的梓人，一路數著步子到了後園。他拿著燭台，凝思半晌，向廊下一排五隻石臼走去，又想了一會，將燭台放在地下，走到左邊第二隻大石臼旁，捧了幾把乾糠和泥土放入臼中，提起旁邊一個大石杵，向臼中搗了起來，砰的一下，砰的又是一下，石杵沉重，落下時甚是有力。

公冶乾輕嘆一聲，心道：「這次當真倒足了大霉，遇上了一羣瘋子，在這當口，他居然還有心情去舂米。倘若舂的是米，那也罷了，石舂中放的明明是穀糠和泥土，唉！」過了一會，包不同與風波惡身上寒毒暫歇，也奔到了後園。

砰，砰，砰！砰，砰，砰！舂米之聲連續不絕。

包不同道：「老兄，你想舂了米來下鍋煮飯麼？你舂的可不是米啊。我瞧咱們還是耕起地來，撒上穀種，等得出了秧……」突然間花園中東南角七八丈處發出幾下軋軋之聲。聲音輕微，但頗為特異，玄難、公冶乾等人向聲音來處瞧去，只見當地並排種著四株桂樹。

砰的一下，砰的一下，短斧客不停手的搗杵，說也奇怪，數丈外靠東第二株桂花樹竟然枝葉搖晃，緩緩向外移動。又過片刻，眾人都已瞧明，短斧客每搗一下，桂樹便移動一寸半寸。彈琴老者一聲歡呼，向那桂樹奔了過去，低聲道：「不錯，不錯！」眾人跟著他奔去。只見桂樹移開之處，露出一塊大石板，石板上生著一個鐵環挽手。

公冶乾又是驚佩，又是慚愧，說道：「這個地下機關安排得巧妙之極，當真匪夷所思。這位仁兄在頃刻之間，便發現了機括的所在，聰明才智，實不在建造機關者之下。」包不同道：「非也，非也。你焉知這機關不是他自己建造的？」公冶乾笑道：「我說他才智不在建造機關者之下，如果機關是他所建，他的才智自然不在他自己之下。」包不同道：「非也，非也。不在其下，或在其上。他的才智又怎能在他自己之上？」

短斧客再搗了十餘下，大石板已全部露出。彈琴老者握住鐵環，向上一拉，卻是紋絲不動，待要運力再拉，短斧客驚叫：「大哥，住手！」縱身躍入了旁邊一隻石臼之中，拉開褲子，撒起尿來，叫道：「大家快來，一齊撒尿！」彈琴老者一愕之下，忙放下鐵環，霎時之間，使棋盤的、書獃子、使判官筆的，再加上彈琴老者和短斧客，齊向石臼中撒尿。

公冶乾等見到這五人發瘋撒尿，盡皆笑不可仰，但頃刻之間，各人鼻中便聞到了一陣火藥氣味。那短斧客道：「好了，沒危險啦！」偏是那彈琴老者的一泡尿最長，撒之不休，口中喃喃自語：「該死，該死，又給我壞了一個機關。六弟，若不是你見機得快，咱們都已給炸成肉漿了。」

公冶乾等心下凜然，均知在這片刻之間，實已去鬼門關走了一轉，顯然鐵環之下連有火石、火刀、藥線，一拉之下，點燃藥線，預藏的火藥便即爆炸，幸好短斧客極是機警，大夥撒尿，浸濕引線，大禍這才避過。

短斧客走到右首第一隻石臼旁，運力將石臼向右轉了三圈，抬頭向天，口中低唸口訣，默算半晌，將石臼再向左轉了六個半圈子。只聽得一陣輕微的軋軋之聲過去，大石板向旁縮了進去，露出一個洞孔。這一次彈琴老者再也不敢魯莽，向短斧客揮了揮手，要他領路。短斧客跪下地來，向左首第一隻石臼察看。

忽然地底下有人罵道：「星宿老怪，你奶奶的，你這賊八王！很好，很好！你終於找上我啦，算你厲害！你為非作歹，終須有日得到報應。來啊，來啊！進來殺我啊！」

書生、工匠、戲子等齊聲歡呼：「老五果然沒死！」那彈琴老者叫道：「五弟，是咱們全到了。」地底那聲音一停，跟著叫道：「真的是大哥麼？」聲音中滿是喜悅之意。

嗤的一聲響，洞孔中鑽出一個人來，正是閻王敵薛神醫。

他沒料到除了彈琴老者等義兄弟外，尚有不少外人，不禁一怔，向玄難道：「大師，你也來了！這幾位都是朋友麼？」

玄難微一遲疑，道：「是，都是朋友。」本來少林寺認定玄悲大師是死於姑蘇慕容氏之手，將慕容氏當作了大對頭。但這次與鄧百川等同來求醫，道上鄧百川、公冶乾力陳玄悲大師決非慕容公子所殺，玄難已然信了六七分，再加此次同遭危難，同舟共濟，已認定這一夥人是朋友了。公冶乾聽他如此說，向他點了點頭。

薛神醫道：「都是朋友，那再好也沒有了，請大家一起下去，玄難大師先請。」話雖如此，他仍然搶先走了下去。這等黑沉沉的地窖，顯是十分凶險之地，江湖上人心詭秘難測，誰也信不過誰，自己先入，才是肅客之道。

薛神醫進去後，玄難跟著走了下去，眾人扶抱傷者，隨後而入，連玄痛的屍身也抬了進去。薛神醫扳動機括，大石板自行掩上，他再扳動機括，隱隱聽得軋軋聲響，眾人料想移開的桂樹又回上了石板。

裏面是一條石砌的地道，各人須得彎腰而行，走了片刻，地道漸高，到了一條天然生成的隧道之中。又行十餘丈，來到一個寬廣的石洞。石洞一旁的火炬旁坐著二十來人，男女老幼都有。這些人聽得腳步聲，一齊回過頭來。

薛神醫道：「這些都是我家人，事情緊迫，也不叫他們來拜見了，失禮莫怪。大哥，二哥，你們怎麼來的？」不等彈琴老者回答，便即察視各人傷勢。第一個看的是玄痛，薛神醫道：「這位大師悟道圓寂，可喜可賀。」看了看鄧百川，微笑道：「我七妹的花粉只將人醉倒，再過片刻便醒，沒毒的。」那中年美婦和戲子受的都是外傷，雖然不輕，在薛神醫自是小事一件。他把過了包不同和風波惡的脈，閉目抬頭，苦苦思索。

過了半晌，薛神醫搖頭道：「奇怪，奇怪！打傷這兩位兄台的卻是何人？」公冶乾道：「是個形貌十分古怪的少年。」薛神醫搖頭道：「少年？此人武功兼正邪兩家之所長，內功深厚，少說也有三十年的修為，怎麼還是個少年？」玄難道：「確是個少年，但掌力渾厚，我玄痛師弟和他對掌，也曾受他寒毒之傷。他是星宿老怪的弟子。」

薛神醫驚道：「星宿老怪的弟子，竟也如此厲害？了不起，了不起！」搖頭道：「慚愧，慚愧。這兩位兄台的寒毒，在下實是無能為力。『神醫』兩字，今後是不敢稱的了。」

忽聽得一個洪亮的聲音說道：「薛先生，既是如此，我們便當告辭。」說話的正是鄧百川，他被花粉迷倒，適於此時醒轉，聽到了薛神醫最後幾句話。包不同道：「是啊，是啊！

躲在這地底下幹甚麼？大丈夫生死有命，豈能學那烏龜田鼠，藏在地底洞穴之中？」

薛神醫冷笑道：「施主吹的好大氣兒！你知外邊是誰到了？」風波惡道：「你們怕星宿老怪，我可不怕。枉為你們武功高強，一聽到星宿老怪的名字，竟然如此喪魂落魄。」那彈琴老者道：「你連我也打不過，星宿老怪卻是我的師叔，你說他厲害不厲害？」

玄難岔開話題，說道：「老衲今天所見所聞，種種不明之處甚多，想要請教。」

薛神醫道：「我們師兄弟八人，號稱『函谷八友』。」指著那彈琴老者道：「這位是我們大師哥，我是老五。其餘的事情，一則說來話長，一則也不足為外人道……」

正說到這裏，忽聽得一個細細的聲音叫道：「薛慕華，怎麼不出來見我？」

這聲音細若游絲，似乎只能隱約相聞，但洞中諸人個個聽得十分清楚，這聲音便像一條金屬細線，穿過了十餘丈厚的地面，又如是順著那曲曲折折的地道進入各人耳鼓。

那彈琴老者「啊」的一聲，跳起身來，顫聲道：「星……星宿老怪！」風波惡大聲道：「大哥，二哥，三哥，咱們出去決一死戰。」彈琴老者道：「使不得，萬萬使不得。你們這一出去，枉自送死，那也罷了！可是洩漏了這地下密室的所在，這裏數十人的性命，全都送在你這一勇之夫的手裏了。」包不同道：「他的話聲能傳到地底，豈不知咱們便在此處？你甘願裝烏龜，他還是要揪你出去，要躲也是躲不過的。」那使判官筆的書生說道：「一時三刻之間，他未必便能進來，還是大家想個善法的為是。」

那手持短斧、工匠一般的人一直默不作聲，這時插口道：「丁師叔本事雖高，但要識破這地道的機關，至少也得花上兩個時辰。再要想出善法攻進來，又得再花上兩個時辰。」彈琴老者道：「好極！那麼咱們還有四個時辰，儘可從長計議，是也不是？」短斧客道：「四個半時辰。」彈琴老者道：「怎麼多了半個時辰？」短斧客道：「這四個時辰之中，我能安排三個機關，再阻他半個時辰。」

彈琴老者道：「很好！玄難大師，屆時那大魔頭到來，我們師兄弟八人決計難逃毒手。你們各位卻是外人。那大魔頭一上來專心對付我們這班師姪，各位頗有逃命的餘裕。各位千萬不可自逞英雄好漢，和他爭鬥。要知道，只要有誰在星宿老怪的手底逃得性命，已是了不起的英雄好漢。」

包不同道：「好臭，好臭！」各人嗅了幾下，沒聞到臭氣，向包不同瞧去的眼色中均帶疑問之意。包不同指著彈琴客道：「此人猛放狗屁，直是臭不可耐。」他適才一招之間便給這老兒制住，心下好生不憤，雖然其時適逢身上寒毒發作，手足無力，但也知自己武功遠不及他，對手越強，他越是要罵。

那使棋盤的橫了他一眼，道：「你要逃脫我大師兄的掌底，已難辦到，何況我師叔的武功又勝我大師兄十倍，到底是誰在放狗屁了？」包不同道：「非也，非也！武功高強，跟放不放狗屁全不相干。武功高強，難道就不放狗屁？不放狗屁的，難道武功一定高強？孔夫子不會武功，莫非他老人家就專放狗屁……」

鄧百川心想：「這些人的話也非無理，包三弟跟他們胡扯爭鬧，徒然耗費時刻。」便道：「諸位來歷，在下尚未拜聆，適才多有誤會，誤傷了這位娘子，在下萬分歉仄。今日既是同禦妖邪，大家算得一家人了。待會強敵到來，我們姑蘇慕容公子手下的部屬雖然不肖，逃是決計不逃的，倘若當真抵敵不住，大家一齊畢命於此便了。」

玄難道：「慧鏡、虛竹，你們若有機會，務當設法脫逃，回到寺中，向方丈報訊。免得大家給妖人一網打盡，連訊息也傳不出去。」六名少林僧合什說道：「恭領法旨。」薛慕華和鄧百川等聽玄難如此說，已明白他是決意與眾同生共死，而是否對付得了星宿老怪，心中也實在毫無把握。

彈琴老者一呆，忽然拍手笑道：「大家都要死了。玄苦師兄此刻就算不死，以後也聽不到我的無上妙曲『一葦吟』了，我又何必為他之死傷心難過？唉，唉！有人說我康廣陵是個大大的傻子，我一直頗不服氣。如此看來，縱非大傻，也是小傻了。」

包不同道：「你是貨真價實的大傻子，大笨蛋！」彈琴老者康廣陵道：「也不見得比你更傻！」包不同道：「比我傻上十倍。」康廣陵道：「你比我傻一百倍。」包不同道：「你比我傻一千倍！」康廣陵道：「你比我傻一萬倍！」包不同道：「你比我傻十萬倍、百萬倍、千萬倍、萬萬倍！」

薛慕華道：「二位半斤八兩，誰也不比誰更傻。眾位少林派師父，你們回到寺中，方丈大師問起前因後果，只怕你們答不上來。此事本來是敝派的門戶之羞，原不足為外人道。但為了除滅這武林中的大患，若不是少林高僧主持大局，實難成功。在下須當為各位詳告，只是敬盼各位除了向貴寺方丈稟告之外，不可向旁人洩漏。」

慧鏡、虛竹等齊聲道：「薛神醫所示的言語，小僧除了向本寺方丈稟告之外，決不敢向旁人洩漏半句。」

薛慕華向康廣陵道：「大師哥，這中間的緣由，小弟要說出來了。」

康廣陵雖於諸師兄弟中居長，武功也遠遠高出儕輩，為人卻十分幼稚，薛慕華如此問他一聲，只不過在外人之前全他臉面而已。康廣陵道：「這可奇了，嘴巴生在你的頭上，你要說便說，又問我幹麼？」

薛慕華道：「玄難大師，鄧師傅，我們的受業恩師，武林之中，人稱聰辯先生……」

玄難和鄧百川等都是一怔，齊道：「甚麼？」聰辯先生便是聾啞老人。此人天聾地啞，偏偏取個外號叫做「聰辯先生」，他門中弟子個個給他刺聾耳朵，割斷舌頭，江湖上眾所周知。可是康廣陵這一羣人卻耳聰舌辯，那就大大的奇怪了。

薛慕華道：「家師門下弟子人人既聾且啞，那是近幾十年來的事。以前家師不是聾子，更非啞子，他是給師弟星宿老怪丁春秋激得變成聾子啞子的。」玄難等都是「哦」的一聲。薛慕華道：「我祖師一共收了兩個弟子，大弟子姓蘇，名諱上星下河，那便是家師，二弟子丁春秋。他二人的武功本在伯仲之間，但到得後來，卻分了高下……」

包不同插口道：「嘿嘿，定然是你師叔丁春秋勝過了你師父，那是不用說的。」薛慕華道：「話也不是這麼說。我祖師學究天人，胸中所學包羅萬象……」包不同道：「不見得啊不見得。」薛慕華已知此人專門和人抬槓，也不去理他，繼續說道：「初時我師父和丁春秋學的都是武功，但後來我師父卻分了心，去學祖師爺彈琴音韻之學……」

包不同指著康廣陵道：「哈哈，你這彈琴的鬼門道，便是如此轉學來的了。」

康廣陵瞪眼道：「我的本事若不是跟師父學的，難道是跟你學的？」

薛慕華道：「倘若我師父只學一門彈琴，倒也沒甚麼大礙，偏是祖師爺所學實在太廣，琴棋書畫，醫卜星相，工藝雜學，貿遷種植，無一不會，無一不精。我師父起始學了一門彈琴，不久又去學弈，再學書法，又學繪畫。各位請想，這些學問每一門都是大耗心血時日之事，那丁春秋初時假裝每樣也都跟著學學，學了十天半月，便說自己資質太笨，難以學會，只是專心於武功。如此十年八年的下來，他師兄弟二人的武功便大有高下了。」

玄難連連點頭，道：「單是彈琴或弈棋一項，便得耗了一個人大半生的精力，聰辯先生居然能專精數項，實所難能。那丁春秋專心一致，武功上勝過了師兄，也不算希奇。」

康廣陵道：「老五，還有更要緊的呢，你怎麼不說？快說，快說。」

薛慕華道：「那丁春秋專心武學，本來也是好事，可是……可是……唉……這件事說起來，於我師門實在太不光采。總而言之，丁春秋使了種種卑鄙手段，又不知從那裏學會了幾門厲害之極的邪術，突然發難，將我祖師爺打得重傷。祖師爺究竟身負絕學，雖在猝不及防之時中了暗算，但仍能苦苦撐持，直至我師父趕到救援。我師父的武功不及這惡賊，一場惡鬥之後，我師父復又受傷，祖師爺則墮入了深谷，不知生死。我師父因雜學而耽誤了武功，但這些雜學畢竟也不是全無用處。其時危難之際，我師父擺開五行八卦、奇門遁甲之術，擾亂丁春秋的耳目，與他僵持不下。

「丁春秋一時無法破陣殺我師父，再者，他知道本門有不少奧妙神功，祖師爺始終沒傳他師兄弟二人，料想祖師爺臨死之時，必將這些神功秘笈的所在告知我師父，只能慢慢逼迫我師父吐露，於是和我師父約定，只要我師父從此不開口說一句話，便不來再找他的晦氣。那時我師父門下，共有我們這八個不成材的弟子。我師父寫下書函，將我們遣散，不再認為是弟子，從此果真裝聾作啞，不言不聽，再收的弟子，也均刺耳斷舌，創下了『聾啞門』的名頭。推想我師父之意，想是深悔當年分心去務雜學，以致武功上不及丁春秋，既聾且啞之後，各種雜學便不會去碰了。

「我們師兄弟八人，除了跟師父學武之外，每人還各學了一門雜學。那是在丁春秋叛師之前的事，其時家師還沒深切體會到分心旁騖的大害，因此非但不加禁止，反而頗加獎飾，用心指點。康大師兄廣陵，學的是奏琴。」

包不同道：「他這是『對己彈琴，己不入耳』。」

康廣陵怒道：「你說我彈得不好？我這就彈給你聽聽。」說著便將瑤琴橫放膝頭。

薛慕華忙搖手阻止，指著那使棋盤的道：「范二師兄百齡，學的是圍棋，當今天下，少有敵手。」

包不同向范百齡瞧了一眼，說道：「無怪你以棋盤作兵刃。只是棋盤以磁鐵鑄成，吸人兵器，未免取巧，不是正人君子之所為。」范百齡道：「弈棋之術，固有堂堂之陣，正正之師，但奇兵詭道，亦所不禁。」

薛慕華道：「我范二師哥的棋盤所以用磁鐵鑄成，原是為了鑽研棋術之用。他不論是行走坐臥，突然想到一個棋勢，便要用黑子白子布列一番。他的棋盤是磁鐵所製，將鐵鑄的棋子放了上去，縱在車中馬上，也不會移動傾跌。後來因勢乘便，就將棋盤作了兵刃，棋子作了暗器，倒不是有意用磁鐵之物來佔人便宜。」

包不同心下稱是，口中卻道：「理由欠通，大大的欠通。范老二如此武功，若是用一塊木製棋盤，將鐵棋子拍了上去，嵌入棋盤之中，那棋子難道還會掉將下來？」

薛慕華道：「那究竟不如鐵棋盤的方便了。我苟三師哥單名一個『讀』字，性好讀書，諸子百家，無所不窺，是一位極有學問的宿儒，諸位想必都已領教過了。」

包不同道：「小人之儒，不足一哂。」苟讀怒道：「甚麼？你叫我是『小人之儒』，難道你便是『君子之儒』麼？」包不同道：「豈敢，豈敢！」

薛慕華知道他二人辯論起來，只怕三日三夜也沒有完，忙打斷話頭，指著那使判官筆的書生道：「這位是我四師哥，雅擅丹青，山水人物，翎毛花卉，並皆精巧。他姓吳，拜入師門之前，在大宋朝廷做過領軍將軍之職，因此大家便叫他吳領軍。」

包不同道：「只怕領軍是專打敗仗，繪畫則人鬼不分。」吳領軍道：「倘若描繪閣下尊容，確是人鬼難分。」包不同哈哈大笑，說道：「老兄幾時有暇，以包老三的尊容作範本，繪上一幅『鬼趣圖』，倒也極妙。」

薛慕華笑道：「包兄英俊瀟灑，何必過謙？在下排行第五，學的是一門醫術，江湖上總算薄有微名，還沒忘了我師父所授的功夫。」

包不同道：「傷風咳嗽，勉強還可醫治，一遇到在下的寒毒，那便束手無策了。這叫做大病治不了，小病醫不死。嘿嘿，神醫之稱，果然是名不虛傳。」

康廣陵捋著長鬚，斜眼相睨，說道：「你這位老兄性子古怪，倒是有點與眾不同。」包不同道：「哈哈，我姓包，名不同，當然是與眾不同。」康廣陵哈哈大笑，道：「你當真姓包？當真名叫不同？」包不同道：「這難道還有假的？嗯，這位專造機關的老兄，定然精於土木工藝之學，是魯班先師的門下了？」

薛慕華道：「正是，六師弟馮阿三，本來是木匠出身。他在投入師門之前，已是一位巧匠，後來再從家師學藝，更是巧上加巧。七師妹姓石，精於蒔花，天下的奇花異卉，一經她的培植，無不欣欣向榮。」

鄧百川道：「石姑娘將我迷倒的藥物，想必是取自花卉的粉末，並非毒藥。」

那姓石的美婦人閨名叫做清露，微微一笑，道：「適才多有得罪，鄧老師恕罪則個。」鄧百川道：「在下魯莽，出手太重了，姑娘海涵。」

薛慕華指著那一開口便唱戲的人道：「八弟李傀儡，一生沉迷扮演戲文，瘋瘋顛顛，於這武學一道，不免疏忽了。唉，豈僅是他，我們同門八人，個個如此。其實我師父所傳的武功，我一輩子已然修習不了，偏偏貪多務得，到處去學旁人的絕招，到頭來……唉……」

李傀儡橫臥地下，叫道：「孤王乃李存勗是也，不愛江山愛做戲，嗳，好耍啊好耍！」

包不同道：「孤王乃李存勗是也，搶了你的江山，砍了你的腦袋。」

書獃苟讀插口道：「李存勗為手下伶人郭從謙所弒，並非死於李嗣源之手。」

包不同不熟史事，料知掉書包決計掉不過苟讀，叫道：「呀呀呸！吾乃郭從謙是也！啊哈，吾乃秦始皇是也，焚書坑儒，專坑小人之儒。」

薛慕華道：「我師兄弟八人雖給逐出師門，卻不敢忘了師父教誨的恩德，自己合稱『函谷八友』，以紀念當年師父在函谷關邊授藝之恩。旁人只道我們是臭味相投……」包不同鼻子吸了幾下，說道：「好臭，好臭！」苟讀道：「易經繫辭曰：『同心之言，其臭如蘭。』臭即是香，老兄毫無學問。」包不同道：「老兄之言，其香如屁。」

薛慕華微笑道：「誰也不知我們原是同門的師兄弟。我們為提防那星宿老怪重來中原，給他一網打盡，是以每兩年聚會一次，平時卻散居各處。」

玄難、鄧百川等聽薛神醫說罷他師兄弟八人的來歷，心中疑團去了大半。公冶乾問道：「如此說來，薛先生假裝逝世，在棺木中布下毒藥，那是專為對付星宿老怪的了。薛先生又怎知他要來到此處？」

薛慕華道：「兩天之前，我正在家中閒坐，突然有四個人上門求醫，其中一個是胖大和尚，胸前背後的肋骨折斷了八根，那是少林派掌力所傷，早已接好了斷骨，日後自愈，並無凶險。但他臟腑中隱伏寒毒，卻跟外傷無關，若不醫治，不久便即毒發身亡。」

玄難道：「慚愧，慚愧！這是我少林門下的慧淨和尚。這僧人不守清規，逃出寺去，胡作非為，敝寺派人拿回按戒律懲處，他反而先行出手傷人，給老衲的師姪們打傷了。原來他身上尚中寒毒，卻跟我們無關。不知是誰送他來求治的？」

薛神醫道：「與他同來的另外一個病人，那可奇怪得很，頭上戴了一個鐵套……」

包不同和風波惡同時跳了起來，叫道：「打傷我們的便是這鐵頭小子。」薛神醫奇道：「這少年竟有如此功力？可惜當時他來去匆匆，我竟沒為他搭一搭脈，否則於他內力的情狀必可知道一些端倪。」包不同問道：「這小子又生了甚麼怪病？」薛神醫道：「他是想請我除去頭上這個鐵套，可是我一加檢視，這鐵套竟是生牢在他頭上的，除不下來。」包不同道：「奇哉，奇哉！難道這鐵套是他從娘胎中帶將出來，從小便生在頭上的麼？」薛神醫道：「那倒不是。這鐵套安到他頭上之時，乃是熱的，熨得他皮開肉綻，待得血凝結疤，鐵套便與他臉面後腦相連了。若要硬揭，勢必將他眼皮、嘴巴、鼻子撕得不成樣子。」包不同幸災樂禍，冷笑道：「他既來求你揭去鐵罩，便將他五官顏面盡皆撕爛，也怪不得你。」

薛神醫道：「我正在思索是否能有甚麼方法，他的兩個同伴忽然大聲呼喝，命我快快動手。姓薛的生平有一樁壞脾氣，人家要我治病，非好言相求不可，倘若對方恃勢相壓，薛某寧可死在刀劍之下，也決不以術醫人。想當年聚賢莊英雄大會，那喬峯甘冒生死大險，送了一個小姑娘來求我醫治。喬峯這廝橫蠻悍惡無比，但既有求於我，言語中也不敢對我有絲毫失禮……」他說到這裏，想起後來著了阿朱的道兒，被她點了穴道，剃了鬍鬚，實是生平的奇恥大辱，便不再說下去了。

包不同道：「你吹甚麼大氣？姓包的生平也有一樁壞脾氣，人家若要給我治病，非好言相求不可，倘若對方恃勢相壓，包某寧可疾病纏身而死，也決不讓人治病。」

康廣陵哈哈大笑，說道：「你又是甚麼好寶貝了？人家硬要給你治病，還得苦苦向你哀求，除非……除非……」一時想不出「除非」甚麼來。

包不同道：「除非你是我的兒子。」康廣陵一怔，心想這話倒也不錯，倘若我的父親生了病不肯看醫生，我定要向他苦苦哀求了。他是個很講道理之人，沒想到包不同這話是討他的便宜，便道：「是啊，我又不是你的兒子。」包不同道：「你是不是我兒子，只有你媽媽心裏明白，你自己怎麼知道？」康廣陵一愕，又點頭道：「話倒不錯。」包不同哈哈一笑，心想：「此人是個大傻瓜，再討他的便宜，勝之不武。」

公冶乾道：「薛先生，那二人既然言語無禮，你便拒加醫治了。」

薛神醫點頭道：「正是。當時我便道：『在下技藝有限，對付不了，諸君另請高明。』那鐵頭人卻對我甚是謙恭，說道：『薛先生，你的醫道天下無雙，江湖上人稱「閻王敵」，武林中誰不敬仰？小人對你向來敬重佩服，家父跟你老人家也是老朋友了，盼你慈悲為懷，救一救故人之子。』」

眾人對這鐵頭人的來歷甚為關注，六七個聲音同時問了出來：「他父親是誰？」

李傀儡忽道：「他是誰的兒子，只有他媽媽心裏明白，他自己怎麼知道？」學的是包不同的聲口，當真唯妙唯肖。

包不同笑道：「妙極，你學我說話，全然一模一樣，只怕不是學的，乃是我下的種。」

李傀儡道：「我乃華夏之祖，黃帝是也，舉凡中國子民，皆是我的子孫。」他既愛扮古人，心中意想自己是甚麼人物，便是甚麼人物，包不同討他的便宜，他也毫不在乎。

薛神醫繼續說道：「我聽那鐵頭人自稱是我的故人之子，當即問他父親是誰。那人說道：『小人身遭不幸，辱沒了先人，父親的名字是不敢提了。但先父在世之日，確是先生的至交，此事千真萬確，小人決計不敢拿先父來騙人。』我聽他說得誠懇，決非虛言。只是在下交遊頗廣，朋友著實不少，聽他說他父親已然去世，一時之間，也猜想不出他父親是誰。

我想待得將他面目揭去之後，瞧他面貌，或能推想到他父親是誰。

「只是要揭他這個鐵罩，而令他顏面儘量少受損傷，卻實非易事，正躊躇間，他的一個同伴說道：『師父的法旨，第一要緊是治好這慧淨和尚之傷，那鐵頭人的鐵罩揭是不揭，卻不要緊。』我一聽之下，心頭便即火起，說道：『尊師是誰？他的法旨管得了你，可管不了我。』那人惡狠狠的道：『我師父的名頭說將出來，只怕嚇破了你的膽。他老人家叫你快快治好這胖和尚的傷，倘若遷延時刻，誤了他老人家的事，叫你立時便見閻王。』

「我初時聽他說話，心中極怒，聽到後來，只覺他口音不純，頗有些西域胡人的聲口，細看他的面貌，也是鬈髮深目，與我中華人氏大異，猛地裏想起一個人來，問道：『你可是從星宿海來？』那人一聽，立時臉上變色，道：『嘿，算你眼光厲害。不錯，我是從星宿海來的。你既猜到了，快用心醫治罷！』我聽他果然自認是星宿老怪的弟子，尋思：『師門深仇，如何不報？』便裝作惶恐之態，問道：『久慕星宿海丁老仙法術通玄，弟子欽仰無已，只是無緣拜見，不知老仙他老人家也到了中原麼？』」

包不同道：「呸，呸，呸！你說星宿老怪也好，星宿老魔也好，怎麼自甘墮落，稱他做甚麼『老仙』！可恥啊，可恥！」鄧百川道：「三弟，薛先生是故意用言語試探，豈是真心稱他為『老仙』？」包不同道：「這個我自然知道！若要試探，大可稱之為『老鬼』、『老妖』、『老賊』，激得他的妖子賊孫暴跳如雷，也是一樣的吐露真情。」

薛慕華道：「包先生的話也是有理。老夫不善作偽，口中稱他一句『老仙』，臉上卻不自禁的露出了憤怒之色。那妖人甚是狡猾，一見之下，便即起疑，伸手向我脈門抓來，喝問：『你查問我師父行蹤，有何用意？』我見事情敗露，對付星宿老怪的門下，可絲毫不能容情，反手一指，便點了他的死穴。第二名妖人從懷中取出一柄餵毒匕首，向我插了過來。我手中沒有兵刃，這妖人武功又著實了得，眼見危急，那鐵頭人忽地夾手奪了他的匕首，道：『師父叫咱們來求醫，不是叫咱們來殺人。』那妖人怒道：『十二師弟給他殺死了，你沒瞧見麼？你……你……你竟敢袒護外人。』鐵頭人道：『你定要殺這位神醫，便由得你，可是這胖和尚若不救治，性命難保。他不能指引路徑，找尋冰蠶，師父唯你是問。』

「我乘著他們二人爭辯，便即取兵刃在手。那妖人見不易殺我，又想鐵頭人之言也是有理，便道：『既是如此，你擒了這鬼醫生，去見師父去。』鐵頭人道：『很好。』一伸手，將匕首插入了那人胸口，將他殺死了。」

眾人都「啊」的一聲，甚為驚奇。包不同卻道：「那也沒甚麼奇怪。這鐵頭人有求於你，便即下手殺死他的同門，向你賣好。」

薛慕華嘆了口氣，道：「一時之間，我也分不出他的真意所在，不知他由於我是他父親的朋友，還是為了要向我挾恩市惠。我正待詢問，忽聽得遠處有一下嘯聲，那鐵頭人臉色一變，說道：「我師父在催我回去了。薛伯父，最好你將這胖和尚給治好了。師父心中一喜，或許不來計較這殺徒之仇。』我說：『星宿老妖跟我仇深似海，凡是跟他沾上半點干係的，我決計不治。你有本事，便殺了我。』那鐵頭人道：『薛伯父，我決不會得罪你。』他還待有所陳說，星宿老妖的嘯聲又作，他便帶了胖和尚匆匆離去。

「星宿老賊既到中原，他兩名弟子死在我家中，遲早會找上門來。那鐵頭人就算替我隱瞞，也瞞不了多久。是以我假裝身死，在棺中暗藏劇毒，盼望引他上鉤。我全家老幼則藏在這地洞之中。剛好諸位來到舍下，在下的一個老僕，人雖忠心，卻是十分愚魯，竟誤認諸位便是我所懼怕的對頭……」

包不同說道：「啊哈，他當玄難大師是星宿老怪，我們這一夥人，都是星宿派的徒子徒孫。包某和幾個同伴生得古怪，說是星宿派的妖魔，也還有幾分相似，可是玄難大師高雅慈祥，道氣盎然，將他誤認為星宿老怪，不太也無禮麼？」眾人都笑了起來。

薛慕華微笑道：「是啊，這件事當真該打。也是事有湊巧，眼下正是我師兄弟八人每兩年一次的聚會之期。那老僕眼見情勢緊迫，不等我的囑咐，便將向諸同門報訊的流星火炮點了起來。這流星火炮是我六師弟巧手所製，放上天空之後，光照數里，我同門八人，每人的流星各有不同。此事可說有幸有不幸。幸運的是，我函谷八友在危難之際得能相聚一堂，攜手抗敵。但竟如此給星宿老怪一網打盡，也可說是不幸之極了。」

包不同道：「星宿老怪本領就算厲害，也未必強得過少林高僧玄難大師，再加上我們這許多蝦兵蟹將，在旁吶喊助威，拚命一戰，鹿死誰手，尚未可知。又何必如此……如此……如此……」他說了三個「如此」，牙關格格相擊，身上寒毒發作，再也說不下去。

李傀儡高聲唱道：「我乃刺秦皇之荊軻是也。風蕭蕭兮身上寒，壯士發抖兮口難開！」突然間地下一條人影飛起，挺頭向他胸口撞去。李傀儡「啊喲」一聲，揮臂推開，那人抓住了他，廝打起來，正是一陣風風波惡。鄧百川忙道：「四弟，不可動粗。」伸手將風波惡拉開。

便在此時，一個細細的聲音又傳進山洞：「蘇星河的徒子徒孫，快快出來投降，或許還能保得性命，再遲片刻，可別怪我老人家不顧同門義氣了。」

康廣陵怒道：「此人好不要臉，居然還說甚麼同門義氣。」

馮阿三向薛慕華道：「五哥，這個地洞，瞧那木紋石材，當是建於三百多年之前，不知是出於那一派巧匠之手？」薛慕華道：「這是我祖傳的產業，世代相傳，有這麼一個避難的處所，何人所建，卻是不知了。」

康廣陵道：「好啊，你有這樣一個烏龜洞兒，居然從來不露半句口風。」薛慕華臉有慚色，道：「大哥諒鑒。這種窩洞並不是甚麼光采物事，實在不值一提……」

一言未畢，忽然間砰的一聲巨響，有如地震，洞中諸人都覺腳底地面搖動，站立不穩。馮阿三失色道：「不好！丁老怪用炸藥硬炸，轉眼便要攻進來了！」

康廣陵怒道：「卑鄙之極，無恥之尤。我們祖師爺和師父都擅於土木之學，機關變化，乃是本門的看家本領。這星宿老怪不花心思破解機關，卻用炸藥蠻炸，如何還配稱本門弟子？」包不同冷冷的道：「他殺師父、傷師兄，難道你還認他是本門師叔麼？」康廣陵道：「這個……」

驀地裏轟的一聲大響，山洞中塵土飛揚，迷得各人都睜不開眼來。洞中閉不通風，這一震之下，氣流激盪，人人耳鼓發痛。

玄難道：「與其任他炸破地洞，攻將進來，還不如咱們出去。」鄧百川、公冶乾、包不同、風波惡四人齊聲稱是。

范百齡心想玄難是少林高僧，躲在地洞之中以避敵人，實是大損少林威名，反正生死在此一戰，終究是躲不過了，便道：「如此大夥兒一齊出去，跟這老怪一拚。」薛慕華道：「玄難大師與這老怪無怨無仇，犯不著趕這蹚混水，少林派諸位大師還是袖手旁觀罷。」

玄難道：「中原武林之事，少林派都要插手，各位恕罪。何況我玄痛師弟圓寂，起因於中了星宿派弟子毒手，少林派跟星宿老怪並非無怨無仇。」

馮阿三道：「大師仗義相助，我們師兄弟十分感激。咱們還是從原路出去，好教那老怪大吃一驚。」眾人都點頭稱是。

馮阿三道：「薛五哥的家眷和包風二位，都可留在此間，諒那老怪未必會來搜索。」包不同向他橫了一眼，道：「還是你留著較好。」馮阿三忙道：「在下決不敢小覷了兩位，只是兩位身受重傷，再要出手，不大方便。」包不同道：「越傷得重，打起來越有勁。」范百齡等都搖了搖頭，均覺此人當真不可理喻。當下馮阿三扳動機括，快步搶了出去。

軋軋之聲甫作，出口處只露出窄窄一條縫，馮阿三便擲出三個火砲，砰砰砰三聲響，炸得白煙瀰漫。三聲炮響過去，石板移動後露出的縫口已可過人，馮阿三又是三個火砲擲出，跟著便竄了出去。

馮阿三雙足尚未落地，白煙中一條黑影從身旁搶出，衝入外面的人叢之中，叫道：「那一個是星宿老怪，姓風的跟你會會。」正是一陣風風波惡。

他見面前有個身穿葛衣的漢子，喝道：「吃我一拳！」砰的一拳，已打在那人胸口。那人是星宿派的第九弟子，身子一晃，風波惡第二拳又已擊中他肩頭。只聽得劈劈啪啪之聲不絕，風波惡出手快極，幾乎每一拳每一掌都打在對方身上，只是他傷後無力，打不倒那星宿弟子。玄難、鄧百川、康廣陵、薛慕華等都從洞中竄了上來。

只見一個身形魁偉的老者站在西南角上，他身前左右，站著兩排高矮不等的漢子，那鐵頭人赫然便在其中。康廣陵叫道：「丁老賊，你還沒死嗎？可還記得我麼？」

那老者正是星宿老怪丁春秋，一眼之間，便已認清了對方諸人，手中羽扇揮了幾揮，說道：「慕華賢姪，你如能將那胖胖的少林僧醫好，我可饒你不死，只是你須拜我為師，改投我星宿門下。」他一心一意只是要薛慕華治愈慧淨，帶他到崑崙山之巔去捕捉冰蠶。

薛慕華聽他口氣，竟將當前諸人全不放在眼裏，似乎各人的生死存亡，全由他隨心所欲的處置。他深知這師叔的厲害，心下著實害怕，說道：「丁老賊，這世上我只聽一個人的話，唯有他老人家叫我救誰，我便救誰。你要殺我，原是易如反掌。可是要我治病救人，你非去求那位老人家不可。」

丁春秋冷冷的道：「你只聽蘇星河的話，是也不是？」

薛慕華道：「只有禽獸不如的惡棍，才敢起欺師滅祖之心。」他此言一出，康廣陵、范百齡、李傀儡等齊聲喝采。

丁春秋道：「很好，很好，你們都是蘇星河的乖徒兒，可是蘇星河卻曾派人通知我，說道已將你們八人逐出門牆，不再算是他門下的弟子。難道姓蘇的說話不算，仍是偷偷的留著這師徒名份麼？」

范百齡道：「一日為師，終身為父。師父確是將我們八人逐出了門牆。這些年來，我們始終沒能見到他老人家一面，上門拜謁，他老人家也是不見。可是我們敬愛師父之心，決不減了半分。姓丁的，我們八人所以變成孤魂野鬼，無師門可依，全是受你這老賊所賜。」

丁春秋微笑道：「此言甚是。蘇星河是怕我向你們施展辣手，將你們一個個殺了。他將你們逐出門牆，意在保全你們這幾條小命。他不捨得刺聾你們耳朵，割了你們舌頭，對你們的情誼可深得很哪，哼，婆婆媽媽，能成甚麼大事？嘿嘿，很好，很好。你們自己說罷，到底蘇星河還算不算是你們師父？」

康廣陵等聽他這麼說，均知若不棄卻「蘇星河之弟子」的名份，丁春秋立時便下殺手，但師恩深重，豈可貪生怕死而背叛師門，八同門中除了石清露身受重傷，留在地洞中不出，其餘七人齊聲說道：「我們雖被師父逐出門牆，但師徒之份，自是終身不變。」

李傀儡突然大聲道：「我乃星宿老怪的老母是也。我當年跟二郎神的哮天犬私通，生下你這小畜生。我打斷你的狗腿！」他學著老婦人的口音，跟著汪汪汪三聲狗叫。

康廣陵、包不同等盡皆縱聲狂笑。

丁春秋怒不可遏，眼中斗然間發出異樣光芒，左手袍袖一拂，一點碧油油的燐火射向李傀儡身上，當真比流星還快。李傀儡一腿已斷，一手撐著木棍行動不便，待要閃避，卻那裏來得及，嗤的一聲響，全身衣服著火。他急忙就地打滾，可是越滾燐火越旺。范百齡急從地下抓起泥沙，往他身上灑去。

丁春秋袍袖中接連飛出五點火星，分向康廣陵等五人射去，便只饒過了薛慕華一人。康廣陵雙掌齊推，震開火星。玄難雙掌搖動，劈開了兩點火星，但馮阿三、范百齡二人卻已身上著火。霎時之間，李傀儡等三人被燒得哇哇亂叫。

丁春秋的眾弟子頌聲大起：「師父略施小技，便燒得你們如烤豬一般，還不快快跪下投降！」「師父有通天徹地之能，前無古人，後無來者，今日教你們中原豬狗們看看我星宿派的手段。」「師父他老人家戰無不勝，攻無不克，上下古今的英雄好漢，無不望風披靡！」

包不同大叫：「放屁！放屁！哎喲，我肉麻死了！丁老賊，你的臉皮真老！」

包不同語聲未歇，兩點火星已向他疾射過來。鄧百川和公冶乾各出一掌，撞開了這兩點火星，但兩人同時胸口如同中了巨鎚之擊，兩聲悶哼，騰騰騰退出三步。原來丁春秋是以極強內力拂出火星，玄難內力與之相當，以掌力將火星撞開後不受損傷，鄧百川和公冶乾便抵受不住。

玄難欺到李傀儡身前，拍出一掌，掌力平平從他身上拂過，嗤的一聲響處，掌力將他衣衫撕裂，扯下了一大片來，正在燒炙他的燐火，也即被掌風撲熄。

一名星宿派弟子叫道：「這禿驢掌力還算不弱，及得上我師父的十分之一。」另一名弟子道：「呸，只及我師父的百分之一！」

玄難跟著反手拍出兩掌，又撲熄了范百齡與馮阿三身上的燐火。其時鄧百川、公冶乾、康廣陵等已縱身齊上，向著星宿派眾弟子攻去。

丁春秋一摸長鬚，說道：「少林高僧，果真功力非凡，老夫今日來領教領教。」說著邁步而上，左掌輕飄飄的向玄難拍來。

玄難素知丁老怪周身劇毒，又擅「化功大法」，不敢稍有怠忽，猛地裏雙掌齊舞，立時向丁春秋連續擊出一十八掌，這一十八掌連環而出，左掌尚未收轉，右掌已然擊出，快速無倫，令丁春秋絕無使毒的絲毫餘暇。這少林派「快掌」果然威力極強，只逼得丁春秋不斷倒退，玄難擊出了一十八掌，丁春秋便退了一十八步。玄難一十八掌打完，雙腿鴛鴦連環，又迅捷無比的踢出了三十六腿，腿影飄飄，直瞧不清他踢出的到底是左腿還是右腿。丁春秋展動身形，急速閃避，這三十六腿堪堪避過，卻聽得拍拍兩聲，肩頭已中了兩拳，原來玄難踢到最後兩腿時，同時揮拳擊出。丁春秋避過了腳踢，終於避不開拳打。丁春秋叫道：「好厲害！」身子晃了兩晃。

玄難只覺頭腦一陣眩暈，登時恍恍惚惚的若有所失。他情知不妙，丁春秋衣衫上餵有劇毒，適才打他兩拳，已中暗算，當即呼了一口氣，體內真氣流轉，左手拳又向丁春秋打去。丁春秋揮右掌擋住他拳頭，跟著左掌猛力拍出。玄難中毒後轉身不靈，難以閃避，只得挺右掌相抵。到此地步，已是高手比拚真力，玄難心下暗驚：「我決不能跟他比拚內力！」但若拳上不使內力，對方內力震來，立時便是臟腑碎裂，明知已著了道兒，卻不得不運內力抵擋。這一運勁，但覺內力源源不絕的向外飛散，再也凝聚不起。

不到一盞茶時分，丁春秋哈哈一笑，聳一聳肩，拍的一聲，玄難撲在地下，全身虛脫。丁春秋打倒了玄難，四下環顧，只見公冶乾和范百齡二人倒在地下發抖，是中了游坦之的寒毒掌，鄧百川、薛慕華等兀自與眾弟子惡鬥，星宿派門下，也有七人或死或傷。

丁春秋一聲長笑，大袖飛舞，撲向鄧百川身後，和他對了一掌，回身一腳，將包不同踢倒。鄧百川右掌和丁春秋相對，胸口登時便覺得空蕩蕩地，待要吸氣凝神，丁春秋又是一掌拍到。鄧百川無奈，只得又出掌相迎，手掌中微微一涼，全身已軟綿綿的沒了力氣，眼中看出來迷迷糊糊的盡是白霧。一名星宿弟子走過來伸臂一撞，鄧百川撲地倒了。

頃刻之間，慕容氏手下的部屬，玄難所率領的少林諸僧，康廣陵等函谷八友，被丁春秋和游坦之二人分別打倒。游坦之本來僅有渾厚內力，武藝平庸之極，但經丁春秋指點數日，已學會了七八招掌法，雖然以武功而論，與尋常武師仍差得甚遠，但以之發揮體內所蘊積的冰蠶寒毒，卻已威力非凡。公冶乾等出掌打在他身上，一擊即中，但被他體內的寒毒反激，反而受傷，再被他加上一掌，那更是難以抵受。

這時只剩下薛慕華一人未曾受傷，他衝擊數次，星宿諸弟子都含笑相避，並不還擊。

丁春秋笑道：「薛賢姪，你武功比你的師兄弟高得多了，了不起！」

薛慕華見同門師兄弟一一倒地，只有自己安然無恙，當然是丁春秋手下留情之故。他長嘆一聲，說道：「丁老賊，你那個胖和尚外傷易癒，內傷難治，已活不了幾天啦，你想逼我治病救人，那是一百個休想！」

丁春秋招招手道：「薛賢姪，你過來！」

薛慕華道：「你要殺便殺，不論你說甚麼，我總是不聽。」

李傀儡叫道：「薛五哥大義凜然，你乃蘇武是也，留胡十九年，不辱漢節。」

丁春秋微微一笑，走到薛慕華身前三步處立定，左掌輕輕擱在他肩頭，微笑問道：「薛賢姪，你習練武功，已有幾年了？」薛慕華道：「四十五年。」丁春秋道：「這四十五載寒暑之功，可不容易哪。聽說你以醫術與人交換武學，各家各派的精妙招式，著實學得不少，是不是？」薛慕華道：「我學這些招式，原意是想殺了你，可是……可是不論甚麼精妙招式，遇上你的邪術，全然無用……唉！」說著搖頭長嘆。

丁春秋道：「不然！雖然內力為根本，招數為枝葉，根本若固，枝葉自茂，但招數亦非無用。你如投入我門下，我可傳你天下無雙的精妙內力，此後你縱橫中原，易如反掌。」

薛慕華怒道：「我自有師父。要我薛慕華投入你門下，我還是一頭撞死了的好。」

丁春秋微笑道：「真要一頭撞死，那也得有力氣才成啊。倘若你內力毀敗，走一步路也難，還說甚麼一頭撞死？四十五年的苦功，嘿嘿，可惜，可惜。」

薛慕華聽得額頭汗水涔涔而下，但覺他搭在自己肩頭的手掌微微發熱，顯然他只須心念略動之間，化功大法使將出來，自己四十五載的勤修苦練之功，立即化為烏有，咬牙說道：「你能狠心傷害自己師父、師兄，再殺我們八人，又何足道哉？我四十五年苦功毀於一旦，當然可惜，但性命也不在了，還談甚麼苦功不苦功？」

包不同喝采道：「這幾句話有骨氣。星宿派門下，怎能有如此英雄人物？」

丁春秋道：「薛賢姪，我暫且不殺你，只問你八句話：『你醫不醫那個胖和尚？』第一句你回答不醫，我便殺了你大師兄康廣陵。第二句你回答不醫，我再殺你二師兄范百齡。你那會種花的師妹躲到那裏去了？我終究找得到她。第六句你回答不醫，我去殺了你那個美貌師妹。第七句殺你八師弟李傀儡。到第八句問你，你仍是回答不醫，那你猜我便如何？」

薛慕華聽他說出如此慘酷的法子來，臉色灰白，顫聲道：「那時你再殺我，也沒甚麼大不了。反正我們八人一起死便是。」

丁春秋微笑道：「我也不忙殺你，第八句問話你如果回答：『不醫』，我要去殺一個自稱為『聰辯先生』的蘇星河。」

薛慕華大叫：「丁老賊，你膽敢去碰我師父一根毫毛！」

丁春秋微笑道：「為甚麼不敢？星宿老仙行事，向來獨來獨往，今天說過的話，明天便忘了。我雖答應過蘇星河，只須他從此不開口說話，我便不殺他。可是你惹惱了我，徒兒的帳自然要算在師父頭上，我愛去殺他，天下又有誰管得了我？」

薛慕華心中亂成一團，情知這老賊逼迫自己醫治慧淨，用意定然十分陰毒，自己如出手施治，便是助紂為虐，但如自己堅持不醫慧淨，七個師兄弟的性命固然不保，連師父聰辯先生也必死在他的手下。他沉吟半晌，道：「好，我屈服於你，只是我醫好這胖和尚後，你可不得再向這裏眾位朋友和我師父、師兄弟為難。」

丁春秋大喜，忙道：「行，行，行！我答應饒他們的狗命便是。」

鄧百川說道：「大丈夫今日誤中奸邪毒手，死則死耳，誰要你饒命？」他本來吐言聲若洪鐘，但此時真氣耗散，言語雖仍慷慨激昂，話聲卻不免有氣沒力了。

包不同叫道：「薛慕華，別上他的當，這狗賊自己剛才說過，他的話作不得數。」

薛慕華道：「對，你說過的，『今天說過的話，明天便忘了。』」

丁春秋道：「薛賢姪，我問你第一句話：『你醫不醫那個胖和尚？』」說著右足虛伸，足尖對準了康廣陵的太陽穴，顯然，只須薛慕華口中吐出「不醫」兩字，他右足踢出，立時便殺了康廣陵。眾人心中怦怦亂跳，只聽得一個人大聲叫道：「不醫！」喝出「不醫」這兩字的，不是薛慕華，而是康廣陵。

丁春秋冷笑道：「你想我就此一腳送了你性命，可也沒這麼容易。」轉頭向薛慕華，問道：「你要不要假手於我，先殺了你大師哥？」

薛慕華嘆道：「罷了！罷了！我答應你醫治這個胖和尚便是。」

康廣陵罵道：「薛老五，你便恁地沒出息。這丁老賊是我師門的大仇人，你怎地貪生怕死，竟在他威逼之下屈服？」

薛慕華道：「他殺了我們師兄弟八人，那也沒甚麼大不了！可是你難道沒聽見他說，這老賊還要去跟咱們師父為難？」

一想到師父的安危，康廣陵等人都是無話可說。

包不同道：「膽……」他本想罵「膽小鬼」，但只一個「膽」字出口，鄧百川便伸手過去，按住了他口。包不同對這位大哥倒有五分敬畏，強忍怒氣，縮回了罵人的言語。

薛慕華道：「姓丁的，我既屈從於你，替你醫治那胖和尚，你對我的眾位朋友可得客客氣氣。」丁春秋道：「一切依你便是。」

當下丁春秋命弟子將慧淨抬了過來。薛慕華問慧淨道：「你長年累月親近厲害毒物，以致寒毒深入臟腑，那是甚麼毒物？」慧淨道：「是崑崙山的冰蠶。」薛慕華搖了搖頭，當下也不多問，先給他施過針灸，再取兩粒大紅藥丸給他服下，然後替各人接骨的接骨，療傷的療傷，直忙到大天亮，這才就緒，受傷的諸人分別躺在床上或是門板上休息。薛家的家人做了麵出來供眾人食用。

丁春秋吃了兩碗麵，向薛慕華笑了笑，說道：「算你還識時務，沒在這麵中下毒。」薛慕華道：「說到用毒，天下未見得有更勝似你的。我雖有此心，卻不敢班門弄斧。」

丁春秋哈哈一笑，道：「你叫家人出去，給我僱十輛驢車來。」薛慕華道：「要十輛驢車何用？」丁春秋雙眼上翻，冷冷的道：「我的事，也用得著你管麼？薛神醫在這裏人緣想必不差，要僱十輛驢車，不會是甚麼難事。」薛慕華無奈，只得吩咐家人出去僱車。

到得午間，十輛驢車先後僱到。丁春秋道：「將車夫都殺了！」薛慕華大吃一驚，道：「甚麼？」只見星宿派眾弟子手掌起處，拍拍拍幾聲響過，十名車夫已然屍橫就地。薛慕華怒道：「丁老賊！這些車夫甚麼地方得罪你啦？你……你……竟下如此毒手？」

丁春秋道：「星宿派要殺幾個人，難道還要論甚麼是非，講甚麼道理？你們這些人，個個給我走進大車裏去。一個也別留下！薛賢姪，你有甚麼醫書藥材，隨身帶上一些，我可要燒你的屋了。」

薛慕華又是大吃一驚，但想此人無惡不作，多說也是白饒，各種醫書他早已讀得爛熟，不用再帶，但許多精心炮製的丸散膏丹卻是難得之物，當下口中咒罵不休，撿拾藥物。他收拾未畢，星宿派的諸弟子已在屋後放起火來。

少林僧中的慧鏡、虛竹等六僧本來受了玄難之囑，要逃回寺去報訊，豈知丁春秋布置嚴密，逃出不遠，便都給抓了回來。少林寺玄難等七僧，姑蘇慕容莊上鄧百川等四人，函谷八友康廣陵等八人，十九人中除了薛慕華一人周身無損之外，其餘的或被化去內力，或為丁春秋掌力所傷，或中游坦之的冰蠶寒毒，或中星宿派弟子的劇毒，個個動彈不得。再加上薛慕華的家人，數十人分別給塞入十輛車之中。

星宿派眾弟子有的做車夫，其餘的騎馬在旁押送。車上帷幕給拉下後用繩縛緊，車中全無光亮，更看不到外面情景。

玄難等心中都是存著同樣的疑團：「這老賊要帶我們到那裏去？」人人均知若是出口詢問，徒受星宿派之辱，決計得不到回答，只得各自心道：「暫且忍耐，到時自知。」

金庸作品集 23

天龍八部 3 千里茫茫

The Semi-gods and the Semi-devils, Vol. 3

作者／金庸

副總編輯／鄭祥琳
特約編輯／李麗玲、沈維君
封面與內頁設計／林秦華
內頁插畫／王司馬
排版／連紫吟、曹任華
行銷企劃／廖宏霖

發行人／王榮文
出版發行／遠流出版事業股份有限公司
地址／臺北市中山北路一段 11 號 13 樓
電話／（02）2571-0297 傳真／（02）2571-0197 郵撥／0189456-1
著作權顧問／蕭雄淋律師

1987 年 2 月 1 日 初版一刷
2023 年 11 月 1 日 五版一刷
平裝版 每冊 380 元（本作品全五冊，共 1900 元）

ISBN 978-626-361-318-8（套：平裝）
ISBN 978-626-361-315-7（第 3 冊：平裝）
Printed in Taiwan

遠流博識網 http://www.ylib.com E-mail: ylib@ylib.com
金庸茶館粉絲團 https://www.facebook.com/jinyongteahouse

封面圖片／明朝繪畫「天龍八部羅叉女衆」。克利夫蘭藝術博物館藏。

天龍八部 . 3, 千里茫茫 = The Semi-gods and the Semi-devils. vol.3／金庸著 . – 五版 . -- 臺北市：遠流 , 2023.11
面；　公分 --（金庸作品集；23）
ISBN 978-626-361-315-7（平裝）

857.9　　112016226